縁結び代官

寺西封元

土橋章宏

角川文庫
23956

目次

序章　徒士

寛政《かんせい》元年（一七八九）、夏――。

江戸《えど》城西《にし》の丸《まるお》御徒組《かちぐみ》の寺西封元《てらにしたかもと》は、場内徒士《かち》控えの間で〈韓非子《かんぴし》〉を読みふけっていた。

封元の小柄な体軀《たいく》の上には大きな頭が乗っている。後頭部が長く、額がぐっと張り出していた。

朝から風が少なかった。封元の額から出た汗が顎《あご》まで落ちて、袴《はかま》にしたたっている。暑い。暑すぎる。

額の汗を拭《ぬぐ》ったとき、窓から蟬が飛び込んできた。ぱたぱたとせわしなく飛び回り、天井にしがみつく。正体はあぶら蟬だった。この部屋に飛び込んでくるのは大抵こいつである。江戸城の高い屛《へい》も、蟬の侵入は防げない。

（清《しん》では蟬を食うと言うが、本当だろうか）

天井の蟬を見つめた。飯を食ったのは昨日の朝だから、もう丸一日食べていない。腹の真ん中がしこって硬くなっている気がする。

しかし借金を返さねばならぬ。長い年月の間に、積もりに積もった膨大な借金だった。安い俸禄《ほうろく》だけで返していくのはなんとも苦しい。それなのに我が子蔵太《くらた》はちょうど食べ盛りときている。まだ蔵太が小さいころ妻は病で逝ってしまった。それからは男手一つで育てている。せめて満足に食わせてやりたい。そして子に食わせるためには、親が我慢するしかない。

視線を書に戻し、また読み始めた。空腹から気をそらす必要がある。

部屋には、ぱらぱらという書をめくる音だけが響いていた。

封元が書を読むのは速い。半刻《とき》（約一時間）ほどで一冊を読み終えてしまう。

「おかわりだな」

脇に積んである書物から〈孟子〉を取り上げた。性悪説より性善説のほうが、口当たりがいい。

再び書を開いたとき、後ろから声が聞こえた。

「寺西はおるか」

振り向くと、組頭の井上兵左衛門《いのうえへいざえもん》だった。

「ここにおります」

「また勉学か」

「それくらいしか能がありませんゆえ」

封元は唇に笑みを浮かべた。

御徒組の勤めは、将軍出行のとき、物見として道中の警戒をすることが主である。武芸の熟練した者が選ばれるので、家禄《かろく》の少ない者からも何人かが抜擢《ばってき》されていた。封元はその一人だった。

しかし本当のところ、封元は武芸より学問が好きだった。二日に一度、昌平坂《しょうへいざか》の学問所に通い、講義を聴くのが何よりの楽しみだ。

いくら剣術が強かろうと、貧乏御家人の分際では、出世の望みはない。出世するにも上役に対する挨拶《あいさつ》や付け届けなど金がかかる。今の微禄を守り抜くしかない。

「変わり者よな」

井上はあきれたような顔で言った。

「はっ」

封元は、にっと笑った。馬鹿にされているほうが、上役から嫌がらせを受けにくい。裕福な家に生まれた御家人の上役たちはそのような示威行為が好きである。あるいは、単なる暇つぶしなのかもしれない。

「今日はご老中が寛永寺《かんえいじ》へおいでになる。警護につけ」

「承知しました」

書を脇に置き、立ち上がる。床から足が離れるとき、ねちっと音がした。

半刻後、封元は仲間の徒士十二人と老中の駕籠《かご》を警固しつつ、日比谷《ひびや》門《もん》近くの堀端の道を歩いていた。

登り坂の上、日の当たる道は乾いて白茶けており、陽炎《かげろう》でわずかに揺らいで見える。

(それにしても暑い。いや、むしろ痛い)

日差しがじりじりと肌を焼く。屏際の影の中に入りたいが、道の真中をそれることは許されない。老中は風通しのいい駕籠の中でじっとしていればいいだろうが、下っ端は真夏の太陽から逃れられない。

汗で体にへばりついた袴を、手で引っ張って直そうとしたとき、目の端で何かが動いた。

武家屋敷の並んだ辻《つじ》から粗末な着物姿の者たちが走り出てきた。

「お願いいたします！」

先頭の男は〈訴〉と書かれた真っ白な書状を持っていた。

徒士たちはすぐさま駕籠を守る陣形を取った。百姓は七、八人というところか。

封元も暑さを忘れ、瞬時に身構えた。

「お願いでございます！　我ら飛騨国《ひだのくに》の百姓でございます。ご老中さま、どうかお聞き届けを！」

やはり強訴だった。徒士を務めていると、たまに遭遇する。このところ何年も飢《き》饉《きん》が続いているので、直訴もそれだけ多くなってきている。

（飛騨の国といえば天領だったな）

封元は記憶をたぐった。

治めているのは代官の大原正純《おおはらまさずみ》だ。その父、大原紹正《つぐまさ》が代官であったときも強訴が何度かあり、多くの百姓が捕らえられて死んだ。

この者たちも死んでしまうのか――。

憂鬱《ゆううつ》になった。

「無礼者！」

組頭の井上が両手を広げて立ちふさがった。他の徒士たちも百姓たちが駕籠に近づくのを阻止する。

しかし百姓たちも必死の形相で駕籠に走った。

猛烈なもみあいになる。封元も一人の百姓の帯をつかみ、投げ飛ばした。

しかしまたやってくる。

(馬鹿。さっさと逃げるんだ!)

封元は歯を食いしばって、百姓たちを打ち払った。

だが必死の抗議も短時間で終わった。みな肩を上下させ、息切れしている。ろくに食べていないのだろう。

〈訴〉と書かれた書状は争いの中で徒士たちに踏まれて破れ、中身が飛び出していた。

百姓の長らしき男が、魂の抜けたような顔でそれを見る。

その瞳《ひとみ》はしぼんでいた。

着物の胸元から見える体のあばら骨がふいごのように動いている。ひどく痩《や》せこけていた。

そういえば先ほど別の百姓を押し返したときも妙に軽かった。

訴状を届けることだけが飛騨の百姓たちの望みだったのだろう。

しかし強訴は禁じられている。手打ちにされても文句は言えない。その場で死なくても、強訴に加わったとなれば、まず確実に死罪となる。

（気の毒にな）

百姓たちほどではなくても、自分も暮らしに困窮し、空腹に苦しめられている。腹が減って食べるものがないことほど、惨めなことはない。

ちぎれた訴状が風に吹かれ、はためいている。

（そうだ！）

封元は破れた訴状の中身を拾い上げると、一瞬で目を通した。

一か八か、やってみるしかない。

「控えい！　百姓の分際で、大原代官の悪政を止めたいなどと申すか！」

封元は腹に力を込め、大音声で言った。

百姓の長らしき男が、はっとこっちを見た。刹那《せつな》、瞳に生気が戻る。

「そうでございます。大原代官が不正ばかり働くのです！」

「されど強訴はならぬ。いくら文句があるとはいえ、まずは筋を通せ」

封元が言う。

「何度も筋を通して訴えました。しかし、代官所が訴えをすべて握《にぎ》り潰《つぶ》すのでございます。我らのできることはもうこれしか……」

声が嗄《か》れ、男の顔がゆがんだ。こぼれ落ちた涙は、乾ききった頰にたちまち吸い込まれた。

「寺西、それを」

井上が言った。

駕籠にいた老中から届けるよう指図があったらしい。

声は届いたのか。

封元は頭を下げ、訴状を渡した。

瘦せこけた百姓の長が封元に向かって土下座した。

封元は横を向いて素知らぬ顔した。

「寺西。よけいなことはするな」

井上が小声で言った。怒らせてしまったらしい。

「すみません」

「たかが百姓じゃないか」

違います、という言葉を飲み込んだ。口に出してもどうなるものでもないだろう。

百姓たちは近くの門から応援に駆けつけた門番たちに連れられていった。

この強訴の半年後、大原正純は島送りとなった。親子二代にわたって続いた代官の不正、いわゆる大原騒動と言われる暴動は終わった。

封元に土下座した百姓は、強訴の首謀者であったので、即刻死罪となった。

第一章　老中定信

大原騒動の三年後、寛政四年（一七九二）――。

この年、ようやく御徒組頭となった寺西封元は、老中首座の松平定信《まつだいらさだのぶ》に呼び出された。

「おい、何をやった」

溜《た》まり部屋の上座にいた井上が興味津々といった態《てい》で聞いた。

「わかりません。なぜ私のような下っ端が老中に呼び出されるのか……」

心当たりがまるでない。胸にそこはかとない不安が広がっていた。

「お主は何につけてもいろいろと意見する。だからお叱りを受けるのかもしれんぞ」

井上が薄く笑った。

「何か思いついても黙っておけばよいのだ。それなのに、あれこれと口を出すからこういうことになる」

「口は災いの元ということでしょうか」

「もしご老中にお叱りを受けたらひたすら謝るのだぞ。蟄居《ちっきょ》やお取り潰しになったら元も子もない」

「そんなことになれば兄に合わす顔がありませぬ」

「だったら最初から黙っておれ」

井上はあきれたように言った。

封元は会釈して立ち上がると、もう一度着物を整えた。浪人していた封元を徒士《かち》に引き上げてくれたのは兄である。自分が何か失敗をすれば、兄にも響く。自分のような身分の低い幕臣が、幕府の筆頭たる老中から呼び出されるなど、ただごとではない。

おっかなびっくり長い廊下を歩き、老中の御用部屋をたずねてみると、厳しい顔をした松平定信が待ちうけていた。

小姓に導かれて部屋に入ったが、こちらも見ず、卓の上に広げたさまざまな書類に目を通している。

足がすくんだ。

定信は、前の老中、田沼意次《たぬまおきつぐ》とは真逆で、清廉潔白な人だという噂だった。事実、幕臣のわずかな風紀の乱れにも厳しい処罰を下している。自分に何か落ち度があったなら、切腹もありえるかもしれない。

あれかこれかと想像しながら、定信の正面に座し、平伏した。畳の目をじっと見つめる。新しくて上等な畳からは、い草の爽《さわ》やかな匂いがした。

「寺西封元、参上いたしました」

震え声で名乗ると、すぐに定信が尋ねた。

「そこもとは今年、昌平坂学問所にて学問吟味を受けたな」

「はっ」

平伏したまま答えた。

学問吟味とは、旗本や御家人などを対象に実施された筆答形式の試験で、つい先ごろ始まった制度だ。問題は、中国古典の〈和解題〉と題目を指定した〈論題〉、そして課題に対する解決策を述べる〈策題〉などで、いずれも儒学の経典や歴史書の内容に精通していないと解けない問題ばかりが出た。昌平坂学問所の講師、柴野《しばの》栗山《りつざん》から受験を強く勧められ、封元は先月吟味を受けたばかりであった。

「そうしゃちほこばるな。顔を上げよ」

定信が声を和らげて言った。

（どうやら叱責《しっせき》ではないらしい）

おそるおそる顔を上げて、定信を見た。徳川吉宗《とくがわよしむね》の孫であり、かつては将軍候補とも噂されただけあって、品があり、威厳が漂っている。頭の回転も速いのか、かなり早口だった。

「そこもとは学問吟味において非常に優秀な成績を修めた。柴野も褒めておったぞ」

「身に余るお言葉にございます」

恐縮してまた頭を下げた。

昌平坂学問所は湯島《ゆしま》に設立された日本の最高学府である。全国各地の藩から優れた藩士や子弟が多く送り込まれ、江戸に留学していた。しかし身分の低い封元は、学問所では一番後ろの席にいるしかなかった。それでも出席できるときには、いつも全身を耳にして講義を聴いていた。

「謙遜《けんそん》するな。四書五経をすべてそらんじておるそうではないか」

「古今東西の書物は面白うございますゆえ、何度も読み返しました」

修業というよりは、学ぶことが好きなだけだ。書を読み、腑《ふ》に落ちる箇所は自然と頭に残る。

「なるほど」

定信は微笑んだ。

「柴野から聞いたぞ。お主は少し変わり者だとな」

私はいつも普通にやっているだけです。それがどうも他の者とは行き違うようで」

封元は神妙に答えた。

「それを変わり者というのだ。別に悪いことではない。才ある者は程度の多少こそあれ、常人とは違う」

「才があるかどうかはわかりませぬが……。私は幼少の頃から長く浪人しておりました。それゆえ武士としての立ち居振る舞いを十分に教えられたわけではなく、至らぬところがあるのかもしれません。さらに精進し、誰かの役に立つ人間になりたいと存じます」

「ふむ。たしか父御は安芸《あき》の浅野《あさの》殿に仕えておったのだな」

定信が言った。

「はっ。されど浪人し、私も流浪の身となりました。その後、江戸に出て、徒士であった兄の世話になりました」

「ほう。幸運であったな」

「仰せの通りにございます」

下級武士の次男以下などに生まれると、境遇は惨めなものだ。養子に行ければまだいほうで、多くは部屋住みとなる。穀潰《ごくつぶ》しとなじられることも多い。

　封元の家は安芸国豊田《とよた》郡三原《みはら》にあり、父の弘篤《ひろあつ》は浅野家に仕えていた。しかし城木の伐採の件で上役へ諫言《かんげん》し、注意されてもそれを改めなかったため、屏居《へいきょ》を言い渡され、果ては浪人となった。

　父は自分の正義を通したが、その結果一家は困窮を極めることになった。父と母は離縁することになり、長男の茂平《しげひら》は他家へ養子に出された。

　幼い封元には養子の口もなく、口減らしのため五雲山龍興寺《ごうんざんりゅうこうじ》に小僧として預けられた。封元はあのときの心細さを今でも夢に見ることがある。

　その後、兄の元に身を寄せ、貧しいながらもふたたび幕臣として身を立てられたことは、まさに幸運だと思う。

「浪人から這《は》い上がったことを忘れず、勉学に励んでおるのだな」

　定信が聞いた。

「臣下に取り立てていただいた以上、微力ながらも何か世の役に立ちたいと考えております。この泰平の世では剣術だけを鍛えても存分に力を発揮できぬと思いますゆえ」

　徒士になってから、多くの時を学問に注ぎ込んだ。また何かの弾みで浪人すれば、すべてを失う。しかし得た知識は失うことがない。もし再び流浪の身となっても、学があれば身も立つだろう。学者でも寺小屋の師範でもいい。

武術の腕が物を言う徒士の中では、たしかに異質の存在かもしれなかった。

くわえて、封元は同役たちとうまくなじめなかった。身分の高い武士の多い同役の徒士《かち》たちは、言われたことはやるものの、言われるまではけして動かなかった。ひたすらしくじりのないように振る舞っているだけで、役に立っているようには見えない。

たとえば、上さまがお通りになる道中の選定にしても、いちいち過去に実績のあった道を探した。その中には、川の増水によりひどく道が傷んでいる場合もあったが、道中を変えることもしない。そのためいちいち修理の普請をせねばならなかった。

封元は御徒組頭となると、そんな慣例に頼ることをやめ、別の安全な道行きを提案した。それにより、無駄な普請がなくなり、費用を大幅に抑えることができた。

封元としては、当たり前と思うことをやっただけである。

しかし他の徒士たちは、費用などどうでもよい、伝統ある道を変えるのは義にもとる行為だと非難した。

時代に合わせ、古い慣習を新たに改革しないのは、ただの怠惰ではないのか。

封元は、『上さまを滞りなくお送りするのが第一義である』と突っぱね、改革を貫いた。

その結果、上さまが目新しい道中を喜ばれたとの報もあった。

もしかすると、ご老中はそのことを聞いたのかもしれない。

「そのほう、心学も学んでいるそうだな」

定信が聞いた。

「はっ。参前舎《さんぜんしゃ》の中沢道二《なかざわどうに》殿に師事しております」

「その中沢からも、お主のことを聞いた。ことさら熱心で、見所がある男だと」

「光栄なことでございます。中沢先生の心学の解説は大変わかりやすく、とてもためになるのです」

中沢先生の顔を思い浮かべると、心がふわりと明るくなった。

昌平坂の学問所に通う傍ら、日本橋《にほんばし》通塩町《とおりしおちょう》にある石門心学《せきもんしんがく》の塾〈参前舎〉に封元はよく足を運んでいた。

石門心学とは、孟子の「尽心知性則知天」説を基本とした、石田梅岩《いしだばいがん》を開祖とする人の生き方を考える倫理学である。神・儒・仏の教理を自在に用いて成り立っており、〈あるがまま〉の人間を認め、〈あるべきよう〉に行動規範を求めていくものである。その本質は「勤勉」「倹約」「正直」にあり、それをわかりやすい説話によって庶民に忠孝信義を説いた。

この石門心学は封元の心に響いた。幼いころからいつも貧しかった封元は、日々生き抜くのに精一杯で、人としてどう生きるべきかという規範を知る暇がなかった。しかし、心学を学ぶことを通してはっきりと自分の生きる指標を得たような気がしていた。人が生きていくには、ぬかるみでなく岩のような固い土台の上に立つ必要がある。

「まさにお主のような者がよい」

定信の声が大きく響いた。

「えっ？」

「お主は勤めにおいて着実な成果を上げつつ、学業もおろそかにしておらぬ。何よりわしは、あのときの機転が心に残っておる」

「あのときと申しますと？」

老中と会うのは初めてのはずだ。まるで心当たりがない。

「飛騨の百姓たちの駕籠《かご》訴《そ》のときよ。お主は大声で叫んだだろう。『百姓の分際で、大原代官の悪政を止めたいなどと申すか』と」

「あっ！　あのとき駕籠におわしたのは、ご老中でございましたか」

封元は首を縮めた。場合によっては叱責《しっせき》されても仕方の無いことだ。

「わざわざ駕籠の中まで聞かせおって」

定信は苦笑した。

「申し訳ありませぬ。差し出がましい真似を致しました」

神妙に頭を下げた。ごまかさず、正直に答えるのが封元の生き方である。

「いや、お主の心学をそこに見た。浪人暮らしの困窮を経たゆえに、無辜《むこ》の民の心をよくわかっているのだろう。百姓たちを見殺しにしないというのはお主という人間のあるべき姿に違いない」

「はっ……」

「そんなお主を見込んで頼みがある」

「何でございましょうや」

「寺西よ、お主の命をくれ」

定信がまっすぐに封元を見つめた。

「い、命でございますか!?」

「そうだ。お主に陸奥国白川郡《むつのくにしらかわ》塙《はなわ》の代官をやってもらいたい」

「なんと……」

封元は固まってしまった。

代官と言えば、将軍の名代として天領を治める重要な役目である。しかし自分はただの御徒組頭だ。何かの間違いではないのか。

「不服か？」

「いえその……。あまりのことに頭がついてまいりませぬ。そもそも私のような家《か》禄《ろく》の低い者が、代官を務めることができるのでしょうか」

身分低き家に生まれた者は一生をその身分で過ごす。それが習わしであった。封元のような貧乏御家人は、傘貼りや楊枝《ようじ》の削り仕事をして糊口《ここう》をしのぐことから一生逃れられない。封元も毎夜、細かい手仕事をしている。

「前例はない。しかしそれがどうした。お主とて、上さまのゆかれる新たな道を切り開いたであろう」

「それは、その……。そのほうがよいと思いましたので」

「それ見よ。うまくいくなら、やり方を変えた方がよい。お主はなぜわしが昌平坂学問所を作ったかわかるか」

「おそれながら考えたこともございません。大変役に立ちましたが……。目的はなんでございましょうや」

「幕臣の中に埋もれている才を発掘するためよ」

「才を発掘？」

「さよう。身分は低くとも有能な者はいる。かような者たちを鍛え上げ、幕府の中枢で働かせればきっと成果を上げよう。世襲の者たちはすぐに保身を考える。そのような者はいらぬ。己のことばかり考えず、人のために才を生かす者が欲しい。そう思うて、学問所の門戸を大きく開いたのだ」

「さようでございましたか」

これまでは武士の御役目はほとんどが世襲であり、学問の重要性などあまり認識されていなかった。しかし、定信は学問を強く奨励していた。その奥にはそんな願いがあったのか。

「優れた者が優れた勤めをする。当然のことであろう。それゆえ学問吟味を行い、才ある者には重要な務めを任せる。不服か？」

「滅相もございませぬ。もし私にそのような才がありますれば、一心不乱に勤めまするが……」

言いながらふと考えた。このご老中こそ、もしかしたら大変な変わり者なのではないか。

「よし。ならば引き受けい」

定信が笑顔になった。

「代官というのはな、年貢を取るのがもっとも重要な務めだと思われておる。百姓から米を一粒でも多く取れば褒められ、出世もできた。天領における風紀の乱れや盗賊の横行、百姓たちの待遇などお構いなしにな。それゆえ今までの代官は、前任の者より一千石も二千石も余計に取って出世しようとしてきた。そうすると代官が変わるたびに納めるべき年貢は増やされ、百姓はどんどん困窮していく。飢饉《ききん》や疫病などの事情を考えずに年貢を取り続ければ、百姓は窮し、田畑を捨てて逃げ出してしまう。治安は悪化し、一揆《いっき》が起こることもある。よって、わしはそのような旧来の評価をやめ、徴収する年貢の多寡ではなく、代官の毎年の勤め具合を吟味して、報償を出すことにした。それならば年貢を無理に取りすぎることもあるまい」

「なるほど、賢明な策にござりますな」

封元は膝《ひざ》を打った。むやみに年貢を取るばかりではいずれ百姓は息絶える。石門心学の祖、石田梅岩は「まことの商人は、先も立ち、我も立つ」と言ったが、幕府の経営も同じだ。武士も立ち、百姓も立つようにしないといずれ亡《ほろ》びるのだろう。

「全国の百姓は、旧来の制度の過ちで疲弊しておる。これを一新せねばならん。飛騨国もそうであったが、代官の世襲もよくない。長年、地元の有力者から賄《まいない》をもらって癒着するなどの事例も多い。それゆえ、これからは、才があって正直な者を代官として抜擢《ばってき》することにしたのだ」

「はっ」

少なからず感動を覚えた。正直こそ人の道である。利益だけ求めるといずれ破綻《はたん》を招く。

しかし、幕府の頂点として、ここまで民や百姓たちのことについて考えた人がいただろうか。

そこまで考えて、ふと思い出した。かつて、老中の父である保科正之《ほしなまさゆき》さまは、明暦《めいれき》の大火の際、江戸城本丸の再建よりも、城下の町の再建や人々の救援に資金を投入した。たしかに血を引いている。

「お話のほう、よくわかりました。身に余る役目かもしれませぬが、精一杯勤めまする」

夢中で答えた。胸が高鳴っていた。

「たやすくはないぞ、寺西。このところ続けざまに大きな飢饉があり、村々は困窮に瀕《ひん》している。やることは数えきれぬ。耕作手法の改良、荒地の開墾、川の治水に産業の奨励、どれも大急ぎで進めねばならぬ。荒れた村から逃げ出し、江戸に来て無宿者になる者も多い。天領はどんどん寂れつつある。ここ十年で、実に三割以上の民が村から姿を消した」

「そんなに多くでございますか。ゆゆしき事にございまするな」

「人が減れば田畑は荒れ、収穫も減り、村は滅びる。ひいては年貢の量も先細り、幕府も立ちゆかぬ。寺西、お主のもっとも大事な務めはなんだと思う」

「それは……。天領の復興、つまり米の増産でございましょうか」

「そのためにどうすればよい？」

「田畑を多く確保し、それを耕す人も確保することです」

「さすがは学問吟味で首席を取っただけあるの」

「えっ……。そうでございましたか」

まさか一番後ろで講義を聞いていた自分が一番の成績だったとは。

「首席ゆえ、もっとも厳しい塙に赴いてもらう。田畑はすでに足りている。残るは人じゃ。人の数じゃ。人を増やすことが、お主の何よりの務めよ」

「人を増やす……。難しゅうございますな。川の補修や田畑の開墾と違い、人の意識を動かさねばなりません」

「さよう。希望がなくては、人は子を産まぬ。絶望が生まれた子を殺す。今までのような代官では到底人は増えまい。この務めはぜひとも急がねばならぬ。寺西、三年以内に成果を出せ」

「三年、でございますか」

封元の胃がきゅっと締まった。汗が全身にしみ出してくる。

しかし考えてみるとご老中とてきついはずだ。身分の低い自分のような徒士《かち》を代官に抜擢するなど前例がない。失敗すれば非難の的となる。抜擢の成果を出すことでしか、周囲を納得させることはできない。

(果たしてわしにそれができるのか)

そんな不安を見透かしたように老中は言った。

「責任はわしが取る。お主の思うままにしてのけよ。何かあればいつでも屋敷までたずねてこい。遠慮はいらぬ」

老中は励ますように、にっこりと笑った。

「わかりました。お引き受け致します」

この信頼に応《こた》えたい。そう思うと口が勝手に動いていた。

その後、小姓に促されて御用部屋を退出すると、そのまま下城したが、どうやって家まで帰ったかよく覚えていない。やったこともない代官という務めを引き受けた上に、塙の人の数を三年以内に増やさねばならぬ。成果が出なければ、徒士の役目まで解かれるおそれがある。そうなれば自分を引き立ててくれた兄にも顔向けができない。

任命されたときは使命感に高揚もしたが、時がたつにつれよく考えてみると、課題が山積みだった。

＊

湯島四丁目樹木谷《じゅもくだに》にある侍長屋に帰り、中に入ると、今年十一歳になる蔵太が出迎えてくれた。

十二年前、徒士となったとき、閑院宮《かんいんのみや》家に仕える木村《きむら》石見守《いわみのかみ》秀辰《ひでたつ》の娘、志摩《しま》を娶《めと》り一子にも恵まれたが、すぐに病で妻を亡くした。穏やかな家庭の温かさのようなものを味わうことができたのは、わずか数年のことであった。再婚はもはや望まなかった。

それ以来、封元は蔵太と二人、質素に暮らしている。

封元はのろのろと着替えると、夕餉《ゆうげ》の席に着いた。

夜になってもまだ暑さがひかず、冷《ひ》や奴《やっこ》だけは食べたものの、箸《はし》は進まなかった。

「父上、何かあったのですか？」

目を上げると、蔵太が心配そうに見ていた。

「ああ、少し考えごとをな」

「汁が冷めてしまいますよ」

「そう言うてもな。飯が喉《のど》を通らぬのだ」

封元は箸を置いた。また胃が痛くなっている。

「どうしたのです。いつもは何を聞いても即答する父上らしくもない」

「実はな。今度わしは塙の代官になるのだ」

ため息をついて言った。

「えぇっ！」

蔵太が素《す》っ頓狂《とんきよう》な声を上げた。

「なんだ、そんなに目を見開いて」

「だって代官ですよ。すごいことではないですか。父上、おめでとうございます!」

蔵太の目から涙があふれてきた。

「お、おい……。どうした」

「信じていました。きっとこのような日が来ると。いつも勤めや学業に邁進《まいしん》されている父上が、ついに代官に抜擢されたのですね」

「まあ、そう考えると、めでたいことではあるがな……」

御徒組頭の身分では、城の御抱席にいるにすぎない。されど代官ともなると、今後将軍に御目見えする機会があっても不思議なことではない。武士としては華々しい栄転だろう。

「こんなおめでたいのに、父上はなぜそんなにふさぎこんでいるのです」

「ふむ」

封元は右手で顎《あご》の下をなでた。少なくとも息子は喜んでくれている。その嬉《うれ》しそうな顔を見ていると、責任に押しつぶされそうだった心が、すっと軽くなるような気がした。

「たしかに、やりがいはあるな」

前向きな気持ちが湧いてくる。

「そうと決まれば、さっそく明日、小豆を買ってきましょう」

「小豆などどうする？」

「決まっているでしょう。赤飯を炊くのですよ」

「おお、そうか。なんとも久しぶりだな」

赤飯を炊くなど蔵太が生まれたとき以来である。

志摩がふっくらと炊いてくれた。胡麻塩《ごましお》を振って食べるとなんともうまかったものだ。

そもそも幕臣に取り立てられるまでは、自分が赤飯を食べるなど想像もできなかった。父を追って寺を出奔し、一人、東海道《とうかいどう》を歩いていたときは、食べるものがなく、旅人が捨てた弁当の包みの裏を必死でしゃぶっていたことを思い出す。

あのときを思えば苦しいことなど何もない。

「たくさん炊きましょう。お隣にも分けてあげないと」

蔵太が楽しそうに言った。

この明るくて利発な息子にはいつも助けられる。負うた子に教えられて浅瀬を渡るとはこのことか。

この子がいなければ、自分の人生はどれだけ虚《むな》しいものだったろう。

（よし。やってやろうじゃないか）

勇気が湧くとやることが見えて来た。

まずは塙村の詳細を調べ、代官の務めについても学ばねばならぬ。恐れるより、まずは問題を整理し、考え始めることだ。正直に、そして勤勉に。一命を賭《と》せばきっと何かができる。自信は無いがやるしかない。

封元は武者震いした。

第二章　淵

翌月、封元は正式に塙の代官として任命された。

調べたところ、代官の務めは確かに年貢の取り立てが主であるが、他にも治水や荒れ地の開墾、鉱山の開発など多くの務めがある。村人たちの間にもめごとが起きたときなども代官が裁かねばならぬ。だが、重要な案件は独断で解決できず、何事もいちいち勘定奉行の指示を仰がなければならなかった。それはかなりの手間を要するだろう。

その上、代官のやり方に民が不満を持てば、すぐに一揆《いっき》が起こる。代官は天領を差配するとはいえ、百姓たちには将軍に仕える百姓だという誇りもあり、立場が強いとも言えない。

そして代官の扶持《ふち》は年に百五十俵だった。銭に換算すると七十両ほどで思ったより少ない。少し裕福な御家人と同じくらいであった。薄給と言ってもいい。よって、代官を命じられた者は元締や目付を天領に派遣し、江戸にいたまま政を為《な》すことがほとんどだった。

しかし老中は務めに精を出さぬ代官の世襲を断ち切り、新たに優秀な人物を代官として送り込むことで、農村を復活させようとしている。

封元はあらためてその重責を知った。そしてすぐに決めた。江戸から塙まで、およそ四十五里。離れてはいるが塙には封元自身が赴くことにした。まずは何事も自分の目で確かめねばならぬ。課題をすべて明らかにしないと、復興の策は見えてこないだろう。

その夜、封元は蔵太に打ち明けた。

「蔵太。わしは江戸を離れ、塙に行く。そしてつぶさに状況を見て回り、人々の話を聞くことにする」

「はい、父上」

「お前はここに残るか」

おそるおそる聞いた。

蔵太は住み慣れた江戸にいるほうが暮らしやすいだろう。塙には誰も知り合いがいない。

「お気遣いありがとうございます、父上。しかし私も一緒に参ります」

蔵太は即座に答えた。

「江戸の友垣と離れてよいのか。塙にあっては昌平坂の学問所にも通えぬぞ」

「なに、学問なら父に習えばよいのです」

「しかしな……」

「私は父上といとうございます」

蔵太のうるんだ目がまっすぐ自分を見つめていた。

かつて封元も父を追って故郷を離れ、江戸で一緒に暮らしたことをふと思い出した。寺に預けられていたときより、はるかに暮らしは貧しくなったが、父と一緒に煎餅布団《せんべいぶとん》にくるまって寝ているほうが、よほど暖かかった。

「よし。ともに行こう。お前も父の務めを手伝うのだぞ」

「もちろんでございます」

蔵太が嬉しそうに返事をした。

この笑顔がなければ自分とて暮らしていけぬかもしれない。

馬鹿なことを聞いたものだ。二人で一つの家族だった。

諸方への挨拶《あいさつ》を終えると、寺西親子はすぐに江戸を発《た》った。水戸《みと》街道を北へ進み、水戸の城下から常陸《ひたち》の太田《おおた》街道を進むと塙に至る。四日ほどの行程であった。

塙は陸奥国の南、常陸寄りにある。久慈《くじ》川流域にある肥沃《ひよく》な土地で、平潟《ひらかた》港に通じる街道の要所でもあった。軍事的には、水戸と会津《あいづ》を結んだ線上に塙、棚倉《たなぐら》藩（譜代）、白河《しらかわ》藩（譜代）などと並んでおり、伊達《だて》や上杉《うえすぎ》など奥羽《おうう》の外様《とざま》大名から江戸を守るための重要な障壁でもあった。

封元たちは足早に街道を進んだ。

国境を越えて村に入り、川沿いに進むと、やがて塙の代官所が見えてくる。陣屋は二四〇坪ほどの大きさで、周囲には塀《へい》が巡らされていた。

「これで父上も一国一城の主《あるじ》ですね」

蔵太がいたずらっぽく笑って言った。

「大げさなことを言うでない」

「江戸の家よりはるかに広うございます」

「我らだけが住むわけではないのだぞ」

封元は苦笑いした。

到着すると、さっそく元締の近藤緑八《こんどうりょくはち》、用人の北村新兵衛《きたむらしんべえ》が出迎えて旅の労をねぎらってくれた。近藤たちは、先に塙へ行かせてあった封元の家臣たちである。足軽や中間、侍女も含めおよそ二十人ほどで塙を治めねばならない。

陣屋を見て回ると、大きな建屋は代官の住居も兼ねた庁舎であり、お白洲もあった。その他には家臣や手代たちの長屋もある。

荷を解くと、さっそく地元の手代たちを呼ぶように言った。とにかく時がない。すぐに顔合わせしておきたかった。

代官所の手代たちは塙の土地の者たちの中から選ばれるのが通例である。前任者の手代として勤めていた三浦源助《みうらげんすけ》という者が有能だと聞き、そのまま自分の手代として勤めてもらうことにした。その他の者はおいおい集めていけばいい。手代たちには各村の顔役との年貢の交渉など現場の勤めを任せることになる。

挨拶にやってきた源助をすぐさま御用部屋に上げて聞いてみたところ、塙の代官所に勤めてもう九年になるという。伊香《いこう》村の出身で、三十代半ばの、色の黒い牛蒡《ごぼう》のような男だった。

長く勤めた手代なら村のしきたりにも詳しく、名主や庄屋《しょうや》たちにも顔が利くだろう。

まずはこの男からよく話を聞くことだ。

封元は手短に自己紹介をすると、さっそく自分の来た目的を話した。

「源助。わしが早急にやらねばならぬことは、塙の村々の荒廃を手当てし、人の数を増やすことだ。人がこれほど早く減ってしまっては、塙の田畑も廃れてしまうだろう」

「人を増やす……。できるわけないでしょう」

「なぜだ？」

「そんなことは夢物語ですよ。飢饉《ききん》のせいで今でも村人はどんどん逃げ出して、減る一方です。金を得るためには江戸に出稼ぎに行くしかない。塙は年貢も高いし、川も荒れ放題で……。いったいどうやって人が減るのを止めるんです」

源助は険しい顔で言った。それほど苦労してきたということか。

「わしにも今のところ、良い策は浮かんでおらぬ。ただ、人が減るのを止めることはできるとは思う」

封元には一つ、考えがあった。

「そんなことできるんですか」

源助はけげんそうな顔で言った。

「その前に、まずは塙の状況をつぶさに知りたい。近くの町を見て回ることにしよう。源助、案内してくれぬか」

「今からですか？　もう日暮れですよ」

「わしには時がない。一日も早く取りかからねばならん」

「しかし……」

「街道の手前まででいい。村のようすを早く知りたいからな」

言ったときにはもう立ち上がっていた。

「わかりました。ご精の出ることでございますな」

源助ものろのろと立ち上がった。

「お主、酒は飲むのか」

「えっ。そりゃまあふつうに飲みますが」

「散歩がてら、ちょっと飲んでいくか」

封元はいたずらっぽく微笑んだ。相手が酒を飲めるなら、一緒に飲むのがもっとも早く腹を知れる方法である。

「飲むって言うと、私とお代官さまがですか」

源助が驚いた顔をしていた。

「酒屋はあるのか」

「宿場の方にはありますが……」

「ならば行こう。そう硬くならんでもいい」

部屋を出て土間に降りると、草鞋《わらじ》を履き、さっそく歩き出した。

「まったく、変なお代官さまですね」

源助が慌てて後についてきた。

村を歩いて見て回り、二人が腰を落ち着けたのは、宿場の通りにある古い居酒屋だった。卓に置かれているのは、里芋とこんにゃくの甘辛い煮っ転がし、そして酒である。

「あつっ」

慌てて口から離した封元は、ふうふうと吹いて、こんにゃくを食べた。

「これはうまいのう。酒と合うな」

「ええまあ。ここの名物なんです」

「よいな。人は名物を求めて旅をする。旅人が足を休めれば、宿屋が栄える。そのためには喧伝《けんでん》が肝要じゃ」

「喧伝？　どっかで言いふらすんですかい？」

「それもよいが、まずはのぼりを立ててみればどうだ。『塙名物　甘辛こんにゃく』などとな」

「うまくいくんですかねぇ」

「やってみなければわからん。一つの案だ」

封元は酒を一口飲んだ。熱い塊が胃に降りて来る。

「見たところ、塙には茶畑も多いようだな」

「へい。ここいらは天気も穏やかですし、水はけもいいですから」

「なるほど。うまい新茶が飲めそうだ。茶に合う団子もよい。みたらし団子や阿闍《あじゃ》梨《り》餅《もち》に匹敵するような名物があるとよいな」

「お代官さまは物知りですねぇ」

「聞きかじりだ。書物を読むのが好きでな」

「お侍さんらしくありませんね」

「これからの侍は変わらねばならん。なんせ戦もないしな。むしろ商人のように逞《たくま》しく生きねばならぬ」

「商人なんて浅ましいですよ」

「利益だけを追求する商人はたしかに浅ましい。しかし相手のことも考え、共存共栄する志の高い商人ならその地方を発達させることができる。塙に良い商人を育てるのも、人を増やす一案だ」

「そんなことできますかねぇ」

「今日がその第一歩だ。ほら、お前も遠慮せず食うがいい」

「じゃ、いただきます」

源助が里芋を食った。やはりふうふうと吹いている。

「源助、ひとつ聞きたいことがあるのだが」

「なんです？」

「村人が子供を間引いたとき、どこに埋葬するのだ」

「ぶっ」

源助が食べていた里芋の欠片《かけら》を吹いた。

酒の席にはふさわしくない話だが、手をつけるならできるだけ早いほうがいいだろう。

村の者が、子供を間引く〈おし返し〉が、人が減る要因の一つである。親が子を殺すことなど、あってはならない。想像するだけで封元の胸は締めつけられた。

「なんでそんなこと聞くんです」

「わしも人の親だ。どうも気になっての。やはり墓場に埋めるのか？」

「いちいち墓なんか作りませんよ。さっと川に流しちまうんです」

源助が吐き捨てるように言った。

「それではまるで塵芥《じんかい》ではないか」

弔いさえもなく捨てられているとは――。

いったいどういうつもりなのか。

「川を埋めるか」

とっさにそんな言葉が出た。

「えっ？」

「川がなければ赤子を流すこともあるまい」

「そんなことしたって無駄に決まっているでしょう。ここには山だって池だってあります。だいたい川がなくなれば、田畑も干上がります」

「止められぬか」

いつのまにか歯を食いしばっていた。江戸にいたときは遠い地方の話だったが、今は目の前で貧しさによる子殺しが起こっている。

「親はきっと、お代官様よりつらいと思いますよ」

源助はむっつりと酒をあおった。

「人の命は尊いものだ。勝手に奪っていいものではない」

「生かして飢えさせるほうがかわいそうかもしれません。一人増えれば家のみんなも食えなくなっちまいますから」

源助が空になった徳利を振った。陶器から落ちたしずくが卓の上にたまり、とぎれとぎれの輪を作っている。

「源助。連れて行ってくれ」

「どこへです？」

「みなが子を捨てる川だ。せめて念仏の一つでも読まぬと気が済まぬ」

「もしかして今からですか？」

「むろんだ」

源助がため息をついた。構わず立ち上がる。女中を呼んで勘定を頼んだ。

「全部食べてからにしませんか」

源助がおずおずと言ったが、これ以上飯など喉《のど》を通らない。

居酒屋を出て、あぜ道を歩いた。源助が提灯《ちょうちん》を持って先に行く。晴れた夜空には星々が瞬き、草むらの中で鈴虫が鳴いていた。生暖かい風が頬に当たる。

闇の中に、二人の足音だけか大きく響いた。

「わしはなんとしても間引きを止めたい。まずはそこからだ」

「おまんまが食えないんじゃしょうがないでしょう」

「よく考えてみろ。せっかく生まれてきた命が、光も見ぬまま死んでしまうのだぞ」

「豊かに暮らしているお武家さまにはわかりませんよ」

源助の声がとがった。

「俺らが毎日精出して作った米も作物も、ほとんどお上が持って行っちまう。自分たちが作ったってのに、俺たちは残り物しか食えねえんです。そこに光なんてあると思いますか。悔しさだけですよ。とくに自分の畑を持たない小作人や水飲み百姓なんかは、苦しむために生まれてきたようなもんです。死なせてやるのがむしろ功徳ってものかもしれません」

「困窮の苦しみは知っておる。ひもじさがつのると、自分が生きていてはいけないと言われているような屈辱も感じる。自分が悪いと思ってしまう……。わしも昔は浪人していたのだ。食うや食わずだった」

「えっ、だって寺西さまはお代官でしょう?」

「特例なのだ。ご老中が困窮をよく知る者としてわしを選ばれてな。わしは生まれつき下っ端の侍だ。傘貼りや草鞋《わらじ》づくりばかりしていた。それでも藩士であるうちはまだよかったが、浪人したら、すぐに食い詰めた。町人のように勤めの修練もしておらぬゆえ、浪人となれば死ぬか、物乞いになるか……。頼る親戚もなく、わしの一家は散り散りとなった。さいわい、わしは寺に預けられたゆえ、飯はなんとか食えて、経も覚えることができた。貧しきとき、托鉢の真似事ができなかったら、わしはとうに死んでいただろう」

言いながら、封元は幼き日々を思い出していた。

父は幼い封元を寺に預けると、職を得ようと江戸に出た。封元は父に別れを告げると寺に頼んで実家に帰ったが、一足違いで父は発《た》ったあとだった。母も兄も失ったあげく、父にまで去られ、寂しくてならず、その足で父の後を追った。一人になるくらいなら死んだほうがましだと思った。

無銭の旅を続け、ようやく江戸にたどり着いたのはひと月後である。

しかし江戸に出ても父はなかなか職を見つけられなかった。

封元は大晦日《おおみそか》に貧乏長屋の寒い部屋で父の帰りをひたすら待った。しかしいつになっても帰らず、雪の降る中、空《す》きっ腹を抱えて外に出て、辻《つじ》で必死で経を読み続けたことがある。

鉢を持った指が寒さでちぎれそうだった。

そして、わずかな銭を鉢に入れてもらったときの、ちゃりんという涼しい音は死ぬまで忘れないだろう。あれでそばの汁を分けてもらい、父と共にすすった。

「お代官さまもわりと苦労をされたんですね」

「どんな人間にもそれなりの苦しみはあるものだ。だがな、あきらめず正直に、勤勉に生きていれば何かが変わり、良い風が吹くこともある。されど生まれてすぐ命を絶たれるというのは、その望みすら絶ってしまうことだ」

「何も持ってない百姓に望みなんてあるんでしょうか」

「あるとも。人の心の中には、神も仏もいらっしゃる。ご老中のように貧しき者に心を痛め、見ている者がいる。だからわしをここにつかわせた。村の荒廃を手当てし、間引きせずとも暮らしていけるようにするためだ」

ほのかな闇の中で源助が肩をすくめた。

「まるで絵空事ですよ。今までのお代官さまを見ているとね。お代官さまってのは、ひたすら年貢を取るだけで、こっちの事情なんかおかまいなしだ。わざわざ検地をやり直して、年貢を増やして……。しまいには一揆《いっき》になってね」

「かつてはそんなこともあったそうだな」

封元も資料でそのことは読んでいた。

寛延《かんえん》二年（一七四九）、塙に起こった冷害の大凶作のとき、百姓らは代官所に対し、年貢上納の延期や救済金の給付を願い出た。しかし当時の代官筧伝五郎《かけいでんごろう》は江戸に常駐しており、塙の実情を顧みることもなく、百姓たちの訴えを無視した。その態度に百姓たちは激怒した。その半年後、筧が年貢を督促するために塙へやってきたとき、蓆旗《むしろばた》が翻った。竹槍《たけやり》や斧《おの》、釜《かま》などをもって百姓が押しかけ、代官所は取り囲まれた。代官の筧は慌てて逃げ出し、なんとか安楽寺《あんらくじ》に隠れたが、「代官を出さなければ寺ごと焼き払う」と村人たちに詰め寄られたためついに観念し、押し入れの中で自刃して果てたという。

もっとも一揆を起こした百姓たちもただではすまなかった。死罪や遠島など、あわせて五五九人が刑罰を受けることとなった。

「一人の代官のために何百人もの百姓が痛めつけられたんですよ。そんなの、おかしいじゃないですか」

源助が腹立たしげに言った。

「ご老中はそんな旧弊の制度をあらためようとされておる。百姓は国の本と先の将軍もおっしゃっていた」

それは延宝《えんぽう》八年（一六八〇）のことだった。五代将軍徳川綱吉《つなよし》は各地の代官に、

「民は国の本なり。代官の面々は常に民の辛苦を能察し、飢寒等の憂いなきように

することと」と申し渡し、これにより全国の代官もその務めを監視されるようになった。

もっとも、監視の目はなかなか行き届かず、不正を犯す代官も後を絶たなかった。

理念と現実はなかなか近づかない。

しかし、老中も自分もそれを変えたかった。

「百姓は国にとってなにより大事な存在ということだ。生まれたばかりの幼い子が命を奪われるなどあってはならぬ」

まずは墒の間引きを止めなければならない。

封元は源助の案内で久慈川の支流の淵《ふち》へとたどり着いた。

夜の川は底知れず黒く、提灯の光だけで上流をながめると、大きな蛇がうねっているようにも見える。

あたりは静かで、水の流れる音だけがひどく大きい。

「こんなところに……」

「ええ。ここは淵が深くて流れが巻いてます。一度沈んだらまず浮かぶことはありませんから」

源助が言った。

封元は水の渦巻く淵をのぞき込んだ。

ここにいくつの亡骸《なきがら》が眠っているのか——。

胸がいっぱいになったとき、近くで草のこすれ合うような音が聞こえた。

「今のはなんだ」

声を潜めて源助に聞いた。

「熊じゃなきゃいいんですがね」

源助も身を硬くしたようだった。

目をこらして音のした方を見つめた。

すると影が動いた。月明かりの中、大きな生き物が動いたのがはっきりとわかった。ただ、熊というにはほっそりしている。

「源助。あれは人ではないのか」

「えっ？」

影は淵のそばに出ると、しばらく佇《たたず》んでいた。そしてまた森へと、引き返していく。

「確かに人ですね。誰だ、いったい……」

源助が言うと、人影はすぐにまた戻ってきた。

淵のそばでじっと佇んでいる。

「まさか……」

封元がつぶやいたとき、男は脇に抱いた大きな包みを後ろに振った。そのはずみで包みの間から赤黒い棒のようなものが二本、ばたばたと動いたのが見えた。

「待て！」

叫んだとたん、包みを投げ込もうとしていた男の肩が、びくっと跳ねた。しかしそのまま動きを止めず、包みを水に投げた。

夢中で走り出す。だが、すぐに大きな水音がした。

闇の中、うっすらと灰色の包みが渦に巻かれていくのが見える。あれはたしかに赤子に着せるおくるみだ。

「くそっ」

力いっぱい跳躍して飛び込んだ。ぎりぎり足が立つ。水を掻《か》いておくるみに近づくと、着物に冷たい水が染み込んできた。徐々に深くなり足も着かなくなってくるが、かまわず泳ぎ出す。

しかしもう少しで手が届くというところで、おくるみは渦の中心に沈んだ。

封元はおくるみの沈んだ辺りに潜り、必死に手を伸ばした。

指先に布の感触があたる。だが強い流れがあり、包みは再び離れていった。

夢中で水を掻く。すると振り回した手の中指の先に布がひっかかった。

（離すものか）

封元は拳《こぶし》を握り、おくるみを体に引きつけると、両手で抱きしめた。その刹那《せつな》、強い水流に頭まで飲まれる。

このままでは溺《おぼ》れる――。

恐怖に包まれたとき、幼い頃の記憶が蘇《よみがえ》った。それは幼いころ、封元が水流の強い川の深みで溺れかけたとき、父が言った言葉だった。

「川に飲まれたときは慌てず、身を任せろ。底に着いたら地を蹴《け》って浮かび上がればよい」

水流の中、封元は抵抗をやめた。しばらく流れに揉《も》まれると、水流が弱まり、足に何かが当たった。砂利のような感触。その刹那、封元は川底を蹴り、全力で飛び上がった。頭が水面に出る。大きく息を吸った。流れが速いのは表層のほうだ。しかしまた流れに巻かれ、沈み始める。左手におくるみを抱き、何かに摑《つか》まろうと右手を力一杯伸ばした。

その手がぐっと摑まれた。

強い力で引っ張られ、足の着くところまで連れて行かれる。

ぶはっと水を吐き出した。激しくせき込む。

「何をやっているんです！　ここは浮かばすの淵だって言ったでしょう」

助けてくれたのは源助だった。源助も肩までずぶ濡《ぬ》れになっている。

「すまぬ」

おくるみを抱いたまま岸に上がり、夢中で布をはいだ。赤黒い小さな体が出てくる。

水の中にいたのはどれくらいか。水を飲んでしまったのか。

「坊！」

強く揺すったが反応はない。温かさはあるが、ぐったりしていた。

赤子を強く抱いた。

「坊。逝くな。やっと生まれたのだぞ。きっとお前にはやることがある」

抱きしめると、封元の肩にけぷっと水を吐いた。

「坊！」

封元が叫ぶと、赤子は最初小さく、やがてけたたましく泣き始めた。

「おお……。生きておる。生きておるぞ！」

赤ん坊の大きな声が、なんとも心地よく耳に響いた。世の中にこれほど素晴らしい音があるだろうか。赤ん坊は女の子だった。源助の着物を借り、それで小さな体をくるむ。

呆然《ぼうぜん》と成り行きを見ていた男をにらんだ。

「そこの者！　お主はこの子の父か」

男がびくっとした。

「へ、へえ……」

猛烈な怒りがこみ上げてくる。

「自分の子を殺すとは何事か！」

激しく叱咤《しった》した。

その瞬間、男の目が潤んだ。

「見逃してくだせえ。どうにもならなかったんです」

男の肩が震えていた。

「お前、文吉《ぶんきち》じゃねえか」

源助が言った。

「あっ、源助さん……」

「てめえ。お代官さまの前でとんでもねえことしでかしやがって」

源助が文吉をにらんだ。

「お代官さま？」

文吉がはっと目を見開く。

「文吉とやら。お主はなぜこの子を間引こうとした」

にらみつけたまま聞いた。

「これ以上、口が増えたらどうしようもねえんです……。この子にとっても、うちよりあの世の方がよほどいいんです」

「それはお主だけの考えであろう。見よ、この子は生きたがっておる」

赤子はしっかりと封元の親指を握り、口に含んで指先を強く吸っていた。

「そりゃ、おらだって殺したくねえんです……。でも、どうせ飢えて死んじまう。娘っ子だから、ろくな働き手にもならねえ。だから口減らしを……」

「ならぬ！」

大音声で言った。

「うっ……」

「四の五の言わずにお主の家に案内しろ。この子を温め、乳を飲ませるのだ」

「あの、お咎《とが》めはあるのでしょうか」

「愚か者！　そんなことより子供のことを考えよ。さ、早う案内せい」

文吉の住む川向村《かわむかい》に三人で急ぎ向かった。封元の手にはしっかり赤ん坊が抱かれている。川向村は水はけの悪い土地のようで、地面のぬかるんだところには板が渡されていた。板を踏むと木がきしむ鈍い音がする。

文吉の小さな茅葺《かやぶき》の家に着き、中に入った。

「明かりをつけてくれ」

「はい」

文吉が行灯《あんどん》に火をともすと、狭い部屋に布団がいくつも並んでいるのが見えた。小さな子供が二人いる。女房は壁にもたれて座っていたが、寺西の抱いた赤子を見て、落ちくぼんだ目を見開いた。

「あんた……」

「こいつは嫁のお順《じゅん》です」

文吉が言った。

「わしは新しく塙に着任した代官の寺西だ。この子を間引くことはまかりならぬ。早う乳を飲ませてやれ」

「うっ。うあうっ！」

嗚咽《おえつ》と供に、お順の目から涙がこぼれ落ちた。

「当たり前だ……。自分の子だ」

自分もいつしか涙ぐんでいた。

お順は封元の手から赤子を受け取ると、強く抱きしめた。素早く浴衣《ゆかた》の前を開け、乳をやる。赤子は喉《のど》を鳴らして飲み始めた。やはり腹が減っていたのだろう。

「獣ですら自ら命を捨てぬ。ましてや人が自らの子を殺していいと思うか」

「申し訳ありません。どうしようもなくて……」

お順がうつむいて消え入りそうな声で言う。

「昔、わしも子を失くしたことがある」

封元が言った。

「えっ？」

「初めてできた子でな。しかし生まれて二日で死んでしまった。あのときのつらさは今も忘れられぬ。あれほど哀しいことはなかった」

徒士《かち》となって志摩を娶《めと》った最初の春であった。赤ん坊ができたようだと聞いたときは、小躍りして喜んだ。長年浪人し、食うや食わずの暮らしだったが、ついに自分の子を持つことができたのである。胸を高鳴らせ、名前もさまざまに考えて斧次《おのじ》郎《ろう》とつけた。

しかし、斧次郎は生まれてすぐに死んだ。息が止まり、指先すら動かない骸《むくろ》を見てしまった。自分もこの世から消えてしまいたかった。

自分のことならどれだけ傷つこうと耐えられる。しかし子供の死は耐えられるものではない。

それなのにこの百姓夫婦は自らの手で我が子を闇に葬ろうとした。そのつらさや苦しさは、どれほどのものか。

「よいか文吉、お順。この先、その子が必ず食えるよう、この寺西が必ず面倒を見る。だから二人でその子を立派に育てよ」

「まことでございますか。そんな信じられねえことが……」

「名主に出生を届け出よ。子育ての費用は代官所が手当てする」

「えっ……。お金がもらえるんですか？」

封元は頷《うなず》いた。

「その金で赤子の衣食を整えるのだ。何も案ずることはない。今後、塙の子供は全て、わしが面倒を見る」

そう言ったとき、赤子が大きなげっぷをもらした。小さな顔が笑っているように見えた。

（斧次郎。今度は助けたぞ）

赤子の温かい頰をそっと撫《な》でた。

あるいは天にいる斧次郎が、この子を生かしてくれたのかもしれない。

＊

「源助、よくわしを引っ張りあげてくれた。礼を言う」

文吉の家からの帰り際、あらためて礼を言った。もはや夜半を過ぎている。

「来たばかりのお代官さまを死なせたら首が飛びますよ」

源助が口の端で笑った。

「お前が救ったのはわしの命だけではない。これから花開く幼い命も助けたのだぞ」

「はてさて。よかったんですかねえ。金まで渡すって言ってましたが、これから何人生まれてくるとお思いですか」

源助はひねくれた物言いで言ったが、どこかすっきりした顔をしていた。

今までどれくらいの子供が闇に葬られてきたのだろう。

墓すらもない子供たち――。

あらためて、困難な役目を引き受けたと悟る。塙の間引きを止めるということは、領民すべての暮らしを受け止めるということだ。

ずんと肩が重くなった。

翌日、村の中心にある塙代官所の前に、大きな立て札が立てられた。

通りかかった村人たちは、おっかなびっくりのぞきこんだ。

「また年貢を上げるんでねえか」

「いやいや、人足を借り出すのかも……」

「お代官さまのお触れなんか、まずろくなことがねえ」

「おい杉作《すぎさく》、お前字が読めるだろ。なんて書いてある?」

「ちょっと待てよ。ええと……」

杉作という百姓が押し出され、おずおずと読み上げた。

これより子を産みし者、子一人につき一両を支給する。

「なんだそりゃ？　子供を産んだら一両くれるってか」

「えれえ太っ腹だ。ほんとなのか？」

百姓たちはざわついた。

「俺ももう一人作るか……」

「おめえんとこの女房はもう婆《ばば》ぁだろ！」

「いや、頑張ればなんとか」

百姓たちが唾《つば》を飛ばす。

「ちょっと待ってくれ。まだ何か書いてあるぞ」

杉作が続きを読み上げた。


以下、八ヶ条こそ人の道、これを守ると子々孫々まで栄ゆる事疑いなし

一　天はおそろし
二　地は大切
三　父母は大事

四　子は不憫《ふびん》、可愛
五　夫婦むつましく
六　兄弟仲よく
七　職分を出精
八　諸人あいきょう

百姓たちは首をひねった。

「つまり、どういうことだ？」

「年貢とは関係ねえようだな」

「何かの教えか？　今度のお代官はずいぶん変わっとるようだの」

「とりあえず子供のお手当のことは、みなに言ってやろう」

村人たちは、ほっとしたり、あるいは拍子抜けもし、ぞろぞろと田畑へ散っていった。

代官所の屏《へい》の隙間から、封元はそのようすを見ていた。

「さて、どうなるかな」

「いいんですか。子供が生まれるごとに一両なんて、あっという間に代官所の金がなくなりますよ」

近藤が心配そうに言った。この男、算盤《そろばん》は使えるが、どうも頼りない。

「その分、命が救われる。金はなんとかするしかないだろう」

「なんとかなりますでしょうか」

「何が何でもやる。墒の民は今、闇の中にいる。まずは光射す希望への道を示し、力を与えるのだ」

「あの八ヶ条も、進む道ということですか？」

「いかにも」

代官就任以来、ずっと考えてきた文言である。

勧善懲悪、父母への孝行、夫婦和合、兄弟の親密などは儒学の五倫五常を基礎としたものだ。子女への養育は、間引きを防ぐため、特に心を砕いた部分である。生まれたばかりの子供には何の力もない。もっとも慈悲を注がれるべき対象である。

「この八ヶ条を広め、村の者たちに人としての生き方をしっかり学んでもらうのが先決だ」

「どこか当たり前の内容という気も致しますが」

近藤が首をひねった。

「それはお主が侍だからだ。子供のときに論語くらいは読んでおろう。しかし塙の人々はほとんど教えを受けておらぬ。人は生まれながらにして人ではない。人たる教えをしかと受け、ようやく人となることができる。さすれば間引きなどすまい」

「なるほど……。しかし、これだけでわかってくれるでしょうか」

「足らんだろうな。ここに補足してある」

封元は懐から数枚の紙を出して渡した。

「この文言を木版にして、まずは千枚ほど刷ってくれ。村の家々に配るのだ」

そこには先ほどの八ヶ条の解説が書かれていた。

一　天はおそろし

毎日毎日、人間の心のうちと仕業を、天はお見通しなり。心を正直にして、良きことをする者には、恵みあり。悪心を抱き、悪きこと為《な》す者には、罰あたり、おそるべき事なり。

二　地は大切

人々の食い物、着る物その他なんにしても、地より出来ざるものはなし。地を粗末にすると自然に罰あたり、食い物も何も手につかず、困ること出来るなり。少しの地にても大切にすることなり。

三　父母は大事

人並みに育ち、働く体はみな父母から授かり、いろいろの手当て、苦労の養いを受け人になる。父母の大恩限りなし、大事にせねばならぬことなり。

四　子は不憫・可愛

子を不憫、かわいく思わぬ生類はなし。一人の子にても、五人、七人、ある子にても、みな我に血を分けたる子なれば、かわいさに違いなし。いくたり出来ても同じように大事に育て上げるべし。年老いては子や孫のほかに頼みなし。子を粗末にすれば鳥獣に劣りて天の理《ことわり》に背くゆえ、末悪しと知るべし。

五　夫婦むつましく

夫婦は天地自然の道なれば、夫は女房を不憫に思い、頼みし、女房は夫を親のごとく大事にいたし、一生むつましく暮らすべし。

六　兄弟仲よく

兄弟は、前後に生まれたる違いにて同体なり。仲良くして互いの力になるべき事なり。

七　職分を出精

田畑の作り方、そのほか百姓のすべき技を年中油断なく精を出し稼ぐべし。精出せば諸事ととのい、だんだんに栄え、油断すれば苦労絶えぬなり。

八　諸人あいきょう

人間一生の世渡り、良き人に憎まれてはわざわい出来、苦労絶えぬなり。互いに情け深く実儀をもって美しく世を渡ることを心がけ、すべて難儀なること、腹の立つことも堪忍を第一にして、愛嬌《あいきょう》を専らにすべし

右八ヶ条こそ人の道、子々孫々まで栄ゆる事疑いなし。もしこれを守らず身持ち悪き者は改めの上咎《とが》め申しつけ候、よくよく大切に相守るべし。

「なるほど、これならわかりやすいですね」

近藤が言った。

「これをおのおのの家の壁にでも貼ってもらおう。厠《かわや》の壁でもよいな。毎日この文言を目にすれば、やがて体にしみこんでいく。ふと見たときに、これらの意味を考え、想像してくれるだけでよい。家族はお互いに愛《いと》しい存在なのだと知るのが、間

引きを止める第一歩だ」

そう言うと、ふとめまいを覚え、地面に膝《ひざ》をついた。

「どうなされました！」

「しばし休む。木版を頼んだぞ」

震える足で立ち上がり、歩き出す。塙までの旅を終え、徹夜して八ヶ条を書き記したため、ここに来て以来、まだ一睡もしていないことにようやく気づいた。

「殿、ご無理はなさらぬよう……」

「今やらないでいつ無理をするのだ。塙の民は何年も苦しみ抜いている」

歯を食いしばった。この塙こそ自分の全力をふるう場所だ。

八ヶ条が刷り上がると、封元はさっそく源助を呼んで、文言を見せた。

「これで本当に間引きがなくなるんですか」

源助が疑わし気に言った。

「源助。殿のなさることに文句があるのか」

横に控えた近藤が源助をにらむ。

「前に言ってたでしょう。いくら子供を助けても、飯が食えないんじゃどうしようもありません。一両ぽっちじゃもちませんよ」

源助がつまらなそうに言った。

「無礼な……」

近藤の手がすっと刀の柄《つか》に伸びた。よほど腹が立ったらしい。

「待て」

「しかし、殿」

「源助の言うこともっともだ。間引きを止めるなら、民の学びと同時に、塙が早急に潤う必要がある」

「多くの田畑は荒れています。急には戻りませんよ」

源助が首を振った。

近藤がまた睨《にら》みつける。

封元は思いに沈んだ。曲げた中指で、ごりごりとこめかみを押す。

「よし。いちかばちか、やってみるか」

腹を決めた。下手をすればいきなり首が飛ぶ。

しかし、やるしかない。

第三章　金　策

八ヶ条の解説を塙の領民たちに配り終えると、封元はただちに早駕籠《はやかご》で江戸に向かった。上北八丁堀《かみきたはっちょうぼり》にある白河藩江戸上屋敷を尋ねる。

腹案をすぐにでも話したかったが、一刻（約二時間）ほど待たされた。

白河藩主でもある松平定信は、月に二度、庶民にも門戸を開いてさまざまな陳情を聞いている。その顔合わせが延びているということだった。

はたして自分の望みを聞いてくれるだろうか。やきもきしていると、ようやく定信が足早にやってきた。

「待たせたな、寺西。何があった」

定信が腰を下ろすなり、いきなり本題に入った。老中ともなれば、膨大な務めがある。こちらもしぜんと早口になった。

「はっ。まずは領民の教化に努めております。このようなものを配りました」

刷ったばかりでまだ墨の香りがする〈塙の八ヶ条〉の紙を定信に見せた。

「なるほど……。儒学の五倫五常と心学を合わせたか」

さすがに定信は八ヶ条の意図をすぐに察した。

五倫とは、父子の親、君臣の義、夫婦の別、長幼の序、朋友《ほうゆう》の信のことで、五常とは仁、義、礼、智、信であり、五徳とも言う。心学は天と地と連なる我の本性を知り、正直・勤勉・倹約を以《もっ》て己を律する。封元はこれらの良いところを取り、民にもわかりやすく説明して、人たる者の生き方を広めようとしていた。

「人を人たらしめるには、まずは人道を教えることが肝要。家人との縁を大事にすることにより、生きる意義が生まれ、はては間引きも減りましょう」

「道理のわからぬ者にはいくら言っても効かぬ。まずは話を聞ける土台を作るということか。面白い」

定信が微笑んだ。

「しかし、それだけでは足りませぬ」

眦《まなじり》に力を込めた。

「どういうことだ」

「いくら人の道を説こうと、腹が満ちねば獣の心が勝ります。衣食足りて礼節を知る、塙に何より必要なのは民の飯です。これがまるで足りません」

「ふむ。ならばどうするつもりじゃ」

「ご老中の力をお借りしたいと思うております」

「ほう、わしの力を」

「はい。塙のために五千両を賜りたく存じます。それだけの金があれば子供らが腹いっぱい飯が食えます。腹が満ちれば、間引きもなくなります」

「お主、金をくれと申すか」

老中の片眉《かたまゆ》が上がった。幕府を取り仕切る男の強い気迫が吹きつけてきて身が縮こまる。

しかし背に腹は代えられない。どこを探しても、金があるのは幕府の蔵の中だけだ。

「はっ。孟子も『民は恒産なければ因《よ》りて恒心なし』と申されました。何卒《なにとぞ》お力を……」

目を閉じて平伏した。自らの子を殺すしかないと思い詰めた百姓たちを救うためである。尻《しり》に根を生やしてでも、金を手に入れるまでは帰れない。

額からぽたりと汗が畳に落ちたとき、笑い声が弾《はじ》けた。

おそるおそる顔を上げると、老中が破顔していた。

「あつかましいのう、寺西。しかしよう言うた。そんなことを言うて来るとは、さすが変人よの」

褒められているのか、けなされているのか、よくわからなかったが、ともかくも神に祈るようにまた平伏した。

「そうやって声を上げてくれると、わしも手の施しようがある。それで、金はどう使う」

「はっ。米は高《たこ》うございますゆえ、まずは粟《あわ》や稗《ひえ》など、安くて量のあるものを買い集めます。五千両あれば向こう三年はまず大丈夫……」

「愚か者！」

今度こそ、本当に老中の雷が落ちた。

「ただ金を使うだけとは何たる愚策。一時しのぎに金を渡しても、三年先、四年先にまた飢えてしまうのは必至。それでは死に金、無駄金よ。そもそも村々が貧しいからといって皆に金を配っては幕府が立ちゆかぬ。お主も昌平坂の秀才なら、もう少し頭をしぼり、良策を献じぬか」

「はっ」

全身に脂汗が吹き出ていた。金を使えないとすれば、いかにして村人たちを食わせるのか。

そんな煩悶《はんもん》を見抜いたかのように、定信は言った。

「五千両は用立ててやる」

「頂戴《ちょうだい》できるのですか？」

「やるのではない。貸すのじゃ」

「貸す……と申されますか」

どういうことなのか。借りるのはよいが、はたして返すことはできるのか。

「その金を生かせと言っておるのじゃ。明日、先手組《さきてぐみ》の長谷川平蔵《はせがわへいぞう》のところに行け。わしから話を通しておく」

「長谷川さまと申しますと、あの火付盗賊改方のでございますか？」

長谷川平蔵は先手組であるが、その別役の火付盗賊改方長官としての活躍の方が有名であった。かわら版にも何度か取り上げられているのを見たことがある。

「いかにも。あやつもお主と同じ変人でな。役目に就く前は、町のごろつきであった。しかし今は火盗改の傍ら、石川島《いしかわじま》で盗人の更生に努めておる。『盗人も、もとは人の子でござる』などと申してな。金のかかる人足寄場をしっかり切り盛りしておるゆえ、金の生かし方を聞きに行ってみよ」

「はっ……」

早々に下がると、定信の屋敷を出た。

金を生かすとは、いったいどのようなことなのか。

翌日、下谷《したや》の役宅を出ると、深川《ふかがわ》にある長谷川平蔵の屋敷を訪れた。夏の暑さが落ち着き、大川《おおかわ》の水面《みなも》には涼風が吹き始めている。

おとないをいれると、すぐに通された。

奥の間へ続く縁側の廊下を歩いていくと、塀《へい》際に庭師がいた。惚《ほ》れ惚《ぼ》れするような手際で、植木をきれいに手入れしていく。

緊張しつつ奥の間に入ると、平蔵が自分の右手の甲を見つめ、顔をしかめていた。鬢《びん》の白髪が、そよ風でわずかに揺れている。

「お初にお目にかかります。塙の代官、寺西封元と申します。本日はご老中松平定信さまのご紹介にてまかり越しました」

「申し訳ござらぬ。ちょっとだけ待ってくださらんか。もう少しなのです」

平蔵は拳《こぶし》からとげぬきで何かを抜いていた。抜いたものを火鉢にぽいと捨て、ひとつ息をつく。

「これでよい。お待たせしましたな」

「あの……。何をしておられたのです？」

不思議に思って聞いてみた。

「ああ、浪人くずれの盗賊どもと打ち合いましてな。相手もなかなかの腕で、刀の欠片《かけら》がめり込んだのです」

平蔵が笑った。

「刀の欠片？」

笑うような事ではない。先手組の旗本が盗賊と斬り合うとは剣呑《けんのん》である。自分も徒士《かち》として幕府幹部の駕籠《かご》をよく警固したが、命を懸ける争いなど、一度もなかった。

平蔵はこちらの戸惑いを見抜いたようで、

「ご存じかどうかわかりませぬが、盗賊改は荒っぽいお務めゆえ、生傷が絶えませぬ。しかも盗賊どもは休みなく江戸につめかけましてな。忙しいことこの上ない。せっかく来ていただいたのに、大したおもてなしもできず、ご無礼ひらにお許しくだされ」

と、頭を下げた。

「とんでもない。私こそお忙しい所に突然押しかけまして、申し訳ありませぬ」

封元も頭を深く下げた。

「で……。聞きたいこととはなんでござるかな」

平蔵がじっとこちらを見つめた。全てを見透かすような深い瞳《ひとみ》だ。

「実は今、私が治めている塙が大変困窮しておりましてな」

「おおよそはご老中から聞いています。天領の復興のための金策に困っておられるとか」

「ええ。それでご老中に金を無心したところ、貴殿に話を聞けと……」

「なんと。ご老中に金をくれと申されたのか。はっはっは」

平蔵がおかしそうに笑ったので、少しむっとした。

「塙は困窮しており、間引きが絶えないありさまです。いくらやめろと言い聞かせても、先立つものがなければ話になりません」

「そうですな。江戸も、そんな貧しい村々から逃れてきた無宿人であふれております」

平蔵の顔がわずかに引き締まった。

地方の村から江戸へ出てくる者は、もぐりで出稼ぎをしたり、遊女となったりなどさまざまな方法で金を稼ぐ。しかし職にありつけない者も多い。

盗賊改方は何度も無宿人狩りを行っている。ご老中も旧里帰農令を出し、旅費や補助金まで支給して、出奔してきた者に農村へ帰ることを推奨している。

だが、江戸に出てくる者は絶えない。

平蔵は苦々しく言った。

「勤めが見つかればよいが、それもできず飢えれば物盗《ものと》りとなる。悪い仲間にも入る。やけ酒を飲んで博打《ばくち》を打つ。そいつらが命知らずに暴れては町方も手が出せませぬ。私も頭を痛めておるのです。地方の村が立ち直るなら、それに越したことはない」

「村が富めば、たしかに江戸には来ますまいな。人が出て行くのも防げます。私はご老中から領内の村人の数を増やす務めを仰せつかったのです」

「それは難しそうですな」

「はい。それでまずは間引きを絶とうとしております。このようなものも作り申した」

封元は八ヶ条の書かれた紙を平蔵に見せた。

「ほう。これはよい。儒学と心学でございますかな」

「私は参前舎の中沢道二殿に師事致しましてな。人の道をわかりやすく村人に教え、間引きを止めようとしておるのですが、いかんせん食うものがなくては道は見えませぬ」

　自分の無力さに歯がみする思いだった。

「なるほど、中沢先生門下の御仁でしたか。それで合点が行き申した。ご老中が私のところへ来させた意味が」

「と申しますと？」

「私も今、人足寄場を取り仕切っておりましてな。中沢殿を石川島に教諭として招き、寺西殿と同じく盗賊どもに人の道を教え、世に送り返そうとしておるのです」

「誠でございますか」

　平蔵をまじまじと見た。自分と同じような考えで事に当たっている人間がここにもいた。

　人足寄場は幕府のつくった罪人の更生施設である。石川島にあるものが有名であるが、常陸国や大坂《おおさか》、箱館《はこだて》にも置かれている。

　平蔵の話によると、中沢は人足寄場における教諭方として道徳を教えているという。月三回、三のつく日の暮六つ時（午後六時頃）から五つ時（午後八時頃）まで、神道や仏教、儒教を土台にして仁義忠孝や因果応報を、逸話を通して分かりやすく説いていた。罪人たちは講話に心を大きく動かされ、涙を流すこともあったらしい。

中沢の心学は、無学の囚人たちの社会復帰にあたり、精神的な支えとなっていた。

「それと、さまざまな勤めのやり方も教えています。自ら稼ぐ方法を知っておれば、盗みなどしなくてもよいですからな。ほら、あの男……」

平蔵が庭を見た。その視線の先では、来るときに見た植木職人が手際よく草を刈っていた。

「あの男は、石川島で庭師の修業をしましてな。その方面に才があったようで、とても腕がいい。重宝しております」

「こちらで使っておられるのですか」

まさか罪人が旗本の屋敷で植木の手入れをしているとは――。

しかし更生して勤め人としての技を身につければきっと役に立つ。

慌てて矢立と帳面を取り出し、平蔵が言ったことを書き記した。勤めの種類を増やせば、新たに金を稼ぐ方法も見つかるはずだ。きっと塙でも役に立つ。代官所で雇ってもいい。

「しかし罪人を捕らえるだけでなく、その更生まで考えられているとは、なんとも思いやりの深いことですな」

「なに、私も一歩間違えれば悪党になっていたかもしれませぬ。妾腹《しょうふく》の負い目から、昔はごろつきに交じって悪事を働いたこともあるのです」

平蔵がにやりと笑った。

「さようでしたか」

言われてみれば、他の旗本と違って、ずいぶんと伝法な感じがする。しかしそれが小気味よくて話しやすい。

「幸い、家督を継ぐことができて、今は盗賊改などやっておりますが、一歩間違えば切腹させられていたでしょう」

「なんと……」

奇《く》しくもその生い立ちは自分と少し似ている。武士の家でぬくぬくと育ってきたわけではなかった。

「ま、私が盗賊改とされたのは、毒をもって毒を制すということかもしれませぬな」

平蔵が笑って続けた。

「善人と悪人は紙一重です。違いは、そこに運や縁があるかどうかが大きいのかもしれませんな」

「運と縁……」

「運はどうにもなりませぬ。されど私は石川島でその縁を作ろうとしています。誰かの助けがなければ、盗人は盗人のままになりますゆえな」

「なるほど。人は一人で生きられぬものですな。一人でいると、どんどん悪くなる」

平蔵が頷《うなず》いた。

「ただし寄場には多額の金がかかります。無頼者たちに食わせたり、勤めのやり方を教える講師たちにも給金を出さねばなりませぬ」

「たしかに。その費用はどう稼いでおられるのです」

「実は、私も最初はご老中にねだったのです。金を出してくれと」

「えっ？」

「それで寺西殿の言葉を聞いて、つい笑ってしまったのです。私の他にも老中に金を無心した者がいたと」

平蔵がおかしそうに言った。

「雷を落とされて肝を冷やしました。それで、長谷川殿は金策をどうなされたのです」

「博打ですよ。昔とった杵柄《きねづか》というやつでしてな」

「博打？」

耳を疑った。旗本が博打をしているというのか。

自分は博打などまるでやったことがない。悪いことだと思い、近づきもしなかった。それに、江戸の貧乏長屋で父と暮らしていたとき、博打に溺《おぼ》れた亭主が女房を泣かしていたのをよく見たものだ。あんな風にはなりたくなかった。

「悪所に出入りしているといつしか博打にもなじみましてな。博打は魔物ですが、勝負事や人間の機微を学ぶこともできる。賭《か》けるときに必要な呼吸というやつもわかります」

「そういうものですか」

「人足寄場を作るとき、ご老中は金を貸すだけなら良いと申されたので、私はその金を銭相場に入れて儲《もう》けることにしました。今もその利益で人足寄場を営んでおります」

幕府からしっかり金が出ているわけではなく、平蔵一人の裁量で人足寄場は成り立っているらしい。

「しかし私は相場などとんとわかりませぬ」

自分などが相場をやれば、たちどころに負けるだろう。

「ならば金貸しになればよい」

平蔵が言った。

「えっ？」

「今はもう商人の時代です。いくら武士が威張っても実質的に世を支配しておるのは商人でしょう。武士の多くは皆、札差に金を借りて難儀しております。しかし商人は金を使って材料を買い、作った物を売ってさらに大きく金を儲ける術《すべ》を知っています。だから商売の元手を必要としている商人に金を貸し、利息を取ればよい。裕福な大名や、豪農に貸してもいいでしょうな」

「幕府から借りた金を、金貸しの元金として利子を稼ぐということですか」

「さよう。江戸には金貸しも多いが、塙なら貸し手は少ないはずです。引く手数多《あまた》ではないですかな。利子で儲け続ければ、元金が目減りすることもない」

「なるほど……。それならできるかもしれません」

少し希望が見えてきた。塙の子供たちを救うことができるかもしれない。

「されど金を返せぬような者に貸してはなりませんぞ。うまく儲けるにはそれなりの手立てが必要です。成功するかどうかは、そこもとが金を貸す相手を見る眼力にかかっております」

「なるほど」

帳面に書き付けた。たしかに貸し倒れされては、貸した金をまるまる失ってしまう。

「人が人たる者になるよう教えること、そして民を助けるための金を稼ぐという手立て、この理想と現実の両輪が肝要なのです」

平蔵が言った。

「まさに」

強く頷いた。ここに来てよかったと思った。さすがはご老中が信頼を置く人物である。

「長谷川殿。大変ありがたいお教えでした。かたじけのうございます」

封元は深く頭を下げた。

「武士は相身互いよ」

平蔵は渋く笑った。

「あとひとつ、金のことの他にもうひとつお願いがあるのですが」

「なんでござろう」

「もし人足寄場で腕の良い普請の職人を育てているなら、塙にもよこしてくださらんかな」

「なんですと?」

「塙の川の治水もかなり難しいのです。水運が栄えている江戸で使える職人なら、きっと塙でも役立つはず。住むところも用意しますゆえ、ぜひとも派遣していただきたい」

「それはよい。望むところです」平蔵の顔がほころんだ。「実は、いくら腕が優れていても、前科があると知れると、なかなか勤め口を探すのが難しいのです」

そのため、平蔵は石川島上がりの植木職人を自分の屋敷で使っていたのかもしれない。

「石川島で鍛えたなら、中沢先生から心学も学んでいると思います。塙の民に心学のこつを手ほどきできるかもしれません。むしろ普通の職人よりもいい」

「よく言ってくださいました」

「こちらこそ、長谷川さまにはいろいろ教えていただきました。では早速、ご公儀に金を借りに行きまする」

封元は勢いよく立ち上がった。

江戸に来るときには悩みに沈んでいた顔が、いまやすっかり晴れ上がった。足取りが弾む。

封元は丁重に挨拶《あいさつ》をするとすぐに平蔵の屋敷を立ち去った。

平蔵は封元を見送り、苦笑いしていた。

「どうされたのです、そんな顔をして。お知り合いの方ですか」

平蔵の妻が不思議そうに聞いた。

「いや、初めて会《お》うた。あれは塙の代官じゃ」

「お代官さま？」

平蔵が頷いた。

「代官のくせに面白い奴がいたものよ」

「まあ」

「わしの部下に欲しいくらいだ」

平蔵はつぶやいて、ゆっくりと顎《あご》を撫《な》でた。

封元は翌日、勘定奉行の柳生久通《やぎゅうひさみち》に目通りし、五千両の借り受けを申し入れた。急な出費なため久通は渋い顔をしたが、定信の内意は既に得てあったので、話は通った。

この金子の返済期間は九年据え置きで、十年目から十か年賦で返済すると言う条件である。つまり九年は返さなくてよい。

もっともこの勘定奉行は難物で、後々封元を困らせる元凶となるのだが、このときにはまだ知る由もなかった。

第四章　商　売

塙村に帰った封元はさっそく近辺の商人の情報を集め、規模の大きい商いを行っているところを書き記した。

一、米穀問屋　黄金屋《こがねや》
一、味噌《みそ》問屋　大越屋《おおこしや》
一、塩問屋　赤蔵屋《あかくらや》
一、茶問屋　井崎屋《いさきや》
一、紺屋　友屋《ともや》
一、蠟燭《ろうそく》問屋　川北屋《かわきたや》
一、紙問屋　春木屋《はるきや》
一、薬問屋　富田屋《とみたや》
一、飛脚問屋　鶴屋《つるや》
一、肴問屋《さかなどいや》　弘島屋《ひろしまや》

一、呉服屋　越前屋《えちぜんや》
一、材木問屋　久保屋《くぼや》

「まずはこのようなところか」

目録を前にして封元は腕組みした。はたして金を借りてくれるだろうか。

「札差なども儲《もう》かっているように見えますが」

横にいた代官所元締の近藤が言った。

「あれはあまり元手がいらぬだろう。それよりも貸した金を元手に原料を買い、品物を作って儲ける商いがよいのではないか。品がよければ広く売れるはずだ」

昌平坂の学問所で算術の基本は学んだ。銭相場や米相場などが盛んになってきているが、幕府のほうでもこれを管理せねばならず、算術は必須《ひっす》の項目であった。

しかし商いのやり方についてはまるで教えてくれなかった。むしろ兄の家の居候として下男働きをしていたとき、近所に住んでいた商家の丁稚《でっち》から聞いた商いの話が役に立っている。

「廻船《かいせん》問屋はいかがでしょう。紀伊国屋《きのくにや》文左衛門《ぶんざえもん》のように蜜柑《みかん》で儲ければ一財産できそうな……」

近藤が言った。

「それは危うすぎる。うまくいけばいいが、失敗すれば利子はおろか元金まで取りはぐれるぞ。塙の民の将来がかかっておるのだ。かたく儲けて、利子をきちんと取れる手堅い商人がよい」

「そうなると、潰《つぶ》れそうにない商人がよさそうですね」

「うむ。米や味噌、塩などはいつでも買い手がいる。暮らしに欠かせぬものだからな。そういう商人が金を必要としているならば、貸した金の戻りは堅い」

「なるほど」

「あとは実際に、店の主人と会ってみることだ。商いのようすや人となりを確かめてからでないと、たやすく金は貸せぬ」

「いきなり訪ねて行って、金を借りてくれるでしょうか」

近藤が不安そうな顔をした。

「心配するな。利子を安くすれば、利用したいと思う者もいるだろう。それがいかほどなのかは手探りになるが……」

「なるべく大きな商人に、一度に大金を貸すほうが回収の手間も省けそうですね」

「そうだな。だが一度に大きく貸すと、相手が商いに失敗したときに困る。ある程度の数の商人に分散して貸しておいたほうが、危なくないはずだ」

「儲けている商人に貸すと、すぐに金を返してくれそうですけどね」

「すぐに返してもらっても困る」

「えっ？　返さずともよいと申されるのですか」

近藤が首をかしげた。

「毎月毎月、利子だけ返してくれるのが一番よい。さすれば元金を貸したまま、ずっと代官所に金が入ってくる。無から有が生まれ続けるのだ。あるいは利子の半分だけ返してくれてもよい。さすれば借金の総額はどんどん膨らむ。これがもっとも望ましい形だ」

「なるほど……。借金とは恐ろしいものですね」

「そうだな」

かつて徒士《かち》になって妻《めと》を娶ったとき、兄からまとまった金を借りた。しかしいまだに返し切れていない。利子を払い、元金まで返すのはよくよく収入がないと難しいと骨身にしみて知っている。

「よし行くか」

経験の無いことゆえ、当たって砕けるしかない。

動くことでしか道は開けない。

＊

しかし目星をつけた商家に行ったものの、結果は惨憺《さんたん》たるものだった。まずは堅そうな塩問屋赤蔵屋から尋ねてみたが、上っ面はいいものの、「金など必要ありません」の一点張りだった。

ならばと米穀問屋の黄金屋に行ったものの、こちらも木で鼻をくくったような対応で、しばし啞然《あぜん》としてしまった。

二人は店を出ると悄然《しょうぜん》として歩き、黄金屋のはす向かいにある茶店の赤い縁台に腰を下ろした。

女中に渋めの茶を頼む。

「無理なのか……」

「黄金屋は金貸しから借りていると源助に聞いたんですけどね」

「飢饉《ききん》もまだ続いておる。米を買うのに金はいくらあってもいいはずだがな」

女中が茶を持ってきた。うまくいかない日だったが渋い茶が体に染みた。

近藤は甘酒を頼んでいた。この男は自分に丸投げして楽をしているのではないか。振り払うように首を振った。疲れているのかもしれないが八つ当たりはよくない。茶を飲んでいると、黄金屋の年端のいかぬ丁稚が出てきた。主人と話をしているとき、茶を持ってきてくれた小僧である。

日も暮れて勤めが終わったらしい。

「お代官さま。もうお帰りですか」

「ああ。ここらへんにうまい飯が食えるところはないか」

「そうですね。通り一本向こうの岸田屋《きしだや》さんの菜飯は評判ですよ」

「そうか、かたじけない。これを」

封元は心づけに紙に一朱を包んで渡した。

「こんなにもらうわけにはいきませんよ」

「丁稚はなかなか休みも取れぬのだろう? うまいものでも食え」

「でも……」

「とっておけ。塙が立ち直るには、お主の勤めている店のような、商い上手がいてくれてこそだ」

「では、せっかくのお志ですから」

丁稚はぺこりと頭を下げると、心づけを懐に入れた。

「しかし惜しいな。代官所が金を貸して、さらに商いを大きくしてもらいたいのだが。なぜあれほどに遠慮するのであろうな」

「遠慮といいますか……」

丁稚は何か言おうとしたが、言いよどんだ。

「なんだ。言ってくれ。悪いようにはせん」

わらをも摑《つか》む気持ちで頭を下げた。

「おやめください、人が見ています」

「頼む」

「わかりました、言いますから。ここだけの話ですが、お金を借りないのは、相手がお侍さまだからですよ」

「なぜ侍ではだめなのだ？」

「棄捐令《きえんれい》をご存じでございましょう」

「あっ！　それか」

ようやく腑《ふ》に落ちた。商人がなぜ代官所から金を借りるのを拒んだのか――。

寛政元年（一七八九）、物価の高騰と武士の困窮を見かねて幕府が発した棄捐令は、天明《てんめい》四年（一七八四）以前の貸借を全部破棄するというものだった。

幕府のお墨付きで、武士たちは商人から借りた金のほとんどを踏み倒した。

「あのときのように、急に手のひらを返されると困りますから」

「しかしこたびは借りるのではない。こちらが貸すと言うておるのだ」

「同じことですよ。たとえばも一年の約束で百両借りたとしても、半年後、急に返せなどと言われては困ります。お店は常にいくらかのお金を置いておかなければなりません。支払いに遅れることがあったら看板に傷がつきますからね」

たしかに商いは信用が第一である。指定された期日に金を払わないとなれば、二度と取引できないだろう。

「わかった。よう教えてくれた。かたじけない」

「お気の毒ですが……」

小僧は頭を一つ下げると、歩み去った。

「金を借りたくないのではない。われらに信用がなかったのだ」

あおりを食った形だった。棄捐令で武士は一時的に救われたか、完全に信用を失っていた。

「参りましたね。これでは誰も借りてくれません。金があるのに、金に困るなんて

「……」

近藤が情けない声を出した。

「とにかく原因はわかった。まずはそれだけでもよい」

「しかし、これでは金策ができません」

「たやすくあきらめるな、近藤」

何を為《な》すにも困難はあるが、原因がわかれば、問題は半分解決したようなものである。

「要は、信用を得る形で金を貸せばよいのだ」

「でも武士は頭から信じられてないのですよ」

「だったら武士をやめるというのはどうだ？」

封元は空を見た。曇っていた空が晴れ始めている。

翌日、封元たちは茶問屋の井崎屋に向かった。老舗《しにせ》の商家で、店をのぞくと使用人たちが忙しく働き、丁稚《でっち》がこまめに水をまいている。

封元は番頭を呼んで主人に会いたいと言づけた。

代官の寺西だと言うと、すぐ座敷に通され、店主の井崎屋庄兵衛《しょうべえ》がやって来た。

恰幅《かっぷく》のいい初老の男であった。

「よくぞお越しくださいました」

「忙しいところすまぬな」

「いえいえ、とんでもないことでございます」

庄兵衛は余裕ある物腰でこたえた。商売は順調なのだろう。

挨拶《あいさつ》が終わると、さっそく女中が熱い茶を持ってきてくれた。

「うまいな」

「玉露の一番茶でございます」

庄兵衛の説明によると、塙の茶畑で採れたものだという。

横を見ると、近藤も微笑んでいた。代官所の茶よりもかなり美味である。

「実はな、塙で商いを奨励しようと考えておるのだ。飢饉で荒れた村を復興するためにな」

商人が潤うと、儲《もう》けの中から一定の割合の運上金を代官所に払う義務がある。すると子育ての費用の一助となるだろう。

「願ってもないことでございます。村が蘇《よみがえ》れば商いもさらに広がるでしょう」

庄兵衛が微笑んだ。

「商いをさらに大きくできるよう、わしは必要な金子《きんす》を用立てようと思っている。要は金を貸すということだ」

「お代官さまが金を貸すのでございますか？」

庄兵衛の顔がわずかに曇った。何も言わせず、すぐに言葉を続けた。

「いや、代官所が貸すのではない。寺西封元という一人の人間が貸すのだ」

「それはどういうことでございましょう」

「侍と貸し借りをすると約束を反故《ほご》にされる。それを懸念するのはもっともなことだと思う」

「それはまあ、その……」

庄兵衛が口を濁した。やはり相手が武士だから金を借りてくれないということだった。

「しかしわしが私用で貸すとすれば、ご公儀がいくら棄捐令を発しようとも関わりない。そのことを証文に明記する。どうだ。商いの手を広げるため、金を借りてみぬか」

「ありがたいお申し出でございますが……」

それでも庄兵衛はまだ疑っているようだった。

あと一つ、なにか押しが必要だと感じた。

「素人の金貸しなど、最初から信頼できまい。ならばまずはひとくち百両で試してみてはどうだ。利子は年に一割でよい」

「一割でございますか」

庄兵衛が商人の顔になった。

幕府の決めている貸し金の上限の利率は年に二割である。大抵の金貸しは上限の利子で貸すが、封元は利率の上限から一割引いた破格の条件を提示した。

まずは商人が借りたという実績を作ることだ。

それに利子一割でも百両を貸すと年十両の儲けとなる。ならば毎年、子供十人に給付金を渡すことができる。

「どうじゃ。考えてみぬか」

「今ちょうど、茶の仕入れ値が下がっておりましてな。お代官さまじきじきにおいでとあらば、この庄兵衛、ひとつ話に乗りましょう」

庄兵衛がやや恩着せがましく言った。もっとも、百両など大店《おおだな》の井崎屋にとってはたいしたことのない額である。急に返せといわれても大丈夫なはずだ。それが封元の策であった。

「よし。ではこれが金と証文だ」

目配《めくば》せすると、近藤は慌てて小判の切《き》り餅《もち》四つと証文を出して、庄兵衛に渡した。

「もうお持ちでございましたか」

「商いには何より時が大事でござろう。おおいに商いに励んでもらいたい」

「はい」

庄兵衛は証文に目を通すと頷《うなず》いた。満足したらしい。

「このお金で茶を買いつけて、水無月に江戸で売り出せば、買い手には事欠きませんよ」

「水無月か。新茶と言うには少し遅いのではないか？」

「少々古くなっても一番茶は一番茶です。味の違いはよほどの通でなければわかりません。特に江戸の人は、嫁を質に入れてでも初鰹《はつがつお》を買うなどという見栄っ張りが多いので、ありがたがって買ってくれます」

「なるほど。抜け目がないな」

庄兵衛が小さく微笑んだ。まずは第一歩だ。

帰り際、庄兵衛は玄関まで見送ってくれ、土産に新茶まで持たせてくれた。

井崎屋を出ると、近藤はもはや興奮を抑えきれないようすで言った。

「うまくいきましたな」

「うむ」

「利子は一割でいいのですか」

「これは呼び水だ。ここから伸ばしていくことにしよう」

封元が武士としてではなく、個人として貸すと言っただけでは足りなかった。相手は商人である。具体的な実利がなければ、食指は動かない。他の金貸しより前に出るには、利率を下げるほか無かった。まずはお互い百両で試してみて、うまくいくとなれば、さらに大金を借りてくれるだろう。

「証文をたくさん作っておいてよかったですね」

「その場ですぐに証文を交わしたかったからな」

時を与え、迷われては困る。

封元はひとくち百両で、利率を一割、一割五分、二割とした三種類の証文をあらかじめ用意していた。

金を低利で貸すと言ったら庄兵衛の頬も緩んだ。たとえひとくち百両でも、儲けが出るとなると、商人は嬉《うれ》しいのだろう。

貧しかった子供時代、近所の人にすがっても、みな顔を背け、関わるのを嫌がった。しかし金を持っていさえすれば、会ったばかりの他人でも、大盤振る舞いの笑顔を向けてくれる。

(金の力とは恐ろしいものよ)

封元は少し寂しく思った。

「次は弘島屋ですね」

近藤が言った。

「うむ」

「この調子でうまくいくでしょうか」

「とにかく一つ新しいやり方を手に入れた。それがどうなるかだな」

肴問屋《さかなどいや》の弘島屋は宿場の外れにあり、井崎屋に比べると、小さな商家だった。使用人の数も少ない。

「なんの御用ですか。突然やって来られても困りますよ」

弘島屋の主人、清次郎《せいじろう》は顔を見せるなり、不満そうに言った。

「忙しいところあいすまぬ。商いが終わるまで待っておる。そのまま続けてくれ」

「そうですか？　だったらあと半刻《とき》ほど待っててください」

清次郎は軽く頭を下げると、自ら干し魚の俵を運び、出荷の作業を続けた。

「面白いものだな」

目の前を行き来するさまざまな商品を見ながら、封元は言った。地方の暮らしには見知らぬ発見が多くあり、存外楽しかった。

「無礼な奴です。代官を差し置いて商売だなんて」

「約束もなくいきなり来たのだ。仕方がなかろう」

近藤には取り合わず、店の中をのぞいた。干《ほ》し鮑《あわび》に鰹節、海苔《のり》、塩魚などの海産物が積み上げられている。潮の匂いが強く漂っていた。

日暮れ近くなると、ようやく荷物の上げ下ろしが終わり、清次郎が駆け足でやって来た。

「すみません。なんせ生ものもありますもんで。あがってください」

封元と近藤は奥の座敷に通された。

清次郎自ら茶を淹《い》れてくれる。

「今日の荷物はどこから来たものだ?」

「だいたいは平潟の港から仕入れております」

「ふむ。商いはいつからやっておる」

「ええと、五年ばかり前ですね」

「短い間に、ずいぶんと繁盛したようだな」

「ま、魚ってのは目利きが一番ですから」

「目利き？」

「ええ。私は若いとき奉公に出されて、日本橋の魚河岸《うおがし》で修業しましてね。少しでも傷んだ魚を買いつけてこようもんなら、ひどくどやされました。そこで十年以上しごかれて、こっちに帰って来たんです」

「ずっと江戸にいるつもりはなかったのか」

「年老いた祖母がこっちにいますから、ほっておけなくて。そろそろ面倒を見てやんなくちゃならねえんです。それに、こっちのほうが商いを手広くやれそうだったんですよ。江戸は競う相手が多すぎます」

「なるほどな。目利きがよければ、高く売れるだろう」

「別に高くは売りませんよ」

「なぜだ。せっかく手に入れた逸品ではないのか」

「それじゃ金持ちばかりがいいものを食っちまいます。いろんな人にうまいもんをたくさん食べてもらいたいですからね」

　清次郎が大きな笑みを見せた。

そのことに誇りを感じているらしい。

封元も嬉しくなった。この男は金以外のものにも価値を見出《みいだ》している。

「で、今日はなんのご用ですか、お代官さま」

「他でもない。これから塙の商いを盛り立てようと考えているのだ。飢饉《ききん》で荒れた村を復興するためにな。それゆえ商才ある者に、商いを広げるための金を貸そうと思っている。どうだ、関心はあるか？」

「金をお貸しくださるのですか？」

「代官所が貸すのではない。この寺西封元が、ただの人として貸すのだ。利息は年に一割と考えている」

「へえ……」

武士を相手の貸し借りではないことをきちんと言い添えた。

清次郎が腕組みした。迷っているらしい。

「すでに茶問屋の井崎屋にも金を貸しておる。低い利息ゆえ喜んでおったぞ」

「へえ、あの井崎屋さんがですか」

清次郎の目に力が宿った。老舗《しにせ》の井崎屋が金を借りているなら、安心と言うことだろう。これが封元の得た新しい武器、〈実績〉であった。

（商いにはまず信用が必要ということだな）

その信用を得るために、最初は不利な条件で取引するのも仕方がない。封元に信用がつけば、多くの商人が金を借りてくれるはずだ。

しかし、清次郎は渋った。

「そりゃ、仕入れが増えれば儲《もう》けも増えますが……。忙しくなりすぎて、目が利かなくなると困ります。残念ですが、うちは今のままでいい」

「なるほど。商いを大きくすれば質が落ちることもあるのか」

帳面を出して書き付けた。まだまだ学ぶべき事がある。

質を維持するにはどうすればよいのか――。

こめかみに中指をぐりぐりと当てて考えた。仕入れの質を落とさず、商売を広げる方法は何なのか。

「人を雇えば、解決できるのではないか」

封元は言った。

「えっ？」

「先ほど見ていたが、干し魚の荷運びまでお主がやっていただろう。誰でもできることは人を雇って任せ、お主は目利きに専念するというのはどうだ」

「そうはおっしゃいますが……」

「聞いてくれ。今、塙には勤め口のない者も多い。しかし、お主が店を大きくすれば、村の民にも勤め口を与えることができる。儲けも増える。目利きした魚を、より多くの者が食べることができる。それこそよい金の使い道ではないか」

「そうたやすくいきますかね」

清次郎が疑い深そうに言った。能力のある者はなんでも自分でやりたがる。人に任せていいかげんにやられるのが嫌なのだろう。

「荷運びなどたやすい仕事だけ任せればいいのだ。さすれば商いはむしろ堅くなる。それに目利きとて、いずれ信用のおける者を日本橋に修業へ出して力をつければ、店はさらに盤石になるのではないか」

「別に日本橋に行かなくても私が教えればいい話ですが、おいそれとは教えられませんね。苦労して修業したんです」

清次郎が口をとがらせた。

「けちなことをいうものでない。もしお主が怪我をしたり、病にかかったらどうする。せっかくの店が終わりではないか」

「縁起でもないこと言わないでくださいよ、お代官さま」

「店の主《あるじ》とはそういうものではないのか。お主の肩に使用人全ての暮らしがかかっている。さまざまな難事を考えておかぬと、うまくいかぬぞ」

「そういうもんですかねえ」

「貸し金は二百両でどうだ。利子は年に一割。証文は置いていく。その気になったら書いてくれ」

「ありがとうごぜえやす。一つ考えてみます」

「聞きたいことがあったらいつでも来てくれ。よいな」

それだけ言って腰を上げようとしたが、ふと思い出したことがあって聞いてみた。

「ときに清次郎。目利きというのは女でもできるのか？」

「えっ、女が？」

清次郎が目をしばたたいた。

「魚を見るのに男も女もないと思うのだが、どうだ」

「女の仲買人なんて聞いたこともありやせんね。やってできないことはないでしょうけど」

「そうか。頼もしいな。人が信用できないなら、自分の女房に目利きを教えてもよいではないか」

「そんなこと、考えてもみませんでした」

「それも考えてみてくれ。今日はかたじけなかった」

礼を言うと店をあとにした。

今日はここまでだろう。

＊

代官所への帰り道、近藤が不思議そうに聞いた。

「殿、なぜ弘島屋には二百両と言ったのですか。相手は井崎屋よりかなり小さな店ですよ」

「理由がわからぬか」

「はい。弘島屋はあんまり儲けようという気がないみたいでしたし。高く売れるものを、みすみす安く売るのは損ではないですか」

「いや、そこがよかったのだ」

封元は微笑んだ。

「どういうことです？」

「わしが学んだ心学の祖、石田梅岩先生は、『真の商人は先も立ち、我も立つことを思うなり』と言われた。わかるか」

「さっぱりわかりません」

「少しは勉学をしろ」

「まことに申し訳なく……」

近藤はすぐにしょげた。根性のない男である。

「商いというのはな、買い手と売り手、双方の利を考えねばならぬということよ。商人が利益ばかりを追えば、買い手の信用をなくし、やがて廃れる。まずは買い手たる客が喜ぶことを考え、その後ようやく売り手も利を考える。それでこそ、商いはうまくいく。商人は田畑も耕さず金儲けばかりしている下賤《げせん》な者と見られることも多いが、客のことを考え、世の中の役に立つのなら、侮辱されることもない。胸を張ってよい勤めだ。その意味では、弘島屋は買い手のことをよく考えていた。富裕でない客にも喜んでもらおうとしていた」

「たしかにそうでしたね」

「一方、井崎屋のほうは、江戸の客は見栄っ張りなどと、商売を馬鹿にした言葉を使っていた。あれは危ういところがある」

「はい。なんとなく殿さま商売のようでした」

「井崎屋はまず百両。わしへの信用を作ってくれただけで十分だ。弘島屋は、これから伸びる見込みがある。できるだけ貸してやりたい」

「なるほど……」

「それに弘島屋は女も働けそうなところがいい」

「そういえば、『目利きは女もできるのか』とお聞きになっていましたね」

「うむ。塙で間引きされる子供のうちで、女子《おなご》の割合がかなり多いのは知ってるだろう」

「はい。たしか働き手になれないからと」

「つまり塙に働き口があれば、女子も捨てられずに済むではないか」

「あっ！　たしかに」

「どうせ金を貸すなら、女子が多く勤められる商家が望ましいということだ」

代官に任じられてから調べたところによると、養蚕が盛んな地方では、男女の比率がほぼ同じであった。これは養蚕製糸において女子の糸取りの仕事が重要視されていたため、間引きされにくかったからと考えられている。

塙に女ができる勤めを増やせば、間引きも減るだろう。すると、夫婦者の数も多くなって人が増える、というのが封元の算段だった。

「金を稼ぐだけの話ではないんですね」

近藤が感心したように言った。

「近江《おうみ》商人の言葉にもな、『売り手よし、買い手よし、世間よしの三方よし』というのがある。売り手も買い手も喜んで、世のためになることこそ、まことの商いだ。商いで人が増えれば言うことなしだ」

「なるほど。我らにも目利きが必要なわけですね」

「まさにな。塙で生まれてくる子供たちには速やかに金が必要だが、金を貸す相手には注意することだ。儲《もう》かればいいというものでもない」

封元は金貸しを始めると同時に次の手も打った。

翌日、代官所の前に、ふたたび高札が立った。

【久慈川治水のため、人足を集めるものなり】

新しい高札を見つけた村人たちが、わらわらと集まってくる。

「まずいな。また普請に駆り出されるのかよ」

人々の顔が暗くなった。

「畑仕事で忙しいっていうのによ」

「やっぱりお代官さまってのはこうだよな。百姓の暮らしなんかまるで考えねえ」

百姓たちは額を寄せ、暗い声で話し合う。

「よし。俺は病になったことにする」

「こんなことなら江戸に出稼ぎに行こう」

皆、およそ腰になった。

治水の普請は命の危険を伴う。しかし代官の命とあれば従うほかはない。今まで何度もあった。その上、工事のための費用は年貢の増額で賄われることもあり、村人たちの胸には大きな不安が広がった。

そのとき大きな声が響いた。

「皆聞けい」

封元は門前に出て言った。

大きく笑顔を作る。

「あっ、お代官さまだ！」

「こんな立て札をして笑ってやがる。いい気なもんだ」

村人たちは顔を背け、逃げようとした。

「待て！　これを読まなんだのか」

「読んだだよ。だから逃げるんだべ」

杉作が言った。

「ちゃんと最後まで読んだのか。一日百文の勤めだぞ」

立て札の左端を指さした。

そこには『普請手伝い、一日につき百文支給す』と記してある。

「えっ。給金百文だって？」

杉作が目を見開いた。

「嘘だろ。金が出るのか？」

あわてて他の百姓が聞く。

「百文っていったら、かなりの儲けでねえか」

百姓たちは顔を見合わせた。

「でもどうせ年貢のかさを増そうっていうんでしょ」

杉作が上目遣いに聞いた。

「馬鹿を言え。そんなことをしたら給金を払う意味がないではないか」

封元はいまだ微笑みをたたえていた。

「本当か？　嘘じゃねえだか」

「だったら俺が行く」

「いや、俺も俺も！」

百姓たちは口々に言った。顔がすっかり明るくなっている。

「待て待て。まずは稼ぎの低い者からだ。田畑の面倒を見るのに忙しい者、他に勤めがある者は控えよ」

「くそっ。こっちのほうが金になるっていうのに！」

「お代官さま。うちは小作人だ。おらは行ってもええか」

三平《さんぺい》という痩《や》せこけた百姓が聞いた。

「よし。中に入って名前を告げよ。追って沙汰《さた》をする」

「やった！」

「ただし条件がある」

厳かに言った。

「条件って……。いったいなんです？」

村人の一人がこわごわ聞く。

「働きたい者は、先日渡した塙の八ヶ条をそらんじて来るのだ」

「ええっ？　あの天は新しいとかいうやつですか？」

「違う。『天はおそろし』だ」

「そうだったかなぁ」

「勤めにかかるとき、必ず尋ねるぞ。言えねば給金はないと思え」

「そんな……」

「八ヶ条を記した紙を皆の家に配ったであろう」

「あんなの、どっかに行っちまったよ」

「もっと丁寧に扱ってくれ。なくした者は代官所までもう一度取りに来い。壁に貼り、何度も唱えておれば、すぐに覚えられる。経を覚えるよりたやすいはずだ。しかと申しつけたぞ」

「へ、へえ」

「わかりやした」

百姓たちは皆、おっかなびっくり申し込んだ。八ヶ条の紙を再びもらっていく者も多かった。

（金を配るだけでは無理がある。村人の勤め口を作るのがよい）

勤めがあれば金も入る。飯も食えるし、子供も育てられるだろう。村で働けるとなれば、江戸に逃げる者も減る。治水の普請により、塙も栄えるだろう。百姓一人一人が自立し、人間的な暮らしを営むことで幸せや生きがいを得られれば、間引きもなくなるはずだ。

しかし高札を立てて三日もたたぬうちに、事態は予想外の方向へ進んだ。日も昇らぬうちから近藤が青い顔で御用部屋に駆け込んできた。

「殿！　申し込んできた人足が多すぎます。あんなにいては川が人で埋まりますよ」

「そんなにか？」

「ええ。もう手いっぱいです」

高給人足の噂を聞きつけて、村人たちが我も我もと殺到し、代官所の受付はごった返していた。

「これ以上雇えば、蓄えの金も尽きてしまいます」

「困ったのう」

商人に金を貸して利を得ると言っても、利子をもらえるのは一年後のことである。

「そうだ。あれだ」

「なんでございます」

「わしが代官になったとき、役目に当たる準《なぞら》え金をもらったであろう」

「まだ百両ほど残っておりますが……」

「あれを使おう。蔵から出せ」

「お待ちください。あれは寺西家の金子です。それを村に使うなど、おかしいではありませんか」

近藤が憤慨した、

「なに、貸し金から儲《もう》けが出たら返してもらえばよい。わしにいくら金があったとて、せいぜい一日三食しか食えぬ。それより誰かの窮した胃袋に収めるほうがよほどよいだろう」

「しかし……」

「まずは貧しいところに、素早く金を行き渡らせることだ。飯が食えねば、夜ごと赤子が命を落とすのだぞ」

「されど治水の普請には人が余っています。申し込んでくるのは貧しい者ばかり。どういたしましょう」

「そうだな。少し考えさせてくれ」

いつものように中指をこめかみにあて、ぐりぐりと押したが、急に目の前が真っ暗になった。なぜこんなときに眠くなるのか。

「殿さま!」

近藤が遠くで呼ぶ声が聞こえた。


気がついたのは、その日の夕方のことだった。

目を開けると、枕元に初老の男が座っていた。

「お主は?」

起き上がろうとすると、頭の中がじいんと痺《しび》れた。

「そのまま、そのまま。私は医者です。玄庵《げんあん》と申します」

「わしはどうなったのだ」

「急に倒れられたのです。かなりお疲れがたまっておられたようで」

「そうか……。しかし寝ている暇はない」

素早く身を起こそうとしたが、玄庵が止めた。

「お待ちください」

「待てぬ」

「いけません。あなたさまにお代官の務めがあるように、私にも医者の務めがあります。領民が皆、あなたさまの言うことを聞かなくなったら、なんとなさいます」

「む……。それは難儀するな」

「そうでありましょう。よいですか、休まないと早死にをしますよ。ほどよく休みを取りながら勤めてこそ長生きできます。長い目で見れば、休むほうが多く働けるのですよ」

「道理だな。だがわしは急がねばならぬ」

ご老中は三年以内に成果を出せと言った。

身分の低い自分のような武士に活躍の機会を与えてくれた定信のためにも、しくじるわけにはいかない。何かあれば、兄の名にも傷がつく。

「急げば急ぐほど疲れがたまり、見えるものも見えなくなりましょう。なにも十日も休めとは言いません。まず二、三日は休んでよく眠り、滋養のあるものを食されませ。静養や気晴らしも人には必要なことなのです」

言われてふと中沢先生の言葉を思い出した。

『どんなことも、決めるのは心であり、心は体の主人である。忙しさに心失えば、それは主人の無い体となる。すなわち山野に横たわる死人と同じなり』と。

「わかった……。一日は休もう」

「がんこなお人ですな。これ、お栄《えい》。こちらに来なさい」

「はい」

玄庵が呼ぶと、三十代半ばの豊かな肉置《ししお》きの女がやってきた。

「たしか、ここで働いておったな」

お栄は、塙で雇った女中であるが、まだ、さほど話をしたこともなかった。

「お栄は私の姪《めい》にございます。お栄から殿さまの勤めぶりはよく聞いておりました。塙に来てから働きづめでおいでだと。しかも身の回りのこともほとんどご自分でやってしまわれるとか」

「満足にお手伝いできず、心苦しく思っておりました」

控え目にお栄が言った。

「妻のおらぬ暮らしが長くてな。ま、許せ」

「とんでもないことでございます。塙のために労を惜しまず勤められていることはよくよく知っております」

「なに。国は百姓あってのもの。年貢をもろうておる武士が、百姓のために尽くすのは当然であろう」

「そんなことをおっしゃってくださるお代官さまは寺西さまだけです」

お栄の黒曜石のような瞳《ひとみ》が揺れた。

「何事もご老中の御指図よ。それより、わしは早《はよ》う勤めに戻りたい。静養や気晴らしはどうしたらよい？」

「殿のお相手にお栄を呼んだのです。この者も医者と思うてください」

「なに？」

お栄を見つめた。何か、医術の修業をしたのだろうか。

「すこしお背中を拝借致します」

お栄が背後に回り、両肩をつかんだ。

「お、おい、なにをする？」

「硬い。指が入りません」

お栄が力を入れ、肩を揉《も》み始めた。すると、頭の後ろにへばりついていた熱のようなものが、すうっと引いていくのがわかった。

「お栄は按摩《あんま》をよくします。揉んでもらって、せめて二日は休んでください」

「二日もか？」

思わず眉《まゆ》を顰《ひそ》める。

「寺西さま。今度は横になってください。うつぶせでお願いします」

「情けないのう……。なんというやわな体だ」

封元は仕方なく身を横たえた。

「もう四十を超えておられるのですよ。長年殿さまのために働いてきた体です。若いころよりさらに自分のお体を大事になすってください」

お栄が背中を揉み始めると、急に眠気が襲ってきた。

「よいですか。くれぐれも無理はいけませんぞ。そもそも人の体というものは心と結びついており、体が病むと心も暗くなりまする。そうすると……」

玄庵の言葉の途中で、いつしか眠りに落ちていた。

翌日、雨の音で目が覚めた。薄暗くて、一瞬朝か夕方かわからなかった。

封元は身を起こすとお栄を呼んで按摩を頼み、細かなしずくが光る庭の木々を見つめた。

雨が降る日は治水の普請もない。増水すれば、しばらくは作業できないだろう。

そのぶん、村人たちの収入が断たれるということでもある。

(何か他の手も考えねばならぬ)

給金付きの普請には、予想以上に多くの者がつめかけた。

近藤が入れ替え制にしてなんとかしのいでくれたが、小手先のやり方ではいずれ破綻《はたん》する。

どうすればみなが十分な勤めにつけるのか。

「またお勤めのことを考えておいでですね。体に障りますよ」

お栄が言った。

「そんなことはない」

素知らぬ顔をする。

「嘘です。背中がぴくりぴくりと、こわばっていました。よほど心にのしかかっているのだと思います」

「お主にはかなわぬな」

「休んだほうが頭が冴《さ》えます。調子の悪いときにはいい考えも浮かびませんよ」

腰骨を力強く押される。そのとき、お栄の腿《もも》が自分の腰に当たった。妻を亡くしてから久しく忘れていたが、女の体の柔らかさが心地よく感じられた。同時にそんな思いを抱いたことに罪悪感も持つ。相手は自分のためを思い、懸命に揉んでくれている。

指が背骨に移動するにつけ、お栄の腿は離れた。少しほっとする。背中のあたりをもみほぐされると、凝りがすっと解けていった。

「うまいものだな。指の力がちょうどよい」

「昔、亡き父の体をよく揉んでおりました」

「おかげでだいぶ体が軽くなった」

「ようございました。しかしそれもいっときのことです。たやすく疲れはとれません。叔父《おじ》も言っていたでしょう。二日は休めと」

「休むと言ってもな。急に時ができると、勤めのほかにやることを思いつかん」

「何もしないでいいんです。それが休むということですから」

「休むというのも疲れるものだな」

ため息をつくと、お栄が笑った。

「今度はあおむけになってください」

体の向きを変えると、居室の天井が見えた。ぽたぽたと雨の落ちる音が聞こえる。

お栄は封元の右手を握ると、親指と人差し指の間に両手を入れ、つぼを柔らかく揉みほぐした。心地よさが広がる。

「お主は塙の生まれか？」

「いえ、私は常陸国から嫁いできました」

「そうなのか。亭主はどうしておる」

「一昨年《おととし》、病で亡くなりました」

お栄の声が小さくなった。

「すまぬ。つまらぬことを聞いたな」

「いえ……」

「わしも早くに妻を亡くしてな」

「そうなのですか」

お栄の手が一瞬止まり、また動き出した。

「浪人から身を立て、ようやくわしも人並みの幸せを得られたと思ったのだがな。ひどく力が抜けた。わしの心の半分もあのとき死んだように感じる」

「私も一年ほどは何もする気が起きませんでした。またあの人がひょっこり帰ってくるのではないかと思いもしました」

「なかなか受け止めきれぬな。思えば、ろくに感謝を伝えることもできなかった」

志摩は自分のような浪人上がりの徒士《かち》に嫁いでくれた。貧しい暮らしの中でも自分を立ててくれた。

「大事なものはなくして初めて気づくこともありますね」

「そのことよ。でもな、ふとしたときに妻と過ごした温かい年月を思い出す。そういう時があっただけでもよかったと思うことにしている」

「はい。何もなかったわけではありませんから。私にもいい思い出があります」

お栄は右手を揉み終えると、封元の左手を取った。

「国元には帰らぬのか」

「両親はすでに他界しております。叔父の世話でこちらに勤めることになりまして」

お栄が少し寂しそうに微笑んだ。

「人の命は儚《はかな》いものだな」

庭のほうを見ると、軒先から雨のしずくが垂れていた。もうすぐ止むかもしれない。

「寺西さま、塙をゆっくり歩いて見てまわりませんか」

お栄が言った。

「もう何度も見まわっておる」

「いつも人のいるところばかりでございましょう。野山はごらんになりましたか」

「いや、それは見ておらんが」

「近くによいところがあります。散策に参りましょう」

雨が上がると、お栄は川向こうにある低い山に封元を誘《いざな》った。それほど降らなかったようで、ぬかるむこともない。だが雨の匂いはまだ残っている。

山に至り、紅葉に囲まれたゆるい坂道を上っていくと、鳥の声が追いかけてきた。

「あれは目白の声か」

「いえ、鶺鴒《せきれい》ですよ」

話してみると、お栄は花の名や鳥の鳴き声に詳しかった。そんなたわいもない会話をしたのは久しぶりである。

木々の緑を見ながら歩いていると、のんびりとした心持ちになってきた。森の奥の透き通った小川には山女魚《やまめ》の群れがゆったりと泳いでいた。

半刻《とき》ほど歩くとようやく山の頂に着いた。

「だいぶ歩きましたね」

「ああ。よい汗をかいた」

まわりを見渡すと、塙の村々が遠く小さく見える。

集落のいくつかの家からは炊飯の煙がたなびいていた。

「いい眺めだな」

「ここに座りましょう」

お栄は持ってきた小さな茣蓙《ござ》を敷いた。

その上に腰を下ろすと、お栄が竹の皮に包んだ握り飯を取り出した。

「お腹がお空《す》きになったでしょう？」

「作ってきてくれたのか」

「かんたんなものです。塩加減がお好みにあいますかどうか」

「そんな上品な口ではない」

ふと笑った。かつては旅人の残飯を漁《あさ》っていた身である。

一口頬張ると大きな栗が出てきた。

「うまいな。栗飯か」

「ありがとうございます。おこわにしようかどうか迷いましたが、採れたてでしたので普通の米にしました」

お栄が嬉《うれ》しそうに言った。

その顔が急に美しく見えて、ぱっと目をそらした。

どうかしている。倒れて気が弱くなったのか。

「寺西さま」

「ひとりで全てを背負わないでくださいませ。つらいときはいつでもお世話をお申しつけください」

お栄の瞳《ひとみ》が揺れていた。務め以上のものがそこにはあるように感じた。拒むべきなのか。

「なんだ」

「お前の按摩《あんま》はよく効く。また頼んでもよいか」

自然にそう答えていた。そのほうがよい気がしていた。

「いつでもかまいません」

お栄が笑顔になった。

「幼いころ、わしは寺に預けられてな。まわりの小僧たちと気が合わず、修行のつらさもあって、たびたび寺を抜け出したものだ。そのときよく行ったのは、ここと同じような山の中の広場だった。行く度に四季折々の花が咲いていてな。人知れずそこに寝転んでいると、ほっとしたものだ。誰にも関わらなくて済むとな」

自分が本当に一緒に過ごしたかったのは家族だった。しかし父が浪人してからは、みな離ればなれになってしまった。

「きっと、どんな人にも、手足を伸ばしてくつろげる場所が必要なんでしょうね」

「そうだな」

玄庵の言ったように、働いてばかりではいつか折れてしまうのかもしれない。たまには逃げることも必要か——。

「そうだ。よいことを思いついた」

「どうされたのです」

「必要なのは憩いの場だ。人がゆったりと楽しめるような美しい場所だ」

「えっ？」

「でかしたぞ。お栄のおかげだ」

戸惑っているお栄の肩を叩《たた》き、立ち上がった。疲れはもうどこかに飛んでいた。

「さあ帰るぞ」

「今来たばかりですよ」

「よい知恵が浮かんだのだ」

「お体は大丈夫なのですか」

「もう十分に休んだ」

本当に身が軽くなっていた。

「わかりました。お顔色もよくなりましたし」

お栄は仕方ないという風に笑った。

「殿方が思い立ったときは、何をしても止められませんからね」

「では行こう」

素早く莫蓙を丸め、歩き始める。

「もうちょっとゆっくり歩いてください」

後ろからお栄の弾んだ声が聞こえてきた。

＊

翌朝、代官所の前に、また高札が立てられた。

そこには以下のように書かれていた。

【川向村に広場を普請するため、人足を集めるものなり】

末尾に『普請手伝い、一日につき百文支給す』の但し書きもしっかりある。

どうなることかと見守っていると、そばにいた源助が心配そうに言った。

「寺西さま。普請するのはいいですが、広場が何かの役に立つのですか」

「今度造る広場はな、皆が休んだりくつろいだりするための場所だ。いくら静養したくとも、狭い家にいては落ち着くまい。大空の下、のびのびと気を落ち着け、大きく息を吸うと、きっと体によいはずだ。子育てで鬱々《うつうつ》とした心持ちを晴らすのにもいいだろう。伊勢《いせ》参りや金比羅参りに出かけるのもよいが、懐が貧しくては、おいそれと他国に出かけられまい。ならば近場に、美しく、憩いの得られる場所を作ればよいのだ」

お伊勢参りや金比羅参りは庶民にとって一世一代の遊行とも言われるが、行くには時と金がかかる。〈お伊勢講〉などを利用し、共同の積立金で代表が選ばれ、みなのかわりに代参することもできるが、皆が皆、行けるというものでもなかった。

「どうせなら橋のひとつでも作ったほうがいいと思いますがね」

源助がつまらなそうに言った。

「橋はいずれ大水で流されるかもしれぬ。いつまでも思い出に残るような広場を造りたいのだ。家族みなで来て茣蓙を敷き、握り飯を食うような広場だ。さすればなにかで辛《つら》くなったとき、いつでも懐かしい場所に戻れるだろう」

家族の温かい思い出は誰にとっても力となる。自分も父が浪人する前の温かい暮らしの思い出でいつも心を温めていた。

「そういうものですか。まあお代官さまの言うことですから、やるしかないですね」

優秀な手代だと聞いていたが、この源助とはどうも反りが合わなかった。もっとも慣例通りに振る舞わないと、どこでも浮いてしまうのは経験済みである。

にっこりと笑った。

「各村への連絡をよろしく頼む。治水工事と広場の普請、これで人足の御用は事足りるはずだ」

翌日、川向の荒れ地に早くも村人たちが集まって来た。ここに広場を造る予定だ。

人々は三列に並ばされ、代官所の吟味を受けた。

「塙八ヶ条その五は？」

八ヶ条の紙を小脇に抱えた近藤が尋ねる。

「えっと……夫婦むつましく！」

「よし、合格だ」

封元が紅色に染めた手ぬぐいを渡し、肩を叩く。

この勤めには一日百文の給金がかかっているため、村人たちも真剣だ。みな八ヶ条をしっかり覚えてきていた。

誰ひとり欠けることなく及第すると、村人たちは作業するための斧《おの》や鋤《すき》の準備をし始めた。

普請を指揮するのは、江戸からやって来た権左《ごんざ》という男である。左腕の肘《ひじ》のすぐ下に、二重線の入れ墨がぐるりと入っており、伝法だが、心根のからりとした気持ちのいい男だった。

「権左、治水の普請はどうだ？」

封元が聞いた。

「まあ下手くそばかりですが、数が多いのでなんとかなるでしょう。木枠は作ったんで、あとは土嚢《どのう》を埋めるだけで」

「さすがに手際がいいな」

「長谷川さまに『頼む』と言われましたからね」

そう言った権左の顔はどこか誇らしげだった。

前に金策の方法を平蔵に聞きに言ったとき、塙の普請の際は石川島で技術をしっかり学んだ者を貸して欲しいと頼んだが、平蔵はしっかりと約束を守ってくれた。

「こんな遠くまですまんな」

「どうせ宿無しだったんでね。家まで用意してもらってこっちも助かってますよ」

「田舎暮らしの勝手がわからなかったら、いつでも言ってくれ」

「お心遣い、ありがとうございやす。今まで人を泣かしてきたから、これからは人のために働きますよ。ま、これも長谷川さまからそうしろと言われたんですがね」

権左が右腕に力こぶを作って見せた。

なかなか茶目っ気のある男である。ごろつき上がりの度胸と生まれつきの愛嬌《あいきょう》で治水の普請でもうまく現場を切り盛りしてくれたらしい。

「広場のほうはうまく行きそうか？」

「そうですね、こんな普請はしたことないんですが、川みたいに水に浸《つ》かって命がけってことはないですからね。どっちかというと庭造りみたいなもんです」

「なるほど。増上寺《ぞうじょうじ》の庭などを見ると心が安らぐな」

「さまざまな緑があって、園内に四季があって……。川から水を引き込んで、借景もしてみようと思ってます」

「借景とはなんだ？」

「つまり庭園の外の景色も庭園の延長として、見て楽しもうってことです。庭の向こうに山なんかを重ねて見ると、まるで山全体が庭のように感じる豪華な仕掛けというわけで」

「ほう。大きな景色を借りるということか」

「たとえば京の圓通寺《えんつうじ》の庭は比叡山《ひえいざん》を借景し、庭園の一部にしてます。俺も一回だけしか見たことがありませんが」

「京まで行ったのか」

「羽振りのいいとき伊勢参りのついでに大坂まで行きました。圓通寺の借景はなぜか心に残りましてね。川中島《かわなかじま》で習った師匠は宮大工でして、そういうのも得意だったんです」

「そうか。良い師匠に恵まれたな」

「長谷川さまに捕まったときは、獄門台に乗るばかりと思ったんですがねえ」

権左が、がははと笑った。

「さ、始めますよ。お代官さまは日陰で見ていてくださいまし」

権左は村人たちの前に立った。

「いいか、てめえら。今日はまず森を切り開く。大きな石と木の根っこさえ取ってしまえばあとは楽だ。気合いを入れていけ！」

「おう！」

にわか人足たちが返事をする。

そのあとさらに、横から近藤が進み出た。

「みな唱和せよ。天はおそろし！」

すると人足たちも声を合わせて叫んだ。

「天はおそろし！」

「地は大切！」

「地は大切！」

八ヶ条のかけ声が秋空にとどろく。こうして毎日掛け声を出して言うと、しぜんに体へ染みこんでいくだろう。

唱和を終えると、みな作業に取り掛かった。斧で木を切り、鋤で木の根っこを掘り返して徐々に更地にしていく。

権左は村人たちを見て回ると、一人のひょろっとした若者の後ろで立ち止まった。

「なんだ、そのへっぴり腰は！」

「だってこんなの初めてなんですよ」

「お前はなんてえ名前だ」

「河中村《かわなかむら》の為五郎《ためごろう》です」

「為五郎。もっと腰を入れて斧を使え。斧に振り回されてるぞ」

「こうでしょうか？」

為五郎は腰を落として斧を振るった。

しかし斧は木に当たったとたん弾《はじ》かれて、手からすっぽ抜けて飛んでいく。

近藤が慌てて身をかわした。

「馬鹿者！　殺す気か！」

「でも、手がしびれて……」

為五郎が涙目になった。気の弱い男らしい。

封元は為五郎のほうへと近づいていった。

「ひとつわしにもやらせてくれ」

落ちていた斧を握った。

「殿、大丈夫ですか。もうお年ですし」

ついてきた近藤が心配そうに言った。

「なにを言う。元御徒組頭の腕は伊達《だて》ではないぞ。見ておれ、為五郎とやら」

木に狙いを定めると、ふんと打ち振った。

斧は刃の半ばまで木に食い込む。

「お見事！」

近藤が褒めた。

「まだまだ若い者には負けぬ」

汗をふきながら言うと、権左がにやにや笑った。

「なんだ。これではだめか」

「いえ、まずまずです」

「まずまずか……。ならば手本を見せてくれ」

「合点承知でい」

権左は封元から斧を受け取り、違う木に向かうと、両足を開き、斧をぐいっと後ろにひき、反動をつけて、腰をひねって叩《たた》きつける。

木は一撃で切り倒された。

「おお。大したものだ」

「こいつは杉だからまだいいんです。樫《かし》の木なんかもっと大変ですよ」

「なるほどな。木によって固さが違うのか」

「お代官さまもなかなかの力でしたが、力ずくだけではだめです。木の弱点を狙うんです。そして後ろに斧を回して柄をしならせるんです。ぴたっと一度止めると、力がたまる。あとは腕の力より、腰の力を使って、斧を振る。重みを使って、道具に仕事をさせるんです。こいつは修練しないとなかなかうまくいきません」

「頼りになる奴だ、お主は」

この者に任せておけば大丈夫だろう。額の汗を拭《ぬぐ》うと、近くにあった大きな岩まで歩き、腰を下ろした。

どこか快い心持ちになる。書物を読み書きするだけでなく、体を動かすのも必要なのだろう。

人足たちもようやく木を切るのに慣れてきたようだった。

中には斧《おの》を振り下ろすとき、「天はおそろし！」「地は大切！」などと、声を出す者もいた。あの八ヶ条を案外気に入っているらしい。

＊

「よし、飯だぞ！」

昼になると、近藤が声をかけた。

村人たちは斧を放り出し、森のはずれに駆け寄ってくる。

そこには代官所が用意した大鍋《おおなべ》に、うどんがたっぷりと湯がかれていた。

「今日はうどんだ。腹一杯食ってくれ」

封元が言うと、村人たちから歓声が上がる。

お栄も代官所から来て配膳《はいぜん》を手伝ってくれた。

「さあ、どうぞ。冷めないうちに」

器に盛られたうどんが人足たちに手渡されていく。力が出るよう、山菜や葱《ねぎ》のほかに、つぶした鶏の肉も入っていた。力仕事をした者たちは大量の汗をかくので、味付けは塩を強めてある。

「うまいな。こいつはうどんですか？　妙に平べったいですが」

権左が聞く。

「それは板庭《いたにわ》村で作っているうどんだ。腹にたまるぞ」

先日、川の普請を視察したとき、板庭村のうどん屋からこれを振る舞われ、すっかり気に入っていた。

村人たちも思い思いに腰掛け、うどんをすする。

今までは、無理やり普請に駆り出され、飯も出なかったらしい。村人たちは手弁当で行くしかなかったが、封元が立案した普請では必ず昼飯を出した。

封元は大鍋のそばにいた板庭村のうどん屋の店主に声をかけた。

「すまぬな、遠いところまで」

「おやすい御用ですよ。お代官さまのお考えには感服しております。これくらいはやらせてくだせえ」

店主が嬉《うれ》しそうに言った。

うどんの具は、ここらの百姓が持ち寄ってくれたものだ。

封元も人足たちの輪に入って一緒にうどんをすすった。塙の天気の話や子育ての話で盛り上がる。

徒士《かち》組にいたときは、どことなく身の置き場がなかったように感じたが、ここの村人たちに交じっていると、肩肘《かたひじ》の力が抜け、気軽に楽しく過ごせた。

(自分はどうやら貧しい者たちと気が合うらしい)

何も持たぬということは、何も奪われぬということでもある。虚栄心から自分を大きく見せる必要もない。

金が無くとも、心許せる者が周りに大勢いれば、案外人は幸せではないのか。

近くに座っていた百姓の杉作がおずおずと口を開いた。

「お代官さま。職分を出精ってのは、どういうことですかい」

「第七条のことか。そうやって聞いてくれるのは嬉しいな」

「だって毎日唱えてるのに意味がわからねえんじゃ、気になりますよ。配られた紙も見たけど、今ひとつわかんねえし」

「よしよし。職分を出精とはな、たとえばお前は百姓だろう。ならば田畑を耕すとき、精を出すということだ。油断して怠けたらすぐ食えなくなる。精を出して働けば、大金は稼げなくとも、毎日食えて幸せになれるだろう？」

「博打《ばくち》なんかしちゃいけねえってことですかね」

「その通り。博打は胴元が寺銭を取って必ず勝つようになっている。長く勝負していれば、いずれ負けてしまう。大金に目を奪われずとも、地道に稼ぎ、家族とともに楽しく暮らしていれば、人は十分幸せなのだ」

「へえ。それで地道に働くってことですね」

「稼ぎに追いつく貧乏なしということだな」

近くにいた権左が言った。

「あんた怖い顔してるけど、学もあるだね」

杉作がからかうように言う。

「俺も石川島で習ったばかりさ」

権左が笑った。

「権左。お主は中沢道二先生に学んだのだったな」

封元が言った。

「いい先生でした。先生の話を聞いて、『初めて生きる意味がわかった』なんて言ってましてね。談話の途中に泣き出す奴もいましたよ」

封元は頷《うなず》いた。

「鍛えた力を振るって働き、人のためになることをする。それこそ人の本分よ。この塙で働くならしっかり食べて行けるようにする。何人でも子供を育てられるから安心せい、杉作」

「頼みますよ、お代官さま」

杉作がくしゃくしゃの笑顔で言った。

「正しく生きれば報われる。当たり前のことだ」

封元はうどんの汁を最後の一滴まで飲み干した。

「しかしお代官さま。お代官さまは、おらの名前を覚えてくれてるんですかい?」

杉作が不思議そうに聞いた。

「普請の申し込みのとき、名を書いただろう。お前は字が読み書きできるから、他の者の名も書いてやっていたな」

「そんなところまで見てたんですか」

　杉作は恥ずかしそうに言った。

「わしはお主らと互いにわかり合いたい。さすればわしのやることにも合点がいこう。よくわからぬまま指図してもきっとうまくいかぬ」

「変な代官さまだなあ」

「こら杉作。無礼だぞ」

　近藤が言った。

「うへえ」

「まあ変人だとはよく言われる。わしは普通にしておるのにな」

「いや、やっぱり変な人ですよ、寺西さまは」

　権左が言って、皆が笑った。

　源助はひとり面白くなさそうな顔をしていた。あの男も打ち解けてくれればよいのだが。

　ひと月後、広場は完成した。はじめは訪れる人も少なかったが、代官所の者が率先して訪れ、ときには旅芸人や琵琶《びわ》法師を呼んで、村人を招いた。季節が変わると、その折々さまざまな花が咲いて彩りが楽しい。花が咲く。花見や紅葉のときには屋台も並んだ。

そうこうするうちに塙の人々もこの広場に親しみ、家族や友と訪れ、のんびりと過ごすようになった。

この広場はやがて向ケ丘《むこうがおか》公園と呼ばれるようになる。日本で最初に作られた庶民公園であった。

第五章　病

「増えていません。困りましたね」

近藤が人別帳を見ながら唇を引き結んだ。

御用部屋に置いた大きな火鉢の中では薪《まき》がぱちぱちと音を立てている。

庭には雪が積もり始めていた。

「なんとか間引きは減ったようだが、ここからさらに人の数を増やすというのは至難の技だな」

「どうされますか」

「それを今考えておる」

「されどこのままではご老中の言われた期限に間に合いません」

「むっ……」

封元はため息をついた。失敗すれば、代官を辞めさせられるだけでなく、徒士の役目すら失いかねない。定信とて、他の老中や若年寄たちから、新しい試みを非難されるだろう。幕閣の大多数は、自分では何も考えないのに、人が試行錯誤しながら始めたことを非難するのが得意ときている。

なんとしても定信の期待に応《こた》えたい。そして何より領民たちと約束した。安心して子育てできるようにすると。そのためにはずっと村が栄えていられるような策を施さねばならない。栄えていれば、人は増える。

「どうされます?」

「しばらくの間、年貢を減免してやれれば力もつくのだがな」

「それは柳生さまにだめだと言われたでしょう」

「頭が固いにもほどがあるな」

封元は勘定奉行の柳生久通のもとに何度も減免の陳情に行った。しかし、みだりに年貢の率を変えてはならぬとの一点張りであった。少しの間、一割の減免でもよいからと頼み込んだが、首を縦に振らなかった。

年貢の減免をすれば、飢饉《ききん》に苦しんだ百姓たちも一息つけるだろう。新しい農地の開墾や農具の買い換えもできる。しかしいまだ苦しいときに稼ぎの半分も幕府が取っていくのでは、勤める気力もなくなるだろう。

享保《きょうほう》のころ、八代将軍吉宗のもとで年貢増徴策を進めた旗本の神尾《かんお》春央《はるひで》は「胡麻《ごま》の油と百姓は絞れば絞るほど出るものなり」と言ったが、そのような考え方では村から逃げ出す百姓が増える一方である。裕福な百姓もいるが、その割合は少なく、ほとんどの百姓は年貢の重さにあえいでいた。

「柳生さまは武芸指南役のお家柄……。よほど誇り高いのでしょうね」

「無駄な誇りよ。民の実情をまるで知らぬし、知ろうともしない。さまざまな問題をよく吟味し、裁量を下役代官に与えてこそ地方はうまくいくはずだ。決まったことを言うだけなら、猿でもできるではないか」

「猿ですって？」

近藤が吹き出した。柳生久通は額の皺《しわ》といい、甲高い声でうるさいのもなんとなく猿に似ている。

「かつて石見《いわみ》国にはな、井戸平左衛門殿という代官がいた。そのころは今と同じように飢饉が続いた。その上、いなごに作物を食い荒らされてな。井戸殿は年貢を減免し、米の代わりに唐芋を栽培して飢饉を乗り切った。そのような裁量がわしにもできればのう」

「もう一度、ご老中に頼んでみてはいかがでしょうか。減免してくれ、と」

「何度も頭越しに訴えると柳生殿がよく思いはすまい。代官は何事も勘定奉行に判断を仰がねばならぬ。このことで憎まれ、なにかあるたびに渋い顔をされては、多くの務めが進まぬ」

「じゃあどうするんです？」

近藤が投げ出すように言った。

「聞いてばかりいないで、たまにはよい知恵は出ないのか」

「そう言われても、いきなり人を増やすというのは……。陣屋の鼠はどんどん増えるんですけどね」

「人が一度に六人も七人も産むわけにもいかぬしな」

封元もため息をついた。鼠はいちどの出産で六〜十四の子を産む。しかも一年に六〜七回産むから、単純に計算すると一年で一つがいが一万匹以上になる。鼠算と言われるゆえんだ。

しかし人は多くても一度に二、三人、産むのも年に一度だからそうたやすくは増えない。子供を〈授かりもの〉というくらい、思い通りにはならない。

近藤との評議を終え、外に出ようとすると、お栄が着替えを手伝ってくれた。

「今日は冷えますから」

お栄は新しい綿入れをつくって着させてくれた。

腕を通してみると、ぴたりと体に合う。

「いつもすまぬな」

「とんでもないことでございます。私のできることはこれくらいですから……。今夜、何か食べたいものはございますか」

「任せる」

「まあ、張り合いのない」

「お栄が作るなら、なんでもうまい。山菜はもう採れているのか」

「はい。ふきのとうやたらの芽がもう出ています。こしあぶらの菜飯も用意しておきますね」

「よいな。頼む」

近ごろはお栄の作る飯が楽しみになってきている。塙で手に入る新鮮な食材をうまく使い、工夫してくれる。お栄のほうでも何かと世話を焼くのが楽しいらしい。夫が生きていたときは、きっとよい女房だったのだろう。

お栄の姿を見ると気が安まった。

着替えが終わると、代官所を出た。道の雪は解け、誰かの歩いた後には茶色い土がのぞいていた。

手代の源助が後ろについている。

「寺西さま。今日も行くんですか」

「もちろんだ。まだ領内の隅々まではまわっておらぬ」

「そりゃあそうですが……」

「あの八ヶ条を見るだけで理解するのはなかなか難しいことだ。ちゃんと説明してやらんとな」

八ヶ条を説くため、封元は村々の家を一軒一軒訪ね歩いていた。わかりやすく説明するのが、石門心学のやり方である。

それと同時に人々の暮らし向きを聞いて、困っているところには勤めを回してやったり、何かと手当をする。

また、留守がちの家が多い地域は、初詣《はつもうで》の機会を利用して寺で講演を催し、八ヶ条の人の道を説いた。

塙に来たばかりのとき、どちらかというと色白だった封元は、今やすっかり日焼けしていた。代官の恰好《かっこう》をしていなければ、村の百姓と変わらないような赤銅色の顔と手だった。

「源助。今までの代官は力ずくで百姓たちを押さえつけてきたのだろう？　まるで家畜のようにな。だがこれからは百姓が自らの頭で考え、自らの暮らしを決めていくべきだ。一家の主《あるじ》だけではなく、老若男女の家族、すべてが学ばねばならぬ」

「知恵をつけると文句ばかり言って、面倒が増えるだけじゃないですか？」

「それはお前が百姓を見下しているからではないのか。人としての本分を学んだ者同士で話し合えば、きっとよい結論が出る。家族を敬うということは、人を敬うということだ。人を敬うことができれば村の治安もよくなる。思いやりを持ち、お互いに助け合う。そうすればもっと暮らしは楽になる」

「そんなにうまくいくものですか？」

源助はなおも懐疑的だった。

「急には無理だろうな。みな日々の暮らしが忙しい。困窮している者も多い。それでも、何割かの者たちが人の生き方を考え、少しでも心のよりどころを得ることができれば、徐々に村は変わっていくはずだ。我らは時をかけ、できることを積み重ねていくしかない」

「私にはよくわかりません」

「お主にも家族がいるだろう。村人みなを家族だと考えてみよ」

源助は黙り込んだ。やはりたやすくは飲み込めないのだろうか。

封元たちは目的地に着いた。

この日まず訪れたのは文吉の家であった。川の淵《ふち》から救いあげた赤子は、すくすくと育っているらしい。

「お代官さま！」

戸を開けると文吉の妻、お順が大喜びで出迎えてくれた。

文吉は治水の普請に人足として出ていて留守だったが、女の子は早くも壁に手をついて、つかまり立ちしようとしていた。

「息災だったか」

「はい。おかげさまで」

お順のやつれはすっかり消え、血色もよくなっていた。

「お代官さま。あのときはありがとうございました。本当にお手当を頂けるなんて」

お順が娘を抱き上げた。娘が楽しそうに声を上げて笑う。

「かわいいのう。名はなんという？」

「お元《もと》と名づけました」

「お元？」

「勝手にお代官さまのお名前を拝借しまして申し訳ありません」

お順が頭を下げる。

「かまわぬ、かまわぬ。達者に育てよ」

何やら面映《おもは》ゆかった。自分の子供がひとり増えたような気もする。

「お代官さま、どうか抱っこしてあげてください」

「よし。こっちにこい」

娘を抱いた。柔らかく、まだ乳の匂いがほんのりとする。顔を見ると、透き通った黒い瞳《ひとみ》が見つめ返してきた。

「お元。お前は強い子だ。運も力もある。この先、塙を盛り立てて行ってくれよ」

名を呼ばれたのがわかったのか、お元が目を細めて笑った。

「そっちにいるのは兄だったな」

封元が部屋の奥にかしこまっている四つ、五つの男の子たちを見た。

「ええ、正太《しょうた》と平助《へいすけ》です」

「よし。二人ともこっちに来い」

声をかけると、正太と平助がおずおずとやってきた。人見知りをしているのかもしれない。

「そうかたくなるな。わしは塙の代官、寺西封元という。今日は面白いものを持ってきたぞ」

そう言うと、封元は源助に言いつけて、荷物から絵を取り出させ二人に見せた。

絵の中では、鬼が罪人を踏みつけていた。

「ここに鬼がいるだろう。悪いことをした者には必ず罰が当たる」

怖い声を出して言うと、平助が素早く正太の後ろに隠れた。

「しかし、ここに神さまがおられる」封元は雲の上にいる仏たちを指さした。

「正しい行いをした者は神仏に救われる。お前たち、悪いことしてないだろうな」

聞くと、正太はあわてて首を振った。

「塙の八ヶ条を知っておるか」

「うん。あれでしょ」

正太が壁に貼ってある八ヶ条を指さした。

「そうだ。この絵はな、八ヶ条のひとつめ、『天はおそろし』ということを表している。天は常に人のやることを見通しておる。見つからねばいいと思って悪さをしても、しっかり天の目は見ておるぞ」

「えー、嫌だな」

平助が言った。

「たやすいことだ。悪いことをしなければよい。うっかりやってしまったら嘘をつかずに謝ることだ」

　このところ封元は絵や人形芝居を用いて、子供でもわかるように八ヶ条の意味を説きつつ家々を回っていた。大人でも字を読めない者が多くいる。言って聞かせ、読み聞かせて、ようやく飲み込む者も多い。

　これは石門心学の〈道話〉といわれるもので、身近なたとえ話を使って、生きる道をわかりやすく教える。そのため幅広い層に受け入れられ全国に普及した。

「この塙の八ヶ条を守るだけでずっと幸せに暮らせる。八ヶ条を守れば他には何もしなくてもよい」

　八ヶ条を説明しながら、仁義礼智信の五徳を説いていると、戸口から子供が飛び込んできた。

「正太のおばちゃん！」

「留吉《とめきち》ちゃん？　どうしたの」

　お順が聞く。

「あの……、うちの亀太郎《かめたろう》がさ、熱があるみたいで、ぐったりしてるんだ」

「医者は呼んだのかい？」

「だって……。うちには医者を呼ぶ金なんてないよ」

留吉がふてくされたように言った。

「わしが行こう。案内せい」

すぐに立ち上がった。留吉に案内させて家に行くと、小さな子供が煎餅布団《せんべいぶとん》に寝かせられていた。真っ赤な顔をしている。

額に手を当ててみると、たしかに熱があった。かなり高い。

「いかん。源助、玄庵先生を呼んできてくれ」

「来てくれりゃいいんですが」

「引きずってでも連れてこい」

思わず声が高くなる。

「わかりました」

源助が走って行った。

「留吉といったな。親はどうした」

「多分、どっかの賭場《とば》にいると思う」

「なんと。昼間から博打《ばくち》か」

子供が病に苦しんでいるというのに何をしているのか。

じりじりして待っていると、四半刻《とき》(約三十分)ほどたって、ようやく玄庵がやってきた。

「まったく人使いの荒い。今日は休みなんですよ」

玄庵はぶつぶつ言った。

「熱が高い。けして死なせるな」

子供を亡くしたときのことが思い出される。あのような思いを誰にもさせたくない。

「慌てないでください。まずは診てからです」

玄庵が手早く亀太郎の着物の前を開け、耳をつけて胸の音を聞いた。そして口を開かせ、じっくりと喉《のど》を見る。

「どうだ、先生」

玄庵は肩をすくめた。

「ただの風邪ですよ。熱冷ましの薬を飲ませましょう。水をくんできてください」

玄庵は小さな薬包を取り出し、亀太郎に飲ませた。

封元が水を飲ませる。

「あとは滋養のつくものを食べて、寝てれば治ります」

「大事ないのか」

「子供っていうのはもともと熱が高いんですよ。この程度なら、水を飲んで寝てればいい。心配しすぎです、お代官さまは」

「葛根湯《かっこんとう》はないのか。あれも風邪に効くはずだ」

「うるさいですな！　お代官さまの、子供が大切っていう思いは痛いほどわかってます。もう耳にたこができてますよ。子供を死なすな、間引きをするなとね」

「子供は宝だ。けして死なせはせん」

いきんで言った。

「わかってますって。医者の言うことも聞いてください。生兵法はかえって怪我の元です。もっと言えば、生死は天の決めること。とくに赤子は、生まれて七日生きるのも難しい。そこを越えても、麻疹《はしか》だの疱瘡《ほうそう》だのにかかればまた危うくなる。むやみに騒いでもしょうがない。医者を呼んでくれれば、治る病気は治しますから」

「ううむ……」

「ただ、ひとつだけ言わせてもらいます。塙には医者が足りません。医者に金を払えない者も多い。そこが難点です」

「何もかも足りぬか」

封元は唸ると、両手の中指でごりごりとこめかみを押した。

「よし、思いついた。お主に頼みがある」

「なんですか、唐突に」

「わしが医者になる。今すぐ医術の全てを教えてくれ」

そう言うと玄庵が目をむいた。

「かんたんにおっしゃいますが、医の道というのは、覚えることが途方もなく多いのです。怪我の手当の仕方や病の見分け方と治療、それに薬の作り方もです。医者になるのに免状はいりませんが、いっぱしになるのにはどれほどの努力が必要なことか」

しかしあきらめきれなかった。

「何年かかってもよい。わしだけでなく他の者にもその技を広めて医者を増やし、全ての子供がいつでも近くで医者にかかれるようにするのだ」

「そんなとほうもないことを……」

「そうだ。医者の学問所を作ろう。お主はそこで教えてくれ。人を集めるのはわしがやる」

「まあ、立て込んでないときでよければやりますよ」

玄庵が肩をすくめた。

「今はどうだ」

「えっ、今からですか？」

「だめか。まずは代官所の者に教えてくれ。急ぎの患者はいないのだろう？」

「今日は休みだったんですよ。のんびりして、ゆっくり酒でも飲もうかと思ってたんです」

玄庵が嫌そうな顔をした。

「飲みながらでいい。教えてくれ」

「酒がまずくなります。せめて明日にしてください」

「源助」

「はい」

「宿場に行って、とびきりうまい酒を調達してきてくれ」

「わかりました」

源助が立ち上がる。

「ちょっと待ってください！」

玄庵が抗議する。

「早く教えてくれ。うまい酒は用意する」

「ほんとにもう……。どうせいい酒を買って頂けるなら、もっと楽しく飲みたいんですがね」

「せっかく間引きがなくなったのだ。まだ小さな子供を丈夫に育てたい。どうすればいい？」

さっそく、帳面を取り出し、待ち構えた。

昌平坂の学問所にいるときも、こうやってよく講師たちを捕まえ、質問攻めにしたものだ。

「仕方ない……。子供を丈夫に育てるには、まず親が息災なことです。もうすぐ生まれるというときに働きづめだと、産後の肥立ちが悪くなり、ろくなことがありません」

「なるほど。子ができたとわかったら、休ませればいいのか」

「いや、ひどいつわりがないのなら、むしろ働くほうがいい。休むのは生まれる前の少しの間でいいでしょう。もっとも、腹がまだ小さいときでも、調子が悪くなったらすぐに休ませにゃいかんのです。赤子が流れてしまいますからな」

「ふむ。難しいものだな」

「よく聞くのは、子を腹に宿したからといって、休んでおったらまわりの口がうるさいということでしょうな」

「怠けているように見えるということか」

「亭主はひっぱたくし、姑《しゅうとめ》や小姑《こじゅうと》は『私のときはもっと我慢した、働きながら子を育てた』とかぶつぶつ言う。でもね、人によって体の強さも性質も違うんです。体が弱ったときは、休みながら子を産んだ方がいい。無理して流してしまった女をずいぶん見ました」

「それは皆に伝え、徹底せねばならぬな」

帳面に書き付けた。休むべきときは休む。

「女の体に子ができたとわかるのはいつ頃なのだ」

「匂いに聡《さと》くなり、つわりが始まる頃でしょう。そこからは注意したほうがいい。あまり食べたくなくなるだろうが、それでも食って、子を産むために精をつけなきゃなりません」

「子を産む前から細々と気をつかわねばならんのだな」

初耳だった。すべての村民が知っているとは到底思えない。

「あと、勝手に一人で産むのもよくありません。経験を積んだ産婆についてもらうのが一番です。頭から出てくるか、足から出てくるかわかりませんからな。へその緒が首にからみついてる子だっています」

「ふむ」

「慣れない男は見ない方がいい。動転して気を失うこともある」

「女たちに任せたほうがいいかもしれんな」

「産んだあとすぐに働くのもよくありません。田んぼのあぜ道でよっこらしょと産んで、赤ん坊を寝かしたまま、すぐまた田植えするなんてことも多いんですよ。あれも危ない」

「無茶をするのう」

蔵太が生まれたときは妻をすぐに休ませ、乳母もつけて大事に育てた。困窮していたとは言っても、やはり武家は恵まれているのかもしれない。

玄庵がまた口を開いた。

「なんせ家族みなが食わなければなりません。休んでる暇なんかない。そうすると赤ん坊に目をやらず、死なせてしまうことも多いんです」

「そうか……」

子を健やかに育てるには暮らしに余裕が必要なのだと痛感する。

「わかった。子を丈夫に育てるため、塙の母親にはできる限り休んでもらうことにしょう」

「それは無理というものですよ」

玄庵が苦笑した。

「寺西さま、休んで寝ていたら空から飯が降ってくるとでも言うのですか」

「空からは降らぬ。代官所が必要なだけ手当てをする」

「えっ？」

玄庵が一瞬固まった。

「本気ですか。そんな話、聞いたことがありません」

「わしも今思いついたところだ。生まれた時だけではなく女がきちんと動けるようになるまで手当てを出す。働かずとも飯が食えるとなれば、安心して子を産み、育てることができるだろう？」

「そんなことができれば、子は育てやすいでしょうが……。しかし寺西さまの務めは、私どもから年貢を取ることでしょう。それが逆に金をくれるとは腑《ふ》に落ちませぬ」

玄庵が不思議そうに首をひねった。

「おかしくはない。子供が増えれば、やがて人手も増え、荒地を開墾できる。収穫も増えるだろう。さすれば年貢も増え、ご公儀のためにもなるではないか」

　玄庵がじっと封元を見つめた。

「妙な人だ、あなたは」

「よく言われる」

　苦く笑った。それでも突き進むのみだ。塙の子供は全て助けると決めていた。

　松は緑、桜は花、鳥は空を飛ぶ。人は天の理《ことわり》に沿って生き、子をなさんとする。それが天の命たる本性であり、本性に従うのが道で、道を習得するのが教えであると〈中庸〉にもある。

　教えは五倫や心学に基づき、塙の八ヶ条とした。

　されど理屈と実際の間には大きな谷があり、実行は難しい。それを為《な》すのが代官の務めであろう。

「それほどのご覚悟とあらば私も腰を据えます。何でも聞いてください」

　玄庵は酒杯を置いて座りなおした。

「産んでからあとに気をつけることはなんだ。どうしたら子供たちは生き残れる？　すべて聞かせよ」

「それも多くは飯の問題です。飢えた母親からは乳もろくに出ません。十分な乳を与えるのが大事です。赤子は乳をたっぷりやったら、あとは暖かい寝床に転がしておくだけでいい。どうせ最初はひとりじゃ動けませんからな」

「たしかにな」

蔵太を育てていたころのことを思い出した。寝返りも打てぬころは、ずっと柔らかい座布団の上に寝かせていた。もっとも、昼夜構わず何度も起きて、泣き出すのには閉口したが。

それでもそのときは妻が元気で、愚痴ひとつ言わずに蔵太の面倒を見てくれた。

「あと、飯は食えても乳の出にくい母親もいます。そんなときは誰かから乳をもらわないといけません」

「乳母が必要ということだな。誰の乳が出ているのか、人別帳を作るしかあるまい」

「乳母の人別帳なんて聞いたことがありませんよ」

玄庵が笑った。

「すべての子に乳を行き渡らせるのだ。早速取りかかろう」

封元は帳面に書きつけた。

「あとは子守がいるとよいですな。そのぶん親が働けます」

「上の兄弟がいれば面倒を見られるだろうがな」

「八歳より上なら大丈夫でしょう。上の兄弟がいない者は困りますが」

「ならば親戚《しんせき》や五人組から手の空いた子供を連れてくればよいではないか。そうなると子守の人別帳も必要だな」

さらに書き込んだ。

「みなが納得すればよいのですがね」

「するとも。塙の八ヶ条にもある。子は不憫《ふびん》、可愛となな。子を育《はぐ》むのは人の本性だ。勤め口があり、勤めに励んで暮らせるのならば、人はみな健やかな本性を取り戻すはずだ」

他に何が必要か必死に思案していると、ようやく亀太郎の父親、市松《いちまつ》が帰ってきた。かなり不機嫌そうな顔をしている。

「なんだい、あんたたちは」

「今日も博打《ばくち》に負けたのか」

市松をにらんだ。

「なんだと。やぶから棒になんだ。誰だあんた」

「わしは塙の代官、寺西封元だ」

「えっ、お代官さま!?」

市松の顔に怯《おび》えが浮かんだ。

「先ほど、お主の息子の亀太郎が熱を出してな。医者も呼んだところだ。子供を放って昼間から博打とはなにごとか！」

怒りも加わり、強く叱咤《しった》した。代官所がいくら子供を大事にしようと思っても、親が子育てに無頓着《むとんちゃく》ではどうにもならない。

「それは……。家を出るときは別に何もなかったし」

「母親はどこだ」

「勝手に出て行っちまったんですよ。子供に飯は食わさねえといけねえし、俺も困ってて」

「それで博打に狂って子供をほうっておいたのか」

市松がうつむいた。

「それでも親か。子供のためと思えば、地面に這《は》いつくばってでも働くのが親であろう。見よ、子二人とも痩《や》せこけておるではないか」

自分だけ酒をくらい、博打に溺《おぼ》れていたのだろう。

さらに言おうとしたとき、留吉が封元の腰にむしゃぶりついてきた。

「やめろよ！」

「なんだ、坊」

「父ちゃんをいじめるな！」

留吉の目には涙が光っていた。

「坊……」

膝《ひざ》の力が抜けた。救うために叱っているのに、当の子供からそれを責められるとは。

「わかった。わしが悪かった。おっとうが帰ってきたからもう安心だな」

虚しさをこらえて言うと、玄庵とともに家を出た。

「寺西さま。あれは仕方ないことです。たとえごろつきの親でも子供は愛着があるものです」

玄庵が言う。

「それも人の本性だろうな。子は無条件に親を慕う」

「ええ。ともに暮らした時というのは他に代えられないものです」

「そんな心も知らず、子にまるで関心のない親がいる……。子は生まれてくるときに親は選べぬ。ならば、親のまわりがなんとかするしかない」

せっかく生まれた子供を守るにはどうしたらよいのか――。

暗い顔で帰ると、蔵太が待ち受けていた。

「どうした。こんな遅くまで起きていたのか」

「今日は灌仏会《かんぶつえ》ではないですか。一緒に祝いましょうよ」

「そうか。そうであったな」

灌仏会は花まつりとも言い、釈迦《しゃか》の誕生日を祝う。

江戸にいるときは、よく増上寺にお参りに行き、花御堂に安置された誕生仏に甘茶をかけたものである。

「来てください。お栄さんが花を生けてくださいましたよ」

蔵太とともに居間に行くと、桜や菜の花、金盞花《きんせんか》、金魚草など色とりどりの花が飾られていた。

「これはよい。灌仏会は子の健全を祈るものでもあったな」

「はい。稚児《ちご》行列に交ざったのを思い出します」

「なつかしいな」

「私はあの着物は嫌でございました。動きにくくて暑くて……」

「大昔の着物だからのう。しかし今日この日が灌仏会であったとは、きっと天の導き。塙の子の平安を願うため、新たな法を定めねばならぬ」

封元は一晩かけて考えをまとめると、翌日には各村の名主と村役人を代官所に集め、以下の触れを出した。

一、子を腹に宿したら、名主に届けること。また五人組や親戚に報《しら》せ、協力を仰ぐこと。もし病がちなれば、一層気を配り、養生できるよう十分世話すること

二、出産のときが来たならば、村役人五人組はより心配り、赤子取り上げ方にはとくに入念に世話をし、赤子の男女の別、健やかなるかを代官所に報せること

三、もし死産のときは役人が検《あらた》めるまでそのままにしておくこと。不都合あれば厳罰に処する

四、生まれてから七日目までは日々心をつけ、八日目から出産の届けを出すこと

五、出産七日後に籾《もみ》二俵、一年後には再び籾二俵を支給す

これらの箇条をよくよく心得、村役人は出産後、二カ月に一度訪ね、病や疲れがないかよく確かめること

まずはまわりに妊婦がいると知らせることが大事である。そうすれば妊婦が働き過ぎないようまわりの者が注意できる。また、つわりのために休んでも、周知されていれば咎《とが》められることがない。乳が出なければ、名主に言って、よく乳の出る乳母を紹介してもらえばいい。そのための人別帳を作ることにした。

出産や育児を母親一人きりで抱えることは困難を極める。

また、親が子を放置するなどしたときは厳罰に処することとした。

手当については、出産後の一両では子供を育てるに心許《こころもと》なく、出産の一年後、ふたたび手当を支給することとした。ただし代官所の金蔵が底をつきそうなため、代官所の蔵に予備として取ってある籾を二俵ずつ下げ渡すこととする。これによってまず二年は金に不足なく育てることができる。小さいうちは医薬や襁褓《むつき》の替えなど何かと手間と金がかかるので、貧しい所帯には援助が不可欠だった。子が多ければ、子守も必要である。

封元は最後に、名主や村役人たちへ伝えた。

「よいか。子を育てるのは難しい。子は不憫《ふびん》で、か弱い生き物だ。それを育てる親たちもまた右往左往し、ときには力を失って悲鳴を上げる。お主たちは、そんな弱き者たちの声をすべて聞き届け、助けの手を差し伸べよ。塙で子育てする者たちを、けして一人にさせてはならぬ」

名主たちも力強く頷《うなず》いた。やることは増えるが、人の役に立つ務めである。

「子を多く育てた者が要領を教えてもよい。医者も増やせ。代官所でも近くの諸藩から禄《ろく》を払って呼び寄せることにする」

この年の内に封元は、高い俸禄を提示して塙の地に医者を招聘《しょうへい》しその数は大きく増えた。

封元が私財を放出し、代官所内に地蔵堂を建立したのもこの頃である。中には七尺ほどの子育地蔵を安置した。

これは後々他の地方でも評判になり、各地から婦女子が詣《もう》でることも多く、安産に怪我なしと崇《あが》められた。

封元はなんとしてもこの地で日の目も見ぬまま闇に消された命を弔いたかった。

年貢を取ることしか頭になかった今までの代官たちの無思慮が腹立たしい。だが、上に立つ者は見えないものを見、声なき声を聞かねばならぬ。代官は領民の命に対して途方もなく大きな責任を負っている。

触れを出してから二日後、川の普請の視察に訪れた。

治水の普請はかなり進み、両岸の木の枠組みの中には土嚢《どのう》が積み上がっている。

封元は、ちょうど普請の監督に来ていた権左を尋ねた。

「市松はちゃんとやっておるか」

「ああ、あの新入りですか」

「子供が二人いる。うまく面倒を見てやってくれ」

封元は留吉と亀太郎の父、市松をここで働けるようにした。人は勤めて給金を得てこそ、誇りが持てるようになる。

「まあ最初は賽子《さいころ》より重いものは持たねえだのなんだのぬかしていましたが、一発尻《しり》を蹴飛《けと》ばしたらすぐおとなしくなりましたよ」

権左が笑った。

「多少荒療治だがやむを得まい」

「ときどき物陰で泣いてやがるから事情を聞きました。どうやらあいつ、女房を他の男に取られたみたいですね。それで酒浸りになって博打《ばくち》に狂ったんでしょうね」

「出て行ったとは言っていたが、寝取られたのか」

「女ってのは突っ走ると男の手には負えねえ。あきらめるしかありやせん。あいつも毎日石を運んでるうちにどうやら酒の毒も抜けてきたようですよ」

「また博打の虫が騒がねばよいがな」

「賭場《とば》に行く気にもならないくらいしごきますから大丈夫です」

権左がにっと笑った。小伝馬《こでんま》町の牢屋《ろうや》にいたときは、牢名主だったという。本物のごろつきだった男の迫力には、さすがの市松もかなわないだろう。

「あいつはやけくそになってただけです。元は小心でまじめな男ですよ」

「そんなことがよくわかるな」

ちょっと感心した。

「こう言っちゃなんですが、悪い奴はたくさん見てきましたからね。罪人って言ったって生まれが悪かったり、何かとんでもないひどい目にあったから道をそれちまったってのがほとんどなんです」

「赤子のときから悪い奴などおらぬからな」

「いや、そうでもないんですよ」

権左はやや暗い顔つきで言った。

「生まれつき、まるで思いやりのない奴もいます。化け物みたいにね。そんな奴は悪同士の仲間にも入れない。俺たちゃ悪と言っても盃《さかずき》をかわしてつるんだり、年上には一応敬意を払ったりはします。でも腐った奴はそれもできない。こっちを逆恨みするばかりでね。どんだけ殴っても言うことを聞きません。中沢先生が心学を教えても効き目がない。ただひたすら自分勝手な御託を並べるだけです」

「そんな者がいるのか」

「とんでもないのがいます。ま、そんな奴はいずれやくざ者の怒りを買って闇で消されちまいますがね」

権左が目を細めた。

「市松は違うのだな」

「ええ。あいつは鍛えたらきっといい人足になります」

「よし。市松が勤めに出ている間、子供たちを見てやる者を探してやらねばならんな」

子供の数が増えれば、名主と五人組だけでは足りないかもしれない。いずれ預かり手のない子を集め、面倒を見る場所を作るのも考えておくべきだろう。

封元は玄庵や産婆たちから聞いた子育ての知識をまとめると、塙の村々に配って共有した。村人たちを孤立させず、みなに知識を行き渡らせる必要がある。

また、わかりやすい文章で間引きを諌《いさ》めた〈子孫繁昌手引草〉や、心学者である脇坂義堂《わきさかぎどう》の〈童子教諭撫育草〉の抜粋も各家に配った。後には絵入りの解説付き冊子も作った。

これらの子育て支援策は、やがて塙だけでなく、陸奥の各地に広がっていくことになる。

第六章　縁

代官所の御用部屋に、かちかちと算盤《そろばん》の音が響いている。近藤が帳簿と格闘していた。

「殿。金が足りなくなりました。何度計算してももはややっていけませぬ」

近藤が情けなさそうな顔をした。

「またか……」

塙に赴任して二年、子育ての手当は充実し、子も増えてきたが、そうなるとまた金がかかる。増えた子供たちが成長し、田畑を開墾し始めるにはあと十年以上かかるだろう。

「殿が子育てに毎年金を出すなんておっしゃるから……」

「必要な金だ。大きくなってくれれば着物や履物も入用だろう。医者と産婆ももっと増やさねば安心できん」

封元は帳面に書き足した。

「もう金はありませんよ。寺西家の役料も使い果たしました。貸した金の利子を回収してもまだ足りません」

　近藤が下を向いた。

　その気持ちはわかる。五万石以上の領地を管理するというのに、代官所の人数はわずか三十人である。しかも休めるのは一年にせいぜい十日ほどだ。塙の天領と同じ石高の大名などは家臣が千人を超える。小さな所帯の代官所は猫の手も借りたいほど忙しい。

「金を貸すための元金はかろうじて残っていますが……」

　近藤はさらに言った。

「元金には絶対手をつけてはならぬ。使うのは貸し先から得た利子だけだ。金は天下の回りものよ。なんとかなる」

「そうはおっしゃいますが、他にも大きな問題が残ってます」

「なんだ。言ってみろ」

「前にも申したでしょう。間引きを止めたからといって、村人の数がそんなに増えるわけでもありません」

「む……」

　言葉に詰まった。自分もひそかに気づいていたことだった。忙しさにかまけ、結論を先延ばしにしていた。

「つまるところ、夫婦の数を増やすしかない」

封元は言った。

「そんなこと、できるんですか？」

「そこが問題だ。男女の縁を結ぶ手立てがわからん。代官所が無理に見合いをさせるわけにもいかぬしな」

こめかみに曲げた中指をぐりぐりと押しつけたが、特にいい案も浮かばない。

思わずうめきそうになったとき、源助が御用部屋にやってきた。

「寺西さま。新発田《しばた》藩の側用人が参っております」

「新発田藩？　いったい何用か」

「約束はありませんが、お会いになりますか」

「遠くから来たのだろう。いたし方あるまい。通してくれ」

源助を下がらせて待ち受けた。

新発田藩といえば越後《えちご》にある五万石の大名である。はるばる塙まで何をしに来たのか。

やってきた男は新発田藩の側用人、金子《かねこ》定治郎《ていじろう》と名乗った。

「新発田藩といえば、藩主は溝口直侯《みぞぐちなおとき》さまでございましたな」

「うむ。先年元服され、正式に跡目を継いだところでござる」

「それはめでとうございます」

「かたじけのうござる」

金子は軽く頭を下げた。

「して、塙まで来られたのはどういう御用向きでございましょうか」

「今から話すことは内密にしていただきたいのだが……」

「事と次第によりますが、そうするよう努めましょう。それでよければ……」

「致し方ない」

金子は源助の出した茶をひとくち飲んだ。直後、驚いたように湯のみを見つめる。

「塙の新茶でございます」

「うまいな」

「塙の名物のひとつです」

金子は一つ頷《うなず》いた。顔が少し柔和になっている。

「実は、風の噂に聞いたのだが、寺西殿は商人や豪農に金子《きんす》を貸しておるそうだな」

「ええ。塙は今、飢饉《ききん》で百姓が多く離散し、大変な危機に瀕《ひん》しております。せめて商いでも発展させねば、つぶれてしまいますゆえ」

「それでも天領はよいではないですか。何かあれば幕府から金が出る。しかし我らのような小藩は、苦しくともすべて自前で賄わねばならぬ。困り果てておるのだ」

不満そうに金子は言った。

天領とて苦労はある。人手は少なく、同じ殿さまが代々治めてきたという馴染《なじ》みも無い。

しかし言っても仕方の無いことだった。

「このところの飢饉はひどいものでしたな」

当たり障り無く答えた。

「それだけではない。我が藩はたびたび幕府から普請や勅使の饗応《きょうおう》役も命ぜられ、財政がひっ迫しておる。家臣からしばらく扶持《ふち》を借り上げているほどじゃ」

「それはお骨折りでございましょう」

封元も茶を飲んだ。

「うむ。そこでじゃ。恥を忍んで申す。そなた、我が藩にも金子を貸していただくわけには参らんか」

「なんと……」

言葉を失った。まさか大名が金を無心に来るとは――。

「来年は参勤交代の年でござってな。これも費えがかかるゆえ、困り果てておる。それに……」

金子が口ごもった。他にも何かあるらしい。

(ははあ、あれか)

やっと思い出した。新発田藩といえばたしか数年前、お家騒動があり、罰として幕府から領地替えを言い渡されたはずだ。痩《や》せた領地をあてがわれ、余計に困窮しているのだろう。

「して、いかほど御入用でござるか」

率直に聞いてみた。忙しいのに無駄話はたくさんである。

「二百……。いや、三百両あれば助かる」

「なるほど。お話はわかりました。しかしなにぶん急なことですので、こちらも帳簿をよく見て、考えねばなりませぬ。しばし待って頂けますかな」

「もちろんでござる。武士は相身互い。よいお返事を期待しておりますぞ」

金子は咳払《せきばら》いをすると、立ち上がって出て行った。

源助が送っていく。

封元は近藤を呼んで仔細《しさい》を話した。

「えっ、金を貸せと？」

「向こうもいろいろと台所が苦しいらしい。塙の民に貸すより武士を優先せよと言外に匂わせておった」

「悔しいが金を借りに来たのに図々《ずうずう》しいですな」

「あっちは大名だ。こちらはただの代官だからな」

「腹立たしい。絶対に貸さないでください。ただでさえ金が無いのに。そんなに苦しいなら踏み倒されるおそれもありますしね」

「あり得るな」

儲《もう》かっている商家ならともかく、相手は家臣に扶持さえ払えない大名である。

「かつて殿はおっしゃったではありませんか。商人に貸すときも『三方よし』になるようにと。あの大名が塙のためになるとは思えません。どうしてすぐに断らなかったのですか」

「もちろん断るつもりだった。しかしいきなり断ると、角が立つだろう。断るにしても、よくよく検討したように見せかけてから断るほうが、恨まれにくいだろう」

「なるほど……」

安芸にいたころ、まだ浅野家に仕えていたとき、封元の父、弘篤に金を借りに来た同役の武士がいた。二人の子を育てていた弘篤にも金が無く、断るしかなかったが、その後、父はひどく陰口を叩《たた》かれた。上役に諫言《かんげん》して辞めさせられたときにも、その陰口が原因の一つになったと後から聞かされた。

「人付き合いというのは難しい。特に断るときには相手を立てながら、こちらも仕方なくという風にしないと、後で災いとなることが多々ある」

「嫌ですねえ」

近藤が顔をしかめた。

「条件をつけるのも一手だな。たとえば『金は貸すが利子は五割です』などとな。そうなると、相手は借金するのを断ってくるだろう。こちらではなく、相手から断ってもらうのが一番だ」

「それはいい手ですね」

「残りの元金のことを考えても、断るしかないだろうな」

すでに商人や豪農たちに四千五百両を貸していた。残りをどこに貸すか精査しているところである。貸すなら堅実な商人に貸し、堝の発展になるような金の使い方をしたい。

「そうですか。安心いたしました」

「どういう条件を出せば角が立たないか、少し考えてみる」

一つ伸びをして立ち上がると、封元は代官所を出た。

何か問題が持ち上がったときは、塙の各所を歩き回ることにしている。

丘の彼方《かなた》には夏の雲が出ていた。青空の下、勢いよく盛り上がっている。庭を歩くと土の匂いがむっと湧き上がってきた。

門の外に出ると、お栄が箒《ほうき》で道を掃いていた。

「寺西さま。また何かお困りごとですか」

お栄は素早く封元の顔色を読んだ。

「お見通しか。そのうちまた按摩《あんま》を頼む」

「はい。いつでもお申しつけください」

「うむ。少し出てくる」

「行ってらっしゃいませ」

花のような笑顔で見送られると、何やら力が湧いてきた。

（そうだ。あそこに行ってみるか）

川向こうまで足を延ばすことにした。

定信から猶予をもらった期間はあと二年。なんとしても塙の人の数を増やさねばならない。しかし今のところ数を減らさないことで精一杯である。

さまざまな考えを巡らせつつ歩き、村人たちによって造られた憩いの広場に着いた。

ここはいつ来ても飽きない。さまざまな草木が季節を教えてくれる。権左が試みた借景もうまくいっていた。遠くにそびえる羽黒山《はぐろさん》が広場と重なり、壮大な風景に見える。

塙の人々も憩いを求め、ここをよく訪れているとのことだった。窮している者たちに収入を与えるため、急遽《きゅうきょ》行った事業だったが、けして無駄にはならなかったと思う。

胸いっぱいに息を吸い、ゆっくりと吐いた。

（いい心持ちだ）

手頃な岩に腰を下ろし、目を閉じると新発田藩の金子の顔が浮かんできた。気の毒だが手ぶらで帰ることになるだろう。

断る条件をひとり練っていると、何か言い争う声が聞こえてきた。

声は祠《ほこら》の裏から聞こえてくる。

何事かと、忍び足で近寄っていくと、祠の裏では男たち二人が言い争っていた。

「もうだめだ！　死ぬしかない」

男がわめいていた。

「やめろって。死んで花実が咲くか」

「花なんかどうだっていい！　おらには望みなんかねえ」

そう言うと、男は持っていた縄を桜の木の枝に結ぼうとした。

もう一人の男が縄を奪う。

「そんなこと言わないで飯盛り女のところにでも行こうぜ。いい思いをすりゃ忘れるさ」

「一生忘れられない。もう死ぬ！」

死にたがっている男は涙目になっていた。

「おい、何をしておる」

封元が声をかけた。

「えっ」

「あっ！」

二人が同時にこちらを向いた。見ると、どちらも知っている顔だった。

「権左ではないか。それに為五郎もどうした」

川中島から来た権左と広場の普請で働いていた若者である。

「お代官さま。こんなところでどうも……」

権左がにやっと笑った。

「何を言い争っておったのだ」

「いえね、為五郎のやつが、急に死ぬなんて物騒なことを言い出しましてね」

「もう生きてられねえよ」

為五郎がため息をつく。

「穏やかではないな。何があったのだ。申してみよ」

「お代官さまに言っても仕方のないことですよ」

為五郎は目をそらした。

「そう言わずに申してみよ。何があったのだ」

「ああ、もう！　好きな女に袖《そで》にされちまったんですよ！」

為五郎がやけくそ気味に叫んだ。

「ああ……。そうなのか。それは大変だったな」

たしかに言われても仕方のないことで聞いたことを後悔した。しかし口火を切った以上、引っ込むわけにもいかない。

「何か相手の気に障ることでもしたのか」

「違います。おらが小作人の三男坊だからです。稼ぎもろくにないから、嫁になんか来てくれねえ。苦労するのがわかってますから」

「なんと。そんなことでか」

「そんなことじゃないです！　気軽に言わないでください。お金持ちのお代官さまにはわかりませんよ」

「またそれか」

封元は肩を落とした。これまでの生涯で富裕であったことなど一度も無い。説明するのも面倒で黙っていると、為五郎はさらに続けた。

「女はどうせ金持ちの庄屋《しょうや》の子やら、名主の長男やらのところに行きたがるんです。金の苦労なんかしたくないですから。おらみたいな三男坊を構ってくれる女なんていねえ」

為五郎は吐き捨てた。

たしかに村の婚礼で大きな力を持つのは親だ。後継に嫁をもらってこそ家は安泰となり、老後の面倒も見てもらえる。親を介護するのは長男の務めと幕府が触れを出しているので見合いには力を入れざるを得ない。困窮した名主が金持ちの商人の娘と縁談を組むこともあるだろう。

しかし次男以下の結婚はさほど気にかけられない。

「情けないことを言うな。何か稼げる道を探せばいいだろう」

「畑の他には人足をやるだけで精一杯です。商いの元手もないし、どうしろっていうんですよ」

「む……」

小作人ともなれば身を粉にして働いて、やっと食えるかどうかだ。それで嫁すらもらえないとなれば、絶望する気持ちもわからぬでもない。

「こいつ捨て鉢になってるんですよ。だから飯盛り女のところにでも行って、派手に遊ぼうって慰めてたんです」

権左が言った。

「そんなとこ行っても虚《むな》しくなるだけだろ」

為五郎は拗《す》ねたように言った。

「行ってみなくちゃわかんねえだろ」

権左が苦笑した。

「とにかくやけになるな。わしとしても村人たちの婚礼は願ってもないことだからな。なんとか力になりたい」

「じゃあ百両ください」

「馬鹿者。何もしないで金をもらえるわけなかろう」

「じゃあ無理ですね」

為五郎はふてくされた。

「まあまあ……」

権左が取りなして続けた。

「お代官さま、俺みたいなよそ者が嫁をもらえねえのはしょうがねえとしても、こいつは塙の出身だ。三男坊だからって袖にされるのはかわいそうすぎますよ。おい為五郎、なんなら江戸に出るか？」

「それもそうだな。ここにいてもどうしようもない」

為五郎が頷《うなず》く。

「待て！　これ以上、塙から人が減ってはかなわぬ」

慌てて止めた。

「だってねえ。せっかく勧めても、嫁ももらえないんじゃ嫌になるでしょうよ」

「それはそうだが……」

　封元も困った。次男三男でも嫁を娶《めと》ってくれれば、子が生まれ、人が増えることになるのだが。

「菊之助《きくのすけ》みたいなやつがいちゃ、おらなんかにはちっともお鉢が回ってこねえ」

　為五郎が悔しそうに言った。

「菊之助？　誰だそれは」

　封元が聞いた。

「田中《たなか》村の道楽息子ですよ。色白で鼻筋が通ってて、役者みたいな男前で。その上、床上手だって評判です。お鴨《かも》ちゃんもやられちまった。きっとあんなことやこんなことを……。ちきしょう！　うらやましい……」

　為五郎が頭を抱えた。

「つまりは打ち明けもせぬうちから恋が破れ、死にたいのか」

　なんとひ弱な若者か。これではたとえ長男でも嫁などもらえないだろう。

「そういえは寺西さま、市松の女房を寝取ったのもその野郎なんです」

　権左が言った。

「なんと……」

耳を疑った。とんでもない奴がいたものである。その男のせいで市松は酒に溺《おぼ》れ、博打《ばくち》に狂って子供を放置した。

「しかしな、為五郎。好きな女を取られたとて、それは縁がなかったのだ。また別の女を探せばいい」

「お代官さまはまったくわかっちゃいませんね。塙は男に比べて女がはるかに少ないんです。おらは余りもんなんだ」

為五郎が目を潤ませた。

「余りもの？」

封元の脳裏に小さくひらめくものがあった。逃さぬよう、こめかみにごりごりと中指を押しつける。

「何やってるんです？　頭が痛いんですか」

「思いついたぞ！」

「えっ？」

為五郎がぽかんとしていた。

「為五郎。いい話を聞かせてもらった」

封元は大きな笑みを浮かべた。

「人が苦労してんのに、なんでそんなに嬉《うれ》しそうな顔しているんですか！」

為五郎が顔を赤くして怒った。

「いや、違う。ついにわかったのだ。塙の人を増やす方法がな」

「いったいなんの話をしてるんです」

「お前の悩みは、きっとわしがなんとかしてやる」

為五郎の肩に手を置いた。

「お代官さまがいくら頑張ったって、おらが急に女から好かれるわけねえでしょう」

「まあ見ておれ。たやすいことだったのだ。わしの了見があまりにも狭かったということよ」

頭が勢いよく回転し始めていた。

やっと光が見えてきた。

＊

翌朝、新発田藩の側用人、金子が再び代官所を訪れた。

封元は近藤とともに応対に出た。

「昨日のお話ですが、あれからよくよく検討致しました」

「さようか。こちらも恥を忍んでお願いしております。まさか嫌とは申されますまいな」

金子の目がやや血走っていた。眠れなかったのかもしれない。

「まさに武士は相身互い。お貸ししましょう」

横にいた近藤が目をむいた。

「それはよかった」

金子はさすがに、ほっとしたようだった。

「利子は二割です。よろしいですかな」

「それは高い」

金子が不機嫌そうにいった。

「無理にとは申しません。他に借りたい者もおるのです。しかし武士の情けと思えばこそ、用立てしようと思ったのですが」

「しかたないのう。二割でかまわぬ」

金子は承知した。やはり藩の財政は切迫しているのだろう。

「ただし万が一、期間内に返済いただけないときは、幕府の勘定奉行にその旨をお伝えせねばなりませぬ」

「脅すつもりか」

金子の顔色が変わった。

「とんでもない。代官所の金は勘定奉行から出ておりますゆえ、出納帳を提出せねばなりませぬ。そうなれば、金の動きは自然と筒抜けになります。返せぬときは貴藩のご名誉に関わるかと」

「金は返す。必ずな」

金子が厳しい顔で言った。

「お困りのときは利子だけでも構いません。三百両をお貸しするならば、年ごとに六十両のみの返済でも結構です」

「おお！　そうしてくれるか」

「武士は相身互いでございます」

「よう言うてくれた。やっとわかってくれたようじゃの」

軽く頭を下げた。

こちらとしても元金はそのままで毎年確実に利子が入ってくれれば助かる。うまくいけば、いつまでも利子が入ってきて、塙の子供たちを養うことができる。

「あとひとつ。金子をお貸しするのに条件があります」

「まだあるのか！」

「ま、ひとつお聞きくださいませんか」

封元はもう一つの条件を話した。

それを聞いた金子は不思議そうに首をひねった。

「それは奇っ怪な……。いや、むしろ我が藩も助かるが」

「条件をお聞き届けくださるなら、利子は一割にて構いません」

「まことか！　よし、引き受けた。一割でよいのだな。帰ったら早速、藩の者に話そう」

金子はほくほく顔で帰って行った。

しかし、それとは逆に近藤がひどく怒っていた。

「話が違うじゃないですか！　あんな威張ったやつに金を貸すなんて」

「尊大なのは不安の表れでもあったのだろう。あのようすでは、よそでもきっと断られたはずだ。よほど困っているのだろう」

「殿はお人好しすぎるんですよ。いつもいつも」

「そう言うな。貸すると、人はどうしても態度が悪くなる。よい風が吹けばまた礼儀正しくなろう。それに、苦しいときに手を伸ばしてくれた相手のことはきっと忘れぬ。こっちは徳を積んだと思えばいい。私心を抑え、正しい道を歩むのは、ときに苦しいことだが『惻隠《そくいん》の心なきは人にあらざるなり』と孟子も言っている。情けは人のためならずだ」

封元は微笑んだ。

「殿がそうおっしゃるならもういいです」

近藤がようやく矛を収めた。

「でも殿、最後の条件のことですが、本当におやりになるのですか」

「自信は無いがやるしかない」

「またそんなことを……」

「なに。うまくいけば塙は復興する」

力を込めて近藤の肩を叩《たた》いた。やらなければ何も始まらない。たとえうまくいかなくとも、失敗から学ぶことはできる。それは次の前進の材料ともなる。

＊

ひと月後——。

塙の村にいくつもの山駕籠《やまかご》が押し寄せた。その数合わせて三十あまり。行列の先頭には馬に乗った封元がいた。

「よし。駕籠を降りろ」

声をかけると、駕籠の中から、赤や青、黄色やだいだい色の鮮やかな色彩があふれ出た。

いずれも美しい女たちである。

女たちは、きょろきょろとあたりを見回したり、ぺちゃくちゃとしゃべり出す者もいた。長い駕籠の旅がようやく終わったと、体をぐんと伸ばしている女もいる。みな若い。太陽の下で女の若い生命が騒々しくきらめいていた。

のどかな農村に似合わぬ、異様な風景だった。

「あんれまあ！　あんな恰好《かっこう》をして」

近くで畑仕事をしていた老婆が目を丸くした。

「すげえ！　花魁《おいらん》道中だべか!?」

若い男たちは鍬《くわ》を取り落とし、女たちを夢中で見つめた。

封元はふたたび女たちに向かって言った。

「皆の者、ここは陸奥国白川郡の塙だ。これからお前たちはここで暮らすことになる。しかと勤めよ」

その言を聞いて、女たちはぱらぱらと頭を下げた。どの顔にも希望と不安が入り交じったような戸惑いが浮かんでいる。

封元が女たちを住居に案内しようとしていると、源助が息せき切って走り寄ってきた。

「寺西さま、これはなんですか！」

「見ればわかるだろう。これから塙の民となる女たちだ。はるばる越後から来てくれてな」

封元は微笑んだ。新発田藩に金を貸す際の最後の条件がこれだった。

塙には女の数が少ない。そのため新発田藩から女をもらい受けることにした。新発田藩など北陸地方の藩では浄土真宗の信徒が多く、間引きの習慣がないので、比較的女の数は多い。むしろ働き先のない女たちが余って煙たがられていた。

そのことは知っていたが、為五郎が自分のことを〈余りもん〉と言ったことからひらめいた。余っているなら塙に来てもらえばいい。そうすれば次男でも三男でも嫁を取ることができる。

新発田藩の金子に詳しく事情を聞いたところ、今は捕らえられた女たちの処置に困っているとのことだった。いずれも貧困のために隠れて身を売るしかなく、つまはじきにされた女たちである。

「こんな者どもを連れてきてどうするつもりです。駕籠まで使って！」

源助が食ってかかった。

「こちらが塙に招いたのだ。駕籠に乗せ、丁重に連れてくるのが礼儀というものだろう」

「しかしどう見ても遊女じゃないですか！　こんなことになるとは聞いてません」

封元は源助をにらんだ。

「この娘たちはみな、元は百姓の子だ」

「それはそうでしょうが……」

「親兄弟を救うため仕方なく身を売ったのだ。塙で元の百姓に戻るだけのこと。何が悪い」

「しかし……。きっとまずいことになりますよ」

「なったらなったときのことだ。はよう、家に案内してやれ」

「聞いてませんよ、遊女だったたなんて」

源助はぶつぶつと言った。

女たちを引き連れて、あぜ道を歩いていると、村人たちはみな目をみはった。

その中には、為五郎の姿もあった。

「先に行っててくれ」

近藤と源助に女たちを預けると、封元は為五郎に近寄って行った。

「どうだ為五郎。この中にお前の嫁がおるかもしれんぞ」

「たまげただ……。こんなに女を連れてくるなんて」

「もう縁がないなどとは言わせぬ」

「へえ」

「縁がなければ、縁を作ればいい。この女たちは越後で余り者にされていた。お前と同じだ」

「でも、まさかよそから連れてくるなんて」

「生まれた土地など関係ない。みな、おなじ人なのだからな」

かつて長谷川平蔵は、「善人と悪人は紙一重だ」と言った。普請の指揮をとってくれた権左を見てもわかる。心学を修め、勤めを得た権左は塙の村人の中に溶け込み、罪など犯すようすもまるでない。そもそも人の性は善であると孟子は説いた。

善とは天や自然から連なる人本来の姿である。悪とは本来の姿から離れた状態で、誠実な道を歩めば自《おの》ずと善に近づくという。心学もその流れを汲《く》んでおり、封元としても腑《ふ》に落ちるところだった。

よそでつまはじきにされたなら、塙で暮らせばいい。飯を食える勤めがあれば暮らしていけるはずだ。封元の役目は、勤勉に働いた者がきちんと飯を食えるようにすることだ。そして塙の八ヶ条を通して、みなにその善たる本性に気づいてもらい、塙の縁の中で心穏やかに暮らしてもらうことだ。そんな平和の中でこそ、人は自然に増えていくのだろう。

女たちが到着した夜、封元は留守中に塙を任せていた家の者たちに馳走《ちそう》を振る舞った。

「人が増えぬ事でずいぶん悩んだが、わしの考えが浅かった。もっと大きな目で見ればよかったのだ。外から来た女が村の男たちの嫁になることもあるだろう。さすればしぜんと子も増える」

ほのかな満足感を覚えつつ酒を口に含んだ。旅の疲れが取れていくようだった。今ではすっかり塙が我が家である。

「その地方特有の疫病が流行《はや》らないでしょうか」

蔵太が聞いた。もうすぐ元服する年だけに、近ごろはしっかりしてきている。

「そうだな。それは考慮する必要がある」

酒杯を置いて、さっそく帳面に書き付けた。連れてくる前に、病にかかっていないか調べる必要がある。

「村の風紀は乱れないでしょうか。もとは百姓といっても、一度は遊女となって捨て鉢になっているかもしれません。源助もそのことを心配しているようでした」

近藤が言った。

「たしかにその懸念はある。遊女たちには親子の縁薄き者も多かろう。そういう者は得てして己を疑いがちだ。だが縁が薄ければ、塙で縁を作ってやればよい。一緒に飯を食い、心の内を話せる者と巡り合えば、それだけでも心やすくなるはずだ」

「塙の人々はどうでしょう。急に入ってきたよそ者を受け入れられるでしょうか」

蔵太が聞く。

「我らも最初はよそ者だった」

封元は笑った。

「されど毎日村々を歩いた。こちらの素性もよく知れただろう。危ない者でなく、村のためになるとわかったから受け入れてくれたのではないか」

「源助はまだわだかまりがあるようですけどね」

近藤が言った。

「長く代官所に勤めてきたのだ。わしの横紙破りが気に入らないのだろう。もともと人は大きな変化を好まぬものだ。でも長い目で見れば塙のためになる。きっとわかってくれるはずだ」

「本当にそうでしょうか」

近藤が不安げに言った。

「新しい血を入れれば変化がある。悪いところに停滞するよりよほどいい。各地の文化を吸収し、新しい商いも起こるかもしれんぞ」

「各地？　殿はいま、各地と申されましたか」

近藤が聞いた。

「ああ。越後だけではない。今後、あらゆるところから女を招こうと思う」

昌平坂の学友たちのことが頭に浮かんでいた。あそこには全国の藩の秀才たちが集っている。その縁を頼り、『寄る辺なき者は塙に送ってくれ』と手紙を出せば、きっと応《こた》えてくれる者もいるだろう。

これで人が増える。老中との約束も守れるはずだ。
しかし、その見込みは甘かった。
予想もしなかった厄介事がすぐに持ち上がった。

第七章　異　物

女たちを越後から連れてきた四日後、事件は起こった。

そのとき封元は近藤を連れ、田畑を視察していた。

畝には背の低い緑の草が何列も並んでいる。

「殿。これは何を作っているのですか」

「こんにゃくだ」

「こんにゃくって、あの煮物に入っているやつですか」

「さよう。この草の根にこんにゃく芋がついている。それをすりつぶしてこんにゃくとするのだ」

「へえ。これがこんにゃくとは、全く思えませんね」

「わしも塙に来て初めて知った。こんにゃくというのは体の中の砂を取る効用もあるらしいぞ。甘辛く煮ればいい酒のつまみにもなる。これを塙の名物にしようと考えておる」

「こんにゃくなんか名物になるのですか？」

「名物にするのだ。街道を旅すれば各宿場に名物があるだろう。たとえば東海道なら、川崎《かわさき》の奈良茶飯、府中《ふちゆう》の安倍川餅《あべかわもち》、桑名《くわな》の蛤《はまぐり》……。同じように、『塙と言えばこんにゃく』と覚えてもらえれば、宿場も栄えるというものだ」

「塙には街道が通ってますからね。旅人が足を止めれば、塙は栄えるかもしれません」

「まず目立つ必要がある。旅人が気を引かれるのは、風景と飯と女だ。草津《くさつ》や有馬《ありま》のように温泉の湯というのもあるがな」

「なにか際立っていることが必要なのですね」

「そうだ。こんにゃくが体の砂を取り、旅の疲れを癒《い》やすとなれば、評判になるかもしれん」

「なるほど……」

「わしがこんにゃくに目をつけたのにはもう一つ理由がある。こんにゃくは芋をおろした粉を練ったあとに湯がいて作る手間がかかるが、それは女の勤めに向いている。力仕事ではないからな」

「それがなぜ良いのですか」

「わからぬのか。いつも言っているだろう」

「なんでしたっけ？」

近藤は悪びれずに聞いた。

「女が勤めの役に立つとなれば、間引きなどされず、重宝される。勤めがあれば女は自然に増えると教えたではないか」

「あっ、そうでしたね」

近藤が嬉《うれ》しそうに手を叩《たた》いた。この者に元締を任せておいて大丈夫だろうかと、ふと心配になる。

「養蚕を生業《なりわい》としているところでは、女が糸取りをしている。そんな地方では飢饉《ききん》のときでも間引きが少なかった」

「女は手先が器用ですからね」

「さよう。これからもっと連れてくるぞ。養蚕も試してみぬとな」

思いついて懐から帳面を出したとき、源助が泡を食ったように駆けてくるのが見えた。

「何かあったんでしょうか」

言っている間に源助が走り込んできた。

「源助。畝の下にはこんにゃく芋が埋まっている。踏んではいかん」

「それどころじゃないですよ！」

源助が叫ぶように言った。

「どうしたのだ。そんなに慌てて」

「よそ者がやらかしましたよ。越後から連れて来た女が村役人に捕らえられました」

「なに？」

「盗みです。だから言ったんです、まずいことになるって」

源助がこっちをにらんだ。

話を聞いてみると、盗みを働いたのはお藤《ふじ》という女だった。

お藤は小作人として、畑で葱《ねぎ》を植える勤めをしていたが、隙をついて、世話になっている家の金三両を盗んだというのである。

畑の持ち主は塙の豪農村田嘉兵衛であり、その金は米問屋への支払いにあてるため用意していたが、嘉兵衛が卓の上に置きっぱなしで忘れてしまっていたという。

「その者をすぐ代官所へ呼んでくれ」

村内で起こった事件は封元が裁くことになる。

「こんなことがあったら村中が不安になりますよ、まったく」

源助がそれ見たことかという風に言う。

「塙の村々でも時には盗人が出るだろう。越後から来た遊女だからといって、むやみにおとしめることはない。どこにでも道を踏み外す者はいる」

「それは理屈です。まあ見ていてごらんなさい」

源助は言い捨てて、ぷいと帰ってしまった。

「困りましたね」

近藤がため息をついた。

「まずはお藤とやらから話を聞こう」

急いで代官所へ向かった。


お藤が連れてこられたのは封元が帰ってすぐだった。

封元が近藤を伴って白洲《しらす》に出ると、お藤はふてくされたように膝《ひざ》を崩し、座っていた。

捕まるときに抵抗したのか、髪は乱れているが、目鼻立ちの整った美しい女である。乱れた着物から覗《のぞ》くふくらはぎの白さが目に入ったがすぐに目をそらした。

「お藤。どうして金など盗んだ。勤めも住む家も用意したであろう」

「越後に帰る路銀が欲しかったのさ。こんな所、まっぴらごめんだ。越後に返してよ！」

お藤がふてくされて言った。

「あの暗い牢獄《ろうごく》に戻りたいというのか。越後でとくと言い聞かせたであろう。塙に来ればまっとうに暮らせると。いつ処罰されるかもわからぬ遊女でいるより、よほどよいとは思わぬか」

「へっ。勤めがあるったってね。朝早くから一日中畑仕事なんかやってられないよ。あたしには無理だね」

「食い物も着る物も土よりいずる。百姓の勤めは苦しいときもあるが、精を出せば必ず栄え、心安らかになる。塙の八ヶ条を渡したであろう。あれは読んだのか」

「ああ。これのことかい？」

お藤は懐から塙の八ヶ条が書かれている紙を取り出した。斜めに折り曲げられ、皺《しわ》が寄っている。

「その八ヶ条さえ守れば、塙で不安なく生きていけるはずだ」

「知ったことじゃないよ」

お藤は八ヶ条の紙をびりびりに引き裂いた。

「こらっ、何をする！」

近藤が叱ったとたん、お藤は唾《つば》を吐いた。

近藤が目を丸くする。

封元の頭に〈化け物〉という言葉がふとよぎった。権左の言っていた、生まれつき歪《ゆが》んでいて、どうしようもない罪人――。

封元は白洲へ降りた。お藤と目の高さを合わせる。

「そんなに畑仕事が嫌か」

「ああ、嫌だね」

「だったら街道の普請場で働くか」

「えっ？」

「普請場にも食事の用意など、こまごまとした仕事がある。お主はそこに行け。権左という男が差配する」

人には向き不向きがある。田畑を相手にするより、人を相手にする方がいいのかもしれない。まずはそこで様子を見ようと思った。普請を差配している権左には人を見抜く目がある。あの男なら、この女の性質が見えるかもしれない。

お藤の盗んだ金は嘉兵衛《かへえ》にすでに返していた。

罪を許してくれるよう話してみたが、嘉兵衛は鷹揚《おうよう》な男だった。

「その女はずっと貧しい暮らしをしてきたのでしょう。そういう人間は喉《のど》から手が出るほど金が欲しい。金さえあれば、今の境遇から脱出できると常日頃から考えていますからね。そんな者の近くに金目のものを置いてしまった私もいけなかった。金を目に入れないのも思いやりのひとつですから」

そんな風に嘉兵衛は言った。

だが、越後から来た遊女が盗みを働いたという話は早くも広まっていた。新しく来た女たちもしぜんと冷たい目で見られるようになった。近づいてくると、あわてて財布のありかを確かめる者までいる。新参の女たちもそれを敏感に悟り、越後から来た者同士だけで固まってしまう。

せっかく拡大したこんにゃく畑でも、ぎすぎすとした空気が流れ始めた。住みなれた村によそ者が来ると自然と警戒される。そこに小さな亀裂《きれつ》が生じれば、たやすく大きく広がってしまう。冷静になれと言っても無理なのか。源助の懸念していたとおりになってしまうのか——。

封元は苦悩した。

しかし、お藤が街道の普請場に移動してから二日後、新たな事件が起こった。

お藤が自殺を図ったのだ。

知らせを聞き、普請場近くの庄屋《しょうや》の家に駆けつけると、お藤は布団に頭までもぐっていた。

脇には村役人と玄庵、そして権左がいた。

「権左、何があった」

「真夜中に近くの川の橋から身を投げたんですよ。飲んだ帰りに俺がたまたま普請場に寄ったからよかったものの、土左衛門になるところでしたぜ」

「助けてくれたのか。お前の酒もたまには役に立つな」

封元が微笑んだ。

「へへっ。どんなもんです」

「威張るな。お前はいつも飲み過ぎだ」

玄庵が横からたしなめた。

「俺から酒を取ったらなんにも残りませんよ。飛び込んだら酔いがさめちまった。飲み直しに行くか」

権左が酒臭い息を吐いた。

「先生。お藤の容態はどうなんですか」

封元が聞いた。

「かなり水を飲んだようですが、もう吐かせました。命に別状ありません」

「そうか。夜分すまなかったな」

頭を下げた。

「寺西さまが来てからずいぶん忙しくなりました」

「すまぬ」

「見ていて面白くもある」

玄庵が小さく笑った。

封元は人型にふくらんだ布団を見つめた。

「お藤。なぜ死のうとした。普請場の勤めも気に入らなかったのか」

「うるさい！　ほっといてくれよ」

くぐもった声が聞こえた。

「無礼者。お代官さま直々に来ていただいてるのだぞ！」

村役人が布団をはぐと、お藤が丸まっていた。その目からは涙があふれていた。

村役人を手で制し、また聞いた。

「どうしたというのだ。塙がそんなに嫌なら越後に送り届けてやろう。遊女もやめられるよう、何か向こうで勤めを探してやる」

「そんなことしないでいい！　あたしなんか、生きててもしょうがないんだ」

「わけを話してくれぬか。お前のためにずぶ濡《ぬ》れになった者や、夜半に駆けつけた医者もいる。よく見よ。まわりは敵ばかりでない。悩みは一人でこらえるほど膨らむものだ。死んだ気で話してみよ。権左、酒だ」

「へいへい」

権左がとっくりを差し出してきた。酒を茶碗《ちゃわん》に注ぐ。

「ほら飲め。川で冷えただろう。温まるぞ」

茶碗を渡すと、お藤は一息で飲み干した。

「おっ、あんた、いける口だな」

権左が茶化すように言う。

「お前のぶんもやれ」

「そんな殺生な」

権左がなんとも悲しそうな顔をしたとき、お藤がちょっと笑いそうになった。

（ちょっとは落ち着いたか）

少しほっとした。笑えるということは、他人と協調できるということだ。

「捨てられたんですよ、あたしは」

お藤はあきらめたように口を開いた。

「捨てられた？　誰に」

「決まってるでしょ。男にですよ。あたしだって最初は遊女じゃなかったんです。でも惚《ほ》れた男が商売で独り立ちするって言うから……。のれん分けしてもらうために金がどうしても必要だって言うから、あたしは身を売ったんです。自分の店を出せたら、きっと身請けするって」

「ふむ」

「それでその人はようやく独り立ちしたんです。けど待てど暮らせど、身請けに来てくれない。半年たって、無理やり店を抜け出して会いに行ったら、別の女を嫁にもらってて」

お藤はきりりと歯を鳴らした。

「怒鳴り込んでやろうと思ったよ。でも、何かの勘違いで、せっかく独り立ちした店に迷惑かけちゃ悪いから、店の前でずっと待ってたんです。夜半、あの人がようやく一人で出てきた。あたしを見ると、あの人は謝ったんです。土下座してね。『悪かった、遊女になった女を嫁にするわけにはいかない』ってね」

「なんだそりゃ！」

権左が怒った。

「ひでえじゃねえか。金だけ取っておさらばか」

「約束したときは本当に迎えに来るつもりだったんだと思うよ。でもいろいろと思い描いて嫌になったんだろうねえ。ははは……」

お藤が乾いた声で笑った。

「その男の嫁に自分の事を打ち明けて仕返ししなかったところを見ると、まだ惚れているのだな」

封元は言った。

「あたしの気持ちなんてもうどうでもいいんだよ。もうどうにもならないんだし」

お藤は顔をそむけた。

そのとき、玄庵が口を開いた。

「お主、腹に子がおるな」

「なに？　本当か」

驚いてお藤に尋ねた。

「はい……。塙についてから気づいたんです。こっちで一からやり直そうとも思っていたけど、子がいたんじゃ……。生まれても、てでなし子になっちまう。いっそあたしが一緒に死んでやったほうが寂しくないかと」

「ならぬ！」

大声で言った。

「子供に罪はない。塙ではててなし子でも飯は食える。心配はいらぬ。子供はしっかりと面倒を見る」

「えっ……」

お藤がぽかんとこっちを見た。

「一人でも二人でも産め。親はお前がいれば十分だ。腹に子がいるなら、無理をして働かなくてもよい。水に飛び込むとは何事だ。生まれたら名主に届け出よ。塙では子が生まれた者に籾《もみ》二俵を支給する。お前の子も健やかに生きていけるぞ」

「産んでもいいんですか？」

「もちろんだ。まずはゆっくり休め。そしてたっぷり飯を食え。お腹の子が、何よりもお前を必要としておる」

「あたし、生きていてもいいんでしょうか」

「当たり前だ。お前もその子も、大切な塙の民だ」

「だってあたし、ひどいことばかりして」

お藤が、涙をこぼした。

「そう思うなら詫《わ》びに行け。誠意を持って謝れば許してくれる御仁だ。つらい過去はあっただろう。しかし過ぎたことはいくら思い返しても変わることはない。もう終わったことだ。今、新しい時を生きよ」

それを聞いて権左が手を叩《たた》いた。

「さすがお代官さま。これにて一件落着！」

「いちいち茶化すな！　この酔っ払いめ」

げんこつを落とそうとすると、権左は大慌てで逃げ出そうとして床を踏み外し、土間に落ちた。

「天はおそろし。お代官さまはもっと恐ろしいですな」

権左が言うと、お藤が今度は本当に笑った。

数日後、街道の普請場で働くお藤の姿があった。秋の日差しの中、人足たちの握り飯を作っている。

「もう大丈夫なのか。つわりはないか」

封元は聞いた。

「動いているほうが具合がいいんです。それに、今まで怠けてた分を取り返したいですから」

化粧っ気の抜けたその顔は、見違えるほど朗らかだった。

「嘉兵衛にはもう謝ったのか」

「はい。権左さんについて行ってもらって……。許していただいた上に、お土産までくださって」

「見よ。世の中は悪いやつばかりではないだろう」

「あたしもいつか人に好かれるようになりたいです」

「きっとなれる。大きく傷ついた者は人の痛みを思いやれるゆえな」

「お代官さまもですか？」

「わしが？」

「あたしのことを親身になって考えてくれましたし」

「そうさな。わしも親に捨てられたことがある。しかし捨てる方にも事情はあったと今は考えるようにしている」

「そんな……。お代官さまは変なお方ですね」

「普通だと思うのだが」

お藤が柔らかく微笑んだ。

「塙の八ヶ条、新たに頂きました」

お藤はそう言うと、きれいに畳まれた八ヶ条の紙を見せた。代官所や名主のところに行けば、誰でももらえるように手配してある。

その後、権左に聞いたところ、お藤は勤めが終わると、まわりの家の前を竹ぼうきで掃除しているようだった。

勤めに出た日は毎日、お藤はそれをやり続けた。

お藤の抱いていた事情が口づてに広まったのもあって、塙の者たちの見方も変わり始めた。

「もういいよ。あんた、身重なんだろ」

ある日、そういって近所の女房の一人がお藤の箒《ほうき》を取り上げた。

たとえよそ者でも誠意があればいずれ伝わる。

他の遊女たちもそれを見て安心したのか、ふたたび畑仕事に精を出すようになった。塙の者と一緒に勤めて飯を食い、話の輪にも入っていくようになる。越後から来た者の中にいた水戸出身の女は、こんにゃくを粉にして保存する方法を塙の者に教えた。他にも越後名物の笹だんごを振る舞って、ありがたがられる女もいた。

そうやって塙には少しずつ新しい血が入り始めた。

お藤が出産したのは、次の年の春のことである。

お藤の住む長屋へ祝いに出かけると、お藤は小さな男の子を抱いていた。

「無事に生まれたか。よくやった！」

「お代官さまのおかげです」

そうやって頭を下げ挨拶《あいさつ》するお藤の姿には品があって、塙に来たばかりのころのやさぐれた面影は全くなかった。

「お前が周りの者に尽くしたからだ。誠意が報われぬはずがない」

「この子が生まれてようやく胸の中の寂しさが取れた気がします。あたしを捨てた男のことも思い出さなくなりました」

「それがよい。今を生きるのだ。その子のためにな」

「はい。好きな男に頼りすぎていたのだと思います。しかしもう一人じゃないし、自分の手で稼げますので……。この子と一緒に生きて、いつか死んだとしても同じ墓に入れるのです。もう寂しくはありません」

「うむ。わしも息子がそばにいてくれるから、毎日張り合いも出る。どれ、貸してみろ」

子供を抱くと、柔らかなぬくもりが腕で動いた。

「子を育てるとき、自らを省みて学ぶことも多い。これからもっと楽しくなるぞ」

「はい。しっかり育てます。塙に連れて来ていただいてありがとうございました。体が落ち着けばまた勤めをさせてください」

お藤が頭を下げた。

「待っておる。今はじっくり子育てに専念せよ」

封元は赤子をお藤に返した。

お藤が赤子を受け取る。

二人のやりとりを見ていた長屋の女房が言った。

「お代官さま！　うちの子も抱っこしてあげてやってよ」

「いいとも。連れてこい」

封元が笑う。

「ちょっと待っててください」

女房は男の子を連れてきたが、かなり大きかった。

「今年で四歳になります」

「重そうだのう……。おんぶでもよいか」

封元はしゃがんで背を向けた。

男の子が飛びついてくる。

おんぶしてあたりを歩くと、男の子ははしゃいで声を上げた。

「お代官さま、うちの子も抱っこしてあげてください」

「次はうちだよ」

女たちが言う。

塙の子供たちはみな手当をもらったり、医者の世話になったりしている。親たちは感謝してくれているようだ。

封元は声をかけてきた者たちの子を一人残らず抱いたり、おんぶしたりしてやった。あとで腰が痛くなったが、心地よい痛みであった。

越後の女たちが村に受け入れられると、男たちもだんだんその存在が気になり始めたようだった。

「あの女たちを娶《めと》る者もいずれ出てくるのでしょうか」

ある日、近藤が聞いた。

「ともに暮らしていれば、なるようになるのではないか」

「でも遠慮はあるようですよ。嫁にするということは、家同士のことでもあります。よそ者はそうたやすく娶れないでしょう」

「体裁が気になるということか」

封元はぐりぐりと中指をこめかみに当てた。

「殿、もしかしてよからぬ事を考えていませんか」

「ひとつ思いついたぞ」

封元は笑った。

「また金がかかることですか？」

近藤が不安そうな顔をした。

「さほどではない。きっと面白いことになるぞ」

十日後、封元は代官所の前に高札を掲げた。

「来る皐月《さつき》の一日、塙にて村祭りを行う。餅《もち》つきも酒も可とす」

この報《しら》せを聞いた村人たちは沸き立った。

なぜなら幕府から出されている倹約令で、ぜいたくが禁止され、餅つきも大っぴらな酒宴も禁じられていたからである。

封元は塙の復興のためと、勘定奉行の柳生久通に何度も願い出ていた。

「よく許可がおりましたな」

近藤が驚いたようすで言った。

「ずいぶんと嫌な顔をされたが、絹の着物は着ず、太鼓も叩《たた》かぬからと言って頼み込んだ。祭りは収穫に感謝し、来年の豊作も祈願するものゆえ、飢饉《ききん》からの復興には欠かせないものだと訴えてな。ようやく許してもらったのだ」

贅沢《ぜいたく》な要素をかなり省き、何度もしつこく訪れたので、勘定奉行もむげには断れなかったのだろう。

「最初、五千両を借りるときもひと悶着《もんちゃく》ありましたな」

「あれやこれやと理屈をつけてな。御家人の分際で代官になり上がったのが気に食わぬのだろう。ま、そんなときは『諸人あいきょう』の心で微笑んでおればよい」

「『腹の立つことも堪忍を第一にして、愛嬌《あいきょう》を専らにすべし』ですな」

近藤がにやっと笑った。

「うむ。それでも付き合いがたきは敬って遠ざけるのみ。いずれ勘定奉行の入れ替えもあろう。時を味方にするのだ」

「しかし餅つきは断じてやるのですね」

「ああ。禁じてばかりでは鬱屈《うっくつ》がたまる」

塙の領民は餅つきがことのほか好きだった。月に一度は餅をつく。しかし倹約令が出され、餅つきはぜいたくだから控えるようにと言われた。だが一部の者は隙を見て、闇で餅をついていた。ならばいっそのこと、祭りで全力で餅つきをさせ、日ごろの憂さを晴らしてやろうという狙いだった。

「酒もよろしいのですか。喧嘩《けんか》も起きますぞ」

「いたしかたない。これも心の鎧《よろい》を取り払うためだ」

「なんですかそれは？」

「まあ見ておれ。呼び水となればよいが……」

秘策が実るかどうか、あとはやってみるだけだった。

秋の夜長に祭りは行われた。

人々は浴衣《ゆかた》に着替え、いそいそと広場に繰り出した。

舞台には篝火《かがりび》が焚《た》かれ、昼のように明るい。時が来ると笛や鼓の音で踊りが始まった。人々の楽しそうな声が響く。

踊りの輪に入ると所々から挨拶《あいさつ》された。各家を回って塙の八ヶ条を説いたので、今や全ての村人が顔見知りと言っても過言ではない。

踊り疲れた人々はつきたての餅を食べ、代官所が樽《たる》で用意した酒を飲んだ。金を貸した豪農や商人からは酒の肴《さかな》も持ち寄られている。人々は久しぶりに羽目をはずし、酔っ払って馬鹿話をしたり、女たちは噂話に花を咲かせた。

祭りが最高の盛り上がりを見せたとき、封元は合図を出した。

「今だ。火を消せ」

篝火に水がかけられ、いっせいに火は消される。

あたりは月明かりのみになり、ぐっと暗くなった。

「祭りはこれまで！」

封元が声を上げると、人々は口々に文句を言った。

「まだ踊り足りねえ！」

「酒だって余ってるってのによ」

「早すぎるわ」

各所から不平が聞こえたとき、封元はふたたび声を上げた。

「祭りは終わりだが、ここで気のすむまま飲み食いしていて構わぬ。満足したら順次解散せよ」

そう言うと人々は安心したようすだった。

「あら。まだいていいのね」

「だったらしょうがねえか」

そんな声が聞こえてくる。

太鼓や笛の音は止んだものの、人々は地面や切り株に腰を下ろし、宴の余韻を楽しんだ。餅も酒もたっぷりある。

「さて。邪魔者は帰るか」

封元は早々と代官所へ向かった。

「うまくいきますかね」

近藤が聞く。

「わからぬ。お膳立《ぜんだ》てはしたが、あとは自然に任せるしかなかろう」

この企《たくら》みは、今まで考えた策の中でも、もっとも行く末の見えぬものだった。

ひと月ほどたったある日、代官所に為五郎がたずねてきた。

貸し付けた金の戻りを集計していた封元は手を止めて、為五郎を通した。

「お代官さま。近藤さまもお久しゅうございます」

「ずいぶんと体格がよくなったな、為五郎」

最初に会ったときにはひょろひょろだったが、今では胸板も厚くなり、肩が盛り上がったように見える。

「普請場で権左さんに鍛えられましたから」

為五郎は嬉《うれ》しそうに胸を張った。

「何よりだ。で、今日はどうした」

「実は嫁をもらうことにしました」

「なんと！　どこの娘だ」

思わず立ち上がった。『三男坊には嫁など来ない』と嘆いていた為五郎がついに思いを遂げたのか。

「それがその……。越後から来た娘です。お八重《やえ》というかわいい娘で、気立てもよくて」

「でかした！」

封元は膝《ひざ》を打った。諸方に手を伸ばした甲斐《かい》があったというものである。

「ありがとうございます」

「どこの娘であろうと、胸を張って嫁にもらえ。わしが仲人《なこうど》を引き受けてやる。子ができたら手当ても出るぞ」

「それが……」

「どうした？」

「嫁を取るのはいいものの、先立つものがないんです」

為五郎がうつむいた。

「嫁が来るなら、箪笥のひとつも買ってやりてえ。婚礼の宴もやらなきゃならねえ。でも金がなくて」

普請場の勤めもあり、なんとか飯は食えるようになったようだが、金を貯めるまでには至らなかったらしい。

「そうか。言われてみると、嫁を取るにも金がかかるな」

「せっかく嫁をもらえると思ったのに、おら、情けなくて」

為五郎が洟《はな》をすすった。

「泣くな。せっかく相手が見つかったのだろう」

こめかみに中指を当てようとしたとき、近藤が素早く釘《くぎ》を刺した。

「殿。もう金はありませんよ」

「そうはいっても、少しはあるだろう」

卓の上の帳簿を見直す。

しかし見事に金はなかった。利子は子育ての手当に使い切っている。

「そうだ。金がないなら籾《もみ》を……」

「それもなくなりました」

近藤が首を振った。

「さりとて祝言をあげ、夫婦とならねば子も増えぬ。なんとかならぬものか」

その夜、封元は必死に方法を探った。しかし、どう考えても金がない。借りる当てもない。

封元は一晩中唸《うな》り続け、夜明け前にようやく愁眉《しゅうび》を開いた。

元金だけはある。

翌日、代官所の前に高札が立った。

【嫁取り・婿取りの際は、必要に応じ七両まで貸し付ける】


朝から村人たちが周りを囲んだ。

「なんだって。所帯を持てば金をくれるってのか」

「ばか、よく見ろ。金を貸すって書いてあるだろ」

杉作が言う。

「ああ、ほんとだ」

「欲張りなやつめ」

「いやぁ、気前のいいお代官さまだから、つい……」

三平が頭をかいた。

「けど、祝言をあげるにも、結納にもまとまった金がかかる。これはありがたいぜ」

「子を産んだら手当が出るしな」

「ああ。若いなら嫁を娶《めと》らねえ理由がねえ。きれいな女も来たしな」

「それに、よく働くそうじゃねえか」

「ああ、俺も女房がいなけりゃなぁ」

「お前んとこの女房に言っといてやるよ」

「やめろ！　うちのかかあは気が荒いんだ。絶対に言うなよ」

「絶対と言われれば言いたくなる」

新たな策に領民たちは盛り上がった。

代官所の中から様子をうかがっていた封元は反応のよさにほっとした。

さすがに婚礼まで援助する金はないが、一時的に金を貸し付けることならなんとかできる。ようやくひねり出した苦肉の策であった。

翌月、為五郎は無事、婚礼の宴を催した。封元は仲人として出席し、二人の門出を祝った。

「これで余りものではなくなったな」

「ありがとうございます。おかげで顔も立ちました」

「もはや一家の大黒柱だ。しっかり勤めるのだぞ」

「はい。こんないい嫁がいれば、牛馬のごとく働きますよ」

為五郎の目には強い希望が見えた。こちらも無性に嬉しくなる。

「しかし金もないのに、よくぞ八重さんに嫁に来いと言えたものだ」

「酔った勢いってやつですよ。祭りの夜、急に暗くなったでしょう？　八重さんも怖がってて。それで家まで送って帰ったんです。そして手を引いてるうちに、酔っ払って気が大きくなって……」

「ふふ、どさくさにまぎれて家まで上がり込んだか」

「本当に惚《ほ》れていたんですよ！」

為五郎がむきになった。

「ま、なんにしてもよかったではないか」

どうやら祭りの効き目はあったらしい。古来、祭りの際には夜這《よば》いが増えると書物で読んだことがある。酒や踊りが余計に人をその本性へと返すのだろう。あの夜、森や神社の陰で結ばれた男女もいたのではないか。

祭りでともに餅《もち》をつき、一緒に踊ったら、塙だ、越後だと区別なく打ち解けるだろうと考えた。人はときに抑制を取り払い、獣に戻るのも必要なのかもしれない。

為五郎の祝言にはもうひと組、新婚の夫婦がいた。二組が合同で式を挙げていた。宴もたけなわである。

「おい、権左。次はお前の挨拶《あいさつ》だぞ」

封元が声をかけた。

「いいんですかね、ほんとに。俺が嫁なんかもらっちまって」

もとは罪人だった権左は更生したとは言え、さすがに気にしているのだろう。

「過去は過去だ。今やお前は塙の普請の立役者だろう。それにしても、子供までいるお藤さんを嫁にもらうとは天晴《あっぱれ》な奴だ」

「ま、あの晩、あいつを助けちまったんだ。これも縁ってやつですかね」

権左はむずがゆそうな顔をしたが、為五郎が横から口を出した。

「嘘ですよ。権左は単に、お藤さんの美しさに惹《ひ》かれて、言い寄っただけです」

「おい、俺は本当にお藤のことを……」

「お藤さん。この人、酒癖が悪いから注意してくださいね」

為五郎が言って舌を出した。

「本当に怒るぞ、為五郎！」

「仲がいいんだね、あんたと為五郎さん」

お藤が権左に寄り添って笑った。

「ぜんぜんだ」

「まったく反りが合いませんよ」

権左と為五郎がにらみ合うとお藤と八重が同時に笑った。

第八章　奇　特

元旦《がんたん》から三日目の朝、代官所の居室で目覚めた封元がふと鏡を見ると、髪の量がかなり減っているのに気づいた。

（まだ老け込むには早いのだが）

少しがっかりしながら御用部屋に行くと近藤が待ち構えていた。

「正月早々なんだ」

「実は……。金が尽きました」

「またか。それしか言うことがないのか」

塙代官所の御用部屋では、いつもの問答が繰り広げられていた。

「殿が気軽に婚礼の資金を貸すなんておっしゃるからです」

「いずれ返してもらうから、よいではないか」

「でも無利子ですよ。しかも返済期限は二年もある。代官所の蔵は本当に空っぽです」

「これはもう金蔵というより空き部屋だな。誰かに貸して店賃《たなちん》を取るか」

封元は笑った。

「笑い事じゃないですよ！」

「村人たちの腹が空っぽになるよりはいいだろう？　文句ばかりつけずに、たまにはお前も知恵を出せ」

「そうですね……。やはり年貢を増やすしかないかと」

伏し目がちに近藤が言った。

「それはないと言っただろう。たやすいほうに逃げるな。けして民を困窮の中に戻してはならぬ」

せっかく子育てや婚礼に援助の金を支給しても、年貢を増やしては元《もと》の木阿弥《もくあみ》である。

「もう一度、ご公儀から金を借りられませんか」

近藤が聞いた。

「無理だ。勘定奉行から、これ以降は一切貸さぬと言われた」

「頑固頭の柳生さまですか……」

近藤が眉《まゆ》をひそめた。

「なんとかやりくりしよう」

もう一度、帳簿を見直そうとしたとき、手代の源助が顔を出した。

「寺西さま、北向村《きたむかい》の名主が来ています」

「そうか。中に通して茶を出しておいてくれ」

帳簿を仕舞って立ち上がった。

名主は、なにかと忙しい代官のかわりに、村々を治める役目である。

なにか厄介事が持ち上がったのか――。

庭に面した部屋に行くと、客はもう待っていた。

源助はその後ろに控えている。

「北向村の名主、太郎兵衛《たろべえ》でございます」

仕立てのいい茶色の着物姿で、人品もよく見えた。塙でも指折りの豪農であり、雇っている小作人も多い。

「久しぶりだな。息災か」

「おかげさまで。寺西さまのご活躍もありがたく思っております。名物を作るなど、面白いやり方を考案していただきまして」

「いやいや。こちらこそ、急にいろいろと制度を変えたにもかかわらず、しかと対応してくれて助かっておる」

「塙の八ヶ条は私も感服いたしました。村人にもそらんじるよう勧めております」

「そうか。それは何よりだ」

意味がわからないという者も多かったが、説明を重ね、だんだん塙に浸透してきているようだ。

「で、今日は何用かな」

「新年のご挨拶に伺いました。これはつまらないものですが」

脇に置いていた風呂敷包《ふろしきづつ》みを前に出した。

「気を遣わなくてもよい。わしは当然の勤めをしているまでのことだ」

「何卒《なにとぞ》このまま末永く治めていただきとうございます」

「わしも力の限り尽くすつもりじゃ」

ただし、代官であり続けられるならば、ということだが。

三年で目に見えるほど人を増やさないと、罷免されるだろう。

「ときにお代官さま。外川《とがわ》村の名主ですが……」

「おお。たしか有村元五郎《ありむらもとごろう》であったか」

村の重鎮たちの名はもうすべて覚えていた。

「その元五郎が何かと威張って困っておるのです。田畑の用水のことで口論になると、決まって最後は『わしは名字帯刀を許された身分だ』と言って無理押ししてくるのです」

有村は前の代官に名字帯刀を許されたという。

どうやらこれが本題らしい。

「それはいかんな。水利のことは身分で決めるものではない。十分な理を尽くし、お互い平等になるよう決めねばならぬ」

「私もそうは思うのですが、なにせ威張るもので」

「今度揉《も》めたらわしが中に入ってやろう。すぐ言うてこい」

「ですが、細かな揉め事にいちいちお代官さまにお出張り頂くのも心苦しく……」

「気にすることはない。それがわしの務めゆえな」

そう言ったとき、後ろにいた源助が意味ありげな目配《めくば》せをした。

「少し待ってくれ」

立ち上がって廊下に出ると、源助もついてきた。

「源助。何かあるのか」

部屋を出ると聞いた。

「寺西さまは太郎兵衛が来た本当の意味を察しておられぬのではと思いまして」

「本当の意味？　どういうことだ」

「太郎兵衛が有村元五郎のことを言うのは、名字帯刀のことです。つまり、太郎兵衛のほうでも、お代官さまに名字帯刀を許してほしいということですよ」

「なんと。そんな望みがあるのか」

「ええ。同じ身分なら、対等に争えるということです。それに……」

源助は何かを言いかけたが、あわてたようすで口を閉ざした。

「ほかにもあるのか」

「いえ。とにかくそういうことです」

「わかった」

封元と源助は再び部屋に戻った。

「中座して済まぬ」

「いえ……」

「太郎兵衛よ。隣村との争いに、ひとつ解決の策を思いついたのだが」

「なんでございますか」

「お主も名字帯刀をしてみるというのはどうだ」

試しに聞いてみた。源助の言ったことは本当なのだろうか。

「そうなると一方的に言い負かされることはなくなるでしょうが。私など滅相もない……」

そう言いながらも、期待はほの見えた。

源助をちらりと見ると、ひとつ頷《うなず》いた。

「それも含めよく考えてみよう。追って沙汰《さた》をする」

「よろしくお願いいたします」

太郎兵衛が深く頭を下げて帰って行った。

「名字帯刀はそんなに欲しいものか」

源助に尋ねた。

「金はありますからね。あとはちやほやされたいということです」

「ふむ……」

そんな気持ちはさっぱりわからない。

御用部屋に帰ると風呂敷包みを近藤に渡した。

ふたたび帳簿をめくる。

「殿。これをご覧ください」

ふいに近藤が言った。

目を向けると、羽二重餅《はぶたえもち》の入った重箱が見えた。風呂敷の中にあったものだろう。

「うまそうだな」

「違います。こっちです」

近藤は羽二重餅と一緒にあった袱紗《ふくさ》包みを見せた。

中に、五十両が入っている。

「なんだそれは」

「書付けがあります。『子育ての手当としてお使いください』と」

「代官所に寄付するということか？」

首をひねった。寄付ならはっきり申し出てくればいい。

「助かります。これでしばらく息がつけますよ」

近藤は嬉《うれ》しそうだった。

「願ってもない話だが、これは賂《まいない》とも取れるぞ」

「えっ？」

「源助に聞いたのだがな。太郎兵衛は暗に名字帯刀を求めておるそうだ」

「まさかこの金で名字帯刀を得ようということですか？」

近藤の額に皺《しわ》が寄る。

「まあ待て」

源助が言うように、大金を持った者が次に欲しがるのは地位なのか。はたしてこの金を受け取るべきかどうか――。

「どうされますか」

源助が聞いた。

封元は重い口を開いた。

「よし。太郎兵衛に名字帯刀を許そう」

「よいのですか。賂かもしれないのですよ?」

「かまわぬ。名字帯刀などただの名誉にすぎん。くれてやっても惜しくない。そのおかげで婚礼や子育てに苦労する者たちが救われるなら、よいではないか」

「しかし……」

近藤がうつむいた。封元としても金で転んだなどと思われるのは本意でない。賄を渡した者にえこひいきなどあってはならない。

どうすればよいか。

これは善悪がつかず、決断するしかないのではないか――。

やがて心は決まった。

「けして便宜を図ってはいかんぞ。ただ名誉を与えるだけだ。揉め事の際にはきっちり理で裁く。名字帯刀だけ許して気持ちよくさせておいてやれ。塙の民が助かるなら、功名心さまさまではないか」

「でも……。私は悔しいです。殿が侮辱されたようで」

「お前たちがそう思ってくれるならわしは十分だ。『諸人あいきょう』を思い出せ。『堪忍を第一にして、愛嬌《あいきょう》を専らにすべし』とな」

「まったく堪忍ばかりですよ」

「聞いた話では、相手を斬りたくなるような堪忍を十回してこそ聖人になれるそうだ。わしはまだ三回くらいだ」

「それで武士と言えますかね」

「我が心がわかっていればよい。誠に大事なことは、民の暮らしだ。だいたい、お主には愛嬌が足らん。現実は厳しい。理想だけでは回らぬ。それよりひとつ、いいことを思いついたぞ」

封元はにやりと笑った。

「またですか？　もう何があっても金がかかることはやめてください」

近藤が懇願した。

「なに。むしろ金は増えるはずだ」

翌日、封元は塙の各所に使いをやり、富裕な商家、豪農たちに子育て・婚礼の資金の寄付を募った。その名称は〈奇特指加金〉とした。

代官所の金では足りなかった。もはや寄付を募るしかない。

「そうたやすく集まるでしょうか」

近藤が疑い深い顔をして言った。

「わからぬ。しかしやってみるしかないだろう。あとはどうなるかを見るだけだ。こちらは何も損しない」

「否応《いやおう》なく金を集めるという手もありますが……」

近藤が言った。

これまでの代官は〈御用金〉という名目で、しばしば村人たちから強制的に金を借り上げることがあった。

「ならぬ。返すあてもなく金を借りるなど、代官の信用に関わる。お主も知っておろう。先の大原の騒動を」

それは、かつて封元が徒士《かち》だったとき、定信に駕籠《かご》訴《そ》した農民たちが起こした一《いっ》揆《き》のことである。封元は江戸城の門前で強訴の百姓と遭遇し、その悲惨さを目の当たりにした。

「飛騨国では、大原代官が村民から借りた御用金をすべて着服して返さなかった。塙の民とて、それは口伝えに聞いておろう」

諸国には、村々を回る旅芸人がいる。その者たちが芝居で伝える物語には、しばしば百姓一揆《ひゃくしょういっき》が登場した。表向きには、百姓一揆が鎮圧されて終幕となるが、その前段階で登場する悪代官には実際の出来事が投影されており、多くの村の民の共感を呼んだ。

そのようなことはあってはならない。

しかし、はたして寄付金は集まるのか――。

思えば塙に来てからの毎日が賭《か》け続きであった。

寄付金を募ってから三日たち、四日たっても誰も訪れなかった。

しかし五日目、ようやく一人目が訪れた。どうやら太郎兵衛が名字帯刀を許されたのを知ったようで、話をしながら、それとなく自分も名字帯刀したいと匂わせてきた。封元はそれを許し、手元には五十両が残った。

「近藤。これでまた子を養う費えが増えたぞ」

無理に笑みを浮かべた。自分のやっていることが正しいかと問われたら、はっきりそうだと答えられない。自分は幕府の臣として礼を尽くせているのだろうか。

「武士の身分を金で売っているようなものですよ」

近藤は仏頂面で答えた。

「たしかにいいことではない。しかし盗んだ金や人を傷つけた金でないならよいではないか。きれいな金も汚れた金も、金は金だ」

「そんな話は聞きたくありません」

「そうだな。では別の話をしよう」

姿勢を正した。

「その昔、わしが浪人していたころ、父を追って江戸に出て、兄のところに厄介になっていたことは知っているな」

「はい。おかげで徒士になることができたと聞きましたが」

「そうだ。だが実際には、わしが徒士になれたのはただの運だった」

「なぜですか？　殿が兄上と同じ血を引く弟御だから推挙されたのではないのですか」

「残念ながら違う。兄はわしをずっと厄介者扱いにしていた。肉親が頼って来たから仕方なく家に置いたが、無駄飯喰らいの役立たずだといつも蔑《さげす》まれていた。表向きは弟だったが、実際には下男としてずっと働かされた。掃除や薪割《まきわ》り、水汲《みずく》みなどをな。屋敷の中間にも舐《な》められ、こき使われた。せまい部屋は布団を敷いたらもういっぱいで、わずかばかりの飯も、兄と同じ部屋では食えなかった」

「そんなことがあるのですか？」

近藤は驚いたようだった。

「肩身の狭さといったらなかったな。それでもわしは自分に言い聞かせた。屋根があるだけましだ。飯も食える。兄にも自分の暮らしがある。養ってもらえるだけありがたいと。塙の八ヶ条にもあるだろう。兄弟仲よく、と。これは五倫の長幼の序だ。年少者は年長者を敬い、したがわなければならない。口が物を食うからこそ、手足が動かせる。父や兄は口のようなものだと思っていた」

「しかし最後には、お兄さまが殿を徒士に推薦なされたのですよね」

「兄が徒士組頭に出世したとき身内を一人、徒士に推薦することができた。しかし兄には子がなかった。残ったのは二つの選択だった。弟のわしを徒士にするか、それとも嫁の弟を徒士に推薦するか……。兄は長い間迷った。卜者《ぼくしゃ》に占ってもらい、ようやくわしを推薦すると決めた」

「そんな……。まるでくじ引きではありませぬか。実の弟でございましょう」

「おかげで徒士になれた。しかも嫁を娶《めと》り、子まで授かった」

湯島四丁目の樹木谷に居を構えた封元は、ようやく自らの家庭を持ち、武士の勤めに精を出すことができた。妻が亡くなるまでのわずかな間だったが、あのときの温かい思い出は今でも力になっている。

「しかし、それでも暮らしは楽にならなかった。兄に借金をしていたからな」

封元は苦笑した。

「身内ですよ。帳消しにしてもらえばよかったではないですか」

「そうはいかぬ。兄には礼を尽くさねばならなかった。そして腹を空《す》かした妻子を見ていると、我が身が恨めしくてたまらなかった。ある日、とうとう御家人の株を売ろうと思った。お主も知っておろう、御家人の株は一代限りだが、売って金に換えられることを」

「たしか三十両とか……」

封元は頷《うなず》いた。

「しかし、それを売ればもう学問所にも心学塾にも通えなくなる。しかたなくわしは中沢先生のところへ別れを告げに行った。故郷に引っ込んで、三十両を元手に小問物屋でもやるとな。すると先生はしばらく沈思され、文箱から三十両を取り出しわしにくだされてな。とんでもないと固辞したが、先生は言われた。『これを用立てよ。返さなくてよい。武士として学問を続け、民の役に立て』とな」

「本当に素晴らしい方ですね」

近藤の目がかすかに潤んでいた。

思い出すと自分の目頭も熱くなる。

「わしはあのときのありがたさを生涯忘れぬ。そして先生と同じように、困っている者たちに手を差し伸べていこうと誓った。そのために金が役立つのなら、何をやっても出してやりたい」

その後、中沢は定信に封元を推挙してくれた。

あの師がいなければ、封元は何も為《な》さずにただ生きて、地に埋もれていただろう。

「わずかな金で人の命運は左右される。ようは金の使い方次第だと思うぞ」

封元は言った。


日がたつにつれて、豪農や商人からの寄付は少しずつ増えていった。

最初は名字帯刀目当ての者もいたが、その名を大きく紙に書いて村の神社に張り出し、「この者ら塙を救う者なり。感謝す」と張り出したところ、さらに寄付者が増えた。

「功名心のおかげよ」と封元は苦笑したが、そのうちに名を秘めて寄付する者も増えてきた。そのような人々は封元の子育て策や婚礼の援助に賛同してくれており、目立つことなく純粋に寄付をしたいということだった。

そのようにして集まった額は意外に多く、封元は子育てや婚礼の手当てを続けることができた。

近藤も臨時の収入のおかげで久しぶりにほっとしたようだ。

だが、封元のやり方に異議を申し立てる者もいた。

雪も解けた三月、山田《やまだ》村の名主夫婦が訪れた。

封元は誰の陳情でも必ず聞くようにしている。

「遠くまでご苦労だったな。今日はどうした」

封元が穏やかに聞くと、夫である五平《ごへい》が口を開いた。

「お代官さまの発布された塙の八ヶ条には、私どもも賛同いたしております」

「うむ。ありがたいことだ」

「しかしながら、子育てを援助するというのは、どうもいただけません」

「なぜだ。人が増えれば、村も発展するだろう」

「それは不公平というものでございます」

「子育てを助けることの何が不公平なのだ」

首をかしげざるを得なかった。子供が健やかに育つのは、誰もが望むことだろう。

「それでは子供のいる者だけが得をすることになります。子のない者は同じだけ年貢を取られるのに、何も見返りがありません。だいたい子のない家は田畑を耕すのに人を雇わねばなりません。手数が少ない分、金がかかるのです。子がある者だけが助かるというのは不公平でございましょう。そう思っている者は少なくありません」

「なんと……。それは気がまわらなんだ。もう少しよく聞かせてくれ」

身を乗り出した。

前のめりになった封元に、五平夫婦は口ごもった。

「もしかすると、お主たちも子がないのか」

「ええ、それはまあ……。欲しかったのですが、できないものはしようがないでしょう」

五平が少し怒ったように言った。

「医者に診てもらい、何度も祈禱《きとう》したのですが効き目もなく……」

女房のお美代《みよ》も言う。

「きっとこいつのせいですよ」

「全部、私のせいなんですか。あんまりです」

夫婦はにらみ合った。このことで何度ももめたのだろう。

「喧嘩《けんか》はやめよ。『夫婦むつましく』を忘れたか」

二人は口を閉じて、互いにそっぽを向いた。

「子は授かりものという。できるできないは天のご意志。どちらのせいでもない」

そう言うしかなかった。

「原因はともかく、子が欲しくてもできない者もいるのです。なのにまわりではやれ子が生まれた、子育てだ、籾《もみ》を二俵もらえると大喜びです。なんで私たちは子ができない上に、お手当もないのですか」

それは妬《ねた》みではないか、と言いかけて言葉を飲み込んだ。二人はもう十分に傷ついている。

「お主たちの考えはわかった。わしもひとつ思案してみよう。よい陳情をくれた。

気をつけて帰ってくれ」

二人を労《ねぎら》って帰すと、さっそく近藤を呼んだ。

「たしかに子のない者は不公平だと感じるかもしれませんね」

近藤が言った。

「田畑を耕すには人手がかかる。子ができればかわいい上に、働き手も増えて、手当の金まで入るからな」

「どうするんです？」

「不公平と言われてはな。どうしたものか」

さすがの封元にも、良い知恵が浮かばなかった。

その夜、お栄に按摩《あんま》をしてもらいながら、封元は悩みを打ち明けた。

「難しいな。子ができぬとは」

「奥さまはとくに気をもんでおられるでしょうね」

子ができぬとき、責められるのはほとんど女である。玄庵によれば、どちらの責任ともいえないとのことだったが。

「何かいい手はないものかな」

「関わりがあるかどうかはわかりませんが」

お栄がやや戸惑ったように言った。

「なんだ。とっかかりになるかもしれぬ。言ってみよ」

「それはあの……。子供を作ると言えば、伊香村に菊之助さんという方がおりまして」

「菊之助？　どこかで聞いた名だな」

「多分、悪い噂でしょう。たいそう女癖が悪い方です」

「ああ、思い出した！　為五郎が言っていたな。女を独り占めにする優男だと。たしか市松の女房を寝取ったのもその男だ」

「はい。ほうぼうで女をたぶらかし、子供も作っているようで。もう十人以上子供がいるという噂です」

「なんと。けしからぬ奴め」

ひどい男がいたものだ。数少ない塙の女に手を出すとは、代官としても放ってはおけない。

だが、よく考えてみると、塙の人の数を増やしていることも確かだった。

「お栄。こめかみを揉《も》んでくれ」

「こうですか？」

「違う。もっと強く」

「は、はい」

お栄の両手の指先が、封元のこめかみを強く揉んでくれる。自分でやるよりも頭が冴《さ》えてきた。じっと考え、集中する。

「よし！　思いついた」

言うと、お栄がくすくすと笑った。

「殿が何かを思いつかれるたびに、近藤さまが苦労されています」

「我が家臣となった不運よ。明日からさっそく働いてもらおう」

「あらあら」

「何事も塙のためよ」

思いが定まると、すぐに眠りが訪れた。

「自分のことはまるでお構いなしですね」

お栄は柔らかに微笑むと、そっと布団をかけた。

明くる日、代官所に菊之助が呼び出された。

噂通り、役者のように顔立ちがよい。

度胸もあるようで、白洲に引き出されても平然としていた。

「菊之助。お主は諸方の女とねんごろになっていると聞いたが、誠か」

封元が聞いた。

「私のせいではありません。頼まれて付き合っているだけです。『子供ができても恨まないから、抱いてくれ』と女から言われては仕方がないでしょう。据《す》え膳《ぜん》食わぬはなんとやらです。それが罪でしょうか」

「なんと……」

さすがにむっとした。盗人猛々《ぬすっとたけだけ》しいとはこのことであろう。

「されど、ねんごろになるからには娶《めと》って責任を取るのが男というものであろう」

「それはお代官さまの勝手な考え方ではございませんか。私は違います。もしかしてうらやましいのですか」

菊之助は平然として言った。

「お主、できた子を養う気はないと申すか」

「養う気はないと最初から女には言っているのです。お代官さまのおかげで、子が生まれたら手当が出ますから、立派に育つのではないでしょうか」

「む……」

菊之助の言い草は腹立たしいが、理は通っていた。

「夫のある女にも手を出しているのか」

「向こうから迫られたら仕方ありません。どっちかというと、おぼこ娘のほうが好きですがね。素直だし、肌も弾むし。でも人妻の慣れたところも悪くない、か」

菊之助はにやにや笑った。

「黙れ、下郎！」

近藤が叱りつけた。

菊之助は鼻で笑った。

近藤のこめかみに血管が浮き出る。この男にしては珍しいことだった。

「なるほど。それがお主の考えだな。ならば別の者の考えも聞かせよう。出ませい」

源助に連れられ、男たちが出てきた。

「この者が菊之助だ」

封元が男たちに言った。

男たちは、ひどく殺気立っている。

「なんですか、この人たち？」

菊之助が不安げに言った。

「お前が手を出した娘たちの父親だ」

「えっ……」

父親の一人が菊之助の襟をつかんだ。

「てめえか！　うちの娘をもてあそびやがったのは」

「違いますよ。娘さんがどうしてもというから……」

「うるせえ！」

菊之助は殴られた。ぷっと鼻血がしたたる。

「お代官さま、助けてください！」

「これは、お主たちの勝手な喧嘩《けんか》だ。代官所は関与せぬ」

「そんな！」

他の父親も輪になって菊之助を殴った。

菊之助の顔は達磨《だるま》のように腫《は》れ上がり、力尽きて地面に転がった。

「二度とうちの娘の前に現れるんじゃねえぞ。今度顔を見せやがったら鼻をむしってやる」

父親たちは別れの土産とばかりに菊之助を蹴《け》っ飛ばし、踏みつけて帰った。

菊之助はうずくまったまま鼻を押さえ、唸《うな》り続けた。

「少しは懲りたか。親たちはみな、大事な娘がもてあそばれて傷ついたのだ。どうだ。もう女遊びをやめるか？」

「俺は悪くない……」

それでも菊之助は強情だった。

「よし。ならば明日は女房を寝取られた夫を呼ぶことにしよう。はたして、生きてここを出られるかどうか……」

封元が厳しい顔をすると、菊之助の顔が引きつった。

「ま、待ってください！　わかりました。もうやめます。もう手は出しません！」

封元はようやく一息ついた。

「ならばよし。好きでもない女とねんごろになるのはやめておけ。惚《ほ》れられて気分はいいだろうが、相手は真心を尽くしておるのだぞ。塙の女たちをむやみに泣かせるのはわしが断じて許さぬ」

「恐れ入りました」

菊之助は消え入るように言った。

「だがな、菊之助。お主の才は惜しくもある」

「どういうことですか」

「お主の子を為《な》す力だ。その絶倫ぶりは捨てがたい。罪滅ぼしに、子を為す秘訣《ひけつ》を教えてくれぬか」

封元が聞いた。

「それはどうも……。子ができるかどうかまではわかりませんが、女が夢中になるこつのようなものはあります」

「ふむ。どのようなものだ」

「お代官さまは、黄素妙論という書物をご存じですか」

「いや、知らぬ」

「かつて松永久秀《まつながひさひで》さまが用いたという夜の指南書でございます」

「ほう」

松永久秀なら知っている。かつて信長《のぶなが》の家来であったが、謀反を起こし、ついには討伐された戦国武将である。

「戦国の時代、武士にとって子を残すことはとても重要であったそうです。そのため、久秀さまは医師の曲直瀬《まなせ》道三《どうさん》が書いた黄素妙論を元にして家臣たちに夜の生活を指導したのです」

「初耳じゃな」

「私も旅の放下師から聞きました。黄素妙論にはこうあります。女がその気になっていないのに、無理に致してはならぬ。また、己の体調悪きときにもするべからず、と」

菊之助はだんだん調子に乗ってきた。

「まるで芸事ではないか」

昌平坂の学問所では、みじんも教えてくれぬ話である。しかし役に立つ話かもしれない。

「女がその気になれば、子を為すこともたやすいのです」

「ふむ……。お主は意外に勉学をしておるな」

「私は働くのが嫌いなのです。女からもらう金で生きていこうと思い立ち、女を夢中にする方法を必死に追い求めてきました」

「不埒《ふらち》な奴……」

菊之助をにらんだ。勤勉とは真逆の男である。いや、それとも女に関しては勤勉なのか。

「秘め事が下手であれば女からはすぐ見限られてしまいます。秘法四十八手、さまざまに使いこなさないと飽きられてしまいますしね。うまくできると何度も会いに来てくれるんですよ。よき時によき事をすれば必ず子ができます」

菊之助は自慢げに言った。

「繰り返すことが重要なのか」

書き記している自分が少し奇妙に思えたが、菊之助から要領をじっくり聞き取った。反省はしたようなので、放免してやる。

ただし、今後はむやみに女に手を出さぬよう、発覚すれば今度こそ牢《ろう》に放り込むぞと念を押すのも忘れなかった。

その夜、封元はお栄に按摩《あんま》をしてもらいつつ、礼を言った。

「菊之助という男、なかなか役に立った。たしかに悪い男ではあったが」

「女は悪い男に惹《ひ》かれるときもあるんですよ」

「そうなのか？」

「いい人がじれったいときもあります」

「ほう。難しいものなのだな」

「ええ」

お栄がじっとこちらを見つめた。

「よし。黄素妙論を取り寄せてみるか」

言いつつ、封元はすぐに眠りに落ちた。

「もう。じれったい」

お栄はため息をついた。


半月後――。

封元は山田村の名主の許《もと》を訪れた。手に持った荷物の中には〈黄素妙論〉がある。

「五平。今日はいい報《しら》せを持ってきた」

「なんでございますか、お代官さま」

「つまるところ、お主にも子ができればよいと思う。さすれば手当も出て、働き手も増えるだろう」

「お待ちください。前にも言ったではないですか。私どもは願をかけ、祈禱《きとう》までしました。それでもできなかったのです」

「いや。子を為すには、交わる数が必要なのだ」

声を潜めて言った。

「ほぼ毎日いたしておりますが」

「毎日？」

それならば数は足りている。もっと細かなことかもしれない。封元は脇に置いた荷物に手を伸ばした。〈黄素妙論〉を見ればきっと参考になるだろう。

そのとき五平が言った。

「お代官さま。これをご存じですか」

五平が文箱から書物を取り出した。その表題には〈黄素妙論〉と記されていた。

「あっ！」

「諸方から子作りの本を取り寄せたのです。中でも、この本は役に立ちそうでした。しかし、これら全てを試してみても子ができないのです」

「そうだったのか……」

「お代官さま、その手に握っておられるのは？」

「なんでもない」

封元は慌てて本を荷物に押し込んだ。

「そこまでしてだめなら祈禱してみるか。いや、もうしたのだったな。つまらぬことを言ってすまなかった」

封元は肩を落とした。これではいったい何をしに来たのかわからない。

がっかりして代官所に帰ると、珍客が訪れていた。それはかつて封元を養ってくれていた安芸五雲山、龍興寺の住職である栄照《えいしょう》だった。

「その節は大変ご迷惑をおかけし……」

封元はなつかしさと罪悪感でいっぱいになって平伏した。

栄照はもう八十を超えていたが、あの頃の面影を残したままだ。いまだ、かくしゃくとしている。子供のころの情けない自分を知られているので、懐かしくも恥ずかしくもあった。

「よいよい。修行嫌いのお主が代官にまでなったのじゃ。そうでなくともあのときは、食い詰め浪人たちがこぞって次男や三男を我が寺に預けた。台所も苦しかったわい」

栄照は屈託なく笑った。

大きな寺には賽銭《さいせん》が集まり、檀家《だんか》からも絶え間ない収入がある。その金で、みなし子や困窮した家の子、行き場のない老人を養っていた。

「そなた、父上はいかがした」

「江戸に出て一年ほどでみまかりました」

「そうか。父御も苦労の絶えぬことであったな」

「今はきっと極楽にいると思います」

栄照が微笑んだ。

「さもあろう。位牌《いはい》はあるか」

「はい」

封元が自室に案内し、仏壇にある父の位牌を見せると、栄照は朗々と経を読んでくれた。封元もいまだに経を覚えており、一緒に心の中で読んだ。

寺での日々がなつかしくよみがえる。

弔いが終わると、栄照が言った。

「そろそろわしも隠居することにした。法要で江戸に来たついでに、お主の顔を見ようと思ってのう」

封元は寺を出た後も何度か消息を知らせていた。代官になったときも、ようやく人のために役立つ務めができると思い、栄照に文を出した。

栄照もずっと気にしてくれていたのだろう。今さらながら、寺を逃げ出した自分を恥ずかしく思う。

「和尚さまから教えていただいた仏の慈悲を忘れず、塙の人のために励もうと思っています」

「そなたを拙僧の許に使わしたのも御仏のお導きであろう。精一杯勤めよ」

「はっ」

栄照はにっこり微笑んで封元の頭を撫《な》でた。

子供のときと同じ、優しい手だった。

封元は代官所の門の前まで出て、栄照を見送った。

和尚の背中は以前よりやや前屈《まえかが》みであったが、昔見た頼もしい背中と変わらなかった。

この人は何人の恵まれぬ子を助けたのか——。

「和尚！」

封元は叫んだ。

振り返った栄照に言った。

「お願いがあります。ひとつ思いついたのです！」

封元は栄照に駆け寄り、その思いを告げた。

「ほっほっほ。まことお前は子供のころから突拍子のないことばかり言うの」

栄照はあきれたように言ったが、その目は笑っていた。

ひと月後——。

山田村の五平夫婦のもとを、再び訪れた。

五平とお美代は庭に出て、草刈りをしていた。

「お代官さま。今日は何でございますか。不公平と申し上げたことはもう気にされなくても結構です。何度も足を運ばれると恐縮しますゆえ」

五平は神妙に頭を下げた。

「五平、お主はやはりよい人間だな。まずは、お前こそふさわしいと思う」

「えっ？」

「近藤」

封元が後ろに声をかけると、近藤がおずおずと歩み出た。

その腕にはふっくらとした赤子がおくるみにくるまれ、抱かれていた。

「お主を見込んで頼みがある。この子を育ててくれ」

封元は言った。

「ええっ！」

「越後の寺からもらってきた。これからはお前たちの子だ」

「そんなことを言われても……。私どもは自分の子が欲しかったのです」

五平が戸惑いつつ言った。

「子ができなかったのはきっと神仏のご意志だ。お前たちには、この子が授けられたのだ」

「しかし……」

「そう言わずに抱いてみよ。近藤」

「はっ」

近藤がお美代に赤子を渡した。

その瞬間、赤子が目を覚まし、泣き出した。

「見よ、喜んでおるぞ！」

封元は励ますように言った。

「泣いてますよ」

近藤が小声で言う。

しかしお美代がおそるおそる赤子を軽く揺すってあやすと、赤子は急に泣き止んだ。

お美代は赤子の頭に鼻を近づけた。

「いいにおい……。坊、こんなおっかさんでいいの？」

お美代がこわごわ聞くと、赤子は、「あー」と小さな声を上げた。

赤子はお美代の指をしっかりと握っていた。

「こんなに小さな手……」

「五平。お前たちだけがその子の頼りだ」

封元が言うと、お美代がぎゅっと赤子を抱いた。

「お、おい、わしにも……」

五平が言うと、お美代は惜しそうに、赤子を渡した。

五平は抱いた赤子をしばらく見つめた。

「これが……。わしらの赤ん坊なのか」

その頰はいつしか上気して赤くなっている。

「後日、子育てのための籾《もみ》二俵を支給する」

封元は言った。

「お代官さま……。わしが間違っておりました。あれはひがみでした。子のできた夫婦がうらやましくて、お代官さまに文句をつけに行くなんて」

五平の声が震えた。

「さぞかし苦しかったろうな」

封元は五平の肩に手を置いた。

「しかし、これからはお主も人の親だ。子は不憫《ふびん》、可愛。わかっておるな」

「は、はい！」

「子ができたことを五人組と村役人にしかと届けよ。乳が出なければ、乳母の人別帳もある。子に何かあればすぐに医者を呼べ。それでも解決しなければ代官所まで来い。わしがきっと何とかする」

「そんな……。なんとお礼を申していいか」

お美代が深く頭を下げた。

「よいよい。あとは頼んだぞ」

微笑んで一つ伸びをした。

「おい、なんか買ってやらなきゃ。そうだ、でんでん太鼓だ！」

五平が嬉《うれ》しそうに言う。

「違うでしょ。まずは着物と襁褓《むつき》と、おんぶ紐《ひも》よ」

二人は赤子を挟んで夢中になっていた。

封元たちは邪魔にならないよう、早々に引き揚げた。

「うまくいきましたね」

帰り際、近藤が言った。

「赤ん坊はその愛らしさゆえ人を魅了する。それも自然の摂理よ。ましてや二人は喉《のど》から手が出るほど子が欲しかったのだ。きっとしっかり育ててくれる」

「しかし、驚きました。女だけでなく子供まで、他国からお連れになるとは」

「思えばわしも鈍かった。女を連れてくるなら、子供も連れてくればよかったのだ。さすれば、子には親ができ、親には子ができる。各地の寺には、よるべなき子が多く預けられておる。それを塙でもらいうければよい。寺から子を引き取る方法は栄照和尚に聞いた」

それからも越後や上総《かずさ》、下総《しもうさ》、会津など各地の寺を回り、封元は子供をもらいうけた。子供たちは子のいない夫婦や、もっと子が欲しいという夫婦に育ててもらえばいい。

連れてきた子供の数は三百を超えた。小さな子はまず代官所で預かり、介抱人を雇って面倒を見た。

そして、もらい子の養育を引き受けた者たちには、十五年分の扶持《ふち》を与えることにした。

「こんなにたくさん連れてきて大丈夫でしょうか」

近藤が不安そうに言った。

「物心つかぬ小さなうちに連れてくれば、すぐに馴染《なじ》むだろう」

「だといいんですが……」

「もうひとつ言っておくことがある」

少し言いづらかったが、正直に打ち明けることにした。

「なんですか、いったい」

「お栄を嫁にもらうことにした」

「ええっ！」

近藤が素《す》っ頓狂《とんきょう》な声を出した。

「さんざん各所で子を増やせと言ってきた。わしも子を増やすとしよう。蔵太も承知してくれた。お栄は武士の娘ではないから、内縁の妻となるが」

「いつの間に……」

計画的なことではなかった。菊之助の話を聞き、お栄と際どい内容を話し合ううちに、ふとそういうことになってしまったのである。

結ばれて以来、お栄は按摩《あんま》をするたび、封元を求めてくるようになった。

菊之助の教えはかなり役に立った。

第九章　黒　白

寛政七年（一七九五）の夏、封元は松平定信に呼ばれた。

定信がいたのは白河藩領内、甲子《かし》温泉にある別荘である。高地にある邸内は涼しく、阿武隈《あぶくま》川のせせらぎの細やかな音が聞こえていた。

「封元。久しいの」

「ご老中もご機嫌麗しゅう」

「もう老中ではない。ゆっくりとさせてもらっている」

「はっ。そうでございましたな」

定信は将軍家斉《いえなり》との対立で、すでに老中を辞していた。しかし松平信明《のぶあきら》をはじめとした〈寛政の遺老〉と呼ばれる老中たちが定信の政策を引き継いでおり、その影響力は未《いま》だ大きい。

「まずは聞こう。この三年で塙の人の数は増えたか」

定信が聞いた。その目にはまだまだ覇気がみなぎっている。

しかし封元は平静だった。

「はっ。数にして、一割ほど増えました」

「なに、一割もか」

定信の眉《まゆ》が動いた。予想を上回っていたらしい。

「よくぞやった。どんな手を使ったのか詳しく話してくれ」

定信が身を乗り出した。

「はっ。やや荒療治でございましたが……」

封元はかいつまんで話した。

塙の八ヶ条を民衆に広めることで人の道を説きつつ、出産や子育てに手当を出し、間引きを抑制したこと。

妊婦や子供の養生に気を配り、医者を増やしたこと。

村の困窮を救うため、川や広場の普請の勤めを作り、人足として雇った者には十分な給金を出したこと。

越後領など他国から、遊女や飯盛り女を連れてきて、塙の民として勤めさせ、何人かは塙の男たちが娶《めと》ったこと。

婚礼を奨励し、祝儀の資金を貸しつけたこと。

他国から寄る辺のない子を連れてきて、塙にいる夫婦の養子として引き取ったこと。

女にできる勤めを多く用意し、男と同じように働き手の一員として、その価値を高めたこと。

「なんと。女と子供をよそから連れてきたのか」

定信はあっけにとられていた。

「はっ。間引きを止めるだけでは人は増えません。せいぜい今までの状態を維持できるだけです。それよりも他藩領から人を入れて教化し、塙の民と縁を結べば人の数も増えまする。もっとも、それだけ金はかかりましたが……」

「さもあろう。あの五千両はうまく活用したようだな」

「はっ。利益を出し、儲《もう》けた金を追加して元金とすれば、貸し出す金はさらに増え、いずれその利子が村人すべての子育て費用をまかなうこともできるかと存じます」

「なるほど、元金を増やすか。算術にも優れておったとは大したものだ。そういえばお主は大名たちにも金を貸しておったな」

さすがに地獄耳だった。

「はっ。武士は相身互い。それに元金の出所が出所だけに、必ず返してくるという見込みがありました」

新発田藩に金を貸したあと、近在の大名たちもその噂を聞き、塙まで金を借りに来た。今や近隣の藩で金を貸していないのは、定信が治める白河藩だけだ。これは定信の矜持《きょうじ》もあったのだろう。

「村によそ者を入れて不都合はなかったのか」

「はっ。風習も違いますし、罪人として捕らえられた者も多かったので、最初は偏見も多ございました。しかし塙の八ヶ条をしっかりと守らせ、ともに飯を食い、ともに勤めに励みました。また祭りで踊って酒を飲み、腹を割って話してみれば、やはり人と人、本性は同じもの、仲良うできるものでございます。おかげで、水戸のこんにゃくの保存法や越後の笹だんごの作り方まで学ぶことができました」

定信は深く頷《うなず》いた。

「見事じゃ。お主を代官として抜擢《ばってき》した甲斐《かい》があったというものよ」

「はっ。薄氷を踏む思いでしたが、多くの者に助けられ、なんとか人が増えました。金が足りぬときは、村人たちの奇特指加金にも助けられまして」

つらいときに寄付してくれた善意の村人たちの顔が次々と浮かぶ。

「しくじりはなかったようじゃな」

「はっ。いえ、それが……」

「どうした」

「どうしても止められぬ事もありました。領民の博打《ばくち》と餅《もち》つきでございます」

苦笑いして頭を掻《か》いた。

「ほう。博打はわからぬでもないが、餅つきもか」

「はい。村人たちは何かにつけて餅をつきます。正月には若餅、桃の節句の草餅、夏の土用の餅と月に一度は餅をつきまする。締めつければ締めつけるほど、地下に潜ってしまい……」

「お主でもだめか」

定信が笑った。

「あれは人の本性によほど近いのでしょうな。やめるには相当な意志が必要でございましょう」

「ふふ。さほどのことはよい。気長にやらねばならぬこともある。寺西よ、約束通り人を増やしたゆえ、褒美を取らせよう。望む役目に出世させてやろう。奉行でもよいぞ。そなたなら江戸の要職でも力を振るえるはず。なんなりと申せ」

定信は楽しげに言った。

「おそれながら……」

封元は顔を上げた。

「私は塙に骨を埋《うず》めたく存じます」

「なに」

定信がしばしこちらを見つめた。

「そこまでか」

「そこまでです」

きっぱりと答えた。

代官の任期は平均すると三年ほどである。しかし封元は塙を離れる気にはならなかった。まだやるべきことが山積している。人を増やす策も始めたばかりだった。少なくとも、これが続いていくと確信できるまで辞めるわけにはいかない。

「わかった。お主こそ、真の忠臣よ」

定信の目が少し潤んだように見えた。

「褒美の代わりに二つ、お願いがあります」

「なんだ。申してみよ」

「まずは武士だけでなく、庶民にも昌平坂学問所を開いていただきとうございます」

「ほう。なぜだ」

「すぐれた才は町人の中にもおります」

幕閣の上のほうは世襲と慣習により硬直している。その間に銭をあやつる商人が台頭してきていた。このままでは幕府がもたないだろう。いずれ幕府にも商いの才や学問の才の優れた者が必要になってくるはずだ。

「考えておこう」

定信は言った。

「あとひとつ。集めた年貢の使い方にございます。民の血と汗が滲《にじ》んだ米や作物の半分をご公儀はもらい受けています。些末《さまつ》な行事や役に立たぬ普請に金を使うより、百姓たちに残しておいたほうが村は豊かになり子も増えましょう。さすれば人の数だけ年貢も増え、村も幕府も、ともに豊かになりまする。年貢の使い道を今一度、よう改めていただければと思います」

「もっともなことよ。わしも一層、無駄金を使わぬようしっかり努めねばのう」

のちに、定信は大奥をさらに縮小させ、幕府の経費の節約に努めるようになる。昌平坂学問所では町人にも聴講入門が許されるようになった。さらに甲府《こうふ》の〈徽典《きてん》館《かん》〉においては町人の入学が許された。徽典館には講武所や医学所も併設されており、学問吟味の成績がよいと甲府勤番に登用されることもあった。封元が望んだように、町人にも出世の糸口が与えられることとなったのである。

*

時は過ぎ、文化《ぶんか》十三年（一八一六）――。

封元が塙に来てすでに二十四年がたっていた。塙の人の数も年々増え、封元は塙、小名浜《おなはま》、桑折《こおり》を合わせた一一万石余を支配する代官となっていた。

その間にも、塙復興の試みは続いていた。阿武隈山地の高冷地にある富田村《とみた》が冷害で一村離散し、亡村の危機を招いたときは、伝馬町《てんま》の牢《ろう》屋敷から素行のいい軽犯罪者を連れてきて荒地を起こし、村を救った。このとき封元は「囚人着では哀れだから」と着物に〈花〉と〈輪〉を染め抜いて与えた。これらの囚人たちは塙（花輪）人足と称され、塙の八ヶ条をそらんじ、更生の機会を与えてもらえたと喜んだ。

また封元は、人口増加を図りつつ、各地の遊女たちの更生にも手を貸していた。遊郭が廃止されれば、遊女の行き場はなくなる。文政《ぶんせい》五年（一八二二）には武州八王子《ぶしゅうはちおうじ》から、同七年には下総国と下野国《しもつけのくに》から、あぶれた遊女たちを引き取り、塙に家を与え、正業に就かせた。

このとき封元自身は桑折に在し、塙は成長した蔵太に任せていた。

ただし蔵太に塙を治めさせるにあたっては、素読吟味を課し、その成績の優秀をもって許した。単なる世襲による採用では能のない者が治めることも多くなり、領民が迷惑する。強訴して命を落とした飛騨の百姓たちのような犠牲者をこれ以上出すわけにはいかなかった。

そしてこの年、川俣《かわまた》代官だった山本大膳《やまもとだいぜん》の転任に伴い、川俣の統治までも封元が引き継ぐことになった。合わせて約十四万石である。もはや大名にも引けを取らない規模となった。

しかしここで騒動が起こった。

川俣に属する四十か村の村方三役（名主・組頭・百姓代）が、こぞって封元を忌避し、老中に愁訴状を出したのである。

訴えには、「寺西代官の御改正は名ばかりにて、内実は賄賂《わいろ》の多少により賞罰これあり候に付き、百姓の難渋は少なからず、却《かえ》って困窮している」とあり、封元が川俣を支配することを拒む内容だった。

桑折代官所で近藤からこの訴えを聞いて驚いた。

「どういうことだ。分限者に寄付を募ったのがまずかったか」

奇特指加金をもらい、寄付してくれた人々を表彰もした。それが賄賂と受け取られたのか——。

「いえ、寄付のことではありません。主な申し立ては検見祝儀のことでございます。年貢徴収の際、役人への金銀の贈与があったと」

検見とは代官が役人に田を検分させ、年貢を定めることである。寝耳に水だった。

「役人とは誰だ」

「それは……」

近藤が言い渋った。

「なんだ。誰なのだ」

封元が問い詰めると、近藤はあきらめたように言った。

「源助です」

「なんと……」

茫然《ぼうぜん》としてしまった。

塙に赴任してから、長年働いてくれていた手代の源助が陰で賄《まいない》を受け取っていたとは——。

どうしても信じられなかった。

「源助は賄をもらって、百姓たちになにか便宜を図ったのか」

「苦しいときには年貢を待ってやったりしたようですが……」

「それが百姓たちの口づてで漏れたのか」

封元は立ち上がった。

「塙に行くぞ」

＊

その日の夕刻、塙の代官所につき、封元は源助と向かい合った。

封元の問いかけに、源助はぴくりとも顔を上げなかった。

訴えは事実だと答えるだけだった。

「そんなことをしていたとはついぞ知らなんだ。なぜだ。なぜそんなことをした」

白髪の交じり始めた源助の頭を見つめた。二十年以上、一緒に村を回った仲である。

「賂は前の代官のときからずっと続いていたんです。習慣になっていたというか、何かを頼まれるときの手間賃のようなものでした」

源助は疲れた様子で答えた。

「しかし便宜を図ったのなら賄は賄だ」

「百姓たちも助かっていたんです。米の出来の悪いときは待ってくれと頼んでくる。いちいち罰していたら、年貢の勤めなどできません。そうでなくても代官所は倹約倹約で人がいない。たまには他の手代たちにも酒を飲ませてやらないと逃げちまうんで」

「なぜわしに言わなかった。きっと対処できたはずだ」

「それは……。それは寺西さまがまぶしすぎたからです」

源助がぽつりと言った。

「どういうことだ？」

「心配はいりませんよ。目付が来たらちゃんと自白します。私が賄をもらっていたと。島流しでも死罪でもどんな罰でも受けますから」

封元は源助の肩に手を置いた。

「すまなかった。賄のことはわしが責任を取る」

「えっ？」

源助がはじめて顔を上げた。

「わしの目は節穴だった。汚れ仕事をお主一人にやらせてしまったのだな。年貢をとることについては、なにも問題がないように見えた。だから気づかなかった。お前が一人、汚れ役をしていたのだ。なにが正しいものか。まったく能無しよ。反省せねばならぬ。手代の罪はわしの罪だ」

「いえ……。寺西さまは子育てや普請のことがありました。とても検見までは手が回らなかったでしょう」

「それでもだ。わしは気づくべきだった。お前がいつも暗い顔をしていることに」

「違うんです！」

源助が激しく首を振った。

「前の代官のとき、私は定め通りの年貢をとらねばなりませんでした。大きな飢饉《ききん》が来ているというのにです。代官は江戸にいて、左うちわで暮らしていた。馬鹿げています。私は百姓たちを見逃してやりたかった。でも心を鬼にして年貢を取った。私も生きねばなりませんでした。老いた両親も抱えていた。でも私が無理に年貢を取ったから、首を吊《つ》った者もいたんです」

源助の顔が激しく引きつった。長い間、心にのしかかっていたのだろう。

「なのに寺西さまが来てから塙は変わりました。苦しい者には勤めを作り出し、間引きは止めるし、子育てや普請に金を出して……。どうしてもっと早く来てくれなかったのです！　私はあなたが憎い。あのときあなたがいたら、私が人を殺すこともなかった！」

源助の目から涙があふれた。

「源助。世には必ず不条理がある。正しい者が殺され、悪人がのさばることもある。人のできることには限りがあるのだ」

強訴で死んだ飛騨の百姓のことを思った。立ち上がった百姓たちは死ぬしかなかった。それでも人は前に進む。できることをやるしかない。

「私は何もできずに従ってしまったのです。自分のために人を殺してしまった……」

「お前がそれほど苦しむのは、良心があるからだ。それは何者にも滅ぼされぬ光だ。何もできなかったとしても、わしはそんなお前を誇りに思う。お前の心の中には善がある」

「私はそんな立派な人間じゃないんです！」

「わしも上等な人間ではない。人の捨てた弁当がらをしゃぶって生き延びた卑しい男だ。だとしても正しい行いをし、徳を積めば小人もやがて賢者となるという。戦いはこれからだ。物事は、急にはよくならぬ。しかし昨日より今日、今日より明日が少しでもよくなればいい。かつてわしは老中に『命をくれ』と言われた。世間は厳しい。なかなか変わらぬ。変えようとすれば足を引っ張られる。何も為《な》さぬ者が、為す者に文句をつける。老中はそのことを言われたのだ。だからわしもここに残った。三年ごときではすべてを変えられぬと。今まさに、壙にこびりついた歪《ゆが》みが見えた。源助、まだまだお前の力が必要だ。このことはすべてわしに任せよ。わかったか」

「ううっ」

源助が泣き伏した。

「泣いて心を洗うがいい。さすれば立ち上がれ。今後は賄を取ることは一切まかりならぬ。民のため、命尽きるまでともに勤めようぞ」

励ますように言った。いつしか自らも励まされていた。正しい行いをすれば、人には浩然《こうぜん》たる気が満ちてくると中沢先生はおっしゃっていたが、確かにそうだった。

恐れるものは何もない。

＊

四十か村の村三役からの愁訴状を受け、勘定奉行の柳生久通から代官所に対して問状が発せられた。

訴えられたことは事実なのかどうか、確認する内容である。

近藤と源助を呼び、問状を見せた。

「やはり検見祝儀のことですね」

近藤が言った。

源助がうつむく。

「検見祝儀の他にも、いろいろと嫌疑がある。御廻米石代納に支度手入れ、年々荒地改、酒造改、手代廻村費用、公事出入り、百姓諸事願い事にかかる役人への金銀の贈与……か」

「なにせ柳生久通殿ですから」

近藤が思い切り顔をしかめた。

「困ったことだな」

封元も苦く笑った。

柳生久通の融通の利かなさは筋金入りである。

勘定奉行になる前、久通が町奉行に就任したときには、剣術指南役を務めた柳生一族の家系の者が町奉行になったと江戸市中で評判になった。しかしその仕事ぶりは、「白洲《しらす》の場において大した知恵も出ず、衣服を取り繕ったり、帳面に書かれていることを繰り返し穿鑿《せんさく》するのみ」と評され、「怪しからず、めんみつ丁寧」と揶《や》揄《ゆ》されていた。

かつて、封元が公金貸し出しの追加を願い出たときも、全く許されなかった。今回のような愁訴状が出されれば、塙代官所の落ち度がたとえ小さくとも、絶対に見逃さないであろう。そうでなくても横紙破りの封元を目の敵にしている節がある。

「明後日《あさって》、上使が来て吟味をされます。どう申し開きをすればよいのでしょう」

近藤が頭を抱えた。

「天はおそろしだ。ありていに言うほかはあるまい。わしは最初から命を賭《と》しておる。しくじったら腹を切ればよいだけだ」

「お待ちください！」

源助が叫んだ。

「やはり私が名乗り出ます！　すべて私が勝手にやったことなんです」

「源助、言うたであろう。お前の責はわしの責と。五倫に言う君臣の義、『君主と臣下は互いに慈しみの心で結ばれるべし』だ。それにお主もまた塙の民だ。代官のわしがすべて責を負う」

「寺西さま……」

「わしがおらぬようになっても、お主が口添えしてくれれば、次の代官が大いに腕を振るえよう。頼んだぞ」

覚悟は決まっていた。代官所には蔵太も近藤も源助もいる。政の方針はすべて冊子にまとめてあった。

翌日、柳生久通が派遣した上使、安生直之《あんじょうなおゆき》の一行がやって来た。

封元が罰せられるという噂は、すでに村々に広がっていた。

葦毛《あしげ》の馬に乗った上使が代官所へ向かうのを村民たちは固唾《かたず》をのんで見守った。

すると、行列の前に一人の若い娘が立ちはだかった。

「そこをどけ！　お主は何者か」

行列の先頭にいた武士が厳しく誰何《すいか》する。

「上使の方にお話があります」

「百姓の分際で、無礼であるぞ」

「話をお聞きくださるまでここを動きません」

娘の目がらんらんと輝いていた。

「無礼者！」

先頭の武士が刀を抜いて、ぴたりと娘に向けた。

しかし娘はたじろぐこともなく、侍を見ていた。

「何事だ」

馬上の安生が前に寄ってきた。

「この者が邪魔立てを……」

「娘よ。何者だ、お前は」

「私は川向村のお元と申します」

「ふむ。なにゆえ御用の邪魔立てをする」

「お代官さまを斬らないでください！」

叫ぶと娘は平伏した。

「二十四年前、私はお代官の寺西さまに命を助けてもらいました。生まれてすぐ川に投げ込まれ、間引かれようとしたとき、寺西さまが飛び込み、私の命を救ってくれたんです」

封元に助けられた娘は、今や塙の立派な働き手となっていた。

「訴えは聞いた。行くぞ」

安生は仏頂面で言うと、お元の横を通り、代官所へと入って行った。

「寺西さまが死んだら塙も死んでしまいます！」

お元が叫んだ。

代官所の中では封元が謹んで上使の到着を迎えた。

「寺西殿。四十か村の名主どもから訴えが出ておるが誠か」

安生は単刀直入に聞いた。

「誠でございます。長年にわたり、百姓たちから金銀が贈られておりました。今後は賄を差し出すこともらうことも禁ずると厳命いたしました」

「賄に応じ、便宜を図ったのか」

「はっ。年貢を納めるのを待ってやったこともありました。全て私の責にございます。どのような沙汰《さた》でも謹んでお受けします」

「言い訳もせぬのか……。あいわかった」

安生は頷《うなず》いた。

「ご足労、ありがたく」

「うむ。追って沙汰する」

安生は話を聞くとすぐに代官所を立ち去った。

封元から吟味のようすを聞いた近藤は肩を落とした。

「せめてお命だけは助かればよいのですが……」

「そんなことはよい。これから賄など受け取らぬよう、重々注意せねばならぬ。他の手代たちも、もう一度しっかり検《あらた》めるのだ」

代官が誰に替わるにしても、遺漏無く引き継ぐのが最後の勤めである。

しかしその後、いつまでたっても処罰の沙汰はなかった。むしろ四十か村の訴えがあったにもかかわらず、そのまま川俣の代官も兼務せよとの沙汰が下った。

文政元年(一八一八)の正月、封元が江戸の白河藩の屋敷へ挨拶《あいさつ》に行くと、定信が笑顔で迎えた。

「どうも不思議なのです。あれほどの訴えがあったのに、なぜお咎《とが》めがなかったのか……」

「あの訴えを大げさに取り上げたのは柳生久通よ。不運であったな」

「と申しますと?」

「あれはたしかに熱心だ。しかしあまりにも愚直すぎるゆえ、毎日毎日、城に居残って四角四面に夜まで勤めおってな。あれの部下どもも、上役がなかなか下城せぬから先に辞すわけにもいかず、難儀しておった。塙へ行った上使の安生直之もその一人よ。あやつは久通直下の御勘定だ。常なる勘定奉行なら、百姓の訴えで代官をじきじきに吟味することはない。そもそも代官を吟味するための遠国廻《まわ》りは目付の配下におって、すでに調べもついておる。手代が賄をもらっていたなど、お主はあずかり知らぬことだったのだろう?」

「はっ。それは……」

「私腹を肥やそうとする男が、出世も断って二十年以上も塙にとどまるものか。だからあの訴えはわしが握りつぶした」

定信がにやりと笑った。

「ええっ!」

「政は清濁を併せ飲まねばならぬ。愚か者のせいで才ある者を失うなどあり得ぬわ」

定信が微笑んだ。その信頼に、胸が熱くなった。

「そうそう、安生が言うておったぞ。代官所に向かう際、お前の命乞《いのちご》いをした者がおったと。民に嫌われる代官はあっても、民にかばわれる代官は初めて見たとな。

つまり、それがお主の答えだったのだな」

定信が目の端に笑い皺《じわ》を浮かべた。

「もったいないお言葉でございます」

いつしか目が潤んでいた。最後は民に救われた。長い時を経て、今やしっかりと墒の者たちと縁が結ばれていた。

「しかし、配下の過ちとは言え、お主も責は負わねばならぬ。わかっておるか」

定信が言った。

「はっ。なんなりと」

「ではお主を勘定組頭に推す」

「そんなたいそうな役にですか」

勘定組頭とは、勘定奉行の下で勘定所の諸役人の指揮監督を行い、幕府財政及び農政を任される役目である。役高三五〇俵は代官の倍以上の扶持《ふち》であり、大出世であった。

「そのまま代官も兼務せよ。忙しくなるぞ。勤め上手な者に、仕事は集まる。全力を尽くせ。それがお主の贖罪《しょくざい》となろう」

「はっ。仰せのままに」

そう言うしかなかった。

この年の五月、封元は勘定組頭を兼務し、江戸勤めとなった。

しかし役所勤めはどうしても合わず、わずか一年半で、「この役よろしからず」と勤めを辞し、桑折へ帰ってふたたび代官の役目に没頭した。封元はいまだ、持たざる民の間にいることが心安く、その力になれることが何よりも嬉《うれ》しかった。

のちのことになるが、伊達《だて》郡川俣町飯坂《いいざか》の頭陀寺《ずだじ》に封元を偲《しの》ぶ頌徳碑《しょうとくひ》が建てられた。川俣四十か村の人々も、封元が来てみると、そのやり方にみな賛同し、不満を抱くこともなかったようである。

終章　拡　大

封元が塙に着任して二十有余年がたち、隣接する諸藩は、回復のめざましい塙の諸政策に注目するようになっていた。

封元は〈民風改正要綱〉を取りまとめ、幕閣に上申した。この改正要綱は幕府の認めるところとなり、勘定奉行肥田《ひだ》頼常《よりつね》は近隣の諸藩にこの要綱の実行を命じた。

諸藩の郡代は封元に〈民風改正要綱〉の内容を照会し、すすんで実行しようとした。寄せられたさまざまな質問に回答するため、封元はさらに詳しく〈御料私領申合民風御改正申渡書〉をとりまとめ、近隣諸藩の郡代や郡奉行を塙に招き、農村の復興を議題として協議を行った。一代官が呼びかけて、各藩の代表が集まることなど前代未聞であった。それだけ、封元の施政は目を引いていたのだろう。

協議の終わった夜、封元は久しぶりに蔵太と酒を酌み交わした。

蔵太ももう三十を超え、立派に塙を治めてくれている。

「各藩ともよくわかってくれた。これで陸奥の百姓たちも平安に生きる指針を得よう」

「まさか父上が幕府に塙のやり方を上申するとは思いませんでした」

蔵太が笑った。

「塙はうまくいった。しかし、自分さえよければよいというものではない。民は塙だけでなく、他の国にもいる。ひとつひとつの藩や天領が独自に復興に取り組むよりも、足並みをそろえて協力したほうがうまくいくことは自明だ」

「必要なものと余ったものを交換すればよいのですね」

「そういうことだ。人だけでなく、物資もな。いずれ陸奥だけでなく、日の本中、いや国を超えて異国にもこのやり方が広まればよいのだが」

「異国とは清や蘭《らん》国などもですか」

蔵太が目をしばたたいた。

「そこに暮らしているのは同じ人間だ。よいことをすれば報われる。勤めに励めば飯を食え、家の者を養える。子は不憫《ふびん》、可愛。人の本性はみな同じことよ」

夜空には多くの星が輝き、その下にはさまざまな民が暮らしている。

「かつて定信さまがお命じになられたとおり、塙は従来より人が増え、年貢の率を上げることなく、収入も増えました。父上はこうなることを目指しておられたのですね」

「ま、それもあるがな。実をいうと、元来わしは寂しがりなのだ」

　封元は恥ずかしそうに言った。

「そうだったのですか？　初耳です」

　蔵太が少し笑ってこちらを見つめた。

「だからこそ、父恋しさに寺を逃げ出し、江戸まで来たのだ。しかし江戸には、昌平坂の学問所や心学の塾など、あらゆるところに人がいた。人があふれていた。人が多いと、さまざまな出会いがある。わしはその人たちに何度も助けられた。柴野栗山先生も、中沢道二先生もそうだ。子を増やすも人を増やすもすべてこの縁のため。人が多いと縁もできやすい。諸方に縁が増えれば、それはやがて円となる。人の輪の中に入り腹から語り合うことこそ、まこと人の幸せだとわしは思うぞ」

　封元は言った。


　文政十年（一八二七）、封元の生涯の円は閉じた。

　封元が塙に着任してから三十五年の月日が経っていた。

　一子に蔵太、そして寺西家用人、北村新兵衛の忘れ形見の北村謙次《けんじ》――後の歌人、安藤野雁《あんどうぬかり》――を引き取り、養子としていた。

塙の素封家の古文書に曰《いわ》く。

寺西封元、享年七九。人となり謙遜《けんそん》謹厳倫理に篤く、民に急あれば裏を傾けて之を賑《にぎ》はす。居住まひ正しく、禄《ろく》が増えても衣服は貧しきときのまま驕《おご》らず。夏に道を行くときは日陰を人に譲り、冬は日当たりを譲る。白河侯に就いては治民の策を論じ、民のために昼夜奔走す。

卒するの日、庶民は号泣することはばからず、親を失うが如し。会葬者、万を以《もっ》て数ふといふ。

その後、封元を偲んで数多くの頌徳碑が造られた。

後に、塙の古老は語る。

寺西代官は多くの政策を為《な》し、隣接諸藩の大名たちもこれに倣った。しかし封元が多くの人の記憶に末永く残ったのは、事績のためではなく、人であったからだと。

本書は書き下ろしです。

資料・取材協力／守谷早苗

縁結《えんむす》び代官《だいかん》

寺西封元《てらにしたかもと》

土橋章宏《どばしあきひろ》

令和５年 12月25日　初版発行

発行者●山下直久

発行●株式会社KADOKAWA
〒102-8177　東京都千代田区富士見2-13-3
電話　0570-002-301（ナビダイヤル）

角川文庫 23956

印刷所●株式会社暁印刷
製本所●本間製本株式会社

表紙画●和田三造

●お問い合わせ
https://www.kadokawa.co.jp/（「お問い合わせ」へお進みください）
※内容によっては、お答えできない場合があります。
※サポートは日本国内のみとさせていただきます。
※Japanese text only

ISBN 978-4-04-113765-9　C0193

◇◇◇

角川文庫発刊に際して

角川源義

第二次世界大戦の敗北は、軍事力の敗北であった以上に、私たちの若い文化力の敗退であった。私たちの文化が戦争に対して如何に無力であり、単なるあだ花に過ぎなかったかを、私たちは身を以て体験し痛感した。西洋近代文化の摂取にとって、明治以後八十年の歳月は決して短かすぎたとは言えない。にもかかわらず、近代文化の伝統を確立し、自由な批判と柔軟な良識に富む文化層として自らを形成することに私たちは失敗して来た。そしてこれは、各層への文化の普及滲透を任務とする出版人の責任でもあった。

一九四五年以来、私たちは再び振出しに戻り、第一歩から踏み出すことを余儀なくされた。これは大きな不幸ではあるが、反面、これまでの混沌・未熟・歪曲の中にあった我が国の文化に秩序と確たる基礎を齎らすためには絶好の機会でもある。角川書店は、このような祖国の文化的危機にあたり、微力をも顧みず再建の礎石たるべき抱負と決意とをもって出発したが、ここに創立以来の念願を果すべく角川文庫を発刊する。これまで刊行されたあらゆる全集叢書文庫類の長所と短所とを検討し、古今東西の不朽の典籍を、良心的編集のもとに、廉価に、そして書架にふさわしい美本として、多くのひとびとに提供しようとする。しかし私たちは徒らに百科全書的な知識のジレッタントを作ることを目的とせず、あくまで祖国の文化に秩序と再建への道を示し、この文庫を角川書店の栄ある事業として、今後永久に継続発展せしめ、学芸と教養との殿堂として大成せんことを期したい。多くの読書子の愛情ある忠言と支持とによって、この希望と抱負とを完遂せしめられんことを願う。

一九四九年五月三日

角川文庫ベストセラー

めおと　諸田玲子

小藩の江戸詰め藩士、倉田家に突然現れた女。若き当主・勇之助の腹違いの妹だというが、妻の幸江は疑念を抱く。「江戸褄の女」他、男女・夫婦のかたちを描く全6編。人気作家の原点、オリジナル時代短編集。

青嵐　諸田玲子

最後の侠客・清水次郎長のもとに2人の松吉がいた。一の子分で森の石松こと三州の松吉と、相撲取り顔負けの巨体で豚松と呼ばれた三保の松吉。互いに認め合う2人に、幕末の苛烈な運命が待ち受けていた。

楠の実が熟すまで　諸田玲子

将軍家治の安永年間、京の禁裏での出費が異常に膨らみ、経費を負担する幕府は公家たちに不正があるのではないかと睨む。密命が下り、御徒目付の姪・利津が女隠密として下級公家のもとへ嫁ぐ。闘いが始まる！

梅もどき　諸田玲子

関ヶ原の戦いで徳川勢力に敗北した父を持ち、のちに家康の側室となり、寵臣に下賜されたお梅の方。数奇な運命に翻弄されながらも、戦国時代をしなやかに生きぬいた実在の女性の知られざる人生を描く感動作。

奸婦《かんぷ》にあらず　諸田玲子

その美貌と才能を武器に、忍びとして活躍する村山たかは、ある日、内情を探るために近づいた井伊直弼と思わぬ恋に落ちる。だが2人は、否応なく激動の時代に呑み込まれていく……第26回新田次郎文学賞受賞作！

憧れの刑事部に配属されたら、上司が鬼に憑かれてました

京の夏の呪い

飛野 猶

角川文庫
23586

目次

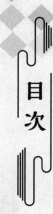

人物紹介

岩《いわ》槻《つき》亜《あ》寿《ず》沙《さ》
巡査部長。幼い頃のある事件をきっかけに刑事を目指す。敏感すぎる嗅覚の持ち主。

阿《あ》久《く》津《つ》聖《せい》司《じ》
係長。かつて鬼に噛まれて以来、鬼の性質を帯び、怪異に遭遇するように。夜行性で、昼は苦手。

風《かざ》見《み》誠《せい》一《いち》

管理官。キャリア組のエリートで、
物腰柔らかなイケメン。
同期の阿久津を心配している。

「特異捜査係」とは……

通常の捜査対象外となる超常的なものや、
怪異と呼ばれるものを考慮した捜査を行う。
幽霊、オカルト的現象、目に見えない存在など、
扱う対象は様々。

イラスト / vient

第一章　あだし野《の》念仏寺《ねんぶつじ》の怪異と五山《ござん》の送り火

二月の深夜二時。

墨を幾重にも零《こぼ》したようにぼったりとした雲が空を覆う夜だった。曇天にさえぎられて月明かりは届かず、眠る住宅街を街灯がうすぼんやりと照らしていた。

通りには人の姿もなく、多くの人が眠りに落ちる闇夜の中。

とある二階建て住宅の一階で、窓の内側にあるカーテンがめらめらと燃え始めた。燃え落ちたカーテンの向こうには、もっと大きな炎が禍々《まがまが》しく躍っている。

やがて窓一杯に広がった炎は、その高熱で窓ガラスを割って外へと漏れ出した。

住宅の一階はほとんど炎に呑《の》み込まれ、さらに炎は二階へも外壁を伝って上りはじめている。バチバチと音を立てて建材が燃え、焦げた臭いが濃くあたりに充満する。

そのころには、火事に気づいた隣人たちが外に出てきて、心配そうに事態を見守りはじめていた。

「水だ！　水もってこい！　ホースでもなんでもええ！」

「消防は呼んだんか！　消防団は⁉」

「さっき田中《たなか》さんが呼んだていうてはった！　消防団ももうくるはずや」

「大竹《おおたけ》さんはどこいはんの？　ご主人も奥さんも見当たらへんで？」

「ほんまや。まさかまだ家の中に……」

そのとき二階のベランダから一つの人影が姿を現す。

いまにも炎に侵食されそうになっているベランダから顔を出したのは、この家に住む中年の男だった。

「大竹さん！　無事やったんか！　そっから飛び降り！　いま、下に敷くもん持ってくるさかい！」

隣人が叫ぶ。すぐに、近所から布団が集められてベランダの下を覆った。

「で、でも！　まだ妻が！　妻は一階で寝てたはずなんです！　一階に行こうにも階段も燃えてて……一階は！　一階はどうなってますか！」

大竹はベランダから叫ぶが、下にいる隣人たちは顔を見合わせた。

二階よりも一階の方が火の回りが早い。中に人がいると言われても、すでに救助に向かうのは不可能に思われた。

「まずはお前さんだけでも、はよ‼」

隣人たちは説得するが、大竹はまだ家の中を気にしている。中に再び戻ろうとする素振りもみせたが、すぐに迫る炎にあぶられてベランダへ出てきた。

「もうすぐ消防もくる！　はよせな、家が崩れんで!!」

カンカンカンという消防車の警鐘とサイレンが複数、こちらに向かってきているのが聞こえる。

大竹は意を決したようにひとつ大きく頷《うなず》くと、ベランダに手をついて柵《さく》を乗り越えた。そのままそこから下に飛び降りると、敷かれた布団の上に無事着地する。

飛び降りたときに足を痛めたのか、右足をひきずりながらすぐに燃え盛る家に駆け寄ろうとするが、隣人たち数人に押しとどめられた。

「中にまだ、慶子《けいこ》がいるんです。慶子、いまいくかんな！　慶子……慶子ぉぉぉぉ!!」

大竹の悲痛な叫びもむなしく、いよいよ炎は家全体を包み込もうとしていた。

＊　＊　＊

警察本部でのお昼休み。

亜寿沙《あずさ》は自分のデスクで手作りのお弁当を広げ、箸《はし》で摘《つ》まんだ唐揚げをいままさに口に入れようとしていたところだった。その耳に、向かいのデスクに座る上司の阿久《あく》津《つ》から衝撃的な一言が飛び込んでくる。

「田所《たどころ》が鬼に憑《つ》かれた場所がわかったかもしれない」

「……は？　あ、え、うわっ」

驚きのあまり箸から唐揚げが落っこちた。幸い、白ご飯の上に落ちたので唐揚げは無事だったけど。しかしいまはそんなことを気にしている場合ではない。

彼は何と言ったのか。頭の中で巻き戻して再生してようやく意味を把握した。

箸を持ったままデスクにバンと両手をついて立ちあがる。

「田所って！　東京の事件で阿久津さんに嚙《か》みついたっていう殺《さつ》じ……」

そこまで言って亜寿沙は、ごくりと言葉を吞み込んだ。

田所の事件は東京の警視庁内部でも極秘事項になっている。いくら京都府警の警察本部内だからといって、こんな大声で話して良い内容ではない。

阿久津はコンビニのレジ袋からサラダチキンと野菜ジュースを取り出しながら、苦笑を浮かべていた。

「その件は内密にな」

「わ、わかってます。すみません。つい……」

亜寿沙は椅子に腰を下ろすと、はやる気持ちを抑えようとペットボトルのお茶を喉《のど》に流し込んだ。

ごくごくと飲んで一息ついたら、少し気持ちも落ち着いてくる。

田所とは、東京界隈《かいわい》で五人の被害者の首を人間離れした怪力でへし折って殺害し、遺体をむさぼり喰《く》っていた凶悪な連続殺人犯の名だ。

田所は新宿《しんじゅく》で警視庁の刑事たちに追いつめられたとき、京都で鬼に憑かれてこんなになった、人間が食べたくて仕方がないが刑務所に入ればもう食べられない、そんなことには耐えられないと叫んで自殺を図ろうとしたという。それを阻止して逮捕したのが、当時警視庁の捜査第二課で理事官として捜査にあたっていた阿久津だった。

しかしその際、阿久津は田所に腕を嚙まれてしまう。そのときの嚙み痕《あと》はいまも彼の腕に生々しく残っている。

田所は結局、留置場で自らの舌を嚙み切って死んだというが、田所に嚙まれて以降、阿久津の身体にも異変が起きた。

運動能力が飛躍的に上がり、田所と同じように人間離れした動きができるようになったり、夜目が利くようになったりといった変化が起きたのだ。

それだけならまだよかったのだが、朝から昼にかけて耐えがたい眠気とだるさを覚えたり、生肉が無性に食べたくなったりといったデメリットも大きかった。

そのうえ、阿久津自身が怪異に頻繁にあうようになったという。

そのため阿久津は自ら降格願いを出してキャリア組としての輝かしい未来を捨て、一刑事として京都に異動してきたのだ。

京都を選んだのは、田所が京都のどこでどのような鬼に憑かれたのかを調べて、元の身体に戻る方法を見つけるためなのだそうだ。

『鬼』というものが本当に存在するのかどうかは、亜寿沙にはわからない。

しかし、田所の常軌を逸した異常行動に、阿久津の常人離れした身体能力。

それらは『鬼』の魂がのりうつったという以外にどんな理由が考えられるというのだろう。数か月、阿久津の部下として一緒に行動してみて、彼の能力の異常さを亜寿沙は身をもって感じていた。

それに……。

(阿久津さん自身が『鬼』にどんどん侵食されてきてるように思う……)

彼はいままでに二度、容疑者を取り押さえる場面で攻撃的に感情を高ぶらせたとき、我を忘れて容疑者の命を奪いそうになったことがあった。

どちらも亜寿沙が彼の頬をひっぱたいて正気を取り戻させたが、運良く上手《うま》くいったにすぎない。

もしまた同じことがあれば、次は彼の正気を取り戻させることができるだろうか。

いつか彼も田所と同じように鬼に乗っ取られてしまうんじゃないかと、そんなことを考えては無性に怖くなる。

(もし、そうなったとき、私はどうすればいいんだろう……)

拳銃《けんじゅう》で足を撃ってでも止めると彼には言ったけれど。

それで止まらなかったら？

彼がその人間離れした身体能力で襲ってきたら？

もし、無関係の人を襲うようになったら？

そうなったら……。

最悪の展開を思い浮かべてしまって、亜寿沙はその考えを振り捨てるように軽く頭をふった。

そうならないためにも、一刻も早く阿久津の身体を元通りにしなければならないのだ。そのためには田所が憑かれたという『鬼』の情報が必要だった。鬼というのがどういうものなのかわからなければ、対処のしようもないのだから。

亜寿沙はペットボトルの蓋《ふた》をきゅっとしめると、サラダチキンにかぶりついている阿久津に尋ねる。

「それで、田所が鬼に憑かれた場所って、どこなんですか？」

「んと、京都の北西部。福知山《ふくちやま》のあたりだな。あのあたりは平安《へいあん》の時代には朝廷の影響力が薄くてな。そのせいか酒呑童子《しゅてんどうじ》伝説で有名な大江山《おおえやま》とかなにかと鬼の伝説の多い土地柄なんだ」

「へぇ……福知山、ですか」

確か日本海側にほど近い、山間《やまあい》の地域だったように記憶している。

「田所は主に関西《かんさい》一帯で解体作業員として働いていたんだ。田所が所属していた派遣会社を探して、一緒に仕事をしたことがある同僚や派遣元、派遣先をひとつひとつあたってみた」

阿久津が、休みの不定期な刑事の仕事の合間にそんなことをしていたなんて知らなかった。

亜寿沙なんて仕事がない日は勤務の疲れをとるために一日家でごろごろして過ごすことも多いのに。なんて、再び唐揚げを口に運びながら考えている間にも阿久津の話は続く。

「田所は京都の解体現場で働いたことが何度もあった。かつての上司によると、大人しくて口数は少ないが、淡々と仕事をこなす真面目さが買われて派遣先の評判は上々だったそうだ」

真面目で控えめな人物。

亜寿沙が阿久津から聞かされて思い浮かべていた田所の人物像とはまったく真逆だ。残虐な犯行を繰り返した人間とは到底思えない。

「だが、五年ほど前を境に、ころっと人が変わったように欠勤や暴言、暴行を繰り返すようになった。ほどなくして半ば解雇に近い形で派遣元を辞めたそうだ。そのあとの行方は不明だが、しばらくしてから関東《かんとう》で連続殺人を犯している」

「じゃあ、その五年前に派遣されてた場所っていうのが……」

「ああ。それがさっき言った福知山にある。今度の休みに行ってみようと思うんだ」

そう語る阿久津の言葉に、

「私も一緒に行きます！」

思わず亜寿沙の口をついてそんな言葉が出た。

「え？」

びっくりしたように目を大きくする阿久津の反応に、あれ？　そういえばこれは仕事じゃないし、そもそも休日なんだから完全にプライベートだしと気づいて、亜寿沙は急にあたふたしだす。

最近いつも二人で事件現場、それも怪異の絡む現場に行くことが多かったのでついそのノリで元気よく応《こた》えてしまったのだ。

「あ、えと、すみません！　前言撤回です。……好奇心で、つい変なこと言っちゃって」

最後は消え入りそうな声になりながら俯《うつむ》くと、恥ずかしさを誤魔化すようにお弁当の白ご飯を箸《はし》で小さく摘《つ》まんで口にパクリと入れる。

バツが悪くて阿久津の顔を見ることができない。しゅんとしていたら、ククッと喉を鳴らして笑う声が聞こえてきた。

見ると、阿久津がめずらしく肩を揺らして笑っている。

「いいよ、一緒に行こう」

「いいんですか⁉」

「ああ。ずっと探し求めてた田所の情報だけどさ。いざその現場に行ったら、どんなものが見つかるか不安ではあったんだ」

そして阿久津は亜寿沙からすっと視線をはずすと、

「絶望的なものが見つかって立ち直れなくなったらどうしようって。だからまぁ、一緒に来てくれるならむしろありがたいっていうか」

首に手をあて、少し早口に言った。

見ようによっては、気恥ずかしそうに亜寿沙をデートにでも誘っているようにみえなくないが、あいにく行く先は楽しい行楽地やカフェではなく凶悪連続殺人犯が豹変《ひょうへん》したきっかけとなった現場だ。

亜寿沙はぐっと箸を握った。

「やっぱり行きます！」

「ああ。ありがとう」

そんなわけで、次の休みに亜寿沙は阿久津とともに福知山へ向かうことになったのだった。

＊　＊　＊

約束通り、次の休日の朝に亜寿沙と阿久津は彼が借りてきたハッチバック車で福知山へと向かうことになった。

亜寿沙も交番勤務時代はパトカーを運転することもあったので多少の運転はできる。刑事になってからはめっきり運転する機会は少なくなってしまったが、それでも上司にいつも運転を任せるのも気が引けるので「今度は自分が！」と申し出てみたものの、

「いいよ。せっかく眠気覚ましにカフェインドリンク飲んできたし」

と、すげなく断られてしまった。

田所に嚙《か》まれてからというもの、鬼に憑《つ》かれた阿久津は午前中はひどい眠気と倦怠《けんたい》感にさいなまれるようになっている。最近とくにその症状はひどくなってきているようで、そんな状態で長時間車を運転して大丈夫なのかと心配だったのだが、阿久津の方もちゃんと準備してきたようだ。

「それに俺の事情に付き合わせてんのに、運転してもらうわけにもいかないだろ。一時間ちょっとでつくから、好きに過ごしていいよ。休みの日まで上司も何もないしな」

上司扱いしなくていいと言われても、それならいったいどう接すればいいのか逆に戸惑ってしまう。

そんなわけで、助手席におさまって亜寿沙は外を眺めるしかなくなってしまった。

阿久津の運転で国道9号線を西へと走り、沓掛《くつかけ》インターチェンジから京都縦貫自動車道《じゅうかんじどうしゃどう》でノンストップに進む。

青い空にもくもくと入道雲が湧いていた。今日も暑い日になりそうだ。

「そういえば、阿久津さんは今年の夏はいつごろ休み取られるんですか？」

刑事も他の公務員同様、夏の間に五日間程度の特別休暇が取れることになっている。業務上支障がなければ期間内にいつでも取れるのだが、特異捜査係は二人だけの係。まずは阿久津の予定を聞いてみて亜寿沙は彼と重ならない時期に取ろうと思って尋ねたものの、阿久津はハンドルを握ったまま「うーん」と唸《うな》った。

「別に取る予定はないな」

「ご実家に帰る予定とかないんですか？」

阿久津も亜寿沙と同じ関東の出身だ。前に彼の実家は埼玉にあると聞いた記憶がある。だからてっきり阿久津も盆と正月くらいは実家に帰るのだと思っていたのだが、彼から返ってきたのは意外な反応だった。

「今のところないな。俺の実家、犬飼ってるんだけどさ」

「犬、ですか？」

突然なんで犬の話をしだしたんだろうと目を瞬《しばたた》かせる亜寿沙だったが、運転中の阿久津は構わず話を続ける。

「鬼に憑かれてから、俺のこと見ると怯《おび》えるようになったんだ。なんだか可哀そうで、それ以来実家には帰ってない。親にはたまには顔出せとか言われるけどな」

「それは……」

ご両親もまさかそんな理由で息子が実家に寄り付かなくなったなんて思いもしないだろうなと、見知らぬ彼のご両親にこっそり同情する亜寿沙だった。

車がスムーズに流れたこともあって阿久津の予想通り、一時間ちょっとで福知山インターチェンジに到着する。

そこから再び国道9号線に降りて道なりに進めば、やがて右手の小高い丘に城のようなものが見えてきた。福知山城の天守閣だ。天守閣を横目にしばらく走ったところで、阿久津は時間貸しのパーキングに車を駐めた。

「ここからそう遠くないはずなんだ」

スマホの地図アプリを頼りに歩く阿久津についていくと、住宅街のとある一角で彼は足を止める。

「……間違いない。田所の派遣元の人に聞いた住所はここだ」

そこは、まだできて数年以内とおぼしき真新しい建売住宅が並ぶ一画だった。

同規格の住宅が並んでいるので、元は広かった土地を細かく分筆して住宅を建て一斉に販売したものと思われた。

「すっかり綺麗《きれい》になっちゃってますね」

「ここには、廃寺があったそうだ。そこに安置されてたご本尊は京都市内のどこかの寺院に移されたらしい。寺院の建物は長らく放置されてたそうだが五年前に住宅メーカーが購入したんだ。それで寺院を取り壊すにあたって田所もここに作業員として派遣された。ここに、かつて何かがあったはずなんだ。ちょっと調べてみるか」

というわけで、早速分かれて聞き込みを開始することになった。

ギラギラと太陽が照り付ける夏真っ盛り。汗をぬぐいながら近隣の人や、道を歩いている人に『あそこにあった廃寺はどんなようすだったか』とか『何か変わったものはなかったか』などと聞いてまわる。

何人かの聞き込みを終えたところで、亜寿沙はトートバッグからお茶のペットボトルを取り出して、ごくごくと喉《のど》を潤した。暑さに渇ききった身体が生き返るようだ。

飲みながら、なにげなく傍の壁にかかっていた町内会の掲示板に目をやった。

盆祭りの開催を知らせるビラや、五山の送り火のポスター、公園清掃のボランティア募集なんてちらしが貼ってある。それらをぼんやり眺めていたら、トートバッグの中のスマホが震えた。

スマホを見ると、メッセージアプリに親友の琴子《ことこ》の名前が表示されている。八月最後の土日に嵐山《あらしやま》に遊びにいかない？　というお誘いだった。

最近、琴子は写真や動画をSNSにあげて京都の風景を紹介するアカウントをはじめたらしく、順調にフォロワーを増やしているそうだ。それで新しい写真を撮りにいくのに付き合ってほしいらしい。

嵐山から嵯峨野《さがの》にかけての界隈《かいわい》は伝統的建造物群保存地区になっていて、いまも京都らしい街並みが残る人気スポットだ。観光客目当てのカフェやお店も多い。しかも、嵯峨野の奥にあるあだし野念仏寺で、ちょうど千灯供養というイベントをやっているので一緒に行ってみない？　とお誘いの言葉が並んでいる。妹の菜々子《ななこ》も一緒に来るそうだ。

三人で古風な街並みの残る嵯峨野を散策するのはきっと楽しいだろうな。途中で美味《おい》しそうな和カフェとかあったら寄ってみたいし、なんて想像するだけでうきうきしてくる。

土曜は出勤していることが多いから、日曜なら空けとくよと亜寿沙が返事を書いたところでもうひとつ新たなメッセージが届いた。

今度は阿久津からだ。廃寺について知っていそうな人がいたから来てほしい、という文章とともに住所が書かれていた。

さっきまでのうきうきした気持ちが消えて、緊張感が戻る。

亜寿沙が急いで指示された住所へ向かうと、年季の入った古い二階家があった。玄関の戸は開かれており、そのたたきに立って阿久津が誰かと話し込んでいる。話している相手は七十前後の白髪の男性だった。

男性は亜寿沙に目を留めて眉間《みけん》のしわを深めたが、阿久津が「連れです」というと小さく頷《うなず》いて話を続けた。

「二年前に亡くなったうちのばあさんが、昔あそこの寺の隣で育ったいうてな。汚くしてしもたらご本尊が可哀そうやいうて、前はよく掃除にいってたんや。それでワシもばあさん呼びに行ったことがあるんやけど、いやぁ、木がうっそうと生い茂ってて昼間でも不気味なとこやったわ。いまはもうまっさらにして綺麗な家がぎょうさん建っとるやろ？」

たしかにいまはもうかつての不気味な廃寺のおもかげは微塵《みじん》もない。

「そこにご本尊以外、何か祀られているものとかありませんでしたか？」

阿久津に聞かれて、男性は顎《あご》に手をやり小首をかしげる。

「なんやったかなぁ。なんや庭の端の方に岩がごろごろ置いてあったとこがあったけど、無縁仏さんやったんちゃうかなぁ」

無縁仏とは供養する縁者のいない個人を葬るための墓のことだ。寺院の境内にそういったものがあるのは特段おかしなことではない。

「ほかになにか、覚えているものはありませんか？」

なおも食い下がる阿久津に、男性の唸りは深くなる。

「うーん。どうやったかなぁ。ばあさんが掃除すんのを手伝ったこともあったけど」

とそこまでいってから、男性はぽんと手のひらを叩《たた》いた。

「そうやそうや。いっこあったわ。寺の奥にひとつだけ小さい塚があった。盛り土してあって、こんくらいの大きさの石の碑を置いただけの小さい塚やったけどな」

男性は両手で三十センチほどの大きさを示す。

「塚、ですか。その碑になんか書かれてましたか？」

「なんやったっけなぁ。たしか大きな字で『一』と『口』って彫ってあった気がするわ。苔《こけ》むしてて、相当古そうな碑やったな」

空中に指で一と口とを書いてみせてくれた。それを眺めながら阿久津がつぶやくのが聞こえる。

「一と口……ひとくちか……」

そして数秒何か考え込んだあと、男性にその塚について知っていることをどんなことでもいいから教えてほしいとさらに食い下がる。しかし男性は申し訳なさそうに頭を横にふるばかり。

当時の写真なども残ってはいないそうだ。ただ、廃寺が壊される前にも後にも、この近辺で事件らしきものは何も起きていないことだけは確認がとれた。

一通り聞き終わると、阿久津と亜寿沙は男性に礼を言ってその場を離れる。

いつもより足早に歩く阿久津のあとを、亜寿沙はときおり小走りになりながらついていった。

「一口《ひとくち》って、なんだったんですかね」

阿久津の背中に尋ねるが返事はなく、二人は例の廃寺があった場所へと戻ってきていた。新しく立ち並ぶ戸建てを眺めながら、ようやく阿久津が口を開く。

「一口ってのは、おそらく鬼の名前だ」

「え……？　そんな名前の鬼が……いるんですか？」

「『鬼一口』ともいうがな。日本の古来の文献にいくつかそんな話が出てくる。有名なものだと、『伊勢物語《いせものがたり》』に出てくる鬼の話があるな」

時代は、平安初期。とある男が身分の高い女と恋仲になり、何年もその女のもとに通い続けていた。しかし身分の差からなかなか結ばれることはできず、しびれを切らした男はとうとうその女を盗み出してしまう。今で言う駆け落ちだ。

京の都を抜けて二人はひたすら逃げたが、やがて夜も更け雨が降り始めた。雨はすぐに雷雨へと変わる。

ひとまずどこかで雨宿りをすることにした二人は、人里離れたところに戸締りされていない蔵をみつけた。

蔵の中に女を入れ、男は弓矢を手に蔵の前で番をして夜明けを待った。

しだいに空が白みはじめて雨もやんできたため、ほっとした男は蔵の中を覗《のぞ》きみる。

しかし、そこには愛する女の姿はどこにもなかった。

女は蔵の中に住んでいた鬼に一口で食い殺されてしまい、死に際に上げた断末魔も雷鳴にかき消されてしまっていた、という物語なのだそうだ。

阿久津が淡々とした口調で語るのを、亜寿沙はごくりと生唾《なまつば》を飲み込んで聞き入っていた。彼の抑揚の薄い口調がかえって臨場感をあおってくるのだ。

「男は在原業平《ありわらのなりひら》だっていう説もあるが、『伊勢物語』に名前が明記されているわけではないしな。似たような鬼に喰《く》われる話は『今昔物語集《こんじゃくものがたりしゅう》』や『日本霊異記《にほんりょういき》』にも出てくる。平安の時代にはあちこちにそういう話があったのかもな。おそらくだが、この地にもそういった類《たぐい》のものが封じ込められていたんだろう」

既に日は西に傾き始め、二人の影は長くのびていた。夕日に赤く染まる街に、古い蔵が重なって見えるようだった。その蔵の闇の中に蠢《うごめ》くのは、果たして何だったのか。

「鬼、なんてもの、本当にいるんでしょうか……」

ぽつりと亜寿沙はつぶやく。ここに至ってもまだ、鬼の存在がどこか信じられない自分がいた。鬼に憑《つ》かれたという上司の人間離れした所業を目の当たりにし、自らもいくつかの怪異を体験した今となっても信じたくない気持ちがどこかにあった。

「じゃあ、神様はいるとおもうか？」

そう言われて思い出したのは、数か月前に遭遇した安井金毘羅宮《やすいこんぴらぐう》でのこと。あのとき亜寿沙はたしかに、人ならざる何かを目にしていた。

「わかりません。でも、受験のときとか、神様に合格祈願をしたあとはなんだか心強い気持ちで受験に臨めた気がします」

「神頼みしたくなることもあるもんな。もしかすると昔の人たちは、人よりはるかに強い力を持つナニカが存在することを知っていて、そのうち人を守ってくれる存在を神と呼び、反対に人に害をなすものを鬼と呼ぶようになったんじゃないかとも思うんだ。『一口』も人を食い殺し、人に仇《あだ》なす存在だったからここに封じられていた。それが、寺の解体工事のときに塚が壊されて封印が解けてしまい、たまたま近くにいた作業員の田所に乗り移った……ってことなんだろうな、たぶん」

「それがさらに、田所に嚙《か》まれた阿久津さんにも乗り移ったんですかね」

「おそらくな」

しかし、その塚も今はもうない。阿久津の話によると、塚に関する文献なども残ってはおらず、最後に寺を管理していた者もずいぶん前に故人となっており、それ以上のことはわからなかったのだという。

これ以上ここにいても仕方がないということで、亜寿沙たちは駐めてあった車へと戻ることにした。

＊　＊　＊

阿久津は運転席に乗り込むと、自分のジーンズのポケットにそっと手を入れる。指に、ガラスの小瓶の感触があった。この小瓶には伝手《つて》を通じて手に入れた劇薬が入っている。一口で致死量に至る猛毒だ。

油断すると、いつも頭の中に声が聞こえる。

コロセ……コロシテシマエ……コロシテクッテシマエ……

阿久津はポケットの中でぎゅっとその小瓶を握った。小さく深呼吸して、心の中を侵食してくる声を抑えつける。

すぐに声は小さくなったが、それもいっときだろう。

田所に噛まれてからというもの、はじめは時折感じるだけだった声がいまは頻繁に聞こえてくる。

朝のけだるさや眠気がどんどん増してきているのもわかっていた。

それだけじゃない。いままでに二度、捜査中に『鬼』に意識を乗っ取られて容疑者を殺そうとしたことがあった。

もし傍に亜寿沙がいなければ、手にかけてしまっていただろうと考えると怖くて仕方がなかった。彼女にこれ以上迷惑をかけるわけにもいかない。

(それに何より怖いのは……)

助手席に座ってシートベルトを締めた亜寿沙と目が合った。

なかなか出発しない阿久津を不審に思ったらしい。

「どうしたんですか？」

「なんでもない」

阿久津は軽く苦笑を返すと、ハンドルを握ってすぐに車を出す。

(もし……止めに入った彼女に殺意が向いてしまったら……意識が戻ったとき、俺の手の中にあるのが彼女の死体だったら……)

そんなこと、頭に浮かべることすら心が耐えられそうにない。

阿久津はおそろしい考えを振り払うように小さく息を吐く。

（だからもし、また無意識に俺が誰かを傷つけようとしたら、そのときは……）

そんな事態になるまえに自らの命を自分で終わらせようと決めていた。

＊　＊　＊

福知山を出たときはまだ茜色《あかねいろ》だった空も、京都縦貫自動車道を越えて京都市内に入ったころにはすっかり暮れていた。車は亜寿沙の自宅がある阪急《はんきゅう》京都線西院《さいいん》駅に向かっている。

「家まで送る前に、途中どっかで飯でも食ってくか。何でも食いたいもの言ってくれ」

そう阿久津から尋ねられて、助手席の亜寿沙は車窓の景色を眺めながら考える。スマホを見ると夜の八時を少し回ったところだ。あいにく、お昼をとったのが遅めだったのでまだそんなに空腹を感じておらず、特段何も思いつかない。

「阿久津さんの好きなもので構いませんよ」

「それだと肉になるけど」

肉というと、ステーキか焼き肉かな。それなら一人ではめったにいけない焼き肉がいいかもしれない。

「じゃあ、焼き肉いきません？」

「了解。このあたり店あったかな」

「探してみますね」

スマホの地図アプリで近隣の焼き肉屋さんを探し始めたときのことだった。

亜寿沙の鼻を、つんとくる刺激的な臭いがかすめた。

(焦げ臭い……)

ほんの少し車内の空気に混ざる、何かが焦げたような臭い。すんすんと鼻を鳴らしながら臭いの元を探ってみる。すぐに、エアコンの吹き出し口から出てくる空気にその臭いが混ざっていることに気がついた。

「どうした?」

阿久津もハンドルを握ったまま怪訝《けげん》そうにしているが、まだ臭いの元に確信がなかったため亜寿沙は助手席の窓を開けた。この臭いはたぶん、外から入ってきたものだ。

窓から頭を出すと、髪が風に煽《あお》られる。途端に焦げ臭さを一層強く感じた。

「阿久津さん。何かが燃えているような臭いがします」

「まさかこんな街中で野焼きなんてしてるわけないしな。臭いの方向、わかるか?」

風上から臭ってきていることは間違いない。

「たぶん、あっちの方だと思います!」

亜寿沙は今走っている大通りから四十五度ほど斜めの方角を指さす。

「風が強くなってるな。まだ消防が来てる気配もないな。仕方ない、ちょっと探してみるか」

阿久津は車を左車線に寄せ、大通りを逸《そ》れて狭い小道に入る。周りには木造の住宅が連なっていた。

「どんどん臭いが強くなってきてます」

そのまま亜寿沙の指示する方向に阿久津は車を走らせた。何度か角を曲がったところで、亜寿沙は窓から身を乗り出さんばかりにして外を指さす。

「あそこです！　住宅が、燃えてる……！」

木造の古い二階家が続く一角から、煙が上がっているのが見える。火元まで近づくと、猛々《たけだけ》しい勢いの炎が家を呑《の》み込まんとするように燃えていた。

その周りには火事を遠巻きにするように野次馬たちが集まりはじめている。

阿久津が野次馬たちから少し離れたところに車を停めると、二人は車から降りて現場へと駆けつけた。

燃えているのは、古い京町家風の木造二階建てだ。火元は一階なのか、特に一階が激しく燃えているようだった。

「消防はまだなんか!?」

「さっき呼んだ。でもあっちゅう間に火が燃え盛ってもて」

人々は口々にそんなことを言いあっている。亜寿沙は、まず住民の安否を確認するために彼らに声をかけた。

「こちらにお住まいの方はもう避難されたんですか？」

野次馬たちは困ったように顔を見合わせたが、もっとも年配と思《おぼ》しきごま塩頭の男性が早口でまくしたてるように教えてくれる。

「おばあさんが一人で住んでたはずやねんけど、大阪の息子夫婦んとこに行ってはるみたいやわ。念のために息子夫婦の連絡先知ってる人がさっき電話かけてみる言うてたで」

外出していて無事だといいな。近隣住民たちの反応を見て、胸を撫《な》で下ろしかけたとき。

じっと睨《にら》むように燃え盛る家屋を見ていた阿久津が鋭く言い放つ。

「いや、いる。いま声が聞こえた。中に人がいる」

「えええっ⁉　そのおばあさんが、ですか？」

「そこまではわかんなかった。でも確かにか細い声が聞こえた」

阿久津は二階を見上げる。一階は玄関がどこにあるのかわからないほど燃えているが、二階にはまだ炎は一部しか達していない。

「あそこなら登れるか」

「助けにいくんですかっ⁉」

「できれば」

　短く会話を交わす二人。

　その会話を聞いていた中年女性が止めに入ってくる。

「兄ちゃん、やめときて！　兄ちゃんまで火にまかれてまうで！」

　しかし制止の声も気にせず、阿久津は軽く助走をつけると地面を蹴《け》って跳躍した。

　危なげなく一階のひさしの上に着地すると、二階の窓に取りつく。

　野次馬たちからは驚きの声が漏れた。周りの人たちの目が阿久津の背中へ注がれる。

　亜寿沙は内心冷や冷やしながら、彼の行動を見守るしかできなかった。

　ひさしの上に立った阿久津は、窓の前で一瞬躊躇《ためら》うように動きを止める。窓からはまだ炎の影は見えていないものの、木製の格子があって外側からでは窓を開けることができないようだ。

　阿久津は右足を上げると渾身《こんしん》の力で格子ごと窓を踏み抜こうとする。三回ほど同じ動作を繰り返すと人一人通れる穴ができた。その穴の中にするりと身体を入り込ませると建物の中へ消えていった。

「なあ、お嬢ちゃんの連れ……サーカスの人なんか？」

　女性に唖然《あぜん》とした声で問われる。

「い、いえ……普通の刑事です」

そう返しながら亜寿沙も内心、あれはどうみても普通じゃないよなと思っていた。

ここのところ雨が降っていなかったこともあって乾燥していたのだろう。火の回りが速い。さっきまで一階部分だけだったのが、二階も炎に覆われ始めていた。室内はどうなっているのだろうか。

ようやく遠くから消防車のサイレンの音が聞こえてくる。

(早く……早く……!)

亜寿沙は祈るように両手を組んで、ハラハラしながら阿久津が無事に姿を現すのを待っていた。

(お願い……何事もなく、出てきて……)

段々と二階部分も火に呑み込まれつつある。

もう亜寿沙は見ていられなくて、目をぎゅっとつぶって祈っていた。

実際にはほんの数分のことだったのかもしれないが、もっとずっと長く感じられた。

しばらくして、おお！　という歓声が聞こえた。周りにいた人たちが、わあわあ叫んでいる。

目を開けると、阿久津が背中に小柄な老女を背負って二階に開けた穴から出てきたところだった。

「阿久津さん……!!」

彼は老女を背負ったまま、トンと亜寿沙の前に降りてくる。なんだか全身煤《すす》けているように見えるが無事なようだ。

阿久津の背から下ろしてもらった老女は恐怖のためか身を縮こまらせていたが、見たところ大きな怪我などはなさそうだった。すぐに周りにいた人たちが彼女の介抱のために集まってくる。

ほっとしたのもつかの間、阿久津が突然腰を折って激しくせき込み始めたので、亜寿沙はあわてて彼の背中をさすった。

「大丈夫ですか⁉」

「あ、ああ。大丈夫。なるべく息は止めてたんだが、多少煙を吸っちまったらしい」

顔も煤で黒くなっていたが、苦笑を浮かべる表情はいつもの彼で、亜寿沙は内心安《あん》堵《ど》する。

そこにようやく消防車と救急車が到着する。

直ちに消防車が燃える家へ放水消火をはじめ、老女のもとには担架をもった救急隊員が駆けつけてきた。

救急隊員たちが彼女を担架にのせようとしたところ、彼女は口をもごもごさせながら細い腕を伸ばして阿久津の腕を摑《つか》んだ。

「……ま、まってや。まだ、なんも礼言うて……へん……」

小さな声に、絶え絶えの呼吸。

火災で怖いのは火傷《やけど》だけではない。一酸化炭素中毒や気道熱傷、ショックも重大な症状を引き起こすことがある。まして高齢の方なら、一刻もはやく病院で治療を受けなければ取り返しのつかないことにもなりかねない。

「しゃべらない方がいいです。それより、早く病院に」

阿久津はそう返すのだが、彼女は頑《かたく》なに阿久津の腕を放そうとしなかった。頭を下げてか細い声で何度も繰り返す。

「おおきに……ほんまに、おおきに……もうだめかと思うたんや。そやけど、あんたさんが来てくれたとき、観音《かんのん》様が助けにきてくれたんかと思うた。あんたさんは、ほんま神様みたいや」

彼女の言葉に、阿久津はふわりと優しい笑みを浮かべる。

「助けを求める声が聞こえたから、行ったまでです。あなたが呼んでくれたから、たどりつけた。ただ、それだけです」

彼女は阿久津をじっと見つめると、「ほんまに、おおきに」と両手を合わせて拝む。

そこにすかさず救急隊員が声をさしはさんだ。

「さあ、救急車が待ってますから」

ようやく彼女は大人しく担架に身体を横たえると、救急隊員たちに運ばれていった。

その後ろ姿を見送りながら阿久津はやれやれと息を吐く。

「拝まれちゃったな」

「私でも、あんなところから助けてもらったら拝むと思います。っていうか……」

救助がいち段落したとたん、さっきまでの心配が怒りに変換されて急にむかむかと腹が立ってきた。

いくら驚異的な身体能力があったとしても、煙に含まれている一酸化炭素を大量に吸い込めば、燃え盛る家の中で動けなくなっていてもおかしくないのだ。

ふつふつと煮立った怒りを言葉に変えて、目の前の飄々《ひょうひょう》とした上司についぶつけてしまう。

「何、無茶なことしてんですか！　いくら阿久津さんでも、煙にでもまかれたら助からないんですよ！」

亜寿沙の剣幕に阿久津はびくっとすると、くしゃりと頭に手をやった。申し訳なさそうな表情は、まるで怒られた子どものようだ。

「だって……放っておけないだろ」

「それはわかりますし、人命救助に繋《つな》がったんだから素晴らしいことだと思います」

そんな顔をされたらそれ以上怒るわけにもいかず、亜寿沙はバツが悪くなってふいっと視線をそらした。

「でも、ご自分の命ももっと大事にしてください」

ぼそっと言うと、亜寿沙は阿久津の後ろに回って背中を押す。

「ほら、何やってんですか。阿久津さんも救急車に乗ってください。早くしないと行っちゃいますよ」

「え、俺も？」

「当たり前でしょう！　ちゃんと調べてもらってこなきゃだめです」

ぐいぐいと救急車の方に押していく。

「わ、わかったよ」

阿久津は観念したらしく、大人しく救急車に乗り込んでくれた。観音開きになっていた救急車の後部扉が閉められ、救急車は病院へ向かってサイレンを鳴らしながら走り去る。

一方、現場には次々と消防車が到着して消火作業も進んでいた。火の勢いは、さっきよりずいぶん弱くなっている。これなら鎮火までそう時間もかからないだろう。

安心したら、ぐぅぅとお腹もなりだした。そういえば、火事をみつける前は阿久津と一緒に焼き肉屋にいく話なんてしていたのに、それが随分前のことのように思えた。

（さてと。私は阿久津さんが借りた車、返してこなきゃね）

ずっと路上に駐車しておくわけにもいかないし、延滞すれば料金もかさんでしまうだろう。なるべく今日のうちに返却しておきたいな、なんて考えながら停めてあった車のそばまで歩いて行って、はたと気づいた。

「そういえば、キーは⁉」

パタパタと自分の服を探るが、キーらしきものはどこにもない。

考えてみたら阿久津にキーを渡してもらうのをすっかり忘れていた。

「阿久津さん、キーを……！」

慌てて振り返るが、救急車はとっくに走り去ったあとだった。

ついでにいうと、財布と自宅の鍵《かぎ》とスマホの入ったトートバッグも助手席に置いたままだ。これでは自宅に帰ることすらできない。

「えええっ⁉　どうやって病院までいけばいいの⁉　ってか、どこの病院だっけ⁉　どこまで行ったの⁉　阿久津さーん‼」

悲痛な叫びは、消火作業の音にかき消されてしまうのだった。

幸いこのあたりは亜寿沙が普段使う最寄り駅の近くだったので土地勘はある。大通りの方に戻れば、二十四時間営業しているファミレスがあることも知っていた。

そこで火事の野次馬の一人からペンを借りて、別の野次馬にメモ紙ももらうと『ここで待ってます』という言葉とともに簡単な地図を描いて、車のバンパーに挟んでおいた。

そうしてどうにか治療を終えて戻ってきた阿久津とファミレスで合流し、無事にトートバッグが手元に戻ってきたのは深夜を過ぎてからだった。

＊　＊　＊

それから二日経った朝のこと。

いつもどおり亜寿沙が京都府警察本部の捜査第一課にある自分のデスクで書類仕事をしていると、青いキャップを後ろ前にかぶった見慣れた青年が近づいてきた。

左胸ポケットの上に『京都府警察鑑識』とオレンジの刺繍《ししゅう》が入った青い鑑識官の制服に、少し茶色がかった髪色。眼鏡からのぞく目はどこかきらきらと少年のように輝いている。鑑識課の猿渡《さわたり》だ。

「阿久津さん、ちょっと見てほしいものがあるんすけど！」

朝に弱い阿久津は今日もデスクにつっぷして絶賛居眠り中だ。

本人は寝ていないといつも言い張るが、さっきぴくっとしていたからあれは絶対寝ていると思う。

普段なら他の職員たち、とくに強行三係の徳永《とくなが》係長あたりの視線が怖いので小言が飛んでくる前に起こすのだが、今日は徳永係長をはじめ他の刑事たちは大部分が外に出てしまっているため放っておいたのだ。

亜寿沙よりも阿久津との付き合いの長い猿渡は慣れたもので、腰を屈《かが》めて阿久津の耳元に顔を寄せると、

「阿久津さん！」

大きな声で呼んだ。さすがの阿久津ものっそりと起き上がり、きつい視線を猿渡にぶつける。

「……もうちょっと優しく起こしてくれよ」

声にも不機嫌さが滲《にじ》んでいるが、猿渡は意に介した様子もなく腰に手を当てて呆《あき》れたように嘆息した。

「そんなんじゃ最近の阿久津さん全然起きないっすから。ってか勤務時間中になに堂々と寝てんすか。岩槻《いわつき》さんが困ってますよ？」

亜寿沙はノートパソコンで書類をつくりながら、内心、もっと言ってやれと猿渡を応援していた。阿久津はちらっと亜寿沙に視線を向けたあと、居心地悪さを誤魔化すように猿渡へ話を促す。

「それより、なんか俺に用事なんだろ？」

「ああ、そうだそうだ。ちょっとこれ見てほしいんっすけど」

そう言うと、猿渡は阿久津のデスクへ手に持っていたビニール袋を置いた。

亜寿沙も気になって仕事の手を止め、猿渡の隣へ見に行く。

ビニール袋には黒い木片のようなものが入っていた。ちょうどカマボコ板くらいの大きさだ。ただカマボコ板と違って、板の表面に漢字のようなものが彫り込んであった。そこに、文字を強調するように赤黒い色が塗られているのだが、木片の下半分はほとんど焼け焦げてしまっていてよく読めない。

「なんだこれ？　なんか文字が書いてあんな。『女』と……その横の字は何だ？『小』か？　『尖』とか『少』とも読めるな」

阿久津もビニール袋ごとひっくりかえしたりかざしたりしながら、しげしげと観察する。

「これ、この前の西院駅近くの民家の火事でみつけたものっす」

この前の西院駅近くの火事というと、二日前に亜寿沙が阿久津とともに遭遇した火事のことだろうか。思わず阿久津に目を向けると、彼も同じことを考えていたらしく目があった。

「その火事って、もしかして西大路《にしおおじ》通を西にちょっと入ったとこのですか？」

亜寿沙の言葉に、猿渡は目をパチクリさせた。

「あれ？　強行三係の担当って聞いたんすけど、もう阿久津さんとこも関わってたんすか？」

「いや、こないだ非番のときにたまたま車で通りかかって」

と阿久津が答えたものだから、猿渡の目がスッと細くなった。

「……もしかして、非番の日にお二人で車で出かけてたんすか？」

なにか誤解されている気がする。でも、阿久津に憑いている鬼の調査に行ったなんて言えないので、どうやって誤解を解こうかと亜寿沙はあたふたしてしまった。

「え、えと、たまたま！　たまたま道で会ったから送ってもらったとかそういう感じのあれです！」

妙に言い訳じみたことを言ってしまったせいで、猿渡の目がますます細くなった。

阿久津も、困ったなといった様子で苦笑を浮かべるばかりで頼りにならないし。

「まぁ、プライベートを詮索《せんさく》するつもりはないですけどね」

なんて猿渡に変に気を遣われてしまう始末。

「本当にたまたまなんです！」

強調するものの猿渡はもうそのことには興味がないらしく、木片について話し始めていた。

「でも、現場知ってんなら話が早いっす。その現場を検証する過程で見つかったんすよ。この木片」

亜寿沙はもっと念入りに弁解したかったのだが、猿渡の話題がすっかり木片のことに移ってしまったのでそれ以上は何も言えず、むうっと押し黙る。

それにしても、なんとも不気味な感じのする木片だった。

全体が真っ黒なのは火事で煤《すす》けているためのようだ。おそらく元は木を切り出しただけの普通の木片だったのだろう。そこに彫刻刀かなにかで深く文字を刻み込み、さらに油性マジックで文字に赤色をつけたように見えた。

「あの家の焼け跡にあったのか？　どのあたり？　ってか、なんでお前んとこの鑑識が動いてんだ？　普通の火事なら所轄の担当だよな」

阿久津は興味ぶかげに猿渡を問いただす。

「まぁまぁ、順を追って話しますから」

どうどうとなだめるように猿渡は両手をあげた。

「まず、あの家の家主は中村八重子《なかむらやえこ》という八十五歳の方で一人暮らしっす。その日は午後から息子夫婦のところへ行く予定だったらしいんすが、息子夫婦に急な用事ができていけなくなったそうっす。それでいつものようにひとりで夕食を済ませて、台所で片づけをおえて風呂《ふろ》に向かおうとしたところで、一階の玄関の方からぱちぱちという音が聞こえて行ってみたそうです。そしたらすでに玄関とその隣にあった居間は火の海になっていて。外に出られそうになかったので、二階に逃げたって聞きました」

しかし二階にも火の手は回り、絶体絶命の状態になっているところに阿久津が助けに入ったのだ。

「幸い、通行人が助けてくれたらしくて、中村さんすごく感謝してましたよ。消防局も表彰したいらしいんっすが、病院で受付の人が聞いたっていうその通行人の名前も電話番号もでたらめだったらしくて、いまも探してるらしいっす。……阿久津さん、火事のときあのあたりにいたって言ってましたっけ？」

じーっと猿渡は阿久津の目をみるが、阿久津はバツが悪そうに頬を指で掻《か》く。

「なんのことかな……」

「心当たりあるんでしたら、早めに名乗り出た方がいいっすよ。っと、話がそれた。そんでなんでうちの鑑識課が出張《でば》ってるかというと、中村邸が火事になる二日前にそこから五百メートルほど離れたとこで同じような火事があって、そっちは放火の疑いが濃厚だからっす」

「……え。じゃあ、もしかして鑑識は中村邸の火事も放火の可能性があると考えてるってことですか？」

亜寿沙の問いに、猿渡は大きく頷《うなず》いた。

「そうっす。現に、玄関あたりが一番ひどく燃えてるんすよね。それでいま消防局と合同で調査にあたってるとこっす。あと少しで火元も特定できそうっすよ」

「たしかに、俺たちが駆け付けたときも道路に面した一階部分が一番激しく燃えてたもんな」

亜寿沙も当時の状況を思い出してみる。たしかに阿久津の言う通り一階部分に激しい炎があがっていた。もし中村邸も同じ人物による放火だとしたら、その前の放火と合わせて連続放火事件ということになる。

それなら所轄ではなく、警察本部の刑事部の担当になるのも頷けた。

「この木札のようなものは、燃えた家の脇に置いてあったものっす。中村八重子さんにも確認したけど、中村さんちのものでもなければ見覚えもないってことなんす。もちろん隣近所にも確認取りました。というわけで、もしかしたら犯人が何らかの意図をもってあそこに置いた可能性があるんすよ」

「だから、この文字の意味を解読してほしいってことか」

「そうっす。なんか呪術《じゆじゆつ》的な感じがしません？」

といって、猿渡は目をキラキラとさせた。

彼はオカルト好きなのが昂《こう》じて、怪異にあいやすく怪異への造詣《ぞうけい》の深い阿久津に懐いているのだ。こうやって、怪異がらみの物証があると阿久津にアドバイスをもらいにくることも少なくない。

「解読するのはいいけど。また勝手に他所《よそ》の案件に首つっこんでとか苦情いわれないかな」

猿渡は阿久津を好意的に見ているが、他の鑑識課員や刑事たちまでそうというわけではない。

むしろ怪異の事象をもとに事件を解決しようとする阿久津をうさん臭く見ている者も部内には多いのだ。

だから慎重に事をすすめようとする阿久津に、猿渡はけろりとして言い放った。

「大丈夫っすよ。連続放火事件の可能性が高まったことで、捜査員の拡充が図られる予定らしいっす。いまは強行三係がメインに担当してるっすけど、阿久津さんとこの特異捜査係にももうすぐ話がいくはずっすよ」

そして、その日の午後。

猿渡が言ったとおり、風見《かざみ》管理官のデスクに阿久津と亜寿沙の二人は呼ばれて、直々に連続放火事件の捜査に加わるように言い渡された。

事務連絡を済ませると、風見は爽《さわ》やかなイケメンスマイルのまま阿久津を見上げて付け加える。

「それから、消防局から連絡がきてるよ。お前を表彰したいそうだ」

「表彰？」

きょとんと聞き返す阿久津に、風見はにっこりと笑顔をたたえたまま、それでいて有無を言わせない圧を漂わせる。

「火事現場から人命救助しただろ？」

「え……？　あ……。くっそ、あいつちくったな……」

ぼそっと阿久津が呟《つぶや》くのが隣に立つ亜寿沙にも聞こえた。もちろん、目の前の風見にも聞こえただろう。

あいつとは、おそらく猿渡のことにちがいない。

「ちくったとはどういうことかな？　阿久津係長。お前、病院で偽名つかっただろ。それで保険証が使えずに、治療費十割負担になったところまで知ってるからな。おかげで、被害者を除いたら唯一火事現場に入った重要参考人だってのに、探すのに手間取ったじゃないか。まさかこんな近くにいるなんて思いもしなかったよ。でも、なんで本名名乗りたくなかったんだ？」

笑顔を崩さず言い募る風見が、ちょっと怖い。これはかなり怒ってそうだぞ、と亜寿沙は内心身構える。

阿久津にもそれがわかっているからか、風見の質問に答える声のトーンもいつもより低くなっていた。

「表彰とか面倒くさいなって思っただけだよ。まさか放火の可能性があるなんて考えてなかったから。放火ってわかってたら最初から名乗ってたし、捜査にも協力してた」

風見は小さく嘆息をもらす。

「お前からはまた別途詳しく話を聞くとして。岩槻さん、あとで、当日なにがあったか教えてもらえるかな」

「は、はいっ」

結局そのあと、空いている会議室で風見から事情聴取……じゃなくて、火事当日の現場の様子と阿久津の行動を事細かに聞かれた。

キャリア組で警視という立場にある風見管理官は、亜寿沙にとっては捜査第一課長である羽賀《はが》と並んで遥《はる》か上の上司だが、こうやって一対一になると阿久津の古くからの友人という面が前面に出てくる。

なんであのとき阿久津と一緒に車に乗っていたかについては、阿久津が風見に鬼云々《うんぬん》の話をしていないことを知っていたので、買い物をしていたらたまたま出会って家まで送ってもらう途中だったということにしておいた。

すべて話し終えたあと風見は、

「人命救助できたのは確かに良かったけど。……なんで、そういう無茶するかなぁ」

髪を指でくしゃくしゃさせると頭を抱えた。亜寿沙にも風見の気持ちは充分よくわかる。

人命救助は確かにすばらしい。でも、それで自分の命を危険にさらすとなると話は別だ。

「あいつ、昔からだけどさ。目的のためなら自己犠牲もいとわないとこがあるから心配なんだよな、危なっかしくて。普通の人間なら思いとどまるようなとこでも、ためらわず踏み込んじゃうっていうかさ」

亜寿沙も、うんうんと何度も頷く。

鬼に憑《つ》かれてからというもの、怪異にあいやすくなったという阿久津。

その性質を利用して難事件を解決に導いているのだって、言ってみれば自己犠牲みたいなものだ。阿久津と一緒に行動するようになって、怪異に遭遇することがどれだけ精神を摩耗するものかよくわかった。怪異の世界に足を踏み入れたら最後、もう二度と元の世界には戻れないんじゃないかといつも怖くなる。

それでも阿久津は事件解決のために、鬼に憑かれた特異体質を捜査に利用し続けている。いつか鬼に完全に取り込まれてしまうんじゃないかという不安をかかえながら。

そんなことを考えていたら、向かいに座る風見が亜寿沙に深く頭を下げた。

「ごめん。岩槻さんにもいろいろ迷惑も負担もかけてると思う」

驚いて亜寿沙は風見の頭をあげさせようと手をあわあわさせる。

「そ、そんなことないですって。頭上げてください、管理官。阿久津さんにはいつも助けてもらってますし」

風見はようやく顔をあげるが、その顔には心配が色濃く滲《にじ》んでいた。

「でも、もしもだよ。もしも、君にまで何か危険が及ぶようなことがあったら、何をおいてもまずは逃げてほしい。君も使命感の強い方だと思うけど、身の安全がなにより大事だから。そうじゃないと、僕たちは働いていけない」

警察官や刑事の仕事はときに危険と隣り合わせになることも多い。

でもだからといって自分の身の安全をおろそかにしていいわけではない。

「はい。それはわかっているつもりです。無茶はしません。でも、阿久津さんのことも、信じています。たしかに見ててハラハラすることもありますけど、最後はちゃんと無事に解決してくれますから」

その言葉を聞いて、風見の顔にも笑顔が戻ってくる。

「あいつは良い部下をもって幸せだな」

「阿久津さんも、良い友達をもって幸せなんじゃないですかね」

亜寿沙がそう返したら、風見はぷっと噴き出した。

「あいつは幸せすぎだろ。うん。なんか心配させられてんのが悔しくなったから、今度なんか面倒臭い仕事があったら積極的に回してやる」

「……私、素知らぬふりしてます」

そんな仕事が回ってきたら、阿久津に全部任せようと亜寿沙は心に決めるのだった。

＊　＊　＊

特異捜査係も連続放火事件の捜査に加わることになったので、阿久津と亜寿沙の二人はまず現場確認からはじめることにした。

最初に訪れたのは、一回目の放火があったという現場だ。

乗ってきた覆面パトカーを止めて火事現場に近づくと、最初に気づいたのはあたりに漂う焦げ臭さだった。数十メートル先からでも風向きにのって臭ってくる。

思わず亜寿沙はむっと眉間《みけん》に皺《しわ》をよせた。

現場の前までくると、嗅覚過敏《きゅうかく》ぎみの亜寿沙には頭が痛くなりそうなほどだった。

「すごい臭いですね。……すみません。失礼します」

思い切ってそう断ると、亜寿沙はトートバッグからもしものときのためにお守り代わりに入れている鼻クリップを取り出して自分の鼻にはさんだ。

これをやると年頃の女子としてそれはどうなのという見た目になってしまううえ、鼻声になるのだが背に腹は代えられない。

ハンカチで鼻を隠すっていう方法も考えないではないが、それだと片手がふさがってしまうため足元の悪い現場では好ましくない。

阿久津は亜寿沙を振り返ると、

「大丈夫か？　離れて見ててもいいけど」

そう気を遣ってくれるが、亜寿沙は鼻クリップで鼻を挟んだままぶんぶんと首を横に振った。

「いえ。大丈夫です」

「そっか」

阿久津はそれだけ言って黄色い規制線をまたぐと、敷地の中へと入っていった。その背中を見ながら、

（なんでかなぁ。この人は上司だし異性でもあるんだけど、なぜかあまり気負わなくていいというか、一緒にいるのが楽なんだよなぁ）

亜寿沙はぼんやりと、そんなことを心の中で思った。

嗅覚過敏という亜寿沙の生きにくさを変にからかうことも嫌がることもせず、ただあるがままにそういうものとして自然に受けいれてくれるのがありがたい。それは彼自身が生きにくさを抱えている故《ゆえ》か、それとも元来の性格によるものなのか。どちらかというと、後者が強いような気もする。

亜寿沙も規制線をまたいで、現場へと足を踏み入れた。

ここには平屋の木造一軒家があったらしいが、いまは全焼してしまいほぼ柱だけに

なっていた。

この家は『特定非営利活動法人　ライフサポート和《なごみ》』というNPO法人が所有しており、ここで高齢者への配食サービスなどを行っていたという。

「火元はこのあたりだったらしいな」

阿久津は燃え残った家屋の玄関があったあたりで足を止めた。

「そこに、あやしい段ボール箱が置かれてたんですね」

事件が起こったのは夜八時頃。すでにライフサポート和で働いている人たちは戸締りを済ませて帰宅した後だったが、配食のための調理もこの建物内で行っていたため当初は調理場からの失火が疑われた。

しかし鑑識の結果、火元は調理場とは反対側にある玄関口であることが判明している。

玄関の周辺からガソリンのようなものが検出され、簡易的な時限発火装置とみられるものがみつかったのだ。時限発火装置はインターネットで作り方が紹介されている、身の回りのものでつくれる簡素なものだ。それがみつかったことで、放火と断定された。

出火前に近くを通りかかった人から、午後七時頃には玄関脇に段ボール箱のようなものが置かれていたという目撃証言もあがっている。

この段ボール箱についてはライフサポート和の職員は誰も見ていないと証言しており、最後の職員が帰った夕方五時以降に何者かが玄関に置いたのだろうと推察された。段ボール箱の中には、ビニール袋に入れられたガソリンと発火装置が同梱《どうこん》されていたものと考えられている。しかもビニール袋にはガソリンだけでなく意図的に空気も入れられていた可能性が高いと鑑識の調査資料には書かれていた。

ガソリンは常温でも気化しやすく、気化したガソリンは非常に引火しやすい。

おそらく午後八時前後に、段ボール箱の中に入れられていた時限発火装置が小さな火を起こし、それがビニールを溶かして中にたまっていた気化したガソリンに引火。爆発を起こした際にまき散らされた液体ガソリンへとさらに燃え移り、瞬く間に建物へ火が燃え移ったものと考えられた。

「それってほとんど時限爆弾みたいなものじゃないですか。そこまでして放火したいなんて、本当に悪質ですよね……」

亜寿沙は事件のおぞましさに、嫌悪感を露《あら》わにする。

「ほんとにな。いまのところ死者は出てないが、単に運が良かっただけだしな。風向き次第では周りの家に火が移っててもおかしくなかった」

「こっちの現場でも、木札はみつかってるんでしたっけ？」

「いや。見ての通り、こっちは建物の損壊が激しくて、いまのところまだ何もみつかってないらしい。もっとも仮に木札が置いてあったとしても、完全に燃えて文字がわからなくなってたら燃え落ちた家のパーツとぱっと見、区別がつかないからな。もし木札が置いてあったとしても見つけられるかどうかはわからんかもな」

「それは、そうですよね……」

炭化してしまえば、建材だったのか木札だったのかを区別するのは困難だ。

こちらの現場の確認はその程度にして、次は西院駅近くにある中村邸の火事現場へ行くことにした。もちろん、ここでも鼻クリップはしっかり装着しておく。

火事当日にここを立ち去ったときはまだ消防車による消火作業中だったが、いまはすっかり鎮火されて建物全体が炭化し真っ黒になっていた。

この中に人が取り残されていたなんて、考えただけでぞっとする。

「ここの火元も、やっぱり玄関口の線が濃厚らしい。第一通報者への聴取でも、玄関周辺から激しい炎が上がっていたことがわかってるしな」

すでに建物全体が炭化していてどこがより激しく燃えたかなんて亜寿沙にはよくわからないが、鑑識課と消防局は燃え方からして玄関周辺が火元と特定したようだ。

被害者である中村八重子の話によると、玄関まわりには古新聞やスダレといった可燃物の類《たぐい》は何もおいてなかったのだという。

「ここも前の現場と同じく段ボール箱に発火物を入れて持ち込んだんでしょうか」

「かもな。近いうち鑑識の結果も出るだろ」

こちらも出火時刻は夜八時ごろ。大通りにはまだ人も車も多く行き交っていたものの、一歩道を入り込んだ住宅街は住民がたまに行き交う程度だった。周囲には防犯カメラもなく、不審な人物の情報も確かなものはまだ何も上がってはいない。

「んで、あの変な木札が見つかったのはここだな」

阿久津は敷地の左端に行くと、ズボンのポケットに挿していた懐中電灯を取り出して明かりを向けた。亜寿沙も阿久津の隣から覗《のぞ》き込む。

中村邸を襲った炎は右隣の民家を半焼させていたが、風向きの関係か左隣の家は壁を真っ黒く焦がすだけで済んでいた。

その隣家の建物と、すっかり炭化してところどころ剝《は》げ落ちた中村邸の壁。その間に三十センチほどの幅の、砂利の敷かれた隙間がある。

猿渡鑑識官の話では、木札はそこの隙間の、道路から一メートルほどの位置に落ちていたのだという。

中村八重子は木札にまったく見覚えがないというが、家の隙間という普段あまり目の届かない場所であるため、いつからその木札が置かれていたかは定かではなかった。

「こんな場所、昼間でもあえて覗き込まないと見えないですよね」

家に挟まれた細長い空間は、常に陽が差し込むことはなく薄暗い。阿久津は懐中電灯の明かりを、今度は二階の壁あたりにむける。

「そうだな。それにここに落ちていたのを鑑識がみつけたってだけで、もしかしたら元は壁に貼られていたかもしれないし。それが燃えて壁と一緒に落下したとも考えられる」

「住民も知らない間に、ですか？」

「そうなるな」

なんとも気味の悪い話だ。知らない間に自宅の壁に奇怪な木札が貼られているなんて。しかも、そのあと放火とおぼしき出火があったとなれば、当然何かしらの関連性を疑いたくなる。

規制線をくぐって家の中も見てみたが、特別変なところは見当たらなかった。二階の床は一部焼け落ちていたため危なくて亜寿沙は上れなかったが、阿久津は焼け残った柱のハリを伝って二階まで上っていった。

ひととおり確認し終えると、一階へと身軽な様子で飛び降りてきて真っ黒になった両手をはたく。

「なにかありました？」

ハンカチを差し出す亜寿沙に、阿久津は『いいよ』というように手で断ると頭を横に振った。

「んー。こんだけ激しく燃えちゃうと、元々なんかあったとしてもわかんねぇなぁ。猿渡は呪術《じゅじゅつ》的なもんを期待してたみたいだが、それらしきもんは特に何も見つからなかった」

「そうですね。本部に戻ったら、猿渡さんに一応報告に行ってきますね」

「ああ、助かる。あ、それと。このあと岩槻は強行三係の捜査に交ざってほしいって言われたから、そっち行ってくれ。いまは聞き込みと、防犯カメラの調査で人手がいるらしい」

こくんと亜寿沙は頷《うなず》く。

「わかりました。阿久津さんは、別行動ですか？」

「ああ。全然手掛かりがないから、ちょっと大学の図書館行って調べてくるよ。知り合いの教授とかにも聞いてくる」

「了解です」

そんなわけで現場確認が終わると、阿久津は亜寿沙を警察本部の前でおろしたあとそのまま知り合いのいる大学の方へと車を走らせて行ってしまった。

ここからはしばらく別行動だ。

自分のデスクに戻ってトートバッグを置いたらすぐに徳永のところへと向かったが、

徳永はちょうど三係の若い刑事たちと忙しそうに話している最中だった。

徳永は小柄ながらもベテランの風格を漂わせている、たたき上げの刑事だ。しかし普段から険しい表情が今日はいつにも増して険しい。

徳永は近づいてきた亜寿沙に気づくと、部下との話をいったん切り上げて亜寿沙に話を振る。

「ああ、きたな。ちょうどいい。いますぐこいつと一緒に奈良にいってくれ」

「奈良、ですか？」

「ああ。NPOんとこに段ボール箱を配送した業者が、中村八重子の家にもあの日、似たような段ボール箱を配送してたんがわかったんや。どっちも同じ宅配業者の置き配サービスを利用して、被害者宅の玄関口に置かれたもんやった」

置き配サービスとは、宅配便などの荷物を玄関口や宅配ポストなど受取人の指定した場所に置いておくサービスのことだ。中村邸にも最初の放火現場で発火原因となったものと同じような段ボール箱が送られていたとなると、こちらもやはり放火だったということになる。

「いまマルガイにそういうもんを利用した記憶があるか確認とってもろとるけどな。まぁ、十中八九ないやろ。段ボール箱を受け付けた営業所も割れたんで現地にすでに確認にいっとる。これが、そいつらが持って帰ってきた防犯カメラ映像の一部や」

マルガイとは被害者のことをいう。

徳永は自分のデスクに置いてあるノートパソコンのキーボードを叩《たた》いて、二つの動画を画面に並べて表示した。

「段ボール箱は二件とも、営業所に持ち込まれたもんやった。営業所では受付時間も記録してあったから、持ち込んだのはこの男で間違いない」

画面に映っているのは、どちらも宅配業者の営業所の受付窓口のようだった。

そのカウンターに段ボール箱を載せて、伝票を渡す一人の男。手には黒い手袋をしている。中肉中背で、目深に黒いキャップタイプの帽子をかぶっている。なぜか自分の左側を何度もちらちらと見ている様子がうかがえたが、映像を見る限り特段そちらに何かあるようにも見えない。何を見ているのだろうか。

「送付伝票の控えももらってきて一応鑑識にまわしちゃいるが、指紋は厳しいやろな。見ての通り、奴は手袋してて相当指紋にも気ぃつかってる。伝票も印字されたもんや。筆跡もわからん」

徳永はノートパソコンに伝票の写真を映しだした。

二つの伝票。どちらも、送り先はそれぞれの被害者の住所だ。しかし送り元の住所は、それぞれ違っていた。ひとつは奈良、そしてもう一つは大阪だ。名前も違っている。しかし、二つの動画に映っていたのは同一人物のように見えた。おそらく偽名なのだろう。

「ライフサポート和に送った段ボール箱は、奈良の西大寺《さいだいじ》にある営業所に持ち込まれたもんやった。中村宅に送られた方は、大阪の枚方《ひらかた》にある営業所や。見てみ、中村宅に送られた伝票。送り先の宛名がでたらめやろ」

たしかに、あて先が『中村様方　中村良子《りょうこ》　様宛』となっている。

「これもいま確認中やけど、中村良子なんて人間は中村宅にはおらん可能性が高い。一人暮らしやったしな。おそらくホシは表札だけみて伝票を作ったものと思われる。『様方』つければ苗字《みょうじ》さえあってればだいたい届くからな。ライフサポート和の方は玄関の上のところに大きな看板をかけてたらしいから、そのまんま写したんやろな。中村良子ちゅうんが実在せんことがわかったら、怨恨《えんこん》の線はますます薄れて、無差別放火の線が濃厚になるな」

いまいましげに徳永は顔のシワを深めた。阿久津と一緒にいるときによく目にする表情だ。

徳永は阿久津を毛嫌いしているため、阿久津と一緒にいるとよく睨《にら》まれたり悪態をつかれたりするのだが、亜寿沙一人だとそんなこともなく普通に若手刑事の一人として扱ってくれることが多い。

それだけ阿久津のことが気に喰《く》わないのだろうが、気持ちはわからないでもない。

キャリア官僚というだけでも、ベテランでたたき上げの徳永には目障りだろう。そのうえ午前中はしょっちゅう寝ていたりやる気がなさそうに見えたりするうえに、怪異を考慮した捜査という刑事の世界の常識から大きく外れた捜査をする阿久津は異端中の異端だ。

それなのに、亜寿沙が特異捜査係に配属になった数か月の間でも数々の実績をあげている。

阿久津や特異捜査係のことを快くおもっていない者は、徳永だけでなく警察本部内に多いことは亜寿沙も常日頃からひしひしと感じていた。

風見管理官や猿渡鑑識官のように好意的に見てくれる人もいるし、羽賀捜査第一課長のように方法はどうであれ成果を上げればそれでよしとしてくれる人もいるのがまだ救いではある。

徳永はプリンターから印刷してきた伝票と数枚の男の画像を渡してくれながら、さっき話していた強行三係の刑事の男を顎《あご》で示した。

「岩槻は、高石《たかいし》と一緒に伝票にあった奈良の住所をあたってみてくれや。まぁ、うその可能性が高いけど一応裏付けはしとかんとな」

「はい、了解しました」

すぐに出かけるならトートバッグをとってこなきゃと自分のデスクへ足をむけた亜

寿沙を、後ろから再び徳永の声が呼び止めた。

「岩槻」

「はい」

振り返って足を止める亜寿沙。徳永はごま塩頭をがしがしと掻く。

「これからちょくちょくうちの捜査に交ざることもあるやろからそのつもりでな」

「強行三係の、ですか？」

「ああ」

そう言って、徳永が苦虫を嚙《か》み潰《つぶ》したようなしかめっつらで言いにくそうに伝えてくれたのは意外な話だった。

「あいつにどうしてもって、頼まれたからな。特異捜査係は二人しかおらんから、あいつの仕事ぶりしか学べへん。それじゃ岩槻の将来のためにならないからと、あいつに頼まれたんや」

あいつ。考えられるのは一人しかいない。阿久津だ。

「阿久津さんが頼んだんですか？」

亜寿沙は驚いて目をぱちくりとさせる。

「あいつは気にくわんが、仕事は仕事やからな」

阿久津がそんな風に亜寿沙の将来のことを心配してくれるなんて思ってもみなかっ

た。たしかに配属当初は、彼のだめっぷりに嫌気がさして少しでも早く他の係にいきたいと願ったものだ。でもいまは彼の事情も知っているし、彼の仕事へのひたむきさや仕事ぶりの優秀さも身をもって感じている。いつのまにか、他の部署へ移りたいという気持ちはすっかりなくなっていた。

それでも、彼の捜査方法が特殊すぎるのはたしかだ。怪異にあいやすいという阿久津の特質なくしてはなりたたない捜査も多い。

警察本部での標準的な捜査の仕方を知らないと、今後、異動したときに困るのは間違いなかった。だから、亜寿沙は素直に阿久津の配慮をありがたく感じた。

「よろしくお願いしますっ」

「まぁ、頑張りや」

それから亜寿沙は強行三係の高石刑事と一緒に、奈良へと飛んだ。

もちろん事前に住宅地図などで調べて、合致する住所がなかったことは確認している。それでも町名と丁目、番地までは現存するものだったので、念のため現地にいってみることになったのだ。現地へ行けば何かしらの情報が手に入るかもしれない。

すぐに警察本部を発《た》って地下鉄で京都駅までくると、そこから近鉄《きんてつ》京都線に乗り換えて奈良の西大寺へ向かった。

既にこの地域には強行三係の刑事たちが何人も送り込まれているという。

営業所の映像で、ホシとおぼしき男は段ボール箱を預けたあとに営業所の左手のほうに向かったことが確認されている。そちらは駅に向かう方角だが、営業所から先の足取りを追うために、途中にあるコンビニや時間貸し駐車場、民家などに設置されている防犯カメラ映像をひとつひとつ確認してまわっているのだそうだ。

明日にはもっと多くの刑事が投入される予定だと、ここに来るまでの電車の中で高石が教えてくれた。高石は背が高くて細身だが、しゅっとしてお洒落《しゃれ》なタイプだ。紺のストライプ地のスーツに、よく合う寒色系のバーバリー柄ネクタイ。茶色い革靴はよく磨きこまれていた。あまり刑事にはみかけないタイプで、広告代理店や商社に多くいそうなタイプだななんて亜寿沙は密《ひそ》かに思っていたりする。仕事もバリバリできそうだ。年齢は亜寿沙の二つ上とのことだった。

亜寿沙と高石は大和《やまと》西大寺の駅で電車を降りると、地図を頼りに伝票に書かれた住所を探しはじめる。

目的の町名、丁目、番地の場所はすぐにみつかった。予想通り、住宅街だ。

しかし、伝票に書かれた号数の場所はみつからない。というか、存在しないことが改めて確認される。伝票には三十八号と書かれているが、ここの号数は二十二号までしか存在しないのだ。

近隣住民たちにも聞き込みして確認したが、みんなそんな号数は存在しない、書き間違いじゃないかと言うばかり。

伝票に書かれていた『浅田《あさだ》　勝也《かつや》』という名前の人間も、浅田という苗字の人間もこのあたりに住んではいなかった。

「やっぱ偽名に嘘の住所やったんやな」

疲れた顔で高石がぼやく。

「そうですね。一旦《いったん》、本部にもどりましょうか」

「そやな。そうしよ」

そんなわけで、本部に戻ったころにはすっかり日も落ちて夜になっていた。

高石とともに徳永のところに報告にいく。

「やはりな。偽名やったんか」

高石の報告を聞いて、徳永はちょびちょびと生えた無精ひげをなでていた。

「ご苦労さん。それがわかっただけでも助かるわ。このあと、他の奴らが持ち帰った防犯カメラの映像の確認に交ざってくれ。岩槻もな」

「はい」

亜寿沙がそう答えたときのことだった。

徳永のところに中年男性が駆け寄ってくる。強行三係の中堅刑事だった。

「係長。さっき入電あった太秦《うずまさ》の火事。現場に行った所轄から確認とれました。燃え方からして放火の可能性ありとのことです」

今度は京都市街地の北部にある太秦で火事が起こったのだという。時代劇の撮影などが行われることもある映画村にほど近いが、周りには住宅街が広がっている地域だ。

現場に急行する強行三係のパトカーに乗せてもらった亜寿沙が目にしたのは、まるで巨大な焚火《たきび》かと思うほどに高く上る炎につつまれた民家だった。すでに消防車が何台もあつまり消火活動が始まっていたが、まだ火の勢いがかなり強い。

「ホシが近くにいるかもしれん。気を引き締めろ」

パトカーに同乗しているのは徳永のほかには、高石と中堅の刑事の二人だ。現在、強行三係の刑事たちは連続放火事件の捜査のために大阪と奈良にそのほとんどが散らばっている。たまたま本部に残っていたのがこの面子《メンツ》しかいなかったのだ。

パトカーを降りると、徳永の合図でみな手にカメラやビデオカメラをもって四方に散らばる。放火犯は、放火したあと現場に戻ることも多いため、現場の様子を動画や写真にとっておくのだ。前の二件の放火事件で段ボール箱を営業所に持ち込んだ人物の顔は覚えている。その人物がここにいるかもしれないのだ。もしその人物をみかけたら、手分けして追跡することになっている。

まだ太秦の火事が放火と完全に断定されたわけではないが、鎮火したあとに鑑識課の調査結果を待って動き出すのでは遅すぎる。今回の火事も放火との前提ですでに警察は動いていた。

亜寿沙は本部から借りてきたビデオカメラを火事に集まった野次馬たちへ向けた。

野次馬たちはみな火事に気を取られていて、ビデオカメラで撮られていることに気づくものは少ない。また気づいたとしても、京都府警の腕章を見れば文句を言わずに目を逸《そ》らすものがほとんどだ。

なので、亜寿沙は周りに構わずビデオカメラを野次馬たちに向けた。

夢中でビデオカメラを回していると、ポンと肩を叩《たた》かれる。振り返れば、そこには阿久津の姿があった。

「阿久津さん」

彼の黒い瞳《ひとみ》に、火事の赤い炎が映りこんでいる。

「三件目、じゃないといいんだがな……」

放火じゃなければいい。亜寿沙はこくりと頷《うなず》いた。

火事は家も財産も、ときには命さえも奪い取ってしまう。そんなものを次々に起こそうとするなんて、正気の沙汰《さた》じゃない。

住宅への放火は現住建造物等放火罪といい、死刑、無期懲役または五年以上の懲役となる。これは殺人罪と同等の重い刑罰だ。

しかも、立て続けに三件続いたとなれば、今後もまた続く可能性が高い。早くホシを見つけなければと気持ちは急《せ》いてしまう。

「阿久津さんの方はどうでしたか？」

亜寿沙に問われて、阿久津は苦笑まじりに頰を指で掻《か》いた。

「いやぁ、あんま芳しくないな。『女』と『小』かなんかの漢字二文字だけじゃ、あまりに情報がすくなすぎて何を指しているのか特定が難しい。下手に憶測で特定して、真実を見誤っても嫌だしな」

「そうですね……」

思い込みで捜査をすることほど怖いことはない。それは、亜寿沙自身も親友の妹の誘拐事件という苦い子ども時代の体験を通じて痛いほど思い知っていた。

まずは先入観を抜きにして、地道に捜査を続けよう。そう心に決めたところで、阿久津がスマホで地図アプリを開いた。そこには、火事になる前の住宅の姿が映し出されている。指で拡大すると、表札が見えてきた。『佐藤《さとう》』と書かれている。

「今度は、佐藤さんのお宅か。消息は？」

「さっきパトカーの中で無線を聞いた限りでは、両親に大学生と高校生のお子さんの家族構成だそうですが、幸い全員まだ会社や学校から帰宅していなかったらしく、すでに連絡が取れているようです」

「それはよかった。にしても、この火事も火災発生は他の二件と同じ夜の八時ごろなんだな」

「そうですね。それもあって、本部はこの火事を例の二件と関連あるものとみてるようです」

前の二つの放火事件で置かれていた段ボール箱には時限発火装置が入っていた。徳永に見せられた配達伝票の画像を思い出す。そこ書かれた配達指定時間は、『十八時から二十時まで』となっていた。おそらく犯人はその時間帯に被害者宅では人の出入りがないことを事前に確認したうえで、ガソリンと時限発火装置の入った段ボール箱を置き配で送ったのだろう。そのあたりも事前に調査して、火を付ける家を選んでいたものと考えられる。

「その時間帯が一番犯行がやりやすかったのか、それともホシなりの美学かこだわりでもあるのか……さもなければ、猿渡が言ってたように」

「呪術《じゅじゅつ》的な何か、ですか？」

阿久津は肩をすくめる。彼の中でもまだ、判断がどっちつかずなのだろう。

「呪術的なものだとすると、火を付ける位置とか順番とかにも何か意味があるのかもしれないな。もうちょっとヒントがありゃ、わかりそうなんだが。ここも木札がないかどうか探してこようか」

なんて言い出す阿久津のシャツを、亜寿沙は思わず摑《つか》んでいた。

「絶対だめですよ⁉　消火の邪魔になっちゃいますし！」

そもそもほとんど炎の塊のようになっている火事現場で、小さな木札を探そうだなんて正気の沙汰じゃない。でも、この上司は普通の人なら絶対やらないようなことさえやりかねないのだ。

「……わかってるって。冗談だよ。ちょっと向こうの聴取手伝ってくる」

そういって阿久津は苦笑しながらひらっと片手をあげて、近隣住民に聞き込みをしている徳永の方へと歩いて行く。

（もしかして本当は木札目当てにここに来たんじゃないの？）

阿久津の背中を、亜寿沙はじっと疑いの目で見つめるのだった。

燃え盛る住宅がようやく鎮火したころには、深夜近くになっていた。

周りに規制線をめぐらせたあと、亜寿沙たちもパトカーに乗り合わせて警察本部へと戻ってくる。

ビデオカメラの中の動画をパソコンに取り込むと、亜寿沙は部内の自販機に飲み物を買いに行った。

現場にいるときは気づかなかったが、熱にあてられたせいか喉《のど》の中がひりつくみたいにカラカラだった。

ミネラルウォーターのボタンを押す。カードリーダに交通系ＩＣカードを当てようとすると、その前に大きな手がカードリーダを塞《ふさ》いだ。

ピッという音のあとに、ガコンと取り出し口へペットボトルが落ちてくる。

「お疲れ」

低い声。隣を見ると、阿久津が立っていた。彼の手にあるスマホで代わりに決済してくれたようだ。

「あ、えと、いただきます」

亜寿沙が慌てて取り出し口からペットボトルを取り出すと、阿久津もアイスコーヒーのペットボトルを購入した。

隣に置かれたベンチに二人して腰かけ、喉を潤す。ひりついた喉に、ミネラルウォーターが染み入るようだった。

「にしても、ほんとわけわかんない事件だよな」

阿久津が、アイスコーヒーのペットボトルを傾けながら独り言《ご》ちる。

「ほんとですね。何が目的であんな手のこんだ放火なんてやってるのか、さっぱり」

はぁと嘆息とともに疲れを吐き出して、亜寿沙も応じた。

「ホシの足取りは少しずつ判明してんだろ。なら、捕まるのも時間の問題なんだろうが、その前に次の放火やられたらたまんないしな」

「そうなんですよね。とりあえず、今日撮った動画にホシがいないかどうか調べなきゃですね」

ミネラルウォーターを飲みながら、なにげなしに亜寿沙は目の前の掲示板に目をやった。国から送られてくる啓蒙《けいもう》ポスターや、市区町村から送られてくるお知らせなどが雑多に貼ってある。

目についたのは、五山の送り火のポスターだった。

毎年この手のポスターを見るたびに今年こそは見ようと心に決めるのだが、だいたいいつも仕事に追われているうちに気がつけば終わってしまっていて、今年も見られなかったとがっかりすることを繰り返していた。ポスターの日付を見るとすでに今年の開催日は一週間以上前に終わっている。また今年も見逃したようだ。

「あーあ。今年も見られなかったなぁ。五山の送り火」

「まぁ、案外早い時間に終わっちゃうからな。意識してないと見るの忘れるよな」

ポスターには夜の八時から最初の『大文字』の点火が始まり、五分ごとに次々と六つの山に描かれた文字に点火されると書いてあった。

亜寿沙はペットボトルを握りしめたまま、そのポスターをじっと眺める。

まだ阿久津が何かしゃべりかけていたが、目の前のポスターに意識を集中しすぎて何を言われたのか耳に入っていなかった。

(夜の八時から点火、火をつけられる順番……そして、炎で浮かび上がる文字)

亜寿沙はまだしゃべっていた阿久津の言葉を遮り、目の前のポスターをまっすぐ指さした。

「……あの、阿久津さん。もしかしてあの木札に書かれてたのって、『女』と『少』だったんじゃないでしょうか。それで二つをくっつけて『妙』になるとか」

「え？」

亜寿沙が指さした先にはポスターに描かれた、黒い夜の山の絵に浮かび上がる『妙』の文字。

五山の送り火というが、実際には六つの山にそれぞれ決まった文字や記号を炎で浮かび上がらせる、夏の京都の風物詩ともいうべき行事のひとつだ。

京都市街地の東側にある東山《ひがしやま》からはじまって、盆地を囲む山並にそって北、そして西側へと順番に火は点けられていく。

火が点けられる順番は『大、法と妙、船形、大、鳥居形』。最初の大の字は『大文字』、二つ目の大の字は『左大文字』と区別して呼ばれている。

「あ……」

阿久津も亜寿沙の言わんとしたことに気づいたらしく、唖然《あぜん》としている。亜寿沙はベンチから立ち上がってポスターの前まで行くと、一つ一つ指さしながら頭の中を整理していった。

「もし、あの中村さんちから出た木札が『妙』だったとして。その前に放火されたライフサポート和は、NPO法人だから『法』。そしてさっき火事のあったお宅は佐藤さんちで、これは左大文字の『左』を意味してるとしたら」

阿久津も、ぱっと立ち上がると掲示板に手をついてポスターを穴があきそうなほどじっくり眺める。

「なんで、こんなこと気づかなかったんだ……。五山の送り火の開始時間は、はじめの『大』が八時ジャスト。次に『妙』と『法』が同時で八時五分。『船形』が八時十分。『左大文字』が八時十五分で、最後の『鳥居形』が八時二十分」

連続放火事件の発生時刻も、だいたい八時あたりに集中している。

「放火の正確な時間はわかっていませんが、もしかしたらホシは正確にこの時間に火をつけたかったから、わざわざ置き配で段ボール箱を置いて時限発火させるなんていう面倒な方法を思いついたのかもしれませんね」

夜の八時頃はまだ人の往来もある時間帯だ。

自分の思うような時間に放火したいと思っても、通行人の有無によっては人目につかないように火をつけるのは難しい。しかし、あらかじめ燃料であるガソリンを現地に置いておいて、時限発火装置で火を付けるなら時間ぴったりに放火をすることが可能だ。

「ホシは、五山の送り火を自分で再現しようとしたのか？　でも、じゃあ、『船形』と最初の『大文字』はどうなったんだ？」

警察本部が把握している放火は、三件だけだ。

『法』がNPO法人ライフサポート和、『妙』が中村邸、『左大文字』が佐藤邸だったとしたら、順番的にはあっていることになる。

ただ、『妙』『法』と『左大文字』の間に、『船形』がくるはずなのに該当するような火事の記憶はない。そもそも最初にくるはずの『大文字』に該当するものも思いつかない。もしかして、自分たちの把握していない放火が他にもあったのでは……。

そのことに思い至って、亜寿沙の背筋は凍り付いた。

「岩槻！　地図だ！」

阿久津の声に、呆然《ぼうぜん》となっていた亜寿沙も我に返る。

「はいっ」

すぐにデスクに戻ると、亜寿沙は京都市街地を表した地図を広げた。

阿久津は油性ペンのキャップを口で咥《くわ》えて外すと、地図の上に手をついて書き込んでいく。

「中村邸は西院駅近くの、ここ。ライフサポート和があるのは、ここ。んで、さっき火事があった佐藤邸はここ、と。それから五山の送り火があるのはこの六つの山だ」

キュッキュッと小気味いい音を鳴らして、京都市街地を囲む五山の送り火がおこなわれる山々に六つの丸をつける。さらに、その中に大・妙・法・船形・左大文字・鳥居形の文字と形を書き込んだ。

その地図を見ながら、亜寿沙は考え込む。

ホシは放火の順番、時間にまでこだわっているように思う。それはまるで自分だけの五山の送り火を作り出そうとしているかのように亜寿沙は感じた。

でも西院の中村邸から太秦にある佐藤邸へは西北方向に上がっていく形になる。一方五山の送り火は『妙』の万灯籠山《まんどうろうやま》から、『左大文字』がある大北山《おおきたやま》へは西南方向に下がる形になっている。

「放火のあった現場と、実際の五山の送り火の位置が違うのはなんでなんでしょうね」

ホシはかなりのこだわりをもって模倣している。その思考をなぞって考えてみると、わざわざずれた位置に放火する意味がわからない。

すると隣で地図を見ていた阿久津が今使ったペンのキャップをかぶせて、別の色の油性ペンを手に持った。

「こういうことなんじゃないか」

阿久津は油性ペンで五山の送り火の場所を定規をつかって線でつなぎ始める。すると、柄杓《ひしやく》のような形の線で六つの山はつながった。

さらにデスクの引き出しから分度器を取り出すと、つないだ線と線の間の角度を正確に測り始める。

それらを紙にメモしたあと、今度は放火現場の中村邸と佐藤邸、ライフサポート和のあった場所を起点にして、メモした数値をもとに手際よく線を描いていった。

すると地図上に、五山の送り火を繋《つな》ぐ柄杓形の線と、そこから南西に少し離れたところへ縮尺1／2くらいの長さで四五度ほど傾いた柄杓形の線画ができあがった。二つの柄杓形の線画は大きさと傾きが違うだけでまったく同じ形になっている。

「やっぱりこういうことなんだな。五山の送り火の配置と比べて、放火現場の方は縮尺と角度が違うだけで、まったく同じ配置になっているんだ」

二つの柄杓の線画を、亜寿沙は唖然とした気持ちで眺めていた。

もしかしたら五山の送り火の順番で火をつけているのかもしれないと思いついたのは亜寿沙だったが、ここまで正確に五山の送り火が再現されていたなんて思いもよらなかった。

それに、もし本当に犯人がここまで正確に五山の送り火のミニチュアを京都市街地に作り出そうとしていたのだとしたら、気になることが二つある。

「ここと、ここにも放火の可能性があるってことですか？」

亜寿沙は放火現場をつなぐ柄杓の線画の、『船形』と『大文字』に当たる場所を指さした。

「その可能性はあるだろうな。もしくは放火しようとしたが、不発におわったか、だ。連続放火との関連性に気づいてなくて、所轄から警察本部《うち》に情報があがってないだけかもしれない。いますぐ聞いてみたいが、この時間だから当直くらいしかいないだろうな。時間かかりそうだから、岩槻はいったん帰って休め」

そう言うと阿久津は壁にかかった時計を指さした。もう深夜一時をすぎている。終電もとっくに終わっている時間だが、タクシーを捕まえられれば帰ることはできる。

「でも、阿久津さんが残るんなら私も」

亜寿沙は阿久津の言葉に抗《あらが》おうとする。もしかしたら事件の真相にぐっと近づいたかもしれないのだ。もっと調査を進めたかった。だが、阿久津ははっきりと首を横に振った。

「人間は夜には寝るもんだ」

阿久津の言い方に、亜寿沙はむっとして返す。

「阿久津さんも人間ですよ」

そんな自分は人間諦《あきら》めたからいいんだみたいな物言いしないでほしい。亜寿沙の不服そうな態度に、阿久津はクスリと笑みを零《こぼ》した。

「そうだな。でも、俺は夜の方が調子がいいからもう少し残って調べてみるよ。岩槻は、今日は奈良まで行って疲れただろ？」

そこまで言われると、亜寿沙もそれ以上反論できなかった。

「……わかりました。明日、阿久津さんがデスクでゆっくり寝られるように、私は家で休むことにします」

不承不承に返せば、

「それは、すっごく助かる」

嬉《うれ》しそうで無防備な笑顔が返ってくる。思わず、きゅんとしそうになって亜寿沙は彼から顔を背けると、ばたばたとデスクの上をかたづけはじめた。

（なんでこの人、自分が案外顔がいいってこと自覚してないかなぁ！）

照れ隠しでいつもより乱暴ぎみにノートパソコンを閉じて、

「それじゃあ、失礼します！」

ぺこりと一礼。さっさとデスクをあとにした。

背中ごしに「あ、ああ。お疲れ」と、亜寿沙の反応に戸惑うような阿久津の声が聞こえてきたが、足を止めることなんてできなかった。振り返ってしまったら、顔が熱くなって赤くなっているのを見られてしまうかもしれないから。そんなの絶対嫌だった。

＊　＊　＊

翌日、亜寿沙が警察本部に出勤すると、すでに阿久津は出かけていた。

亜寿沙のノートパソコンの蓋に『ちょっと太秦署に行ってくる』と殴り書きされたメモが貼ってある。阿久津がいないので、亜寿沙は今日も強行三係の刑事たちと一緒に作業にあたることになった。

会議室に並べられたパソコンで、昨日、火事現場で撮り溜《た》めた野次馬たちを映した動画を確認していく。この動画の中に怪しい人物やホシと推測されている段ボール箱を送った男がいないかどうか見落とすことなくチェックしなければならない。

記録時間は三時間ちょっとなのだが、巻き戻したりスローにしたりしながらじっくりみていると、あっという間に時間が過ぎていってしまう。

画面を見つめすぎて凝り固まった眉間《みけん》をほぐしながら、少し遠くを見ようと窓の外に目をやるといつの間にか陽は陰り始めていた。

（もう、こんな時間になってたんだ。でももう少し頑張ろう）

再び画面に目を戻したとき、会議室のドアが開いて誰かがこちらに歩み寄ってくる足音が聞こえた。

「徳永さん。少し岩槻、借りてってもいいですか？」

阿久津の声だ、と気づいたときにはもう彼は亜寿沙のすぐ隣に立っていた。

「……ああ、もう好きにしろ！」

忌々《いまいま》しげな徳永係長の声が後ろから飛んでくる。

「ちょっと見てほしいものがあるんだけど」

いつになく早口な阿久津の口調に亜寿沙も緊迫したものを感じて、

「は、はいっ」

すぐに作業を別の刑事に変わってもらい、彼とともに会議室を出た。

阿久津は自分のデスクに戻ると、ノートパソコンを立ち上げてUSBメモリを差し込んだ。亜寿沙も彼の隣に行って画面を覗《のぞ》き込む。ディスプレイには報告書とおぼしきPDFが映し出された。

「これは太秦警察からもらった事件記録だ。場所は雙ヶ岡《ならびがおか》。行ったことあるか？」

「い、いえ……」

申し訳なく思いながら亜寿沙が答えると、阿久津はすぐにノートパソコンの画面を切り替えて地図を出した。そこには住宅街の中にぽっかりと浮かぶ、南北に長い緑の丘が映し出されている。まるで住宅の海に浮かぶ船のようだ。

「雙ヶ岡は右京区《うきよう》にあって、標高百メートル程度の丘が南北に三つ並んでいるんだ。吉田兼好《よしだけんこう》が『徒然草《つれづれぐさ》』を執筆した庵《いおり》があったのもこのあたりだっていわれてる」

そう説明してから、阿久津は画面を先ほどの事件記録に戻した。

「この事件があったのは佐藤邸の火事があった前日の夜だ。雙ヶ岡の頂上付近でこんなものがみつかっていた」

事件記録に添付された写真には、焚火《たきび》あとのような燃えカスがうつっていた。灰の中に焼けて白くなった細長い物がある。

「その日の夜八時すぎに麓《ふもと》の住民から『雙ヶ岡の頂上付近で煙らしいものがあがっている。焚火かバーベキューでもしてるんじゃないか』と通報があったんだ。太秦署の警官が現場に行ってみたら、たしかに焚火のようなものがあったが周りには誰もいなかった。かけつけた警官は、万が一火の粉が木々に飛び移って山火事にでもなったら大変だと思って、焚火に水をかけて火を消した……っていうだけの小さなボヤ事件だ。だから本部にはあがってこなかった。んで、この写真を見てほしいんだけど。これ、何に見える？」

阿久津は燃えカスがアップになった写真を画面いっぱいに拡大して表示した。

それは、帆を支える支柱の部分が熱で曲がり灰になった、船のプラモデルのようだった。

「船……でしょうか」

「そう。そんで、この場所っていうのが」

阿久津がいわんとすることを察して、亜寿沙は昨日の地図を取り出すと彼の隣に広げた。

昨日阿久津が書き込んだ、放火事件現場を繋《つな》いだ柄杓《ひしやく》形の線の位置を確認する。

「……あ！　ここって！」

「そう。五山の送り火の配置を放火事件現場にあてはめると、ここは『船形』の位置とだいたい合致する」

「つまり、これはホシが作り出した『船形』!!」

「おそらくな。一応現場にも行ってみたが、頂上付近で焚火をしたような跡がみつかっただけで他にあやしいものはなかった。この燃えたプラモデルも太秦署で確認したけど、たしかに船の形をしてた」

「燃えた『船形』……ですね」

これで、五山の送り火のうち『法』『妙』『船形』『左大文字』が完成していることになる。ホシが放火で五山の送り火を作ろうとしている懸念はいよいよ真実味をおびてきた。

「じゃあ、最初にあるはずの『大文字』の位置にも何かあるんですかね？」

「地図の線から、だいたい場所は確定してるからな。いま、そこを管轄してる所轄署に問い合わせしてるんだが、八月中にはそのあたりで火事やボヤの事件は起こってないらしい。だからいま、もっとさかのぼってそれらしき事件がなかったか探してもらってるんだ」

阿久津がそう言うやいなや、デスクの電話が鳴った。受話器をとった阿久津は、電話の相手と何度か会話を交わしながら、ちらりと亜寿沙を見てペンで何かを書くような仕草をする。亜寿沙がボールペンと紙を渡すと、阿久津はそこに聞き取った内容を書き記していく。『大竹　秀幸《ひでゆき》』『2月15日』『43さい』といった文字が並んだ。

「できればその映像を見せていただきたいのですが。……ありがとうございます」

そう言って阿久津は電話を切ると、ふぅと息を吐きだした。そしてメモを亜寿沙に見せながら、いまの電話の内容を話してくれる。

「『大文字』の文字にあたる辺りで、やっぱ火事は起こってたみたいだな。今年の二月十五日。大竹秀幸四十三歳の自宅が全焼。妻の大竹慶子が焼死体でみつかっている」

大竹秀幸。『大』の字が入っている。

これが五山の送り火を真似た連続放火事件の起点なのではないかと、心臓がどきどきしだす。しかし、

「それも放火だったんですか？」

尋ねる亜寿沙に、阿久津は小さく首を横に振った。

「いや、事件性はないと判断されたみたいだ。出火時間は夜中の二時ごろ。二階で寝ていた大竹秀幸はベランダから飛び降りて無事だったが、妻は一階にいたらしい。出火の原因は、妻が石油ストーブに誤ってガソリンを給油したことによるもので事故だったと判断されたようだ。当時、妻の慶子はアルコール依存症で治療歴があった」

「つまり、酔っぱらった奥さんが灯油とガソリンを間違えてしまったということなんですね」

「そうらしい。秀幸の証言では、当時車庫には灯油のポリタンクのほかに、芝刈り機用にガソリンのポリタンクが置いてあったんだそうだ」

位置関係。そして『大』という文字に関係した場所。五山の送り火を真似た連続放火事件の要件を二つも満たしている。

だが、他の連続放火事件と違う点もいくつかあった。まず他の事件はここ最近の八月に集中しているのに対して、この火事だけ二月だ。

それに出火時刻も違う。他の放火事件は五山の送り火を真似て夜八時ごろに発火しているのに対して、大竹邸の火事は夜中の二時ごろだと推定されている。

なぜだろう。位置関係からすると、絶対にこの大竹邸の火事が『大』の字に当たると思うのに、決定的に違う点がいくつもある。この違いがもしかしたら連続放火事件の犯人をあぶりだすのに重要な手がかりかもしれないのに、その理由がわからない。

他の事件ではガソリンを使った時限発火装置が放火に用いられていた。対して、大竹邸の火事では灯油とガソリンを間違えて給油したことが出火の原因とされていることも大きく違う。

でも、間違えた本人とされる大竹慶子は焼死しているため、本人に確認をとれるわけではない。あくまで状況と、生き残った夫の大竹秀幸の証言からそうだっただろうと推察されるだけだ。

「大竹邸で燃えたガソリンと連続放火事件で使われたガソリンが同一のものかどうか調べることってできないんですかね」

「どうだろうな。連続放火事件で使われたガソリンは科捜研の分析に回されてんだろうが、大竹邸のは事件性がないと判断されてたから警察にも消防にも当時のものが残ってるかどうか。ただ、重要参考人として大竹秀幸を聴取することはできるだろ」

そんなことを話している間に、阿久津のノートパソコンにメールが届いていた。大竹邸の火事を調査した所轄署からのメールのようだ。

開けるとリンクが貼られていた。阿久津がマウスを操作してリンクをクリックすると、いきなり動画が再生される。

「二月の火事について、大竹秀幸に任意で話をきいたときの映像だ」

場所は所轄署の取調室のようだった。

部屋に小さなデスクが置かれ、その向かいに一人の中年男性が座っている。

大竹秀幸だというその人物の姿を目にした瞬間、亜寿沙の視線は画面に釘付《くぎづ》けになっていた。

どこかおどおどした印象の男性だった。背中を丸め気味にして、取調べをする警察官と会話をしている。話しながらもしきりに自身の左側を気にする素振りをみせていたが、左側には誰もいない。そんな妙な仕草がありながらも、聴取は穏やかに進んでいるようだった。

大竹秀幸。その名前を知ったのはついさっきだ。なのに、彼の姿に既視感がある。どこで見たんだっけと考えて、

「あ！」

と、思わず声が出た。

なんとか動画から視線を引き離して隣の阿久津を見れば、彼もまたじっと動画を凝視している。

「阿久津さん、これってもしかして……」

「岩槻。ちょっと徳永さんに連続放火事件のホシの動画を出してきてもらえないか？」

「あ、はい！」

強行三係の徳永係長はちょうど自分のデスクに戻ってきたところだった。

彼に事情を話して宅配業者の営業所の防犯カメラ映像をコピーしてもらい、部内の共有フォルダに保存してもらった。阿久津のデスクに戻ってきて、その動画を再生する。

火事の被害者である大竹秀幸の任意聴取映像と、宅配業者の営業所に時限発火装置とガソリンの入った段ボール箱を持ち込んだ人物の監視カメラ映像。それらを阿久津と二人で何度も見比べた。

よく似ていると思った。顔つきも、背格好も。

とくに、なぜか自身の左側をちらっと見る仕草がよく似ている。癖なのだろうか。

阿久津が静止画を何枚かプリントアウトの操作をすると、プリンターからすぐに印刷されてでてきた。

「岩槻、ちょっとその紙と例の地図をもってきてくれ」

そういうや否や、阿久津はノートパソコンを手に立ち上がる。

「は、はい！」

そのまま風見管理官のデスクの方へと早足に向かっていくので、亜寿沙はあわてて地図とプリントをかき集めて阿久津を追った。

「風見管理官！　それと徳永さんもちょっといいですか？」

デスクに座る風見の前にノートパソコンを置いて、阿久津はいつになく強い調子で声をかける。

「阿久津係長、どうした？」

風見は驚いたように目を丸くして、徳永も胡散臭《うさんくさ》そうにしながらも風見のデスクへとやってきた。

「なんだ、騒がしいな。俺たちは忙しいんや。お前の戯言《たわごと》に付き合《お》うてる暇なんてあるわけないやろ」

ぐちぐちと文句を言い出す徳永の言葉は無視して、阿久津は二人に見えるようにノートパソコンを向ける。

「連続放火事件のホシかもしれない人物が特定できました」

阿久津の言葉に、徳永は露骨に嚙《か》みついてくる。

「なんやて⁉　いま、うちの刑事たちで必死に身元を洗ってるところや。それやのにふざけたこと言うなや！」

徳永は阿久津を怒鳴りつける。しかし阿久津は意に介した様子もなく、徳永を真っ直ぐに見た。

「いいから、これ見てください」

阿久津はノートパソコンに映る、大竹の動画を再生させる。

それを目にした途端、まだ何か文句を言ってやろうと口を開きかけていた徳永の目の色が変わった。

「お、おい。これって……。俺たちが探しとるホシやないか……！」

徳永もすぐに動画に映る大竹の姿が、連続放火事件のホシとされている男と非常によく似ていることに気づいたようだ。

阿久津は風見と徳永に説明を続ける。

「ここに映っているのは、今年の二月に火事になった住宅の持ち主、大竹秀幸の任意聴取の映像です。この火災では妻の慶子が焼死しています。それで、この大竹邸のある場所が……っと、岩槻、地図見せてもらえるかな」

「は、はいっ」

亜寿沙は胸に抱くようにして持っていた地図を風見のデスクにひろげた。

風見は興味深そうに、徳永はいぶかしげに地図を見下ろす。

「五山の送り火はお二人とも知ってますよね？」

阿久津に問われて、

「あ、ああ。それは……」

風見は何を言い出すんだろうという顔で応《こた》え、

「知っとるに決まっとるやろ。うちは代々京都生まれ京都育ちや。物心つく前から見て育っとるわ」

徳永はイラついた様子で腕を組んだ。

「ですよね。まず、これが五山の送り火が行われる六つの山です。この線はその山を繋《つな》いだもの」

阿久津は地図の上に○で囲まれた山を順に指さしていく。

「五山の送り火では、夜の八時にこの『大文字』で火がつけられたあと、五分後に『法』と『妙』、さらに五分ごとに『船形』『左大文字』『鳥居形』と点火されていきます。続きは岩槻、説明して」

急に説明のバトンを渡された亜寿沙は内心慌てるものの、

「このカラクリに気付いたのは俺じゃない。岩槻なんです」

と、さりげなく阿久津が亜寿沙を持ち上げるようなことを言うので、ここは頑張らなきゃと腹を決める。亜寿沙は大竹の自宅のある場所を指さした。

「ここにあるのが二月に火事を起こした大竹秀幸の自宅です。被害は先ほど阿久津係長の説明にあったとおりです。それで、次に八月に起こった連続放火事件ですが、最初に放火があったのが『NPO法人　ライフサポート和』。その二日後にこちらの中村邸が放火されました。この中村邸の焼け跡からは『妙』らしき文字が書かれた木札が発見されています」

徳永はまだ、なんのこっちゃ？　という顔をしていたが、風見は既に亜寿沙のいわんとすることに気付いたようだった。

「……そうか。大竹の『大』に、NPO法人の『法』、それに木札に書かれていた『妙』……五山の送り火を再現しようとしてるわけか」

風見の言葉に亜寿沙は大きく頷《うなず》く。

「そのあと、さらに数日後に雙ヶ岡で船の模型を燃やした跡がみつかったことが所轄の事件記録に残っていました。これが『船形』。そして、昨日の太秦であった佐藤邸の火事が『左大文字』に」

亜寿沙は事件があった現場を指でさしながら説明していく。

「五山の送り火の山を繋いだ線と、連続放火事件の現場を繋いだ線。角度と縮尺を揃えれば、まったく同じ柄杓《ひしやく》の形になります。連続放火事件の出火時刻も夜の八時過ぎ。わざわざ置き配に時限発火装置という複雑な手順を踏んだのも、確実に決めた時間に出火させたかったからだと思われます。つまり、この連続放火事件は、最初の火事の被害者・大竹秀幸が起こした、五山の送り火を模したものだというのが私たちの見解です」

この説明であっているか不安になって阿久津をちらっと見ると、こっそり親指を立ててくれたので亜寿沙はほっと胸をなでおろす。

亜寿沙の説明を聞いて、徳永は「うー」と犬のような唸《うな》り声を出しながら地図を凝視している。風見は亜寿沙を見上げると、感心した様子でねぎらいの言葉をかけてくれた。

「よくわかったね。まさか、そんな大掛かりなカラクリが隠れてたなんて、思いもしなかったよ」

管理官という立場にあり、そのうえ俳優じゃないかと思うほどのイケメンな風見にそんな風に褒められると、恐縮し過ぎてどぎまぎしてしまう。

「いえ、その……たまたま、そこの廊下に貼られてる五山の送り火のポスター見てたら気がついただけで……」

「いや。そこの廊下のポスターなら、ここの刑事部のみんなが毎日目にしてる。僕だって、いま言われてようやく、そういえばそんなポスターが貼ってあったなっておぼろげに思い出す程度だ。毎日、廊下を通るときに目にしてたはずなのにね。それなのに、君はその誰もが忘れているポスターから、今回の連続放火事件との類似性を見つけ出した。その観察眼は誇るべきものだよ」

優しげな瞳《ひとみ》で褒めちぎられて、亜寿沙は思わず「ありがとうございますっ」と頭を下げるので精一杯だった。

一方、その隣で徳永がせわしなげにごま塩頭を掻《か》いた。

「ああ！　さっきの説明を聞いたら、たしかにその説が一番しっくりくるわ。それやのに、それだけじゃまだ大竹をしょっぴくには証拠があまい！　指紋も出てへんし、現場で目撃もされてへんねん！　お前んとこがもってくるんはそんな話ばっかや！　ほんまに、腹立たしい！」

「はぁ……」

いらだつ徳永に対して、阿久津はなんとも気のない返事をするものだから、徳永はきっと阿久津を睨《にら》み上げた。その二人の間に入るようにして、風見がまぁまぁとなだめる。

「地道に証拠を積み上げていく徳永係長率いる強行三係と、思いもかけないところから解決のヒントを導き出してくる阿久津係長の特異捜査係。どちらもうちの課には必要な係なんだから。ねぇ？　そうですよね。羽賀課長」

と、風見のデスクから少し離れて並べられたデスクで書類を読んでいた羽賀に声をかけた。

スキンヘッドで体格も良く、まるで暴力団関係者かと見間違えてしまいそうな迫力ある強面《こわもて》の羽賀は、まぎれもなくこの捜査第一課のボスだ。

「あ、課長には後でもう一度、ご説明しようかと」

阿久津がそう言いかけたところで、羽賀は手で阿久津の言葉を遮る。

「いま横から聞こえたから、ええわ。それより、その話がほんまやとしたら、まだもう一回放火がある可能性が高いいうことやな」

　こくんと亜寿沙は頷く。

「はい。最後の『鳥居形』を模した放火が、今日か明日か明後日《あさって》か……それはわかりませんが、これだけ五山の送り火に強いこだわりをもつホシですから、きっと夜八時二十分に実行しようとするはずです」

「場所はわかっとんのか？」

　羽賀の質問に今度は阿久津が答える。

「おそらく、嵯峨野の奥、大覚寺《だいかくじ》の周辺だと思われます。あのあたりは、本来の五山の送り火の『鳥居形』もそばにありますし」

「わかった」

　羽賀は大きく頷く。

「いま優先されるんは、放火を防ぐことや。それと同時に大竹の確保もせんならんが現状ではいかんせん証拠が足りん。現行犯逮捕できたらなによりや。強行三係はできるだけ人を出して、嵯峨野周辺で捜索にまわってくれ。大竹をみつけたら任意聴取や」

「わかりました」

　徳永は返事をするやいなや三係の島に戻って、部下たちに「ちらばっとるやつらを本部に呼び戻せ！」と指示を出していた。

羽賀は阿久津と亜寿沙の方に顔を向ける。

「特異捜査係もすぐに現地に向かってくれ。一応、三係を現場の総指揮とするが、お前らは自由に動いてくれてかまへん。あやしいと思ったところはどんどん調べてくれ」

「了解です」

「はいっ」

阿久津と亜寿沙が応《こた》えると、羽賀は小さく頷き返した。さらに羽賀は、捜査一課の面々のほうに身体を向けて、ドスの利いた太い声を張り上げる。

「強行三係で追っとる連続放火事件で、今晩にも再放火の可能性が高い！　できるだけ人員を出してくれ！　顔写真は三係がもっとる！　三係の指示の下、総力をあげてホシの確保と放火の防止に当たるんや！」

部屋のあちこちからあわせたように「はい！」と声が返ってくる。

こうして捜査一課一丸となって動くことになった。今晩、放火が実行されるかどうかはわからない。でも、今度こそ絶対に放火を止めるんだと、亜寿沙も気持ちを引き締める。家や家具だけでなく、思い出も大切なものも何もかも燃え尽くしてしまい、人命すら危険にさらされる放火をもうこれ以上許してなんておけない。

時間は夕暮れ。だんだん、夜が迫ってきていた。

すぐに動ける阿久津と亜寿沙、それに大竹の顔を防犯カメラ映像で見て記憶している強行三係の刑事たちが三人。その五人で一足先に嵯峨野へ向かうことになった。

車のフロントガラスごしに、真っ赤になった太陽が西の山際に隠れるのが見える。

スマホで時間を確認すると、六時半をちょっとすぎたころ。

もし今日、大竹がこの嵯峨野のどこかで火をつけるとしたらそれまでにあと二時間もない。気持ちが急《せ》いてくるのを、亜寿沙は必死になだめた。

嵐山から清滝《きよたき》へと続くバス通りの傍らでパトカーを降りると、二手に分かれて捜索することにする。

「このあたりで鳥居があるっていうと、五山の送り火『鳥居形』のおひざ元である鳥《とり》居本八幡宮《いもとはちまんぐう》しかない。この界隈《かいわい》は寺院はたくさんあるが、神社はそこぐらいしかないんだ。俺たちは鳥居本八幡宮を捜索するから、そっちはここの界隈にあやしい人やものがないか確認してくれ」

阿久津が指示を出すと、強行三係の刑事たちは「はい」と声を揃えて散っていった。

それを見届けると、阿久津と亜寿沙は鳥居本八幡宮へと向かう。

すでに辺りは真っ暗だ。街灯の光と、住宅から洩《も》れる光でなんとか見える程度だった。しかし車道には思った以上に車の往来がある。

「今夜はホシ、来ますかね」

「どうだろうな。本部から後発隊がくれば人が増えるから人海戦術も可能だけど、それまでは俺たちで探してみるしかない」

そんなことを話していると、道の途中で阿久津が足を止めた。

「ここだな」

「え？　ここ、ですか？」

阿久津は住宅と住宅の間にある細い道の奥に視線を向けているが、そちらには街灯もなくて真っ暗だ。鬼に噛《か》まれてから夜目が利くようになったという阿久津には真っ暗な場所でも昼間と同じように見えているらしいが、普通の目しか持たない亜寿沙には闇に塗りつぶされたようにしか見えなかった。

「ああ、悪い。普通は見えないよな」

阿久津がズボンの尻《しり》ポケットに突っ込んであった懐中電灯を手に取って、明かりで前方を照らした。

浮かび上がったのは予想以上に小さな木の鳥居だった。まるで、森の中に溶け込んでしまったかのように一体化して見える。鳥居の足元には、『鳥居本八幡宮』と彫られた石碑が置かれていた。

「ずいぶんと、こぢんまりとした鳥居ですね」

「本殿はこの奥に入ったところにあるはずだ」

亜寿沙も自分の懐中電灯をつける。その明かりを頼りに鳥居をくぐりさらに奥へと進むと小さな社《やしろ》が見えてくる。山の裾野《すその》に抱かれるようにひっそりとたたずむ社。静謐《せいひつ》な空気が辺りを満たしているようだった。

しかし、境内には亜寿沙たち以外に人の姿はまったく見当たらない。手分けして辺りを捜索してみたが、人物はおろか段ボール箱などのあやしいものすら見つからなかった。

阿久津は別動隊として周囲を捜索している強行三係の刑事たちに電話をかけるが、そちらも成果はないようだ。そもそも大竹が連続放火の最後となるであろう放火を行うのが今日とは限らないのだから、何も見つからなくてもおかしくはない。でも、もし大竹が今日放火しようとしているのなら、絶対に見逃すわけにはいかない。

「また、置き配で仕掛けてくるんですかね」

「どうだろうな。京都市内の配送業者にはもううちの手が回っているはずだ。自分で運んで置いていくことも考えられるが、今のところ不審物はみつかってないしな。でも、やつが放火を企てようとするなら次は絶対この近辺が狙われるのは間違いないんだが……」

亜寿沙はスマホを取り出して時間を確認する。すでに七時四十分を過ぎていた。

「他に鳥居のある場所ってないんでしたっけ？」

「ああ。この近辺で神社はここだけ。……いやまてよ、ここは化野か」

阿久津は顎《あご》に拳《こぶし》を当てて虚空を睨む。

「ここから少し行ったところにあだし野念仏寺がある。そういえばそこにも、鳥居じゃないけど、鳥居に似たものがあったんだった」

あだし野念仏寺というと、最近どこかで聞いた名前だ。少し考えて、琴子たちと行く約束をしていたことを思い出す。

(それってもしかして、明日だっけ？　やっぱ、最近月日が経つのがはやくてうっかりしてた)

明日、琴子たちと嵯峨野から化野にかけて散策する予定を入れていたのだ。そこへ、前日に仕事で来ることになるなんて不思議な縁を感じる。

「そこってお寺ですよね。なんで鳥居のようなものがあるんですか？」

「あだし野念仏寺にあるのはトーラナと呼ばれる、インドの仏教寺院なんかに見られる門なんだ。どうやら仏教が伝来した際に一緒に伝わってきたらしい。それが鳥居によく似た形をしていてな、日本の鳥居の原型とする学説もあるくらいなんだ」

阿久津の説明を聞きながら、亜寿沙はさっそくスマホで検索してみる。

すぐにいくつもの写真が出てきた。そこにあったのは、石で作られた鳥居のようなもの。ただ鳥居と違うのは、横に張り出した部分が二段ではなく三段になっていることだ。

「本当に鳥居みたいですね。一応、確認のためにあだし野念仏寺まで行きますか？」

「寺院って夕方五時には閉まるところが多いから、いま行ってももう閉まってんだろうな。まだ人が残っていれば事情を話して中に入れてもらうこともできるけど」

阿久津がそんなことをぼやくのを聞きながら、亜寿沙は内心あれ？　と思う。

明日、琴子たちと嵯峨野を散策したあとあだし野念仏寺まで来る予定だったが、着くのは結構遅い時間みたいなことを琴子からの返信には書いてあった気がする。

（何かイベントがあるから、その写真を撮りたいって書いてあったっけ）

急いであだし野念仏寺のＨＰを開くと『千灯供養』という行事が例年、八月最後の土日に行われているらしいことが書かれていた。つまり今日と明日行われていることになる。

「阿久津さん！　今夜、あだし野念仏寺では千灯供養が行われています！　今日と明日だけは夜の九時まで境内は人がいっぱいですよ！」

亜寿沙の言葉に、阿久津はしまったという顔になった。

「そうか……なんか通りの車の流れが多いなと思ってたけど、それか。人の出入りが多いなら、逆に人に紛れやすくもなる」

もし自分が連続放火事件の犯人だったとしたら。こんな沢山の人がいるイベントを見逃すだろうか。いや、犯人は五山の送り火を模した連続放火をするほど強いこだわりをもった人物なのだ。むしろ最後を飾るのにふさわしい絶好の機会と考えはしないだろうか。背筋が冷たくなる。

もし放火が行われるとしたら、あと三十分しかない。

二人は顔を見合わせると、すぐに駆けだした。阿久津が取ってきてくれた車に乗り、裏道を通ってあだし野念仏寺のすぐ真下に車を停める。

周囲には古い町並みの風情ある景観が残っており、あだし野念仏寺の正門に続く道にも両側に土産物屋などが軒を連ねている。そこに浴衣《ゆかた》を着た女性たちや、大学生らしきグループなど多くの人が行きかっていた。

亜寿沙と阿久津の二人は脇の道から正門へと向かった。本来は拝観料が必要なのだが、阿久津が受付で警察手帳を見せて「すみません。ちょっと、警らをさせてください」と告げると、受付の女性は驚いた様子を見せながらも中に入れてくれた。

「いま、八時ジャストだ。時間がない、二手に分かれよう。俺はこっちを探すから、君はあっちを」

「はいっ」

阿久津は正門を入って左手を順路通りに、亜寿沙は入って右手を順路とは反対に探すことになった。

亜寿沙は砂利の道を走った。走りながら、辺りに注意深く視線を向ける。

境内はあちこちに置かれた間接照明でうっすらとライトアップされてはいるが、すれ違う人たちの顔は暗くてあまり見えない。それでも、もし大竹がここにいれば見つける自信はあった。だてに、ここのところ何時間もあいつの顔を追っていたわけじゃない。頭の中に大竹の顔、背格好、歩き方が染みついていた。

入って少し行くと寺務所があり、その左手に低い石垣で囲われた空間がある。

（うわぁ……！）

その中には、小さな石仏が整然と並べられていた。数えきれないほどの石仏に圧倒される。西院《さい》の河原と呼ばれる場所だ。

千灯供養が行われている今夜はあちこちに蠟燭《ろうそく》が飾られ、無数の仄《ほの》かな明かりがなんともいえない幻想的な光景を作り出していた。

人々は手に持った蠟燭に火を灯《とも》し、石仏の間に置いて手を合わせる。

一本一本の灯《ともしび》が、人の祈りが形をもったもののようにも、人の命の輝きのようにも見えた。穏やかで、静謐で、何人《なんぴと》も侵してはならない純粋な祈りの姿がそこにある。

つい見惚《みと》れてしまいそうになるが、いまは気を取られている場合じゃなかった。

（どこなの。あなたの顔、絶対忘れない。次の放火なんて絶対にさせないんだから）

西院の河原を出て本堂の前を通り過ぎ、さらに奥へと駆けていく。

（いないなら、いないでいい。私たちの捜索が無駄に終わるなら、それでいい。こんなところで、こんなに沢山の人がいるときに放火とか冗談じゃない！）

大竹を見つけたいという気持ちと、こんなところで放火なんておきないでほしいという気持ち。両方の気持ちを抱えて走る。

水子地蔵尊の前まできたときのことだった。ふわりと優しく吹きつけていた風に、ほんのわずかにつんとした臭いが混じっているのを感じて亜寿沙は足を止めた。

（これは、ガソリン‼）

境内に漂う線香や蠟燭の香りとは明らかに違う。亜寿沙はあたりを見回した。

（どこ……？　どこなの……！）

こんな場所でガソリンの臭いをさせているなんて、あいつしかいない。

焦りが胸を焦がす。握りしめたスマホの時刻は夜の八時十五分を過ぎようとしていた。たしか五山の送り火の最後を飾る『鳥居形』に点火されるのは八時二十分だ。あと五分しかない。火が出てからでは遅いのだ。もし火が出れば、これだけの人出だ、パニックになるのは間違いない。

（どこ……⁉）

そのとき、びゅうと風が吹いた。自然と亜寿沙の視線が風上を向く。

風は寺を囲むように生いしげる竹林から吹いていた。その風が確かに運んでくる、ツンとした臭い。

竹林の間には階段状の小径《こみち》がある。その階段をいま、リュックを背負った一人の男が上っていくのが見えた。

風が教えてくれたのだ。探している臭いはここだよ、って。

あの歩き方はまさしく、大竹だ。亜寿沙はすぐにスマホの通話ボタンを押して、スマホを耳に当てた。阿久津が電話に出るやいなや、早口でまくしたてる。

「いました！　あいつです！　いま、竹林を上っています！」

『わかった。岩槻は相手を見逃さないよう見張っててくれ。絶対に接近するな』

それだけ言うと電話は切れた。亜寿沙はスマホを握りしめて、そっと足音を忍ばせながら大竹を追いかける。竹林は西院の河原とは反対方向にあるため、他に人の姿はない。

大竹が階段の途中で足を止めてきょろきょろと辺りを見回し始めたため、亜寿沙は咄嗟《とっさ》に階段下の垣根に身を隠した。

大竹は背負っていたリュックを下ろすと、その中に入っていた液体を階段とその脇を縁どる小柴垣《こしばがき》に撒《ま》き始めた。濃いガソリンの臭いが辺りに漂う。

(ここで火を付けるつもりなんだ!!)

阿久津を待っている暇はない。

「やめなさい！」

亜寿沙はそう叫んで、階段を一気に駆け上がった。

亜寿沙に気付いた大竹はリュックを竹林に投げ込み、ポケットからマッチを取り出した。そして、大竹は笑いながら擦ったマッチを階段に溜《た》まるガソリンに向けて投げた。思わず手を伸ばすものも、

(間に合わない……！)

そう思ったとき。亜寿沙の隣を何かが疾風のような速さで駆け抜けて行った。阿久津だと気付いたときにはもう、彼は大竹の傍まで駆け上っていた。

その右手に何かを握っている。後ろ手に亜寿沙の方へ向けて見せてくれた手のひらには、握り消されたマッチがあった。引火する寸前に、阿久津が燃えたマッチを手で摑《つか》んで握り消したのだ。

大竹もまさかあの距離で阻止されるとは思わなかったのだろう。再びマッチを取り出そうとするが、慌てているせいかばらばらとマッチが箱から零《こぼ》れ落ちた。

「大竹秀幸だな。放火の現行犯で逮捕する」

阿久津が大竹の右腕を摑んだ。そのまま左手で腰に挿した手錠を取り出そうとしたところで大竹がめちゃめちゃに暴れだす。

「私が手錠かけます！」

亜寿沙も二人に駆け寄るが、その前に大竹は阿久津の手から抜けだして竹林の間の

階段を慌てて逃げて行った。

「くそっ、あいつの腕、ガソリンでぬるぬるだ。あのまま火つけてたら、自分まで火だるまになってたぞ」

悪態をつきながら阿久津も大竹を追って階段を上っていく。亜寿沙も手に握りしめていたスマホをジャケットのポケットにしまうと、彼のあとに続いた。

階段の先は木々に囲まれた広場のようになっており、街灯の光が静かに辺りを照らしている。

だが、最上段を上り切ったところで、辺りの景色がぐるんと一変した。

夜だったはずなのに、急に真っ昼間のような明るさに照らされて、亜寿沙はまぶしさに何度か目をしばたたかせる。ようやく光に慣れてきて目を開くと、視界に飛び込んできた景色は一変していた。

「……え？」

目の前には一面、荒野が広がっていた。遠くの山まで見渡せるほど広い。あだし野念仏寺の周りには民家が沢山あったはずなのに、一軒も見当たらない。民家どころか、道路や車などの人工物も一切見えなくなっていた。

荒野には背の高い木はほとんどなく、ぼそぼそと草むらや低木の茂みができている。さらに、あちこちにぼろ切れに包まれた塊のようなものが落ちていて、烏が群がってついばんでいた。

後ろを振り返っても、先ほど上ってきた階段も竹林も消えていた。ただゆるやかな坂が続くだけだ。坂を下りた先には森が広がり、遠くに水面《みなも》を輝かせる大きな川が流れている。

「……しまった。怪異につながったな」

阿久津がぼやくのが聞こえた。

「じゃ、じゃあ、この景色って阿久津さんの鬼の性質のせいで……？」

阿久津は鬼に憑《つ》かれてからというもの、怪異にあいやすいという性質を帯びるようになった。そのせいかと思ったのだが。

「いや、俺のせいもあるが、主な原因はあいつだろうな」

阿久津は前方を指し示す。その先には大竹の姿があった。彼も戸惑った様子で立ち尽くしている。どうやら大竹にもこの景色は見えているようだ。

「あいつが化野で放火なんかしようとするからだ。それが俺の性質と結びついて、この異界を引っ張り出した。いや、異界っていうか、ここはあれだな。土地に残っていたかつての記憶の中か……」

「記憶、ですか……？」

「土地が古い記憶を宿すことは稀《まれ》にある。これが、この土地のかつての姿だったんだよ。あまり周りをよく見ない方がいい。現代に生きる俺たちにはなかなか衝撃的だからな」

見ない方がいい、と言われてはじめて亜寿沙はここがただの荒野ではないことに気づいた。なまぬるい風に乗って漂ってくる臭いに亜寿沙は口と鼻を両手でふさぐ。

（これは……腐臭⁉）

忘れもしない。何度か孤独死現場で嗅《か》いだことのある臭いだ。

（もしかして、あちこちに転がってる布の塊みたいなものは……）

近くにあった塊に視線を向けて、ヒッと喉《のど》の奥が鳴った。

塊だと思っていたもの。それは、人の胴体だった。あばら骨の中は空洞になっていて、申し訳程度に着物の一部が絡みついている。

そばには逆さまになった頭蓋骨《ずがいこつ》が転がっていた。空いた眼窩《がんか》の間を小さな蛇がぬるりと通り過ぎていく。思わず後ずさったときに小さな石仏が足にぶつかった。

悲鳴が喉の奥から飛び出しそうになるのを、両手で口を押さえてなんとか押しとどめるのが精いっぱいだった。

視線を上げてよく見れば、あっちにもこっちにも転がっている塊はどれも人の死体のようだった。まだ人の形を保っているものもあれば、骨の一部が残るだけのものもある。大人の大きさのものもあれば、明らかに子どもと思《おぼ》しきものもあった。

へその緒のようなものがついた小さな塊を、大きな鳥が二羽でギャーギャーと叫びながら奪い合いをしていた。

胃の中からすっぱいものがこみあげてきて、亜寿沙は顔をしかめる。

たくさんの死体がただ朽ちるがままに、鳥についばまれ、地にかえろうとしていた。

こんなところに一人でいたらきっと正気ではいられなかっただろう。阿久津も一緒だったからこそ、なんとかその場に踏ん張って立っていられた。

一方、阿久津はゆっくりと大竹に近寄っていく。

「知ってるか？　ここは化野。平安の時代には、東山の鳥辺野《とりべの》、船岡山《ふなおかやま》の蓮台野《れんだいの》に並ぶ三大風葬地の一つだったんだ。当時はまだ火葬は高貴な身分の人しか許されず、庶民の遺体は野ざらしにされた。化野はとくに、無縁仏や身分の低いものたちの遺体が置かれた場所だったんだ。これは千年前のこの土地の景色だよ」

「……ひっ、く、来んな！　来んな！」

大竹は阿久津の姿を目にとめると、怯《おび》えたように後ずさった。それでも阿久津は歩みを止めない。

「空海《くうかい》が惨状を見かねて寺を建て、供養を始めたのがあだし野念仏寺のはじまりと言われているんだってさ。西院の河原にあつめられた石仏だって、元は供養のためにばらばらに置かれてたものだったんだ」

「来んな！　お前も！　慶子も！　こっち来んな！」

錯乱《さくらん》したように叫びながら、大竹はなおも後ろに下がろうとして転がっていた死体を踏みつけた。ずるりと朽ちた肉体に足を滑らせ、大竹は仰向《あおむ》けに地面へと転がる。

咄嗟《とっさ》に手をついたところにあったものを摑むと、それはウジ虫の這《は》いまわる人間の腕のようなものだった。

「ひ、ひゃあああ!!　くそっ、慶子もお前らも馬鹿にしやがって！」

大竹は阿久津を追い払おうとするように握った腕を投げつける。投げた腕は阿久津の胸に当たって落ちるが、阿久津は気にした様子もなく大竹の前までやってくると彼を見下ろした。

「平安京に都が置かれてから長い間、都の人たちを襲った死因は飢えと病と火事だ。大火事が起こるたびに、ここにもたくさんの死体が安置されただろうな。自分勝手に放火をやったお前のようなやつを、ここの霊たちはどう思うだろうな？」

ふいに阿久津は大竹の腕を摑むと、右腕一本で大竹の身体を軽々と持ち上げてそのまま無造作に投げ飛ばした。大竹は地面に背中を打ち付け、身体をくの字にしてうめいている。それを見て、亜寿沙は戦慄《せんりつ》した。

（もしかして、また鬼に乗っ取られそうになってる!?）

「阿久津さん！」

亜寿沙は走り寄って大竹と阿久津の間に入ると、両手を広げた。

「やりすぎです！　それ以上は懲戒処分になりますよ！」

必死に訴えるが、阿久津は怒りを露《あら》わにする犬のように歯をむき出しにした。

「……う、るさい。シニクデモイイ。イキテイレバナオサライイ。ヒトヲクウノヲジャマスルナ」

唸《うな》るように吐き出される声。そこには、亜寿沙が聞いたことがないほどの冷たい響きが込められていた。阿久津の黒目がこちらを見ているのが、いまはおそろしくて仕方なかった。

亜寿沙は咄嗟に腰を触る。しかし、そこに拳銃《けんじゅう》のホルスターはなかった。

今回はまだ拳銃携帯が許可されていなかったことを思い出し、亜寿沙は焦る。

（こんな状態になった阿久津さんを、どうやって止めれば……）

またひっぱたけば元に戻るのだろうか。いや、そもそもそばまで近づくことなどできるのだろうか。そんなことを考えていると、阿久津が自らの胸を右手でわしづかみにして荒い呼吸を始めた。苦しそうに亜寿沙を見つめ、弱々しい声音で吐き出す。

「岩槻、俺から逃げろ……」

その言葉を聞いて亜寿沙は悟った。

（阿久津さんはいま、戦っているんだ。鬼に侵食されまいとして必死に戦ってる）

だからこそ、逃げることに迷いが生じる。

(逃げる……の?)

こんな状態の阿久津を置いて? 大竹は?

後ろをちらりと見ると、大竹はまだ地面に蹲《うずくま》っていた。呻《うめ》いているような泣いているような声が漏れ聞こえてくる。阿久津に投げられて打ちつけた痛みとともに、精神的にもかなり限界がきているのだろう。あんな状態の彼を無理やり立たせて一緒に逃げるなんてことできるのだろうか。それに、逃げるといったって、そもそもどこへ逃げるというのだ。怪異の中、逃げる場所などどこにも見当たらなかった。

「……俺は、大丈夫だから」

阿久津はそう言うと、ままならない自身の身体を無理やり動かすかのようにぎこちない動作でズボンのポケットに手を突っ込み、握りこむようにして何かを取り出した。

彼が何を手に持っているのかはわからない。

ただ、なぜかすごく不吉な予感がした。こういうとき彼の言う『大丈夫』は全然信じられない。

いままで阿久津が同様の状態になったのは二回。どちらも、阿久津の頬をひっぱたくことで彼は正気に戻った。

あれは彼が部下から引っぱたかれるというありえない状況にあって、ちょっとしたショック状態になったことで彼の精神が鬼の精神よりも優位になったんじゃないかと思うのだ。

(ショックなら……よしっ)

亜寿沙は心を決めて、キッと阿久津を見据えると素早く彼に走り寄る。驚いて目を見張る彼を、亜寿沙はぎゅっと抱きしめた。

「え……?」

阿久津から戸惑う声が聞こえる。次の瞬間、亜寿沙は彼のジャケットを摑《つか》むと、自身の右足で阿久津の右足を外側から大きく払った。バランスを崩した阿久津は思いきり地面に背中から叩《たた》きつけられる。大外刈《おおそとが》りという、柔道の技だ。

「私、警察学校では柔道をとったんです。そのあとも鍛錬を続けて黒帯ももってます」

組み伏せて胸倉をつかんだまま言う亜寿沙。

阿久津は呆《あっ》気《け》に取られた顔で亜寿沙を見上げたあと、何が起こったのか理解して笑い出した。

「ハハ……いろいろ驚いた。君に一本とられるなんてな」

そう言うと阿久津は目に涙まで浮かべて笑っている。その姿に先程までの猛々《たけだけ》しさはなく、いつもの阿久津のように見えた。そのことに亜寿沙もほっと胸をなでおろす。

「言ったじゃないですか。私が、阿久津さんをいつでも正気に戻してみせるって」

亜寿沙も笑みを返した。

本当は自信なんてなかった。今回うまくいったのだって、たまたまだ。次また阿久津が暴走したときにどうなるかなんてわからない。でもとりあえず、今回はいつもの阿久津が戻ってきてくれた。それが嬉《うれ》しかった。

「ありがとう。……君は命の恩人だな」

「そんな、大袈裟《おおげさ》ですよ」

そう返す亜寿沙に、阿久津はあいまいな苦笑を浮かべると、右手の平の中に摑んだ何かを再びポケットにしまった。それが何か気になって聞こうと口を開きかけたとき、

「うわあああ、もういやだあああああ」

と、喚《わめ》く声が聞こえてくる。大竹の声だ。

いつからいたのだろう。大竹の前に一つの人影が立っていた。性別はわからない。衣服はなく、全身が焼けこげたように真っ黒で、ところどころ赤い肉が見えている。生きている人では到底ない。亜寿沙からは背中しか見えないが、焼死したとおぼしきソレは大竹をじっと見下ろしていた。

『ズット……イッショダヨ……』

女の声がしたかと思うと、ソレはすっと目の前から消えた。

あとには、大竹が頭を抱えてうずくまり、うわ言のように訳の分からない言葉を喚

くばかりだ。もう逃亡する気力もなさそうだった。

阿久津は起き上がると大竹に歩み寄り、彼の片腕を後ろに回して身体を拘束する。

「岩槻、今の時間は？」

阿久津に問われ、亜寿沙はポケットからスマホを取り出して時間を確認した。

「八時三十分です」

大竹を見つけてから随分時間が経ったように感じていたが、実際はほんの十五分程度しか経っていなかった。

「放火の現行犯で逮捕、と」

阿久津がそう言ったとき、さわやかな風が辺りを吹き抜ける。

風でさらさらと砂絵が崩されるように辺りの景色が変わっていく。荒野も死体も消えていく。

代わりに現れたのは夜の闇に佇《たたず》む砂利の広場だった。その真ん中に亜寿沙と阿久津、大竹の三人はいた。

広場の片側には墓地が広がっている。奥には、さきほど亜寿沙たちが上ってきた竹林の小径《こみち》も見えた。

怪異から抜けて、現代に戻ったのだ。ようやく日常が返ってきた。

竹林からは爽《さわ》やかな風とともに、パトカーの音がいくつも重なって聞こえてきていた。しばらくして駆け寄ってきた強行三係の刑事たちに大竹を引き渡す。

竹林の小径に残るガソリンの跡や竹林に投げ入れられたリュックの位置も伝えると、阿久津と亜寿沙は本部に戻るため竹林の小径の階段を下りていった。

階段の下にはすでに規制線が張られている。それをくぐると、千灯供養の無数の灯《ともしび》が見えてきた。

本部に戻ったら、やらなければならないことが目白押しだ。

大竹の逮捕状況についての報告書は今日中に書いてしまいたいし、明日以降も大竹の事情聴取の裏付け捜査やら、現場検証の手伝いやら……。

たぶん明日も休みはとれないだろうな、琴子にはお詫《わ》びのメールをしとかなきゃと、ぼんやり考えながら歩いていたら、隣を歩いていた阿久津がぼそっと声をかけてくる。

「その……大丈夫だったか……？」

「私ですか？　大丈夫ですよ。ちょっと……さっきまで吐きそうになってましたけど」

まだ鼻に濃い死臭がこびりついていた。うっかりすると吐きそうになるが、にこっと笑みを浮かべて誤魔化した。孤独死現場を見た時のように、その直後は辛《つら》くても、時間とともに記憶が薄れていくことを期待したい。

「……迷惑かけて、すまなかったな」

いつになく気落ちした様子の阿久津に、かえって亜寿沙の方が慌ててしまう。

「迷惑だなんて思ってません、って。それより、さっきおもいっきり技かけちゃったけど阿久津さんの方こそ大丈夫ですか？」

畳の上ではなく、地面に直接背中を打ち付けたのだ。痛くないはずがないと思うのだが、阿久津は苦笑を返してくる。

「なんでもない、って言ったらウソになるけど、これくらいの痛みがあった方がいまはちょうどいい」

そんな、傍《はた》から見たら特殊性癖を疑われそうなことを大真面目に言うので、亜寿沙はなんだかおかしくなってくすりと笑みを零《こぼ》した。

「シップ貼るんでしたら手伝いますよ。背中って貼りにくいから」

「い、いいよ。自分でやる。それか風見に貼ってもらうからいい」

さらっと風見管理官の名前が出てくるあたり、ほんと仲いいよなぁなんて亜寿沙は思う。

一応、管理官と係長では二階級は違うはずなのだが、大学の同期でキャリア組として警察組織に入ったのも同時という彼らは親友でもあるらしい。

そのときちょうど、西院の河原の入り口を通りかかる。

「あ、先行っててください」

明日は休みを取れないかもしれないと思うと、亜寿沙もちょっとこの幻想的な景色を記憶と写真にとどめておきたくなって足を止める。西院の河原の方へと石垣越しにスマホを向けた。

しかし、カメラアプリを開いて撮影ボタンをおすが、なぜかうまく作動しない。

「あ、あれ？　なんで？」

スマホが壊れたかな？　と思って別の場所にスマホを向けてカメラアプリの撮影ボタンを押すといつも通りに写真が撮れた。

それなのに西院の河原に向けるとやはり再び正常に作動しなくなったのだ。

どこか壊れたのかと亜寿沙は小首をかしげてスマホをひっくりかえしたり、電源をオンオフにしてみたりする。

すると、阿久津が亜寿沙の肩をとんとんと叩いてきた。

何だろうと顔を上げると、阿久津は西院の河原の入り口脇に置かれていた看板を指さしていた。暗くてよく読めなかったが、近づいてよく見れば『西院の河原での撮影禁止』と書かれている。

「ここ、撮影禁止なんですか⁉」

「西院の河原はな。でも、ほかのとこなら撮ってもいいらしいからちょっと撮ってくれば？　ここらへんは心霊写真が撮れるって有名らしいよ」

亜寿沙はスマホを握りしめたまま、ぶんぶんと首を横に振った。

「心霊写真が撮りたくて写真撮ってたんじゃないですから！」

阿久津は「え、そうなの？」みたいな顔をしているのが、またなんとも腹立たしい。

怪異好きの阿久津と一緒にしないでもらいたい。

むすっとスマホをポケットにしまったら、くすくすと阿久津の押し殺した笑い声が聞こえてきた。

「でも、これだけきちんと供養されてたら彷徨《さまよ》う霊なんてどこにいるんだろうな？　俺は怪異の中以外、何もみかけなかったけど」

阿久津は西院の河原を見つめる。数多《あまた》の蠟燭《ろうそく》の灯が、数多の石仏の間で揺れていた。

この石仏は、かつてこの地が風葬地だったときに人々が供養を願って置いたものだという。愛するものとの別れを惜しみ、愛するものがあの世で幸せであることをねがって石に仏を彫り込んだのだ。

亜寿沙はそっと手を合わせる。

「……そうですよね。霊とかそういうの私にはあまりわからないけど」

竹林からは、爽やかな風が吹いてきて境内の蠟燭を揺らめかせる。風は、さわさわと亜寿沙の髪も優しく揺らして通り過ぎていった。

「ここはとても静かで落ち着いた場所だと思います。つい、ずっとここにいたいって思うような穏やかさが心地よくて」

率直な感想を漏らすと、阿久津も「俺もそう思う」と答えて再び歩き出す。彼に亜寿沙もついていった。

この地にははるか昔、怪異が見せたように死体があちこちで野ざらしにされていたのだろう。でも気の遠くなるほど長い年月をかけて丁寧に供養されて大事にされてきた場でもある。千年の時を超えて、いまなおこうして祈りは続いている。

京都という場所の歴史の奥深さを、亜寿沙は思い知ったような気がした。

＊　＊　＊

翌日から大竹秀幸の事情聴取が行われた。

彼は逮捕されたことで観念したのか、それとも最後は不発におわったものの五山の送り火を模した連続放火を一通り実行して目的を達したからなのか、素直に取調べに応じていた。ところが、

「僕は、妻を殺しました」

その言葉からはじまった自供は、事情聴取にかかわった刑事たちを戦慄《せんりつ》させることになる。

大竹秀幸の自供によると、今年の二月にあった自宅の火事はやはり大竹自らによる

放火だった。自ら自宅に火を付けた理由を、彼は「妻を殺したかったから」と告げた。

大竹の妻、慶子はずっと子どもを望んでいたにもかかわらず、子どもが胎内で育ちにくい体質だったのだという。不妊治療の末、妊娠六か月を過ぎて本来なら安定期と言われる時期に入ったあとに死産したことが二度あった。そのことが彼女の精神のバランスを崩し、しだいに酒におぼれるようになっていったのだそうだ。

大竹があだし野念仏寺に鳥居に似たトーラナがあることを知ったのも、水子供養のために慶子とともにしばしば寺を訪れていたからだった。

慶子はアルコール依存症の治療も受けてはいたが、酒が切れなければ不妊治療も難しい。でも酒はやめられない悪循環で自暴自棄になっていたともいう。

そんな妻のことを、大竹は次第に重荷と感じるようになっていった。

そんなとき気分転換に通っていたジムで十歳年下の明るい女性と出会う。彼女に惹《ひ》かれ、付き合うようになるまでに時間はかからなかった。やがて彼女のお腹には新しい命がやどった。

「僕はただ、彼女といっしょになりたかっただけなんです。彼女となら幸せな家庭が築けると思った。でも、慶子は僕が勤めている会社の役員の娘なんです。そのおかげで同期では一番出世も早かったけど、もし僕が不倫して外に子どもまで作ってたことが知れたら、会社にいられなくなってしまう。同業他社も無理でしょう。だから……

慶子が目の前からいなくなればいいと思ったんです。不慮の事故なら、その後、僕が再婚しても誰も怪しまないでしょ？」

そして大竹は、自宅に放火して慶子を殺害することを思いついた。慶子の父に買ってもらった自宅も、そのころには重荷の象徴のように感じるようになっていたという。

寒がりの慶子はすぐに部屋が暖まる石油ファンヒーターを好んで使っていた。

しかも、リビングで一日中酒を飲んでいたのだ。常に泥酔しているような状態で、火が回ってもにげられるはずもない。

そこで、二月の深夜。リビングに置かれた石油ファンヒーターの灯油タンクの中身を、芝刈り機用に買ってあったガソリンにこっそり入れ替えた。

車庫には灯油の入った赤いポリタンクとガソリンの入った青いポリタンクの両方が置いてある。火災原因を、酔った慶子が二つのポリタンクを取り違えて給油したせいにするためだった。

大竹は、いつものようにリビングのソファで酔っぱらって寝ている慶子の姿を確認すると、ガソリンを入れた石油ファンヒーターをONにして二階の寝室へ行ったのだ。

それからしばらくして思惑どおり石油ファンヒーターから出火し、自宅と車庫は全焼。二つのポリタンクも燃えてしまい、焼け跡からは逃げ遅れた慶子の遺体が発見された。

これで、すべてがうまくいくはずだった。

「なぁ、刑事さん。刑事さんにも見えるでしょう？　僕の左側に慶子がいるの。ねぇ、見えますよねぇ」

大竹は大まじめに、事情聴取する刑事たちに聞いたという。だがもちろん、誰の目にも慶子の姿など見えるはずもない。刑事たちは戸惑いを浮かべて顔を見合わせた。

「まっくろに焦げた慶子が、僕のことをじっと見てるんですよ。寝るときも、起きてるときも、ずっと……慶子は僕のことを怒っているんです」

そう言って大竹はしきりに自分の左側を気にする仕草をするのだ。

「それでお寺や神社にも行ってお祓《はら》いもしてもろたんです。そやけど、一向に慶子は消えへんのです」

万策尽きたと思ったとき、偶然、街に貼られていた五山の送り火のポスターに目が留まったのだと大竹は語った。五山の送り火はお盆に戻ってきた先祖の霊をあの世に送り返すという、送り火の意味を持つ。それなら、自分でも五山の送り火をやろう。そうしたらきっと、慶子も今度こそ大人しくあの世に行ってくれるはずだと思いついたのだそうだ。

幸か不幸か、大竹の苗字《みょうじ》にも『大』の字が含まれていた。それなら、慶子が死んだ火事を送り火の起点にすれば、より一層強く慶子をあの世へ送り返す力が働くのではないか。慶子を自分から引きはがすにはもうこれしかないと大竹は思いつめていった。

こうして、一連の連続放火は引き起こされたものだった。

「でも、最後の最後で失敗してもうたから、慶子はいまもここにおるんです。お巡りさん、刑務所でもどこでも行きます。どうか、慶子を引き離してください！　お願いします！　慶子はいまも、黒焦げの顔で笑うんです。笑って僕のこと見てるんです！」

慶子の話をするときまって、大竹は錯乱した様子をみせたという。

事情聴取から戻ってきた徳永は、

「ありゃ、精神鑑定が必要だな。どうにもこうにも理屈のわからん話ばっかで、聞いてるこっちまで頭がどうかなっちまいそうや」

と、羽賀課長と風見管理官相手にぼやくのだった。

そのため風見の指示で阿久津も事情聴取に加わることになった。

事情聴取を終えて自分のデスクへ戻ってきた阿久津に、亜寿沙は身を乗り出して小声で尋ねる。

「阿久津さん。大竹の左側に、慶子さん見えました？」

阿久津は困惑した表情で、小首をかしげた。

「いや、それが何も見えないし、何の気配も感じないんだよな。大竹は相変わらず始終、左側を見ちゃ怯《おび》えてる感じだったけど」

亜寿沙は、手に持っていたボールペンで頬を叩《たた》きながら考える。

「怪異の中にいるとき見た人影は、やっぱり慶子さんだったんですかね。でもいまは阿久津さんにすら見えないのはなんでだろう？」

怪異の中に取り込まれたとき、大竹の前に佇《たたず》む焼死体のような人影を確かに亜寿沙は見ている。大竹はアレを見て、ひどく怯えているようだった。

「大竹が作り出した妄想を俺たちが見てしまったってことも考えられるしな。なんせ怪異の中は通常の常識なんて通用する場所じゃないから。とはいえ連続放火自体は、やり口にかなり計画性がうかがえる。精神鑑定しても実刑は免れないだろうな」

放火は殺人と同等の大罪だ。放火殺人のうえに、連続放火までやった大竹は最悪死刑判決がくだってもおかしくはない。亜寿沙は、ふとあることに気づいた。

（二月の火事は、当初、事故として処理されていた。連続放火があったからこそ、二月の火事も放火だと判明したわけで……）

『死んだはずの慶子が見える』という妄想がなければ、大竹は連続放火事件なんておこすこともなく、いまごろ不倫相手と新たな家庭を築いていたのかもしれない。それは慶子がもっとも避けたかった未来だろう。

（すべて、慶子さんの復讐《ふくしゅう》だったのかな……）

もしそうだとしたら、それは怨念《おんねん》といっても過言ではないほどの強烈な復讐だ。周りを巻き込むこともいとわず、ただひたすらに憎い相手のすべてを壊していく。

大竹の隣で笑っているという焼死体の慶子を想像して、亜寿沙は背筋がぞわぞわと寒くなった。鑑識官の猿渡に教えたら喜びそうな話だが、あいにく亜寿沙はそういう話は苦手なタチだ。

かつての自分なら、そんなの見間違いか幻視だと一笑に付しただろう。しかし、怪異の中で慶子とおぼしき焼死体の背中を見てしまった今となっては、そんな余裕など微塵《みじん》もない。あのまま慶子がこちらを振り向いていたら、焼けただれた顔が笑うのを見てしまったら、と考えると怖くて仕方なくなってくるのだった。

＊　＊　＊

数日後、阿久津と亜寿沙の二人は大阪のとあるマンションに来ていた。

自宅が焼失してしまったため息子夫婦の家に身を寄せている、中村八重子のところへ容疑者逮捕の報告に来たのだ。

八重子はシワの多い目元をくしゃくしゃにして二人を歓迎してくれた。

一通り報告が済んで別れの挨拶《あいさつ》を済ませ、お暇《いとま》しようと玄関で靴を履いたときのことだった。

阿久津の手を、八重子が摑《つか》んで引き留める。

「ほんまに、ありがとう。あんたさんには、感謝してもしきれへんのや。いまもこうやって孫やひ孫の顔をみられるのも、あんたさんのおかげや」

もう何度も聞いた言葉を、八重子はここでも繰り返す。

「はぁ……」

阿久津はそんな素っ気ない態度を返すが、あれはまっすぐに感謝を向けられることに慣れていなくて戸惑っているんだろうと亜寿沙は内心ほほえましく見ていた。

考えてみれば亜寿沙のような普通の警察官あがりなら、交番勤務のときに地域のひとたちとかかわることも多いので、自然と感謝を向けられることにも馴染《なじ》んでくる。しかし、キャリア組の阿久津は降格願いを出して現場の刑事として働くようになるまで、こういう素直な感謝を直接向けられる経験が少なかったのだろう。

なんていうか、上司なのにちょっとそのぶっきらぼうな態度が初々しくてかわいいなとか思ってしまったが、本人には絶対内緒にしておこう。

八重子はにこにこと満面の笑みで阿久津を見上げると、右手に握りこんでいたものを阿久津の手に握らせた。

「お礼になんかさしあげたいんやけど、うちにあったもんはなんもかんも焼けてなくなってしもた。そやから、もうこれくらいしかないんや。もらってくれへんやろか」

「これは……」

阿久津が手のひらを開いてみると、手の中には十センチほどの金属でできた人形《ひとがた》の像があった。長いひげを蓄えて中華風の衣装を身に着けている、大きな剣をもった髭《ひげ》男《おとこ》の像だ。目は大きくぎょろっとしていて、こちらを睨《にら》みつけているようだった。

「焼け跡からなんとかこれだけ拾ってきたんや。何十年もうちを守ってくれはったありがたい守り神やねんけど、もう守ってもらう家もないやろ？　そやから今度はきっと、あんたさんの助けになってくれる思うんや」

そこまで言われると断り切れず、阿久津は押し切られるように礼を言う。

「あ……ありがとうございます」

「あんたさんたちの活躍を祈ってるよ。気ぃつけてな」

ばんばんと背中を叩かれ、阿久津は再び「はぁ……」と困ったように返事をするので、亜寿沙は笑いをこらえるのが辛《つら》かった。

玄関から出ると、息子さんご夫婦と八重子に見送られる。八重子は「気ぃつけて帰りぃや」と念を押した。亜寿沙はお辞儀をし、阿久津ももらった像をズボンのポケットに入れながらぺこりと頭を下げてその場をあとにする。

八重子が気を付けるように念を押すのにはわけがあって、実は台風が関西に近づいているのだ。

予報では九州地方に上陸したあと北に抜けるはずだったので、京都までは来ないだろうと思い、八重子とのアポを変更することなくこうして家まで報告に伺うことになった。しかし、台風は突然進路を変えて、現在、日本列島をなぞるように北東に進んでおり、関西地方にも直撃しそうな勢いなのだ。

まだ暴風域には入っていないというのに、風はかなり強くなっていた。パラパラと水滴が身体にあたりはじめる。

「さあ、早く戻りましょう。電車止まっちゃったら大変ですし」

駅へ向けて駆けだそうとした亜寿沙を、阿久津の声が引き留めた。

「待って。傘あるから」

阿久津は自分のビジネスバッグから黒い折り畳み傘を取り出すと、ポンと開いた。

「これ使いなよ」

阿久津は傘を差しだしてくる。

「え、でも、それじゃあ阿久津さんは？」

亜寿沙に問われて、阿久津は苦笑とともに肩をすくめた。

「俺は走るの速いから、駅まで走ってもそんなに濡《ぬ》れないし」

亜寿沙は両手を前に突きだしてぶんぶんと首を横に振る。

「そんな、阿久津さんの傘なんですから、阿久津さんが使ってくださいよ！　駅まで結構な距離ありますよ!?」

「大丈夫だって」

そんな押し問答をしているうちに、急に雨脚が強くなって土砂降りになってきた。

思わず二人は同時に傘の中に入る。

「うわっ、急に降って来たな」

「そ、そうですね……」

思いがけず、一つの傘の下に身を寄せる形になってしまった。

「仕方ない。このまま一緒に歩いて行くか」

降りやみそうにない空を眺めながら阿久津が言う。

「……は、はい」

亜寿沙はこくこくと頷《うなず》くので精一杯だった。

ほとんどくっつくようにしてすぐ間近に阿久津がいる。変に意識してしまいそうになる気持ちを亜寿沙は必死に振り払おうとするのだが、そうすればそうするほど妙に胸がドキドキと高鳴ってしまうのだ。願わくは観察眼の鋭い彼にそのことを気づかれませんようにと心の中で祈りながら、同じ傘の下、亜寿沙は阿久津と寄り添うように駅へと歩いていった。

第二章　天ヶ瀬《あまがせ》ダムの怪異

男は、釣り仲間の友人とともに二人で宇治《うじ》川に釣りにきていた。

宇治川の水源は琵琶湖《びわこ》だ。琵琶湖の豊富な水が瀬田《せた》川を通って南下し、天ヶ瀬ダムのあたりで宇治川に名前を変える。

その自然豊かな宇治川の上流で釣り糸を垂れてぼんやり釣りを楽しむ時間は、男にとっては日々の疲れを忘れさせてくれる大切なものだった。

釣り糸を垂れるといっても、宇治川で釣れるのはブラックバスだ。

でかいブラックバスを釣るには、ルアーをできるだけ遠くに投げて餌のように動かす必要がある。ブラックバスはだいたい体長三十センチくらいだが、大物になると六十センチを超えるものもいる。特定外来生物なので持ち帰ることはできないが、ただ釣り糸を垂れて食いつくのを待つよりも自分で釣っている実感がもてて、男はこのころブラックバス釣りに嵌《はま》っていた。

しかし、一週間ほど前に記録的な超大型台風というやつが関西地方を直撃した。

雨風だけならともかく、琵琶湖から瀬田川に流れ出た大量の水を下流に流すために、たびたび天ヶ瀬ダムが放流していたから釣りどころではなかったのだ。

そのため、宇治川に釣りに来たのは二週間ぶりだった。

台風の名残か、まだ川の水位は普段より高い。いつもなら水面から出ている岩場も今日は大部分が水に沈んでいた。森の色を写し取った緑の水が目の前をとうとうと流れていく。彼らは水際ぎりぎりの岩場に今日の釣り場を決めた。

「よっしゃ、今日は釣るでー！　絶好の釣り日和や！　大物、まっとれよ！」

意気揚々と釣り竿《ざお》を振る男に対して、近くの岩場に立つ友人は余裕の表情でふふんと鼻を鳴らした。

「大物釣るのは俺やっちゅうねん。前回もその前も勝ったのは俺やったん忘れたんか？」

「あほぬかせ。あんときは調子悪かったんや。今度こそ勝つのは俺や」

気心の知れた相手と、軽口をたたきあいながらいつもの調子で男はリールのハンドルを巻く。遠くに投げ入れたルアーは、すいすいとまるで小魚のような動きをしながら岸へと返ってきた。ブラックバス釣りは、この動きで魚をだまして釣り上げるのだ。

これを何度も繰り返して釣り上げるのだが、何度もやっているとさすがに腕が疲れてくる。

友人の調子はどうだろう？　と少し離れたところで釣りをしていた友人の方に目をやると、友人の釣り糸が岸から二メートルほどのところで止まってうごかなくなっていた。友人は何度も釣り竿を引いたり、リールのハンドルを動かしたりしているようだが上手《うま》くいっていない。

「どないしたん？」

「あかんわ。ルアーが岩場にひっかかったみたいや」

「え？　ほんまか？　ちょっと貸してみ」

男は自分の竿を足元におき、友人を手伝うことにした。

二人で竿をもって引っ張ると、強い抵抗のあと、ずるりと竿が動く感触があった。引っかかりがとれたようだ。友人がハンドルを引くのに合わせてルアーが戻ってくる。

しかし、戻ってきたのはルアーだけではなかった。

手に伝わるずっしりとした重い感触。

水面に何やら大きなものが、ゆったりと漂いながらこちらに近づいてくる。黒い藻のようなものが揺らめいていた。

「なんや、ごみでもひっかけたか？」

「いや、違う……これは……うわああああああ！」

友人は、叫びながら竿から手を離した。

　しかし男は手を離さなかった。いや、離せなかったのだ。身体が硬直して動かなくなっていた。

ルアーにひっかかったものが、ゆったりと水面を漂って近づいてくると、足元の岩場の前で止まった。

つんとした刺激臭が鼻をつく。生ごみにチーズをまぶして、ぐちゃぐちゃに混ぜたものをさらに腐敗させたような、そんな吐き気をもよおす臭いだった。

藻かと思っていたものは、まばらに残った頭髪のようだ。その襟元にルアーがひっかかってとれなくなっていた。水面下にはふらりと漂う腕のようなものも見える。全体がぶよぶよに膨らんではいるが、かろうじて人の形をしているとわかるものだった。

人形だと思いたかったが、この強烈な臭いがそんな望みを打ち砕く。

「け、け、警察……はよ、警察呼んでや!!」

ルアーにひっかかっていたのは、水でふくれた水死体だった。

＊　＊　＊

　連続放火事件の被害者、中村八重子のところに行った日の夜は、台風が直撃して京都市内も暴風雨が荒れ狂った。

亜寿沙はこのときばかりは定時に帰らせてもらったので、なんとか電車の運行停止前に帰路につくことができた。

そして、翌日。

台風一過の空は青く澄みわたっている。空気もいつもより幾分、綺麗《きれい》な気がする。ただ、道路に街路樹から落ちた葉っぱが散乱し、どこから飛んできたのかわからないゴミバケツなども落ちているのを見ると、昨晩の激しい風雨が思い起こされた。

(そういえば、昨日は阿久津さん帰れたのかな……)

使う路線は違うが、阿久津も確か電車通勤のはずだ。昨晩は、台風直撃をおそれて夜の七時ごろには各路線とも止まりはじめていたように思う。

亜寿沙が職場を出た時にはまだ仕事をしていた姿を思い出して心配になるが、

「おはようございます!」

いつものように職場にいけば、自席でもそもそと眠そうな顔でコンビニで買ってきたらしいパンを食べている阿久津がいた。

髪の毛の右側が、結構まとまって上に跳ね上がっている。

あれはおそらく、職場の奥にある休憩スペースのソファで寝たときについた寝ぐせじゃないだろうか。

朝に、阿久津の身だしなみがいつもよりも雑でもっさりしているときは、当直したか仕事で夜勤したかのどちらかなのでわかりやすい。

「阿久津さん、昨日帰らなかったんですね」

「ん？　ああ。うっかり出遅れた。外に出たら一瞬で傘がぶっこわれてずぶ濡《ぬ》れになったから、諦《あきら》めたんだ。去年もでかい台風来たときに、帰りそこなってさ。今度こそ早めに出ようと思ったのにな」

阿久津の言葉に、亜寿沙は一年前のことを思い出す。

「そういえば、去年も今ぐらいの時期に大きな台風来てましたよね。私が前にいた署もしばらく停電しちゃって大変でした」

あのときは、夏だというのに検視のための遺体を入れている冷蔵庫が停電で動かなくなったのだ。急遽《きゅうきょ》氷屋さんから氷を大量に買ってこようとしたもののどこも売り切れで、職員総出で氷を求めて探し回った。あのときの大変さを思い出して、亜寿沙は朝からげんなりする。

「台風も災害っちゃあ、災害だからな。普段なら起こらないような事故とか事件が起こることもあるから気を付けないと。そういや、去年の台風のあと、死体がみつかった事件があったっけ」

阿久津は、食べ終わったパンの袋と飲み終わった野菜スムージーのパックをレジ袋に入れてきゅっと結んだ。

「台風で増水した川に落ちたとかですか？」

　トートバッグを置いて亜寿沙に腰を下ろし、ノートパソコンの電源を入れるという朝の一連の動作をしながら亜寿沙は尋ねる。

「いや、宇治川で釣りをしてた釣り人たちが腐乱死体を釣ったんだ。どうやらダム湖に沈んでたのが、天ヶ瀬ダムが水を放流したときに一緒に流れ出たんだろうなって話だった。何度か行ったことあるダムだったから、よく覚えてるよ」

「うわぁ……」

気の毒な釣り人に心の中で同情する。せっかくの釣りが台無しだったことだろう。

「たしか自宅に遺書があったのと、多額の借金をかかえてたってのが判明して自殺ってことになったんだ。もともと、あのダムはちょっと前まで自殺が多くて自殺の名所とか言われてたからな」

「そんなとこあるんですか!?」

自殺の名所。そんなものが京都府内にあるだなんて、初耳だった。

「ダムから飛び降りりゃ、あの高さだから確実に死ねるからな。死にたいやつに人気があんだろ。っと、ちょっとゴミ捨ててくる」

阿久津はレジ袋をもって立ち上がった。そのとき、なにか違和感を覚えたのか、ん？　と怪訝《けげん》そうな顔をしてズボンの上から右腿《みぎもも》のあたりに触れる。すぐに違和感の原因がわかったようで、今度はポケットの中に手を突っ込んだ。

「どうしたんですか？」

亜寿沙もノートパソコンごしに腰を浮かせて覗《のぞ》き込むと、阿久津はポケットの中から何かを取り出してデスクの上に置いた。

「ああ。昨日、中村さんにもらったやつだ。忘れてた」

それは、ところどころ煤《すす》で黒くなった十センチほどの金属でできた人形《ひとがた》の像だった。長い髭《ひげ》に、中華風の衣装と右手には大きな剣をもっている。ぎょろっとした大きな目で睨《にら》みつけるような姿が印象的だ。

「それ、何の像なんでしょうね。仏像？　閻魔《えんま》様とかですかね？」

阿久津は像を手に取ってしげしげと眺めてから、亜寿沙の手に渡してくれる。

「たぶん、鍾馗《しょうき》だろうな」

「ショウキ？　ですか？」

ちょっと怖そうな見た目だ。でも、よくみると愛嬌《あいきょう》を感じられなくもない。

「中村さんは家を守ってたって言ってたから、たぶん。中国の道教系の神様だよ。いまも京都の古い家には、病除《よ》けや魔除けとして屋根に飾っているところがある」

「へぇ……魔を祓《はら》ってくれるんですね」

そう聞くと急にありがたいもののように思えてくるから不思議だ。

「大きな目をしてるだろ？　その目は小鬼なんかの魔を威嚇してんだそうだ。唐《とう》の皇帝が高熱で臥《ふ》せってたときに、夢の中に現れて、悪さをしていた小鬼たちを退治して皇帝の病を治したと言われている。それ以来、鍾馗は魔除けの神として崇《あが》められるようになったのさ」

「それで、強そうな見た目をしているんですね」

亜寿沙はひとしきり鍾馗の像を眺めたあと、阿久津の手に返した。

「鍾馗は実在した人間だという説もあるんだ。なんでも科挙に失敗して役人になれず、自害したらしい。それを哀れに思った高祖皇帝が手厚く葬ったことに恩義を感じて、死してなお玄宗《げんそう》皇帝を助けに現れた、って伝承にはあるらしいからな」

「科挙って、つまりいまでいう公務員試験！」

警察官も公務員なので、亜寿沙も当然、大学四年生のときに就職活動として警察官採用試験を受けている。そのときのプレッシャーを思い出して、ちょっと胃の奥が痛くなった。それは阿久津も同じだったみたいで、つい二人で神妙な顔をして鍾馗の像を眺めるのだった。

「試験てのは、いつでも胃に悪いもんだよな」

そう言って、阿久津は再びズボンのポケットへ無造作に鍾馗の像をしまう。

「阿久津さんでも試験をプレッシャーに感じたりするんですか？」

たしか彼は国家公務員総合職試験、つまりキャリア官僚になるための試験でも余裕の点数で受かって風見管理官よりもずっと早くに警察庁の内定をもらっていた、と以前風見本人から聞いたおぼえがある。

「いやぁ、筆記試験は落ちるとは思ってなかったけど。面接はどう転ぶかわかんないしな」

たしかに今の阿久津なら、もし午前中に面接があったなら始終眠そうな顔をして面接官に悪い心象を与えそうだ。

(でも、鬼に憑《つ》かれる前の、若い頃の阿久津さんってどんな感じだったんだろう)

きっと今よりもっと自信に満ちて、有能オーラが溢《あふ》れていて、ついでにシャキッとしていたんだろうな。今の風見のように。

その頃の阿久津のことを見てみたかったかも、なんて思いながら亜寿沙は仕事に戻っていった。

幸い、今回の台風はそれほど大きな被害をもたらすことはなかったようで、何事もなく一日が過ぎていく。このまま今日は平穏に終わるんじゃないかな、もしかしたら定時で帰れるかもなんて期待しだした夕方過ぎ。

リリリーンリリリーンとスマホの呼び出し音が鳴り響いた。この黒電話音は、阿久津のスマホだ。自席で分厚い資料のファイルを読んでいた阿久津は、スマホを手に取ると耳に当てた。

「はい。はい、そうですが……。ああ！　あのときの警備員さん？」

途中で声のトーンが変わったので、知り合いらしい。

「え？　ああ、えっと……そういうことは、所轄の警察署に連絡してもらったほうが……うわっ」

阿久津は慌てて、スマホから耳を離す。どうしたのかと思ったら、スマホのスピーカーからぎゃーぎゃーと騒ぐ若い女性の金切り声らしきものが聞こえてきた。

その声がおさまるのを待ってから、阿久津は再びスマホを耳に当てた。

「わかりました。いまからそっち行くんで、待っててください」

そう言って、電話を切る。

「なんか、すごい声でしたね」

亜寿沙にも聞こえるくらいだから、相当な声量で喚《わめ》いていたのだろう。誰かが暴れて手が付けられなくなり、助けを求めてきた事情はとりあえず推察できた。

「一緒にくるか？」

「どこですか？」

阿久津はスマホを切るやいなや、すぐに仕事用のビジネスバッグをデスクの上において外出の準備をはじめる。

「天ヶ瀬ダムだ。そこの警備員から、見学時間が過ぎてるのに帰らない見学客がいるから連れ出そうとしたら、急に暴れ出して手が付けられないから来てくれ、ってさ」

天ヶ瀬ダムという単語に、どこかで聞き覚えがあるなと考えて、すぐに思い出した。朝の会話に出ていた、自殺の名所になっていたダムの名だ。


阿久津が運転する覆面パトカーで向かったのは、京都駅からさらにずっと南に下ったところにある宇治市だった。

一級河川である宇治川の広い川幅に大きな橋が架かっている。木製の欄干がなんとも美しい。この橋は宇治大橋と呼ばれ、日本三古橋のひとつなのだという。

宇治大橋を渡ると、阿久津は左にハンドルをきって宇治川の上流方向へと車を走らせた。平等院鳳凰堂《びょうどういんほうおうどう》界隈《かいわい》の賑《にぎ》やかなあたりを過ぎると、周りに緑が増えてくる。木が生いしげる山肌をなぞるようにして車道が走っており、それと並んで豊富な水をたたえる川が流れていた。

助手席から川を眺めていた亜寿沙の目に、川岸で釣りをしている人たちの姿が映る。阿久津の話にでてきた、昨年の台風のあとに腐乱死体を発見した釣り人も、この川であんな風にルアーを飛ばして釣りをしていたのだろうか。

「天ヶ瀬ダムは自殺の名所として有名だったけど、最近はいろいろ対策を講じてるしいよ。少し前まで夜でも入れたんだが、自殺防止の一環として夜間の立ち入りは禁止されたんだ」

ほかにも、夜は自殺を抑制するブルーライトを設置したり、監視カメラをあちこちに置いて監視体制を強めるなど数々の対策を施しているのだそうだ。そのおかげでダムそのものでの自殺は減ってきているのだと、阿久津が教えてくれた。

「ただ、ダム湖周辺で自殺した遺体や上流から溺死《できし》体が流れ着くことはときどきあるみたいだけどな。それに、周辺の道路が曲がりくねっていて事故も多発してるし、近くに墓地があったりするせいもあるのか、現在でも幽霊の噂は絶えないんだ。だから、前にダムに行ったときに親しくなった警備員さんに、俺の携帯番号伝えて、何か面白い怪奇現象があったら教えてって頼んであったんだけどさ」

何をやってるんだ、この人は。と亜寿沙は内心呆《あき》れかえる。それで今回、その警備員が110番を通さず直接阿久津のもとに助けを求める電話をかけてきたようだ。

もっとも、いま走っているこの車道は滋賀へと続いているため利用者も多い。大型トラックや観光バスにもしばしばすれ違う。こんなに車の通行量が多いのに、幽霊の噂が絶えないというのも不思議な感じがした。

「どんな幽霊がでるんですか……？」

「ダムに関するものだと、ダムの上でダム湖を眺める人影とか、話しかけても反応しない人とか、真夜中にダム湖を泳ぐ人影とかかな。あと、この辺りの道で首無しライダーとすれ違ったとかも聞いたな」

いまはまだ陽があるからいいが、もうすぐ日が暮れる。帰り道はきっと真っ暗になっていることだろう。真夜中にそんなもの見たら、恐怖でハンドル操作を誤って事故を起こしてしまいそうだ。いまは一人じゃないからまだいいが、一緒にいる相手が怪異にあいやすい阿久津なのが不安でもある。

そんなことを考えて一人で不安になっていたら、車は車道から逸《そ》れて坂道を下りはじめた。その先に、『天ヶ瀬ダム管理支所』と書かれた白い建物が現れる。阿久津は脇の駐車スペースに車をとめた。

「ほら、ついたぞ」

車の外に出ると、どこからともなく音楽が聞こえてきた。近くの建物から洩《も》れ聞こえているという感じではなく、渓谷の間に音楽が響き渡っているような印象を受ける。聞く人の心を落ち着かせるような、癒《いや》し系の曲だ。

「なんですか？　この音楽」

「ああ、これも自殺防止の一環なんだろうな。前来たときも昼間はずっと流れてた」

「たしかにこんな音楽が流れていたら、自殺しようという気も削《そ》がれるかもしれないですね」

亜寿沙自身、自殺しようなんて思いつめたことは一度もないから、そういう人の気持ちはわかりかねるところはある。だが、引き返そうかどうしようかと揺れている人ならば、この穏やかな音楽が生への一押しになるのかもしれない。

「……そうだな」

何か考え事でもしていたのか、阿久津の返事に間があったのが亜寿沙は少し気にかかる。けれど、阿久津が管理事務所の方へすたすたと歩きだしたので、遅れまいとついていくうちに心の隅に追いやってしまった。

管理事務所に入って、阿久津が職員に一声かけると『管理人室』へと案内してくれた。ドアをノックし、

「京都府警の阿久津です」

と声をかけたら、すぐにガチャリとドアが開いた。

中から白っぽい作業着を着た白髪の男性が顔を出す。歳は六十は過ぎているだろう。彼は疲れ切った顔をしていたが、阿久津を見るなりパッと顔を輝かせた。

「阿久津さん！　待ってましたよ！」

「お久しぶりです、横山《よこやま》さん。こっちは同じ係の岩槻です」

「岩槻と申しま――」

頭を下げて挨拶《あいさつ》しようとしたところで、室内から響いた声にかき消された。

「放せ！　ふざけんなや！　放せ言うてるやろ⁉　触んな！」

横山は、やれやれと再び疲れを滲《にじ》ませてドアを大きく開くと奥を顎《あご》で示した。

「あの子なんですわ」

部屋の中に入ると、六畳ほどの警備室の奥で少女が髪を振り乱して暴れていた。

それを止めようともう一人の中年の警備員が彼女の身体を後ろから拘束している。

羽交い締めというやつだ。

「疲れて大人しくなるときもあるんですけど、それ以外はずっとこんな調子ですわ。喚くばっかりで話にもなりしまへん」

「うるさい！　誰が来ても帰らへんからな！　今日どうしても飛び込まなあかんねん！　はよせな今日がおわってまうやろ！　放せ、あほ！　お前らもこっちくんな！」

彼女は亜寿沙たちに向かっても暴言をはきかける。茶色く染めたショートカットに、亜寿沙たちを警戒してキッときつく睨《にら》みつける目。赤いルージュをひいた唇から、気の強そうな印象を受ける。年の頃は十代後半にみえた。

「もうどれくらいこうしてるんですか？」

少女には構わず阿久津は横山に尋ねる。

「うちのダムの見学時間は夕方までなんで、それからずっとですわ。この子が朝方からダムにおったたんはワシら警備員はわかっとったんで、それとなしに警戒はしとったんです。でもゲートを閉める時間になっても帰らへんからワシが声かけたら暴れ出したもんで、しかたなくここまで連れてきたんですわ。ダムに飛び込むとかなんとか言うから外に出すわけにもいかへん。勝手にダムのゲートを越えて入ってこられてもこまるし。そやから、ほとほとこまって阿久津さんに電話した次第です。忙しかったやろに、ほんま、すんまへん」

横山は申し訳なさそうに、ぺこぺこと頭を下げる。

「い、いいえ、緊急そうなんでそれはいいんですけど」

次に阿久津は少女に向き直る。

「俺たちは京都府警察本部のものです。ちょっとお話聞かせてほしいんですが」

声をかけるものの、

「うるさい！　お前たちに関係ないやろっ！　でかいの、でしゃばってくんなやっ！」

と、とりつくしまもない。

阿久津は背が高くて、顔立ちも整っているし、陽が落ちつつあるこの時刻には本来の精悍《せいかん》さが戻っている。一方、少女は小柄だ。身長も一五十あるかどうかといったところだろう。阿久津に真正面から見下ろされると威圧感を覚えるのはわかる。

亜寿沙は彼の服の裾《すそ》をくいくいっと引っ張ると、耳元に口を寄せて小声で申し出た。

「阿久津さん、ここは私が……」

「あ、うん。頼む」

阿久津は小さく頷《うなず》き返し、亜寿沙と場所を変わった。

事情を聴取するとき、同性の方が何かとやりやすいものだ。こんな風に警戒心をむき出しにする相手の場合は特に。

「とにかく、いったんその子を解放してあげてください。ずっとその格好じゃ、腕も痛いでしょうから」

亜寿沙は少女を拘束している警備員に言った。

「え、でも」

それでは少女が逃げてしまうと心配して、警備員は同僚の横山や阿久津に視線を彷徨《さまよ》わせた。

「大丈夫です。たとえ彼女が逃げ出そうとしても、この人が絶対捕まえてくれますから。この人、鬼のように走るの速いんです」

阿久津を親指で指して言うと、阿久津は腕を組んで苦笑を浮かべた。

「それは任せてくれ」

「じゃ、じゃあ……」

警備員が少女の拘束を緩めると、少女は乱暴に腕を引き戻してむすっとしたままその場に座り込んだ。膝《ひざ》を両腕で抱える、体育座りというやつだ。

亜寿沙もしゃがんで彼女の前に両膝をつく。

「私は京都府警察本部で刑事をしている岩槻です。まずはあなたのお名前を教えてくれないかな」

少女は膝に顎を載せて床を見つめ、拒否感を全身で表していた。教えてくれるつもりは、まったくなさそうだ。

そのとき亜寿沙は彼女の唇がかさかさになっていることに気づく。

亜寿沙は少し離れたところで心配そうに様子を見守っていた横山に声をかけると、

「すみません。お茶かなにかいただけませんか」

と頼んだ。唇が乾くのは、脱水症状の初期症状の一つでもある。横山の話によると、彼女は朝からずっとダムのところにいたというから、何も飲み食いしていない可能性が高い。

「ああ、それなら、外に出たとこに自販機があったから俺が買ってくるよ。何がい い？」

と、阿久津が言う。

「何か飲みたいもの、ある？　なかったらお茶か、スポーツドリンクにするけど」

亜寿沙は少女に尋ねるが、彼女はしばらく目を泳がせていた。急《せ》かせるようなことはせず、じっと彼女の返答を待つ。

しばらくして彼女はポツリと、「水がいい」と口にした。

すぐに阿久津が外の自販機でミネラルウォーターのペットボトルを買ってきて、彼女に手渡す。

彼女はパシッと奪うように手に取ると、蓋《ふた》をあけて、ごくごくといっきに半分ほど飲み干した。相当喉《のど》が渇いていたのだろう。

口元に垂れた水を手の甲で拭《ふ》いて一息つくと、その両目にみるみる涙が溜《た》まっていった。水を飲んで落ち着いたことで、張り詰めていた気持ちが緩んだのだろう。

堰《せき》を切ったように涙があふれ出てきて、彼女は肩を震わせ、しゃくりあげて泣き始めた。

亜寿沙は何も言わず彼女の背中をさする。

ひとしきり泣いて涙が収まってきたころ、ようやく彼女はぽつりぽつりと自分のことを話し始めた。

「私は、水沢七海《みずさわななみ》」

七海は、市内の大学に通う学生で十九歳になったばかりだと話してくれた。

亜寿沙は慎重に彼女の素性を聞き出していく。

七海の話によると、両親とは死別。いまは小学生の弟とともに親戚《しんせき》の家に身を寄せて暮らしているという。学費は奨学金とバイトでなんとか賄っているのだそうだ。

「お父さんが死んだのは私のせいやねん。そやから、私も生きてるわけにはいかんねん。それでお父さんの遺体が見つかったのと同じ日に、ここで死のう思ってずっとダム見ててんけど、決心つかんくて。気が付いたらこんな時間になってて……」

床を睨みながら七海は決意の籠《こも》った口調で呟《つぶや》く。

それを聞いて、阿久津が「あ！」と声を上げた。

「水沢さんって……この先の宇治川で遺体で見つかった水沢直樹《なおき》さんの娘さんか。そっか、あれからちょうど一年なんだな」

釣り人が腐乱死体を発見したあの事件だと亜寿沙もすぐに気づく。

七海は涙を両目いっぱいにためてこくんと頷き、震えた声で返した。

「そうや。警察は自殺やって言うてはった。でも、そんなはずないねん。お父さんは殺されたんや！　私らのせいで殺されたんや！」

再び取り乱しそうな気配を感じて、亜寿沙は優しく七海の背を撫《な》でた。

撫でながらも内心は疑問でいっぱいになる。

(殺された？　自殺じゃなかったの？　でも遺書もあったって阿久津さんは言ってなかったっけ。筆跡鑑定もしたうえで警察側も本人の筆跡によるものだと判断したんじゃないの？)

七海の背を撫でながら振り返って阿久津に視線を向けると、彼も困惑したように小首をかしげた。

阿久津も亜寿沙の横にしゃがみこむと、七海にひとつ提案する。

「ここでずっと話してても警備員さんたちの業務の邪魔になるから。もし君さえよければ、本部《うち》でもう少し話を聞くけど、どうする？」

阿久津の言葉に、七海は少し考えたあと小さくこくんと頷いた。

「じゃあ、行きましょうか。立てる？」

亜寿沙が差し出した手に七海は摑《つか》まって立ち上がる。亜寿沙に手を引かれてドアの方へと歩き始めたのでそのまま大人しく車まで付いてくるかと思われたが、七海は突然、はっとした顔をしたかとおもうと亜寿沙の手を振りはらって駆けだした。

咄嗟《とっさ》に亜寿沙は七海の手をもう一度摑もうとしたが間に合わない。

警備員たちも急なことで動けないなか、阿久津だけがすぐに彼女のそばへ行っていつでも拘束できるように寄り添った。

七海は警備員室にいくつもあるモニターに釘付《くぎづ》けになっていた。

亜寿沙も後ろから近寄って七海の肩越しに見るが、どうやらダムを映した監視カメラ映像のようだ。

もう陽が落ちているため画面はほとんど真っ黒にちかい。そこに、青い光がぽつぽつと映し出されている。青い光の帯はゆるやかにカーブして弓形になっていた。

ここに来るとき阿久津が、自殺防止のために夜間はダムの上をブルーライトで照らしているのだと話していたことを思い出す。

七海は興奮した様子で、モニターの一つを指さした。

「いま、ここにお父さんが映ってん！　ほんまやって！　絶対あれは、お父さんやった！　湖の方むいてなんか持ってた！　一瞬で消えてしもたけど、絶対お父さんやったんや！」

七海のお父さん。ということは、一年前に腐乱死体でみつかった水沢直樹ということになる。彼がいまそこにいたのだろうか。ぞくりと背筋に寒気が走る。もし本当だとすると、間違いなく幽霊だ。

「なぁ！　信じてや！　ほんまにいまここに、お父さんが！」

信じてもらえないと思ったのだろう。七海は必死に訴えるが、偶然とはいえここにいる刑事二人は特異捜査係なのだ。

亜寿沙にしたって、ああ、いま亡くなったお父さんが娘さんの様子が心配で見に来たのかなぁとすんなり心霊現象を受け入れてしまっていたし、阿久津に至ってはいつもより目が活《い》き活《い》きとしだした。これは絶対、かなりの興味を持っているに違いない。

「ああ。信じるよ。俺も直接見えたわけじゃないけど、君がそういうんならきっといたんだろう。あとで映像を解析してみる」

そう阿久津が伝えると、七海はほっとしたように「うん」と答えた。

そのあとは、初対面の時の拒否っぷりが嘘のように七海は大人しくなって、亜寿沙たちが乗ってきた覆面パトカーの後部座席に亜寿沙とともに乗ると本部までついてきてくれた。


京都府警察本部にもどった亜寿沙たちは、七海を会議室へと案内した。

向かい合わせにした長机の上に、阿久津は本部に戻ってくる途中に立ち寄ったコンビニで買ってきたものをレジ袋から出して広げる。

七海自身が選んだサンドイッチのほかに、おにぎりや菓子パンにチョコレートなどのお菓子、それに缶ボトルやペットボトルが数本。阿久津はその中からコーヒーの缶ボトルを手に取ると、七海の向かいに腰を下ろして蓋をあけ、ごくりと一口飲んだ。

「食べながらでいいよ。腹、へってるだろ？」

七海は遠慮がちにしながらも、パイプ椅子を引いて腰を下ろす。

亜寿沙は阿久津の隣に自分のデスクからもってきたノートパソコンを置いて座った。

七海の父・水沢直樹は、いまのところ自殺と警察は断定している。だから、七海から話をきくことは任意聴取ですらないのだが、一応記録はとっておくことにしたのだ。

七海は目の前に並んだ食べ物に躊躇《ためら》っていたが、お腹がすいてしかたなかったのだろう。サンドイッチを手に取ると、ぱくぱくとすぐに食べ終えてしまった。食べ始めると食欲が止まらなかったようで、そのあとおにぎり一個に菓子パン一個を食べ終えてようやく彼女の手が止まる。

「あの、代金は後で払うから……」

「いいよ、高いもんじゃないし。それより、お父さんのことで知っていることを教えてほしい。場合によっては捜査をやりなおすことになるかもしれないからな」

阿久津に促されて、七海は両手を膝《ひざ》の上に置くと、

「……お父さんを殺したんは早紀《さき》さんや。お父さんは自殺やない。早紀さんに殺されたんや」

そう吐き出すように言って、きゅっと唇を白くなるまで嚙《か》みしめた。目には、怒りの炎が宿っているように、亜寿沙には思えた。

七海の実母は、彼女が小学生のときに病で亡くなったのだそうだ。そのとき九つ違いの弟・海斗《かいと》はまだはじめての誕生日を迎えてもいなかった。それから、父・直樹は男手一つで二人の子を育ててくれた。だから、直樹が気恥ずかしそうに早紀を自宅に連れてきたときは、七海も弟も大いに歓迎したのだと七海は話してくれる。

「だって、お父さん、私たちの世話ばっかりやったから、今度はお父さんにも幸せになってほしかったんや」

ぽつりと一滴、涙が七海の目から零《こぼ》れ落ちた。

「早紀さんは、そのときはいい人やと思った。優しくて、朗らかで、綺麗《きれい》で。料理も上手《うま》くて、よく美味《おい》しいもの食べさせてくれた。だから、お父さんに早紀さんと一緒になりたい言われたとき、本気で嬉《うれ》しかったんや」

本当の家族になれたと七海は感じて、七海も弟の海斗も実の母のように彼女を慕っていた。

しかし、早紀が家にきてしばらく経ってからのこと。父・直樹の様子がおかしくなる。頬がこけてやつれてきた。七海や海斗が話しかけても、ぼんやりとして返事をしないことも増えていった。もしかして何かの病気にかかったんじゃないかと思った七海は直樹に受診を薦めたが、直樹は「大丈夫やから。お前たちは何も心配せんでええんやで」と弱く微笑むだけだったという。

七海は嫌な予感がしたというが、やがてその予感が的中する。直樹が失踪《しっそう》したのだ。その直後、直樹が多額の借金をあちこちの消費者金融からしていたことも知る。直樹の机の引き出しからは、家族にそのことを謝る遺書が見つかった。

そして一か月後、宇治川でみつかった腐乱死体の歯形から失踪した直樹と判明したのだ。警察は直樹の死亡を自殺と判断したため、遺体はすぐに火葬された。

直樹が抱えていた多額の借金は、相続放棄をしたことで七海たちが引き継ぐことはなかった。

だが、死亡保険金については受取人固有の財産となるので相続放棄をしても受け取ることができる。そのため直樹が生前、七海を受取人としてかけてあった死亡保険金三千万円は七海の口座に振り込まれた。

「そんでな。早紀さんにいわれたんや。みんなの生活費と、私の大学の学費にその保険金が必要なんやって。だから、私のハンコと通帳を渡してほしい言われたんや。私は早紀さんを信じて微塵《みじん》も疑ってへんかったから、言われるがままに渡してしもた。委任状とかいうんも書いたおぼえある。そんでな。そのすぐあとにな、早紀さんは私らの前から消えたんや」

まさかと思って銀行で調べると、口座に入っていたはずの三千万は綺麗になくなっていた。早紀のスマホに電話をしてみるものの、スマホは自宅に置きっぱなしになっていたこともわかる。しかも、契約者は直樹だったことをこのとき初めて知る。

「そんときになってな。はじめて気づいたんや……私ら、早紀さんのこと何にもしらんかったんやって。慌ててうちの戸籍謄本とってみたらな、お父さんと籍すら入れてなかったんや」

つまり内縁の関係だったらしい。

「早紀って人の、勤め先とか交友関係はわかってるのか？」

阿久津の質問に、七海はゆるゆると首を横に振る。

「フリーランスでライターの仕事してはる言うてた。その取材で、高校で教師をしてたお父さんと出会ったんやって。そやけど、それも嘘やったんかもしれん。スマホのアドレス帳に入ってた電話番号にも全部かけてみたけど、でたらめばっかしやった。たまにかかる番号もあったけど、そんな女の人なんて知らん言われたし。写真も撮られるのめっちゃ嫌ってたから一枚もないねん」

七海はその後、奨学金を借りてなんとか進学はしたものの、早紀は保険金めあてに父に近づいて親しくなり殺したんだと考えるようになっていった。

「そやから、あんな悪党に心許した私も同罪やねん。私があの女に懐かんかったら、お父さんは死ぬこともなかったにちがいないんや。そんで私、自分が許せんくて……」

それで、贖罪《しょくざい》のために父の死体が見つかった一年前と同じ日に身をなげようとダムへ来たものの決心がつかず、迷っていたところ見学時間を過ぎてしまったためどうしていいかわからず暴れてしまったのだと告白した。

亜寿沙は聞き取った内容をパソコンに打ち込みながら、ずっしりと胃の奥が重くなるようだった。もし七海が言っていることが本当だとしたら、これは立派な保険金詐欺事件だ。その早紀という悪党は、どんな手をつかってでも七海たちに取り入り、水沢家に家族として入り込もうとしたことだろう。そんな悪党に、幼くして母を亡くして母への恋しさを抱えている少女たちが付け入られれば敵《かな》うはずもない。

それでも、七海が自分の過去を責めたくなる気持ちも充分わかるから、余計辛《つら》くなってくる。

「話はわかった。教えてくれて、どうもありがとう」

阿久津は七海に礼を述べると、今回の話をもとにもう一度捜査を洗い直してみることを約束した。

「それにダムに出たお父さんの幽霊の方も、ちょっと調べてみるよ」

阿久津がそう告げると、七海はいまにも泣きそうな顔で目元をくしゃくしゃにして、ぺこりと頭を下げる。

「お願いします！　あいつを捕まえてください！　どうか、お願いします！」

そのあと、親戚《しんせき》に連絡して七海を引き取りにきてもらうことになった。このまま一人で帰しては、またよからぬことを考えて実行しないとも限らないほど、まだ七海の心は不安定なように思えたから。

七海は迎えに来てくれた叔母《おば》につれられて、何度も何度も亜寿沙たちに頭を下げながら帰っていった。

＊＊＊

その日の夜。

自室のベッドで眠りに落ちた亜寿沙は夢をみた。とても嫌な夢だった。

夢の中で、亜寿沙は阿久津とともに事件の容疑者を追っていた。

容疑者の男を廃工場の跡地のような場所で追いつめる。容疑者が逃げようとするのを、阿久津がいつもの驚異的な身体能力ですぐに押さえ込んだ。

しかしそこで、阿久津の様子が一変する。阿久津が容疑者の首を絞めて殺そうとしはじめたのだ。

阿久津が鬼に精神をのっとられようとしていた。

亜寿沙は慌てて阿久津を止めようとする。阿久津の腕にとりすがり、名前を呼んでゆさぶっても彼の手は緩まない。

咄嗟《とっさ》に亜寿沙は阿久津の頰をひっぱたいていた。

首を絞める容疑者の男を凝視していた阿久津の視線が、ぎろりと亜寿沙に向けられる。

怖い。獲物を狙うオオカミのような、おそろしい目だった。

はじめて、阿久津のことを心の底から怖いと思った。

「う、るさい。お前から、喰《く》ってやる」

阿久津が容疑者の男から手を離した。男の身体は地面に崩れ落ちる。

いまの阿久津には、亜寿沙も獲物の一つにしかみえていないようだ。

亜寿沙は小さく悲鳴をあげて逃げようとする。

しかしすぐに回り込まれ、彼の大きな手が亜寿沙の首を摑《つか》んだ。

悲鳴すら握りつぶされ、息ができない。

骨が折れる嫌な音が自分の体内に響いた。

うっすら開けた亜寿沙の目に最後にうつったのは、亜寿沙にかぶりつこうとする阿久津の姿だった。

そこで、亜寿沙は夢から覚めた。がばっと飛び起きると、ぺたぺたと首を触って確かめる。折れたりはしていなそうだ。汗で全身びっしょりになっていて、パジャマが張り付き気持ち悪い。

荒い息を整えながら、あれは夢だったのかとほっとする反面、いつか本当にそんな未来がくるんじゃないかと恐ろしくなって、亜寿沙は自分の両手で身体を掻《か》き抱いた。体の震えはなかなかおさまらなかった。

＊　＊　＊

ある日の晩。

阿久津と風見は、先斗町《ぽんとちょう》のおばんざい料理屋『たいたん』にいた。

阿久津が風見をここに呼び出したのだ。一階のカウンター席に二人並んで座り、目の前に置かれた美味《おい》しそうなおばんざいの数々に舌鼓をうつ。

ウーロン茶を飲む阿久津はいつになく口数が少なくなっていたが、その隣で風見はとくに気にするでもなくのんびりと冷酒をあおっていた。こういうとき気心知れた間柄の気楽さがありがたい。

カウンターの上の料理が半分ほどなくなったころ、風見が手酌で冷酒を空になったおちょこへとそそぎながらポツリと言った。

「そういえば、あの天ヶ瀬ダムの事件さ。再捜査することになりそうだ」

「え？」

頭の中にあることをどう切り出そうかとそればかり考えていた阿久津は、意表をつかれて一瞬何を言われたのかわからなかった。

「だから天ヶ瀬ダムの腐乱死体の件だよ。娘さんが再捜査を望んでるって、お前からの報告書に書いてあっただろ」

「あ、ああ。あの件か……」

「実は捜査二課で追ってる連続保険金殺人事件があってさ。一課《うち》の四係と合同捜査してるんだけど。もしかして水沢さんの件も関連があるかもしれないと思ってお前の報告書を二課の綾小路《あやのこうじ》課長に見せたんだよ。そしたら、関連性が疑われるから捜査の中に組み入れたいってさ」

綾小路課長というと、切れ者で評判の人だ。小柄だがベリーショートの白髪と、鋭い目つきが印象的な女性だった。

捜査第二課は、詐欺や汚職、企業犯罪などの知能犯を扱う部署だ。阿久津も警視庁時代は二課で理事官をしていたので、扱う業務にはなじみが深い。

「そっか。綾小路課長が動いてくれるんなら、すぐにホシもあがりそうだな」

軽い気持ちでそう答えた阿久津だったが、風見からは渋い苦笑が返ってきた。

「それが、捜査はなかなか難航してるらしいよ。なんでも、ホシは正体を隠すのがうまいらしくてさ。全然尻尾《しっぽ》を摑ませてくれないんだってさ。いままで判明している名前も、プロフィールも、仕事も、連絡先もすべて偽称。指紋も該当なし。どんだけ余罪があるかすら、まだ定かじゃなくてさ。だから水沢さんの件がもしかしたら捜査の糸口になるかもしれないって期待してるみたいなんだ」

もし水沢家に入り込んだ早紀という女がその連続保険金殺人事件の犯人と同一人物だとしたら、水沢家はとんでもない相手に目をつけられてしまったことになる。

阿久津はストローでウーロン茶をかきまぜながら、先日目にした水沢七海の姿を思い浮かべた。

彼女はダムから飛び降りることに妙にこだわっているように見えた。しかし、父親の水沢直樹が遺体で発見されたのは、ダムより少し下流に行った宇治川の中腹だ。にもかかわらず、ダムへのあのこだわりは何なのだろうと気にはなっていた。ダムから立ち去る際に、七海が監視カメラにうつっていたとしきりに主張していた直樹の姿も気にかかる。もしかしてあれは、直樹が何かを訴えたくて七海をあそこに呼びよせたのではないかとも思えたのだ。

「俺も少し調べたいことがあるんだ」

「それは、今まで同様、独自に捜査してくれて構わないよ。そのための特異捜査係だろ？」

「助かる。……あと、一つ頼みがあるんだけど」

言いにくそうに、阿久津は口にした。

「何？　僕にできることなら、なんなりと」

調子よく風見は返す。

「あのさ。岩槻を……俺から外してもらえないかな。三係の徳永さんのとことか良《い》いと思うんだ」

「なんで⁉」

風見は目を丸くして、声を上げた。

なぜといわれても、本当の理由なんて言えない。

(このままだと、彼女を傷つけてしまいそうで怖いから……なんて、言えないよな)

阿久津が鬼に精神をのっとられそうになったとき、いつも彼女が阿久津を正気に戻してくれた。でも逆に言うと、阿久津がおかしくなりそうなときに彼女がいつもそばにいるのだ。

犯人を追いつめていると、鬼はすかさず阿久津の心に忍び寄ってくる。犯人を捕まえようと高ぶる心を、すぐにアイツは殺意へと塗り替えていく。そして自我が保てなくなってしまう。

(我に返ったとき、もし俺が彼女に取り返しのつかないことをしていたら……)

それを考えると怖ろしくてたまらなかった。

鬼に完全に侵食されてしまえば自分がどうなるのかということも怖くてたまらないが、それ以上に、彼女をどうにかしてしまうんじゃないかという不安の方が強かった。彼女を傷つけないでいられるなら、自分がどうなったってかまわないとすら思う。だが、たった二人だけの係で上司・部下の関係である限りは、どうしても一緒に行動する機会は避けられない。だから、彼女を他の係へ移そうと考えたのだ。

よほどつらそうな顔をしていたのだろう。風見が阿久津の背をあやすようにぽんぽんと優しく叩《たた》く。

「落ち着けよ。んな、泣きそうな顔するなって。……事情はよくわからないけど、お前が希望するならそうなるように力は尽くすけど、異動するにしたって来年の四月が最速だ」

「それは……わかってる」

「岩槻さんもお前のこと心配してたよ」

「俺のこと？」

「見てるとハラハラするって言ってた」

「……そうだろうな」

心配かけているのはわかっている。だから、余計に早く、彼女を自分の下から解放して、別の係に異動させてやりたいと考えていた。

「……お前、変わったよな。京都来てから」

変わったのは間違いない。体質的なものも大きく変わったし、降格して立場も随分変わった。

風見は白和《しらあ》えの小鉢に箸《はし》をつけながら、独り言のように話し出す。

「いや、変わったのはもう少し前からかな。例の歌舞伎町《かぶきちょう》での捕り物のあとくらいじゃなかったっけか」

阿久津は内心ぎくりとする。咄嗟《とっさ》に違うと言おうとしたけれど、余計白々しくなると考え直して結局何も言えなかった。

阿久津が降格希望と京都への異動希望を出して京都府警へきたのと同じタイミングで、風見もこっちへ異動してきている。そのことだって、もしかしたら風見は阿久津の異動希望を事前に察知したうえで、自らも希望してこっちへ移ってきたんじゃないかとの疑いを持っていたが、怖くて本人に聞いたことはない。

なぜ風見がそこまで阿久津に執着するのか。

風見とは大学時代からの友人……親友といってもいい仲だが、それだけで普通は追いかけてなんかこないだろう。

もしかして、風見はある程度、阿久津の変化の原因に気付いて、罪悪感を持っているんじゃないか。だから、阿久津を放っておけなかったんじゃないか。そんな気がしてならなかった。

「なんか困ったことがあるなら、なんでも言ってよ」

風見の声音はいつになく優しい。でも、風見は阿久津の変化の推移にそこまで気付いていながら、それ以上は踏み込んでこようとはしなかった。阿久津が自ら言うまで待ってくれているのだろう。でも、阿久津もまだ打ち明ける勇気がもてないでいた。

「ありがとう。わかってる。わかってるけど……」

やっぱり、言えるわけがない。風見の前で認めてしまうわけにはいかなかった。

(だって、あのとき。田所の事件を本庁で指揮してたのはお前だった)

阿久津は、からからになった喉《のど》にウーロン茶を流し込む。

(あの雑居ビルに田所が逃げ込んでる疑いがあるってわかったとき、たまたま現場にいて一番階級が高かった俺を現場指揮に任命したのも、突入して田所を拘束するよう指示を出したのも……お前だったんだから)

あの突入のあと田所に噛《か》まれたことで鬼に憑《つ》かれて阿久津がおかしくなってしまったことを風見が知ったら、風見は自分を責めるだろう。自分のせいで阿久津をそんな風にしてしまったと悔やむだろう。

(だから、絶対に言えない)

阿久津は、ウーロン茶のジョッキを置いた。ゴトッとテーブルが鳴る。

「……お前のこと、何かと頼りにしてるのは申し訳なく思ってる。甘えてばかりでふがいないって思う。でも、それでも、お前が京都にいてくれて、こうやって話せるのが俺にはすごくありがたいんだ」

鬼に憑かれた云々《うんぬん》はいえないけれど、素直な気持ちを吐露すれば、風見はフフッと笑った。

「いくらでも頼ればいいんだよ。僕はこう見えて、とっても優秀だからね」

なんて胸を叩いておどけて見せるので、阿久津の顔にもようやく小さな笑みが戻る。

そのあとはいつものように、他愛もないことをしゃべりあった。

久しぶりに、料理の味がちゃんと感じられたような気がした。

＊　＊　＊

その後、水沢直樹の件は連続保険金殺人事件との関連が強く疑われることから、正式に一課と二課で合同捜査されることになった。

再度、水沢七海と弟の海斗から詳しい事情を聴くことになったのだが、案の定、早紀の所有物や早紀に繋《つな》がる有力な物証は七海の許《もと》には何も残ってはいなかった。

早紀が使っていたスマホは直樹名義で契約したもので、通話歴も水沢家の人たち以外になかった。七海たちに知らせていたプロフィールもすべて嘘だったことも裏付け捜査で明らかになる。かつて七海たちと住んでいた家も、借金返済のためにすでに売却されて他人のものとなっていた。

行方をくらませた早紀と名乗る女性に繋がるものは、ここでもまた発見にはいたらなかったのだ。

一方、阿久津と亜寿沙は幽霊の調査としてまず、七海がダムで直樹の姿を見たと言った日の監視カメラ映像を見直してみることからはじめた。

確認してみると、七海が言っていたとおり、ダムの端に佇《たたず》む人影が突然現れて、数分後に忽然《こつぜん》と消えてしまう様子が映っていた。ただ人影は不鮮明で、顔までは判別できそうになかった。

一応、七海にも見てもらったところ、確かにあの日に見たのはこの人影に間違いないという。ただ七海自身も、

「なんでこれをお父さんって思うたんやろ。今、改めて見るとよぅわからへん。そやけど、あの日は確かに絶対お父さんやって思うたんや。あ、でも、ここにリュックサック抱えてはるやろ？　お父さんも同じようなん持ってたはずや。あのリュック、お父さんがよく使ってはったんやけど、どこいったんやろう？」

と不思議がっていた。リュックは、遺品整理をした際に父の持ち物の中にはなかったのだという。

その後、阿久津と亜寿沙は時間があるときを見繕っては夜に何度も天ヶ瀬ダムを訪

れた。人影を探すだけなら、監視カメラ映像をコピーさせてもらって職場で見れば済むことだが、あそこに現れたのが本当に直樹の霊なのか現地で確認してみたかったのだ。

警備員の横山はこのダムに勤めて十年以上になるベテランだが、不審な人影自体は監視カメラにはちょくちょく映るのだという。

「もうそんなんいちいち気にしてたら仕事になりませんわ。幽霊はダムに飛び込んでも死んだりせぇへんから放っておいてええんです。ワシらが警戒してるんは、生きてる人間がこのダムに夜間忍び込むことなんですわ。もうこれ以上、幽霊を増やすわけにはいきまへんからな」

そういって、横山は静かに笑っていた。

実際、夜の谷間に青い筋となって浮かび上がるダムの輪郭を見ていると、もうこれ以上二度と自殺者を出してなるものかという関係者たちの固い意志を亜寿沙は感じるのだった。

この日も亜寿沙は仕事帰りにダムへ立ち寄り、モニターの並ぶデスクの前に座って監視カメラ映像に目を光らせていた。

監視カメラは、ダムのあちこちにとりつけられている。それを管理人室にあるモニターごしに阿久津と手分けして見ているのだ。

「今日は出てくれるといいですね。例の人影」

「まぁな。このまま二度と出てこない可能性もあるけどな」

やっぱり、七海がいるときだけ現れるんじゃないだろうか。そんなことも思わないではない。でも、ここに七海を連れてくることは危険すぎる。いまは直樹に対する捜査が再開されたことで気持ちを落ち着けてくれているが、いつまた極端な方向に振り切れかねない危うさを秘めているように思えたからだ。

「なぁ。あの日にダムに現れたのが直樹さんの霊だったとして、なんであの日あの場所に現れたんだろうな」

ぽつりと阿久津が亜寿沙の隣でモニターの画面を見ながら呟《つぶや》く。

「娘に会いたかったから、ですかね？」

「でも娘に会いたいなら、ダムじゃなくてもいいだろ？　実際、二人は直接会ってないんだし」

確かにそうだ。なんなら、枕元に立つだけで済むのに、なぜ娘の七海がダムに来た日に監視カメラ越しに姿を現したのか。

「じゃあ、娘の自殺を止めたかったから？」

「俺もはじめはそう思ったんだけどさ。死んだ親父が目の前に現れたら、下手したら迎えに来たとか思われて逆効果にもならないか？」

言われてみればそうかもしれない。死んだ者が姿を現した。それだけだと、生きている人間がどう受け止めるかは人による。真逆に受け止められる可能性だってあるだろう。

「じゃあ、阿久津さんはどう思うんですか？」

「うーん。幽霊になったことないからよくはわかんないが、どうしても知らせたいことでもあったのかな、とか」

「知らせたい、こと……」

俯《うつむ》いてダムを見ている姿で知らせたいことって、何だろう。と、亜寿沙が考えにふけりそうになったときだった。

「見ろ、これ」

鋭い声で阿久津が、モニターの一つを指さした。

その映像を見た瞬間、亜寿沙の背筋をぞわりと鳥肌が駆け上っていくようだった。

いつの間に現れたのだろうか。人影がダムに沿ってゆっくりと歩いている。

もちろんいまはダムへと続くゲートは閉ざされ、一般人の立ち入りは禁止になっている。

ダムには等間隔に青い光を放つ照明器具が設置されているが、その人影は照明器具のすぐそばを通ってもなお、黒い人影のまま。顔が見えない。性別もわからない。ただゆっくりとダムの奥へと移動しているようだった。

「行ってみよう」

「は、はいっ」

二人で管理事務所を出る。左手に曲がればすぐにダムの入り口だ。

夜間は閉めてあるゲートの鍵《かぎ》もあらかじめ管理人室から借りてきてあった。ゲートを開けると、パッと目に飛び込んできたのは暗闇に浮かびあがる青いアーチ。まるで大きな鳳凰《ほうおう》が羽を広げたような美しい弓なりの形をしていた。ダムの東側に広がるダム湖は別名を鳳凰湖というのだそうだ。

明るい時間帯にもダムやその周辺は巡回したし、日が沈んでからダムの上に来たのもはじめてではない。そのときは闇の中に浮かぶ青い橋のようなダムは、ロマンチックですらあると亜寿沙は思ったものだ。

しかし、今は違った。

くなる。

んだ。

たけと

とにダ

ムの向こう側からこちらを覗《のぞ》いているような気がして、急に怖くなった。

ダムの向こうは真っ暗な闇が広がっている。もし引きずり込まれたら、助かる術《すべ》はないだろう。

つい早足になって阿久津の隣に並ぶと、阿久津が苦笑しながら目の前に手を差し出してきた。

「不安なら、手つなぐ？」

「大丈夫です！」

むっと亜寿沙は返す。おかげで、すこし恐怖が紛れた気がした。

そうこうしているうちに、二人はダムの中頃まできていた。さっき監視カメラ映像に人影が映っていたのはこのあたりだったはず。

人影の歩みは遅かったのですぐに追いつけるかと思ったのに、すでに周囲には人影はなかった。

「やっぱ消えちまったかな」

「そうみたいですね」

ほっと胸をなでおろしたときだった。

『ごめんな……』

ぼそりとそう、すぐ近くでささやく声が聞こえた気がした。

「え？」

足を止めてなにげなく後ろを振りむいた亜寿沙は、驚きのあまりヒッと喉《のど》を鳴らす。

亜寿沙にまるでくっつくようにして、すぐそばに中年の男が立っていた。

音なんてしなかった。気配なんてなかった。

それなのにすぐ間近に男がいる。

ぐっしょりと全身が濡《ぬ》れたスーツ姿の中年の男は、俯いてダム湖の方を見つめていた。腕には黒いリュックを抱えている。

『ごめんな……』

男はしきりに同じ言葉をつぶやいていた。

亜寿沙は呼吸が浅くなるのを感じる。恐怖で身体が動かない。見たくないのに視線が外せない。

『ごめんな……』

青白く、生気のまったく感じられない男の顔。一言一言呟くたびに、男の顔が少しずつ亜寿沙の方に向いてくることに気付いて血の気が引く。

『ごめんな……』

『ごめんな……』

『ごめんな……』

ギ、ギ、ギと、少しずつ男の顔が亜寿沙の方を向いてくる。あと少しで目があいそうになり、亜寿沙は思わずぎゅっと目を閉じた。

『ごめ……』

「何を謝ってんっすか？」

男の言葉に被《かぶ》せるように聞こえたのは、阿久津の声だった。

（阿久津さん……！）

藁《わら》にもすがる思いで目を開けると、阿久津は男を挟むように反対側に立っていた。男と同じようにダム湖の方を向いて湖面を覗き込む。

「あなた、水沢直樹さんですよね。娘の七海さんが、あなたは殺されたんだって言ってました」

阿久津は生きている人に接するのと変わらない調子で男に話しかける。

男は何も言わない。さっきまでしきりに呟いていた謝罪の言葉もやめてしまった。ただじっとうつむいて再び湖の方を眺めているだけ。

「あなたは何を伝えたいんですか？」

阿久津が傍にいてくれるだけで、亜寿沙の心はかなり落ち着きを取り戻す。そして改めて男を観察すると、たしかに面影が七海によく似ていた。胸に抱きしめるようにかかえているのはビジネスリュックのようだ。七海が証言した姿と同じだった。

男からふわりと甘い香りが漂ってくる。

(これは……お酒の臭い……?)

なぜそんな臭いがするのだろうと不思議に思っていると、唐突に声をかけられた。

「あんたら、どうしたんや?」

とたとたと懐中電灯片手にこちらへ駆けてくるのは警備員の横山だ。

横山の方に視線を向けて、再び男に目を戻すともうそこには誰もいなかった。跡形もなく消えてしまっている。

「え? あ、いま、ここに水沢さんがいらっしゃって」

あたふたと説明する亜寿沙だったが、横山は、

「何を言ってはんねんな。ずっとあんたさんら二人だけやったで」

と言って、薄気味悪そうな顔をするのだった。

そのあと、もう三時間ほど管理人室でねばってみたが、直樹の霊が再び現れることはなかった。

とりあえず今夜の幽霊調査は切り上げて一旦《いったん》本部へ戻ることにしたのだが、阿久津

は「ちょっと気になることがあるんだけど、いいかな」と言って、なぜか宇治の市街地へ向かうのとは逆方向へと車を走らせた。川の上流へと車を進め、橋を渡って川の反対側に渡ると、今度は川沿いに下って再び天ヶ瀬ダムへと戻ってくる。こちらの車道の方がダムより標高の高い場所を走っているため、木々の隙間から天ヶ瀬ダムの青い光が見下ろせた。阿久津はダムの北側の山中にある森林公園の駐車場へと車を駐めてシートベルトを外す。

「どこ行くんですか？」

「ああ、君は危ないから車に残っていていいよ」

そう言って阿久津は車を降りて行ってしまった。

そうは言われても、かろうじて街灯はあるものの、ここはまわりに民家の明かりすらない森林の中。すぐ真下には自殺の名所と言われるダムがあるのだ。ついでに、街灯の下には命の電話のポスターまで貼ってあった。

こんなところで一人置いていかれるなんてまっぴらごめんだと、亜寿沙は懐中電灯を手にすると、すぐに阿久津の背中を追う。

森林公園から階段をひたすら下ると、天ヶ瀬ダムへと続く道に出る。もちろんこちら側にも施錠されたゲートが立ちふさがっており勝手に出入りできないようになっているのだが、阿久津はゲートの手前で階段から逸《そ》れるとダム湖側へと下りた。亜寿沙もそれに続く。

木の枝をかき分けて下っていくと、すぐにダムの湖面が目に入った。

懐中電灯に照らされた湖面は墨汁を垂れ流したように真っ黒だ。今にもかつてここで亡くなった亡霊の腕が伸びてきて亜寿沙の身体を摑《つか》んできそうで、怖くて近寄れない。一方、阿久津は平気な様子で湖面のすぐそばまで歩いて行った。

「あ、懐中電灯は消しといてもらえないかな。警備員さんたちにみつかると厄介だ」

なんて言いながら、もぞもぞと阿久津は上着を脱ぎ始めた。つまり、見つかると絶対止められることをいまからやろうとしているのだ。

「阿久津さん。もしかして湖に潜ろうとか思ってません？」

「正解。さっき、水沢さんがしきりに湖の方見てたからさ。なんかあんのかなと思って調べたくなったんだ」

「そんな、いくらなんでも危ないですよ！」

慌てて亜寿沙は止めようとするが、阿久津は「平気平気」となんでもないことのように言って湖の中へ飛び込んでしまった。

「平気……なわけ、ないでしょ⁉」

思わずそう叫んだものの、水に潜ってしまった阿久津には聞こえそうもない。

それよりも、懐中電灯を点《つ》けることも禁じられ、そのうえ湖の畔《ほとり》に一人で取り残された亜寿沙は、闇の中で阿久津の帰りを待つほかなかった。湖から少し離れたところで、体育座りをして縮こまる。正直、駐車場の車の中にいたときよりも数倍恐怖が増している。あっちはまだ街灯があったのに、ここには自分の身体の輪郭すらわからなくなるほどの暗闇しかない。少し離れた場所にそびえるダムは上部がぼんやりと青い光に縁どられており、まるで暗闇の中に浮かび上がっているかのようだ。

(何よ！　阿久津さんは夜目が利くから平気だろうけど、私はそうじゃないんだからね!?)

勝手についてきておきながら理不尽だとは思うものの、怖さを紛らわせるために恐怖を怒りに変えて脳内で阿久津にぶつけるしかなかった。特異捜査係に配属になってからというもの怖い目にあってばかりだ。この前みた夢のことも思い起こされて、亜寿沙はぎゅっと膝《ひざ》を強く抱く。あの夢のことを思い出すたび、怖さとともに胸苦しさがこみあげてくる。

(ほんとに……阿久津さん、これからどうなっちゃうんだろう……)

暗闇の中にいるせいか、心がどんどん内側へと潜り始めていた。

(いつか鬼に侵食されたまま戻らなくなっちゃうのかな……。だったら、私はどうしたらいいんだろう。ううん……私にできることなんてほとんどないんだろうけど……それでもやっぱり放っておけない……)

阿久津の仕事ぶりは信頼しているし、上司として尊敬もしていると思う。でも、それだけじゃない。どうしても離れがたく感じてしまう自分がいた。

(なんだろうな、この気持ち……)

もう二十七年生きてきたのだから、この感情の意味を理解はしている。でも認めたくなかった。小さな吐息が漏れる。

(だめだよ。上司に対してこんなこと想ってたら……公私混同も甚だしい)

そんなことを考えていた亜寿沙の耳に、ぴちゃりと水音が聞こえてきた。

ぴちゃ、ぴちゃり。

こっちに近づいてくる水音に、つい禁止されていたのも忘れて咄嗟《とっさ》に懐中電灯を向けると、眩《まぶ》しそうにしながら陸地へと上がってくる阿久津の姿があった。ぷるぷると犬のように頭を振るものだから、水しぶきが飛んでくる。

「うわっ、ちょっ、やめてくださいっ」

「ああ、すまない」

阿久津は手に何か黒いものを持っていた。亜寿沙は傍らに置いてあった阿久津の上着を手に取って彼に渡すと、懐中電灯の光を彼が持っているものに向けた。

「何を見つけてきたんですか?」

「直樹さんが見てたあたりを探して潜ってみたら、ダム湖の底にこれが落ちてた」

「底まで潜ったんですか⁉」

驚いた声を出す亜寿沙。

「ああ。湖の底には泥が堆積《たいせき》してて、リュックは一部分だけが出た状態で埋まってた」

阿久津はなんでもないことのように言う。

人間が素潜りできる深さは、通常五メートル程度。訓練すれば三、四十メートルほど可能だといわれているが、湖の深さは五十メートルくらいありそうだ。いくら底に泥が堆積していたといっても、一体どれほどの深さを潜ったのだろうか。これも鬼の力がなせるわざなのだろう。

そのうえ、湖の底は昼でもかなりの暗さにちがいない。まして今は夜。人間離れした身体能力と夜目の利く阿久津にしかできない芸当だった。

もし捜査本部で探すとなったら、潜水士を何人も要請しないとならなかったことだろう。

「……潜水病とか大丈夫なんですか？」

「い、いまのところは」

また病院に行けと強く言われると思ったのか阿久津は慌てたように返すが、

「ちょっとでも体調悪かったら、すぐに病院に行ってくださいね」

亜寿沙は小さく嘆息すると一言言うにとどめた。見た感じ、不調も怪我もなさそうだったからだ。それでももうちょっと自分の身体を大事にしてほしいという気持ちがにじみ出て、いつもより抑えた声になってしまった。

「わかってるよ」

阿久津はすまなそうに首を掻《か》く。こういうときの彼は、なんだか怒られた大型犬みたいだななんてつい思ってしまった。

上着を着た阿久津とともに車へ戻る。街灯の光で改めて見ると、阿久津のズボンはまだぐっしょりと濡《ぬ》れていた。

「ちょ、阿久津さん！　それで車に乗っちゃだめですよ！　でも、バスタオルとかもないし、どうしよう……」

そのまま乗ってシートが濡れることを心配する亜寿沙だったが、阿久津は、

「大丈夫大丈夫、濡れてもすぐ乾くから」

なんて意に介した様子もなく運転席に乗り込む。

「……次、この車に乗る人に怒られてもしりませんからね」

はぁ、と溜息を一つつくと亜寿沙も助手席に乗って車内の明かりをつけた。阿久津が湖から持ち帰ってきたものは、黒いビジネスリュックだった。直樹の幽霊が抱えていたものとそっくりだ。

中を開けると、財布が出てきた。保険証には水沢直樹の名前。これでこのバッグの

持ち主が直樹であると推定できる。

他には折り畳み傘やパスケースに入った交通系ICカードなどのほかに、スマホとボイスレコーダーが出てきた。どちらも長い間水に浸《つ》かっていたので作動するかどうかは不明だが、とりあえず持ち帰って修復できる人間に見てもらうことにした。


ダムで拾った水沢直樹のビジネスリュックに入っていたスマホとボイスレコーダー。それを翌日、鑑識課へ行って猿渡に見てもらった。

「うーん。ずいぶん、どっぷり水に浸かってたんっすね」

猿渡はスマホをひっくり返して眺める。一応水分はタオルで拭《ふ》きとってきたが、一年ほど水に浸かっていたためか全体的に黒ずんでいた。

「中のデータ、取り出せそうか？」

阿久津の言葉に、猿渡は真剣な顔で頷《うなず》いた。

「まぁ、それはたぶん問題ないっすよ。うちの課にこういうのめっちゃ詳しいやついるっすから頼んでみます。それより」

きらりと猿渡は目を輝かせて阿久津に詰め寄る。

「そのダムに出たっていう幽霊の話、がっつり聞かせてくださいね！」

「え、あ、うん。それは別に構わんが……」

「くうう、やったぁ！　そのリュックの存在って幽霊が教えてくれたんでしょ？　いいなぁそういう話！　めっちゃたぎる！　天ヶ瀬ダム、前はちょくちょく心霊写真めあてに写真とりにいってたんっすけど、ダムから身を乗り出してたら警備員のおじさんに怒られたんっすよ。それ以来、行きづらくなっちゃって」

それは大いに怒られればいいと亜寿沙は内心思う。阿久津も大概あぶなっかしいが、猿渡も怪異のこととなるとかなりあぶなっかしい。なんで自分の周りの奴らはこうも怪異のことになると身の安全を考えなくなるのかと頭を抱えたくなった。


数日後。

阿久津たちの許《もと》に、猿渡がUSBメモリをもってやってきた。中に入っているデータは二つ。一つは、ボイスレコーダーから取り出した音声データ。もう一つは、スマホからサルベージした写真画像だった。

阿久津はさっそくUSBメモリを自分のノートパソコンにさして内容を確認する。

「どれが阿久津さんたちが探しているものかわかんなかったから、とりあえず拾えるデータは全部拾ってもらったっす」

猿渡は、パソコン画面を見て言う。亜寿沙も後ろから覗《のぞ》き込んだ。

阿久津は写真画像を画面いっぱいに並べて次々と画像を確認していたが、しばらくしてスクロールする手をとめ一枚の写真を指さすと、にやりと笑った。

「これはかなり当たりかもな」

それは、ベッドに横たわる三十代とおぼしき女性の寝顔写真だった。

「七海さんの話から察するに、直樹さんはかなり真面目な性格だったみたいだな。事実、ここにある写真も風景写真と職場の写真、それに七海さん姉弟《きょうだい》の写真ばっか。その中にあるこの写真、どう思う？」

阿久津はその写真を画面いっぱいに拡大した。フラッシュを焚《た》いて撮ったものではなく、夜間撮影用のアプリを使って撮影したもののようで、全体に色がなく白黒の写真ではあるものの細部までよく写っていた。

被写体になった女性はおそらくまったく撮られていることには気づかなかったことだろう。

「これって、もしかして早紀っていう女性……ですか？」

亜寿沙は早紀という女性のことを、もっと性悪できつそうな顔の女性だとイメージしていた。しかし目の前にうつる安らかな寝顔は、穏やかで人の好《よ》さそうな女性に見える。まさか、保険金目当てに何人も殺しているような顔にはとても見えない。

阿久津は写真の光度をかえて、より顔をはっきりと見えるように調整した。

「隠し撮りみたいだから、これが早紀の可能性はあるだろな。早紀は、写真を撮られるのを極端に嫌ってたって七海さんも言ってたから。写真をざっと見てみたけれど、この女性が起きているときの写真は一枚もなかった」

もしこの顔写真が早紀のもので彼女が連続保険金殺人犯なのだとしたら、はじめてホシをはっきりとらえた写真ということになる。

一方、ボイスレコーダーの方には十数回にわたる男女の会話が録音されていた。録音されている男女はすべて同じ声で、同一人物同士の会話と思われる。

会話の内容は、女の方の親族が大病をして手術にとても費用がかかるので金を貸してほしいと懇願する内容や、車で事故ってしまって示談金が必要で困っているなどの金を無心する内容だった。その都度男は金を立て替えていたようだが、やがて貯金が底をついて払えないと言いだすと、女は悪い筋に金を借りてしまったが利息がかさんで返せなくなってこのままでは売り飛ばされてしまうかもしれないなどとよりひっ迫した話を涙ながらに語るようになり、男は借金をして立て替えるようになっていったようだ。それもやがて限界を迎え、これ以上の借金は難しいと話したところで会話は終わっていた。

「この声が早紀と直樹さんだとしたら……直樹さんが自分で二人の会話をこっそり残そうとしてたってことなんですかね」

率直な疑問を亜寿沙は口にする。惚《ほ》れ込んだ女性相手なら、ボイスレコーダーで会話を記録するようなことをするだろうか。

「この女は恋心とか人のよさとかをうまく利用して相手を洗脳していくのに長《た》けてるんだろうな。でも、直樹さんは完全には洗脳されてはいなかった。何度か金の無心をされているうちに、心のどこかで疑う気持ちが芽生えたんじゃないかな。だから、こうして証拠を残したんだろう」

直樹の幽霊が繰り返し呟《つぶや》いていた『ごめんな……』という言葉が脳裏によみがえる。あれは誰に謝っていたんだろう。そんなこと、考えなくてもすぐにわかった。娘たちに謝っていたのだ。娘が父の死を自分のせいだと悔やんでいたのと同じように、父もまた自分が死んでしまったことを娘たちに詫《わ》びていた。あの親子は、よく似ているのだ。そして強く想いあっていた。

だからこそ、直樹は完全には洗脳されなかったし、こうして証拠となるものを残して、死んでもなお証拠の存在を訴え続けていたのだろう。

「直樹さん、いまでも七海さんたちのこと心配してるんでしょうね……」

その無念を晴らすためには、早紀を見つけ出し罪を償わせることしかない。

亜寿沙が捜査への意欲を新たにしたところで、阿久津はノートパソコンを閉じるとUSBメモリを引き抜いて立ち上がった。

「いますぐ二課の綾小路課長に見せに行こう」

そのまま二課の部屋に行くと、ちょうど綾小路課長は在席中だった。

ベリーショートの白髪に、白いブラウス。赤いジャケットを肩からかけている。

「おや、一課の鼻つまみものじゃないか。なんの用だい？」

小柄な綾小路課長はデスクに山と積まれた書類に囲まれていた。

鼻つまみものとはずいぶんな言われようだが、言葉の辛辣《しんらつ》さとはうらはらに綾小路は面白そうなものをみつけたとでもいうようににこにこしている。

ただ、一課の外にも阿久津の風変わりな評判は轟《とどろ》いているんだなぁと亜寿沙はこっそり凹《へこ》んだりもした。いや、もしかしてその鼻つまみものに自分も入っているんだろうか。たしかに現場では鼻クリップで鼻をつまんだりもするけど、そういうことじゃないわよね、なんて悶々《もんもん》と悩むが、一方、鼻つまみものよばわりされた阿久津はまったく気にする様子もなく、

「課長、見てほしいものがあるんですって……よく考えたら一課の方に先に見せるべきだった。ああ、その前に七海さんに確認取ってからの方が良かったかも」

と、ここにきてそんなことを言いだす。

「順番からいえば、遺族に確認とってからお前さんとこの上司に見せるのが普通だろうね。まぁ、いいや。羽賀には私から言っとくし裏付けもやるから、何をもってきたんだい」

綾小路に促され、阿久津は彼女にUSBメモリを差し出した。

「連続保険金殺人事件の被害者と目されている水沢直樹さんの所持していたリュックサックから出てきたスマホとボイスレコーダーのデータを復元したものです」

綾小路は受け取ったUSBメモリをノートパソコンにさすと、脇に置いてあった可愛らしい兎柄の眼鏡ケースから細い老眼鏡を取り出してかけた。

「それで、そのリュックってのはどこからでてきたんだい？　うちの捜査ではでてきた記憶はないんだが」

「直樹さんの幽霊がダム湖の中にあるって教えてくれました。それでダム湖に潜ったら、でてきたんです。おそらくダム湖に転落した際に直樹さんと一緒に落ちたものが、放流のときに一緒に流れ出ずダム湖の底に埋まっていたのだと思われます」

大真面目に幽霊だなんだと話す阿久津を、周りにいた二課の刑事たちはひそひそと訝《いぶか》しそうに噂しているのが聞こえてくる。しかし、綾小路は愉快そうに笑いだした。

「ははは、幽霊か。あいかわらずだな。出元はあとで詳しく聞く」

彼女の目は既にパソコンの画面にくぎ付けになっていた。音声データも含めて、すべてを手早く確認すると、彼女は立ち上がった。

「お前らはやっぱりとんでもないな。なんてものを持ち込んでくるんだい。これで捜査は一足飛びだ」

そう微笑んで阿久津と亜寿沙に言ったあと、綾小路は刑事たちを集めて指示を出した。

「いますぐこのデータの解析を進めておくれ。これは連続保険金殺人事件の最後の被害者と目されている水沢直樹の所持品から出てきたものだ。この中に、容疑者とおぼしき女の写真と肉声がある。ただちに、容疑者確保に向けて駒を進めるんだ！」

いっきに二課の士気が高まったのが、手に取るように感じられた。

それからしばらくして。

一課と二課の合同捜査班は声と顔写真から三橋瑠奈《みつはしるな》という女の存在をつきとめる。

彼女は大阪のタワーマンションで恋人の小泉翔《こいずみしょう》と一緒に暮らしていた。自宅の家宅捜索により、瑠奈の持っていたハンドバッグから水沢直樹の指紋が出たことで二人の関係性が確かなものとなる。他の保険金殺人の被害者たちも同様に瑠奈との関係性が立証された。そのうえで直樹が残した写真と音声のデータが決定的な証拠となって、三橋瑠奈を水沢直樹らへの殺人容疑、水沢七海への詐欺容疑などで逮捕するにいたったのだった。

また、恋人の翔についても、殺人容疑などで同日逮捕されている。

後日、三橋瑠奈が証言したことによると、水沢直樹からこれ以上金を引っ張れないと思った瑠奈は、翔と共謀して直樹を車で連れ出し遺書を書くことを強要。しぶる直樹に、書かないと七海たちに危害を加えるといって脅したのだそうだ。そして遺書を書かせたあと、酒の弱い直樹に大量の酒を飲ませた。アリバイ作りのために瑠奈は先に七海たちのいる家に帰宅し、翔が直樹を橋から川へと転落させて殺害する予定だった。

殺害場所として天ヶ瀬ダムの上流にある橋を選び、翔が深夜に泥酔した直樹を車に乗せて橋へ向かったのだという。しかし、橋まで来たところで、それまでぐったりしていた直樹が突然おきあがり、助手席に置いてあった直樹のリュックを摑《つか》むと車のドアを開けて川へと放り投げたのだそうだ。怒った翔はすぐさま直樹を捕まえて、そのまま直樹も川へ投げ落とした。

遺体はすぐに発見されるものと思っていたが、それから一週間たっても二週間たってもみつかったという知らせはこなかった。

当時、滋賀県北部では頻繁に大雨が降っており、琵琶湖は通常より水位が高くなっていた。そのため琵琶湖と繫《つな》がっている川も水位が上昇していたため、川の両岸にある樹木の葉に隠れて遺体がみつかりにくくなっていたのではないかと考えられた。

その後、台風による増水で天ヶ瀬ダムが放流した際に遺体も流れ出し、釣り人に発見されたのは死後一か月ほどがたってからだった。

容疑者逮捕を七海に伝えると、七海は天ヶ瀬ダムに行って父に報告したいと言い出した。一人で行かせるのも不安なため、亜寿沙と阿久津も同行することになる。

＊　＊　＊

そして、ある晴れた日の午後。

七海と亜寿沙、阿久津の三人は天ヶ瀬ダムを訪れた。

七海は、亜寿沙たちが直樹の霊を見たと伝えた場所に花束を置き、しゃがんで手を合わせた。

その後ろで、亜寿沙たちも手を合わせる。

七海は、現在弁護士と相談して、三橋瑠奈に奪われた保険金三千万円を取り戻す民事訴訟を起こす方向で話を進めているのだという。

父が残してくれたお金だから何としても取り返したいと話してくれた七海にはもう、以前のような不安定さはどこにも感じられなかった。

(直樹さん。七海ちゃんは自分の足で歩きだしています。あなたが、命を懸けて真実を明らかにしてくれたから)

亜寿沙は心の中で、先日見た直樹の姿を思い出しながら話しかける。

亜寿沙たちの頭上を、今日も穏やかな音楽がながれていた。初めてダムに来た日にもながれていたあの音楽だ。

七海は顔を上げると、くるっと亜寿沙たちの方を向いて、ぺこりと頭を下げた。

「いろいろ、ありがとうございました」

「あ、いえ。これからも大変だとは思うけど、何かあったらまた連絡してね」

亜寿沙の言葉に、七海は顔を上げて笑みを零《こぼ》した。若々しいはつらつとした笑顔だった。

「はいっ。私、大学卒業したらお父さんみたいな教師になりたいなぁて思てたんです。そやから教職も取ってるんやけど、最近、警察官もいいなって思うようになったんです。岩槻さんみたいな婦警さんもかっこよくていいなって！　実は密《ひそ》かに憧《あこが》れてます！」

無邪気に言う七海に、

「へ……え、私⁉」

突然そんなことを言われて、しどろもどろになる亜寿沙。

「私そんな、憧れるとか、えっと、いろいろ失敗しちゃって、落ち込むこともしょっちゅうだし」

つい余計なことまで言っている気がするが、どう反応していいのかわからなくて頭がいっぱいになっているところで、隣の阿久津が笑いを堪《こら》えるように肩を揺らしているのが見えて急に冷静になった。

「ちょっ、なに笑ってんですかっ」

照れ隠しに、思わず阿久津の脇腹を肘《ひじ》で小突く。

「いや、ごめ、うん。いいと思う。岩槻巡査部長、かっこいいからね。警察の仕事も面白いよ。説明会とかインターン募集も毎年やってるから、応募してみるといい」

「はいっ」

七海も元気に応《こた》える。

「わ、わたし先に車に帰ってますねっ」

照れくさくて足早にその場をあとにしようとした亜寿沙だったが、数歩行って足を止め振り返った。

いま、聞こえた気がしたのだ。

『ありがとう……』

やわらかな男性の声が、たしかに聞こえた気がした。きっと空耳なんかじゃないと、亜寿沙は思う。

天ヶ瀬ダムの周囲は、相変わらず穏やかな旋律に満ちている。もう二度とここで散る命がないように。不幸な魂が無事に天に還《かえ》れるように。そんな切実な祈りのような旋律が、おだやかに今日もダムの周りを包みこんでいた。

第三章　伏見《ふしみ》稲荷《いなり》の怪異

秋の風が吹き始める、そんなのどかな一日だった。空は青く澄んでどこまでも高く、そこに天女のはごろものように薄い雲がかかっている。

今日は作業しやすい秋晴れだな、と研究員の村山《むらやま》は思った。

ここは、京都北部にある総合農業技術センターの試験場だ。

広大な敷地は各ブロックにわけられており、様々な実験作物が植えられている。

村山がいる区画には青々とした水田が広がっていた。

しゃがんで稲にそっと手で触れる。まだ青いがしっかりとした稲穂が実って重そうに頭《こうべ》を垂れている。生長して黄金色になるのが待ち遠しい。

「よしっ。順調に育っとんな」

手に持った支給品のタブレットに今日の生育状況を記録していく。

この品種は、このセンターでの長年の研究でようやく実用化にこぎつけた新世代の稲だった。従来のものよりも水害・病気・干ばつにつよいだけでなく、味がとても良いうえに、従来品よりも遥《はる》かに多い収穫量が期待できる超多収米と呼ばれるものだ。

世界的に見ると、アメリカなどのメジャー種苗会社が遺伝子組み換え技術によって開発した種や籾《もみ》の市場を独占的に支配しつつある。そんないまだからこそ、自国で開発した種子や種籾《たねもみ》はまさに一国の食糧政策を支える宝といえた。

しかし先日、センターの保管庫に保存してあったこの品種の種籾が何者かに盗まれる事件があった。どこかで、この種籾の価値を聞きつけて横流し目的で盗んだのだろう。

新種苗法のもと、開発された種籾は海外への持ち出しを厳しく禁じられている。だからこそ、海外の企業やバイヤーなどが多額の金を出してでも欲しがるのだということも聞いたことがある。

村山は悔しくてたまらなかった。自分がこのセンターに就職するよりもずっと前から先人たちが心血を注いできてようやく開発した種籾なのだ。

いまでも盗難のことを思うと、悔しさのあまり涙が滲《にじ》んでくる。目元を軽く指で拭《ぬぐ》って作業の続きに取り掛かろうとしたそのとき、どこからか雄たけびのような悲鳴が聞こえた。

「え？　な、なに？」

声が聞こえてきたのは、隣の区画のようだ。間にビニールハウスがあるためここからでは何があったのか状況がわからない。本館の方からも人がばらばらとそちらに集まっていくのが見えた。

「何があったんやろ」

村山はいったんタブレットをしまうと、声がした方に小走りで駆けていく。

畑の中ほどに作業着姿の研究員や技術支援員が五人ほど集まっていた。そばには赤い耕運機《トラクター》もとまっている。

そういえば、この区画に秋植えの芋類を植える予定だとこの前の会議で話があったのを思い出す。そのために土地を耕していたようだ。

足元に目を向けると、まだ耕す前の土には人間の足跡に混じって、小さな獣のような足跡が点々とついていた。

（なんやろ。野犬やろか）

ふとそんなことが頭をかすめたが、いまはそれどころではない。人だかりの方へと駆けていく。

「どうしたんです？」

人だかりの間に顔を出すと、知り合いのベテラン研究員がこちらを見てゆっくりと首を横に振った。

「見んほうがええ。仏さんや」

「え？」

一瞬、言われた意味がわからなかった。

耕運機の後ろに取り付けられた大きなフォークにも似た刃の部分に、茶色い木の根っこのようなものが半分土に埋もれるようにしてひっかかっていた。

こんなところに木の根っこだなんて妙だな。よく見ようとしてじっくりその木の根を見つめる。

その瞬間、木の根と目があった。いや、木の根と思っていたものに目があることに気付いた。

「わ、あ、あ、あ、あ、あ」

断続的にそんなひしゃげた声を出しながら、村山は後ろに倒れこむ。

木の根だと思っていたものは、人間の形をしていた。生きているはずがない。耕運機で土の中から掘り出されたのだ。

しかも、その顔に見覚えがあった。最近までここで一緒に仕事をしていた主任の小《こ》塚《づか》だ。

あんぐりと開いた口には大量の泥が詰まっており、白濁した両目はじっと村山をみつめて何かを訴えかけているかのようだった。

＊　＊　＊

「被害者の小塚さんは、一週間前から無断欠勤していたんですね。そのあたり侵入窃盗事件の際にも所轄の者がお伺いしてるかと思いますが、もう一度、彼の欠勤前の様子とかお聞かせ願えますか」

総合農業技術センターの所長室で応接セットのソファに浅く腰かけた阿久津が、向かいに座る所長に尋ねた。隣で亜寿沙はいつでも記録を取れるようにペンと手帳を構える。

「え、ええ。小塚くんはうちの主任研究員でした。数々の研究成果をあげていて、将来を期待されてました。それが、一週間ちょっと前にうちのセンターが泥棒に入られまして。丹後《たんご》署に被害届出して捜査してもろてるとこだったんですが、その直後から小塚くんは無断欠勤してるんです。同僚が自宅にも行ってみたんですが、人がいる気配はなかったそうで……それが、まさかなんでこんなことに……」

もっさりとした白髪頭の所長は何度もハンカチで額を拭うが、今日はそんなに暑くはない。さわやかな秋晴れの日だ。動揺しているのだろう。無理もない、と亜寿沙は思う。

このセンターから人の死体らしきものが畑に埋まっていると連絡があったのは今朝方のことだ。

埋まっていたのは、このセンターで主任研究員をしていた小塚智也《ともや》。三十二歳。正確な死亡時刻は司法解剖の結果が出てみないとわからないが、死後数日がたっているものとおもわれた。遺体は、鑑識課による現場調査のあと所轄の丹後署へと運ばれている。

「侵入窃盗事件で盗まれたのは金品ですか？」

阿久津の質問に所長は額をふきふき応《こた》える。

「いえ、うちで開発した米の種籾です。とても貴重な品種で『奇跡の米』と評されています。ですので品種名もそのまま『きせき』と名付けました」

亜寿沙はペンを走らせながらも、きせきっていうくらいだからよほど美味《おい》しいお米なのかななんて想像を巡らせてしまう。

「『きせき』は多くの収穫量が期待できる超多収米とよばれるものの一種です。そのうえ、従来のものより格段に風水害にも、いもち病をはじめとする病害にも、さらには水不足や日照り不足にも強いという、まさに奇跡の品種なんです。味もとてもよくてコシヒカリにも負けしまへん。温暖化の影響で風水害が多くなっている昨今、これからの日本の米産業を支える柱にもなれる、まさに期待の星やったんですが……」

所長は、ハンカチをぎゅっとにぎりしめた。

「一週間前、外部からの侵入者の痕跡《こんせき》があったので調べてみたら、『きせき』の保存用原種の種籾がごっそり消えてたんです。丹後署の人の話では、防犯カメラ映像に映った侵入者は四人おったっちゅうはなしでした。種籾が盗まれたと知ったときは、センターのもんはみんながっかりしました。長年の研究の成果がやっと実を結んだ矢先やったのに」

そう言うと、所長はがっくりと肩を落とす。その侵入窃盗事件の容疑者も、盗まれた種籾もまだ見つかってはいないのだ。

そして、その侵入窃盗事件の直後に姿を消した主任研究員の小塚が、今朝、畑で埋められた状態ででてきたわけだ。

死後埋められたのか、埋められて窒息死したのかは現時点ではわからないが、事故とは考えにくい。事件だとすると、やはり侵入窃盗事件絡みの線が濃厚だろう。犯人につながる何かを目撃して口封じに殺されてしまったのか。それとも、小塚自身が窃盗事件に関与していることも考えられるかも、なんて考えながら亜寿沙は所長の話をメモしていく。

「小塚智也さんの交友関係など、お知りのことがあれば教えてもらえませんか？」

そのとき、阿久津の声にかぶさるようにコンコンと所長室のドアがノックされた。

所長の「どうぞ」の言葉とともに入ってきたのは、白衣を着た背の高いひょろりとした男性だった。年ごろは亜寿沙と同じ二十代後半くらいにみえた。彼は手にファイルを持ったまま亜寿沙たちにぺこりとおじぎをする。

「しょ、所長。言われてたものを持ってきました」

「ああ、村山くん。じゃあそれ、警察の方に渡して」

「は、はいっ」

村山と呼ばれた男は、ファイルを阿久津の手に渡す。阿久津がファイルの中身を確認するのを亜寿沙も横目で見ると、小塚智也がセンターに就職した際の履歴書のコピーや現住所からの通勤手段が書かれた通勤届などが入っていた。

「ありがとうございます。こちらはうちでしばらく預からせてもらって構いませんか？」

阿久津の言葉に、所長はうなずく。

「どうぞどうぞ。それと村山くんは小塚くんの下で働いていた同じチームのメンバーです。村山くん、この方たちが君や他のメンバーと話したいそうだからあとで案内してあげて」

「は……はい……」

村山は消え入りそうな声で返事をした。

所長への聴取が終わったあと、亜寿沙たちは村山の案内で二階にある研究室へと向かった。そこで小塚とともに働いていたのは、村山を入れて三人だった。

年齢構成は、村山が一番若くて二十九歳。大学の農学部で博士号をとったあと、すぐにこのセンターに就職してまだ三年目だという。他は、三十代の女性研究員が一人と、四十代の研究補助員の男が一人。

三人の話からすると、小塚智也は自分の優秀さをアピールすることに対しては積極的だが、面倒なことや失敗は部下に押し付けるタイプだったようで、部下である三人からの信望はあまりなさそうだった。

しかも、センターが保管していた新品種『きせき』の種籾《たねもみ》が侵入窃盗にあった事件以降小塚は行方知れずになっており、彼も窃盗犯の一味だったのではないかと疑う声がセンター内でもささやかれていたことも女性研究員が教えてくれた。

「小塚主任は、ちょっと前にアメリカの種苗会社から引き抜きの話があったらしくて、それをよく自慢してました」

女性研究員が言うと、

「僕は君らとは違うんやから、ってのが口癖でしたな。まぁ、外面ええ人やったから上からの評判はよかったんやろうけど、下に対してはひどいもんで」

と、研究補助員の男も忌々《いまいま》しそうに付け加えた。女性研究員は頷《うなず》き返したあと、声のトーンをおとして秘め事を話すような口調で続ける。

「そういう人やから、新しい会社でもっとええ役職得ようと思って、種籾をもって逃げたんやないかって噂されてたんです。そやから、今回のことはバチがあたったんちゃうかしら」

遺体でみつかった被害者だというのに、なんとも散々な評判だ。

「なあ。村山くんもそう思うやろ？」

女性研究員は少し離れたところに立っていた村山に同意を求めるが、村山は傍目《はため》にもわかるほど大きく身体をびくつかせると、うろたえたように視線を彷徨《さまよ》わせた。

「え、え？　えっと……ああ、はい……」

あいまいな口調で村山が相槌《あいづち》をうつ。何かに怯《おび》えるようにおどおどしている姿が印象的だった。

女性研究員はなおも話を続ける。どうやら話し好きな人のようだ。こういう人がいてくれると事情聴取はやりやすい。

「村山くんなんてな、小塚さんより良《い》い大学出てるってんで、目の敵にされてたんです。ほんまいじめに近いような扱いされとって、見てて可哀そうやったわ。私らも何度も小塚さんにそれとなく注意したんやけど、全然聞く耳もたん人でな」

亜寿沙は彼らの話を手帳にメモしながら、最後に村山の名前を大きく丸で囲んだ。

怨恨《えんこん》の線で後日、もう少し踏み込んだ話を聞く必要がありそうだ。

目の前でおどおどしている村山を見ていると、彼には殺人をするような度胸なんてなさそうに見えるが、衝動的にという線もあるしといろいろ考えを巡らせる亜寿沙だった。


そのすぐあと、小塚智也殺人事件について捜査本部が立てられることになった。

司法解剖の結果、小塚智也は発見時点ですでに死後三日ほど経っていたことが判明した。死因は窒息死。口だけでなく、胃と肺の中にも大量の土が詰まっていたという。体内から検出された土は、彼が埋まっていた穴の土壌と同成分のものだった。おそらく生きているうちに埋められて、息苦しさにもがいているうちに体内に入り込んだのだろうと考えられた。

被害届が出されていた総合農業技術センターの侵入窃盗事件については元々は所轄の丹後署が管轄していたが、小塚智也殺人事件と同時に捜査する必要が出てきたため合わせて警察本部の捜査一課が担当することになる。

丹後署の捜査報告によると、侵入窃盗事件の容疑がかかっている者は全部で四人。センター内の防犯カメラの映像から、小塚智也は早い段階からホシとして目をつけられていた。おそらく、内部に詳しい小塚がセンター内に他の三人を招き入れたものと考えられている。彼の権限があれば充分、可能なことだった。

「ってことは、小塚智也は種籾をセンターから盗んで四、五日後に殺されたってことですよね。仲間割れなんですかね」

覆面パトカーの助手席で手帳を眺めながら亜寿沙は言う。

小塚智也の遺体のポケットからスマホがみつかり、そのスマホから侵入窃盗の相談をしたと思われるメッセージアプリのやりとりがいくつもみつかった。

そこから他の三人のメールアドレスが判明し、それをたどって彼らの本名や住所などの個人情報は特定できていた。それを亜寿沙たち特異捜査係は三係と手分けして捜査にあたることになったのだ。

今日はそのうちの一人、我妻悟《あがつまさとる》の住んでいるアパート周辺の聞き込みにいくところだった。逃げられる可能性も考えて、本人と接触するのは容疑がある程度固まって令状が出てからになるのでもう少し先になるだろう。

「まだなんとも言えんがな。仲間割れなら、まずは侵入窃盗の件で他の三人を全員捕まえてから、殺人の件は容疑を固めることになるだろうけど、外部の犯行も捨てきれたわけじゃないしな。ガイシャは種籾を盗んだとセンターの人間たちからも噂されてたんだろ？　それを恨んでの犯行ってことも考えられないわけじゃない」

ハンドルを握りながら阿久津が言う。

「あちこちで恨みを買ってる人っぽかったですもんね」

実際、捜査本部の方針の方も、侵入窃盗と殺人を同時並行に捜査しつつ、殺人の方は仲間割れの線と、恨みからの犯行の線の双方から捜査は進められていた。

恨みという言葉を聞いて、亜寿沙はセンターに行った際に話を聞いた村山という研究員のことを思い出す。村山は小塚智也から学歴のことなどで目をつけられ、執拗《しつよう》に嫌がらせをうけていたという。高い背を丸めて、妙におどおどしていたのが気になっていた。

しかし、村山はアリバイがあったことで、早々に捜査線上からはずされている。小塚が死亡したと思われる日時に、彼は研究所の出張として北海道で開かれた学会に参加していたのだ。学会関係者から会場に村山がいた目撃証言も複数得ている。その日は学会後の親睦《しんぼく》会にも参加して、遅くまで居酒屋にいたことも確認済みだ。

(でも、小塚って人、性格に難のあるタイプだったみたいだから、他にも恨みを買ってる可能性はあるわよね)

なんて考えていたら、キーッという甲高い音が聞こえた。それから数秒遅れて、急に車がブレーキをかけたため亜寿沙はつんのめりそうになる。音が聞こえたのは前方だ。幸い、シートベルトのおかげで、ダッシュボックスに顔を打ち付けずにすんだけれどベルトが当たった胸が痛い。

「ごめん。大丈夫か？」

阿久津に申し訳なさそうに謝られるが、彼の運転のせいでないことは明らかだった。前方の車が急停止したため、車間距離を開けていたにもかかわらずこちらの車も急ブレーキをかけざるをえなかったのだ。

「はい、大丈夫、です」

痩《や》せ我慢で言うと、亜寿沙は前方に目をやる。交差点の方へ人が集まって行くのがみえる。窓を開けると、救急車！　とか叫ぶ声が聞こえてきた。

「なにかあったんですかね」

「事故かもしれない。俺は近くに車止めてくるから、ちょっと先に様子見に行ってきてくれないか」

「了解しました」

幸い車は左折レーンにいたため亜寿沙はそのまま助手席から歩道へと降りた。

交差点の方へと駆けていく。明らかにおかしい。信号が青になっているのに、前の車は動く気配がない。後続車の人たちも何が起きたのかと怪訝《けげん》そうに車から顔を出したり、クラクションを鳴らしたりしはじめていた。

(事故だったら、すぐに所轄に連絡して。それから救急車も呼んでけが人の救助をしないと)

頭で段取りを考えながら走っていくと、車の列の先頭で大型トラックが交差点を塞《ふさ》ぐように斜めに止まっているのが見えた。急ブレーキをかけたときについたのだろう、黒いタイヤ痕《こん》が道路にくっきりと残っている。運転手は運転席にいたが、座席にぐったりと背をあずけて呆然《ぼうぜん》としているように見えた。

そこからさらに十メートルほど行ったところに数人の人だかりができている。足を止めて遠巻きに様子をうかがっている人も何人かいた。

「警察のものです！　どうされましたか！」

そう声をかけながら人だかりの間に入っていくと、路肩には若い男性が倒れていた。半袖《はんそで》のTシャツにルームウェアのようなハーフパンツで、まるで糸の切れた操り人形のようにぐったりと力なく横たわっている。足は裸足《はだし》。頭の辺りから血だまりがゆっくりとアスファルトに赤い染みを広げていた。

現場の状況から見て、あの大型トラックに撥《は》ね飛ばされたのは間違いないだろう。

「失礼します」

意識の状態を確かめるために、亜寿沙は倒れた男のそばへ行くと膝《ひざ》をついて顔を覗《のぞ》き込んだ。しかし、その顔を見た瞬間思わず息を呑《の》む。

横たわっていたのは、いままさに亜寿沙たちが捜査していた男だったからだ。

畑に埋められていた小塚智也とともにセンターへ侵入窃盗を働いた容疑がかかって

いる一人、我妻悟だ。ここに来るまで頭の中に浮かんでいた事故処理の段取りなどすべて吹き飛んでいた。

（え、なんで……この人が……？）

わけがわからず頭が真っ白になる。そこへ後ろからポンポンと肩を叩《たた》かれた。

「あんた、ほんまに警察の人なん？」

振り返ると、五十前後の和服姿のご婦人がハンカチを口に当てて疑い混じりの目で亜寿沙を見ていた。

「あ、はい。そうです」

慌ててジャケットのポケットから警察手帳を出して彼女に見せると、ようやく信用してもらえたようだった。彼女は口にハンカチをあてたまま横たわる我妻に恐々と目をやる。

「この兄ちゃんな、自分からトラックの前に飛び込んだんやで」

「え？」

一瞬言われた言葉の意味がわからなかった。救急車のサイレンが近づいてくるのが遠くに聞こえる。

「私、そこの交差点で信号待ってたから、ちょうど見たんよ。信号赤やったのに、なんやわーわー叫びながら走ってきて、そのまま道路を走ってきたトラックの前に飛び込んだんや」

「そのお話、もう少し詳しくお聞かせ願えますか」

すっと後ろから話に入ってきたのは、阿久津だった。

ご婦人は小首をかしげる。

「なんて叫んでたんやったかなぁ……なんか動物の名前言うてはってん。なんやったか、たぬき違うなぁ、犬？　とも違うし……そうや。思い出したわ」

当時の状況を鮮明に思い出したのか、ご婦人は薄気味悪そうに顔をしかめた。

「狐や。狐がくるって、言うてはったわ。なんかしきりに後ろを気にしながら走ってきはったけど、こんなところに狐なんておるわけないやんな」


そのあと我妻は救急車で近くの救急病院に運ばれたが、そこで死亡が確定する。

我妻の身辺捜査をするはずが一転、死亡事故処理に変わってしまった。

交差点周辺にいた目撃者の証言によると、やはり自殺の線が濃厚だった。

我妻はうわ言のようなものを叫びながら自宅のアパートから裸足のまま飛び出し、そのまま事件のあった交差点まで走ってきて赤信号の交差点に飛び込み、たまたま走ってきた大型トラックに撥ね飛ばされたのだ。

死因は、アスファルトに強く叩きつけられたことによる頭蓋骨《ずがいこつ》骨折と内臓破裂、全身の骨も複数個所折れたことによる即死だった。

我妻に精神科などへの通院歴はないが、しきりに「狐がくる」といったようなことを叫びながら、何度も後ろを振り返りつつ走ってきたのだと何人もの目撃者が証言していた。もちろん、実際に狐が目撃されたという事実はない。現に、事故直後に現場にかけつけていた亜寿沙たちも狐などの動物は一切見ていなかった。

翌日の捜査本部の会議では、仲間だった小塚智也が殺されたことで急速に精神を病んで妄想を見ていたという見解が示される。

しかし、亜寿沙はその見解にはしっくりこない気持ち悪さを感じていた。

(本当に自殺なのかな。そもそも、狐ってなんだろう。こんな京都の市街地のど真ん中で狐が出没してるなんてきいたことがないし。我妻は一体、何にそんなに怯《おび》えていたんだろう)

そもそも小塚智也の殺害方法すらまだ確実なことはわかっていないのだ。

穴に埋められて窒息死したところまでは判明しているが、どうやってその穴を掘ったのか、なぜあえてセンターの畑に埋めたのかといったことが不明のままだ。

ただ、亜寿沙にはひとつ気になる証言があった。センターの警備員のものだ。小塚が埋められたと考えられる日の翌朝、警備員が実験農場を巡回していると、例の畑の周囲に沢山の犬の足跡のようなものがあったというものだった。

捜査本部の中でその証言を重視しているものは他にいないようだ。たんに野犬が入りこんだくらいにしか考えられていないらしい。

（でも、もしかしてそれも、犬じゃなくて、狐だったとしたら……）

狐が小塚智也を襲って穴に埋めた、なんてこと亜寿沙も本気で考えているわけじゃない。しかし、どちらの事件もなぜか獣の影がちらついてくる。

真夜中の畑で、穴の中に生き埋めになった小塚智也に土をかけ、何度もふみつける狐たちの姿を想像してしまう。そんなこと現実にあり得ないと頭ではわかっているのに、不気味な狐たちの姿が頭にこびりついて離れない。

捜査本部の会議が終わってデスクのところに戻ってきた亜寿沙は、すぐにこれから聞き込みにでかけるためにトートバッグへ手帳などをしまいながら、向かいのデスクで同じようにでかける準備をしている阿久津にため息まじりに声をかけた。

「なんか、気持ち悪い事件ですね」

阿久津は肩をすくめる。

「そうだな。まだ確証はないが、うちの係の案件なんじゃないかって気がしてる」

この特異捜査係は、怪異も現実に存在するものと考えて捜査を行う係だ。つまり阿久津も、この事件は怪異がらみかもしれないと考えているわけだ。

「でも、狐っていったい何なんですかね」

「一応思うところはあるけど、まだ証拠がな……」

阿久津がそう言ったところで、彼のデスクの電話が鳴る。あの音は内線の呼び出し音だ。阿久津は電話に出ると、二言三言交わして電話を切った。

「俺たちに客だってさ。空いてる取調室で待っててもらうことにした」

「え？　お客さんですか？」

わざわざ自分たちを訪ねてくる人物に覚えがなくて、亜寿沙は小首をかしげた。

「ああ。総合農業技術センターの村山さんだって言ってた。なんでも俺たちに話したいことがあるそうだ」

村山といわれて、すぐにあのひょろっと高い背を丸めて、おどおどとしていた姿を思い出す。たしかに先日センターで聴取したときに何か思い出したことがあったらいつでも連絡してくれ的なことを伝えた覚えがあるが、一体何を話しに来たのだろう。

亜寿沙と阿久津はすぐに、村山が待っているという取調室へと向かった。

亜寿沙たちが部屋にはいると、パイプ椅子をがたがたとさせて村山は立ち上がる。

「ああ、どうぞ座って」

「は、はいっ」

阿久津に言われて、村山は背の高い体を縮こめるようにしてパイプ椅子に座り直す。取調用のデスクを挟んで向かいに阿久津が座り、亜寿沙は隅にある記録者用のデスクについた。そこに置かれていたノートパソコンを立ち上げて、記録をとるためにキーボードに両手を置く。

「それで、俺たちに話っていうのは」

阿久津がいきなり切り出すが、村山はデスクの上に置いた拳《こぶし》をぎゅっとにぎったまま、なかなか話しだそうとしない。

村山の顔をよく見ると、センターで見かけたときよりも頬がこけてやつれているようにも見える。目の下にもくっきりとクマができて、顔色も色白というより血の気が引いているほど蒼白《そうはく》になっていた。

「直接話すのが難しいようでしたら、電話でも構いませんよ。なんでも構わないので、ちょっとでも気になったことがあれば教えていただけると助かります」

「い、いえっ。あ、あの、い、言います！　いま言わへんと、もう言う勇気もたれへんのです。……こんなこと言うても信じてもらえへんと思うんですけど」

村山の視線は落ち着かない様子で、おどおどと左右に動いていた。やがて、その瞳《ひとみ》は取調室のデスクの一点を見つめると、苦しそうにぎゅっと双眸《そうぼう》を歪《ゆが》めて話し出す。

「職場のみんなにも言うたんです。そやけど、気のせいや。そんなことあるわけない、単なる偶然や言われて。しまいには気持ち悪いこと言うなって言われるようになって。でも気になってしかたないんです。偶然とは思えへんのです！　それが怖くておそろしゅうて夜もおちおち寝られへんようになって、誰かに聞いてもらいたくて！　それで意を決してここに来たんです」

しゃべりだしたら止まらなくなったのだろう。心の中に溜《た》まっていた思いをいっきに吐き出すように村山は早口でまくしたてた。

「もしかして、狐が関係してることですか？」

阿久津が『狐』と言った瞬間、落ち窪《くぼ》んでいた村山の目がかっと見開かれる。きゅっと引き結んだ口がわなわなと震え出した。

「……なんで、それを」

「いや、俺もちょっと気になってたから」

二つの死亡事件に重なる、獣の影。気になっていたのは亜寿沙も同じだ。

村山は身体を前に乗り出すと、いまにも泣きだしそうな顔で語り始めた。

「刑事さん、僕、許せへんかったんです。僕も含めてたくさんの研究者たちが心血そそいでようやく作り上げた『きせき』の種籾《たねもみ》を盗まれたんが、悔しくて悔しくて到底我慢できんかったんです。犯人が小塚さんやとか、そんなんどうでもよかった。ただただ、犯人を許せなくて。それで、家の近所のお稲荷さんに祈ったんです。『種籾を盗んだやつらに、バチを与えてください』って」

「それって、いつのことかな？」

阿久津の質問に村山は少し考えてから答える。

「たしか、種籾が盗まれた次の日の夜です」

センターに侵入窃盗が入ったのは深夜。朝になって外部からの侵入の事実に気付いたセンター職員が通報し、その際の調査で米『きせき』の種籾の保存用原種がなくなっていることが判明している。村山が稲荷神社に祈ったのはその日の夜ということになる。

「それからしばらくして、小塚智也さんはセンターの畑に埋められて窒息死した。その死亡推定時刻には、あなたは学会に出席するために北海道に行っていたんですよね？」

阿久津が整理して話すのに、村山は小さく頷《うなず》いた。

「そうです。出張は二泊三日でした。小塚主任の遺体が畑で見つかった日、僕も遺体を見ました。そのとき、畑に犬みたいな足跡がたくさんついているのも見たんです。小塚主任の仲間やった人も、亡くなる直前に見えない狐に追いかけられたってうわ言言うてはったって、ネットで見ました。それ見て、僕、怖くてしかたなくなったんです。これは絶対お稲荷さんが僕の願いを聞いて、あいつらにバチを与えたんやって思うんです」

村山はたまらず両手で頭を抱えた。

「僕は……僕はただ……種籾が戻ってきて……そんで、盗んだ奴らが捕まればそれでよかったんや。それやのに、なんでこんなことに……」

声とともに肩も震えていた。

亜寿沙は、キーボードを打つ手を止めて村山の様子を眺める。

彼に接した刑事は阿久津と亜寿沙以外にも何人もいたはずだ。村山が阿久津を指名したのはおそらくたまたまだろう。だがもし他の刑事たちがこの話を聞いていたら、彼の証言を重要なものとして捜査に組み込むことはなかっただろう。

しかし、村山がコンタクトを取ってきたのは運よく特異捜査係だった。もちろん、彼はこの係が怪異を現実のものとして捜査する部署だとは知る由もないだろう。

(お稲荷さんの祟《たた》り……)

亜寿沙は村山から聞いた話が今回の二つの死亡事件と無関係だとは到底思えなかった。むしろ、ずっと心の中にわだかまっていた薄気味悪さが、くっきりと形をなし迫ってくるような恐ろしさを感じる。

「とりあえず、村山さんがお参りしたというお稲荷さんに一度行ってみましょうか」

阿久津が言うと、村山はがたがたと立ち上がった。

「は、はいっ」

それから村山の案内で彼の自宅近くにあるという稲荷神社へと出向いた。

そこは住宅街の一角にある小さな社《やしろ》だった。

家と家にはさまれるようにして佇《たたず》む、畳三畳ほどの狭い境内。

入り口には赤い小ぶりの鳥居があって、その奥に小さな社があった。社の前には狛《こま》犬《いぬ》の代わりに二対の狐の石像がたたずみ、境内のあちこちに白い狐の陶器の置物が置かれている。

「ここです。このお稲荷さんでお祈りしたんです」

亜寿沙はひとまずお参りを済ませると、注意深く周囲を見回す。

小さいが掃除は行き届いていて、地域で大事にされている様子がうかがえた。警察本部で村山から話を聞いたときはもっとおそろしい雰囲気の神社を想像していたけれど、実際来てみると嫌な感じはまったくしない。むしろこぢんまりとして、清潔で、可愛らしい神社だとすら感じる。

阿久津も腕組をして何やら考えこんでいた。

「うーん。ここ自体に何か特別なものがあるようには思えないけど、お稲荷さんは元を正せば伏見稲荷大社が総本宮なんだよな。全国にある稲荷神社はそこから分祀《ぶんし》したものになる。ここも間違いなくそうだろうな」

伏見稲荷大社というと、京都からJR奈良線で二駅いったところにある大きな神社だ。観光スポットにもなっている。亜寿沙も以前お参りに行ったことがあるが、稲荷山の麓《ふもと》にある立派な本殿でお参りをして、可愛らしい鳥居の形をした絵馬に願い事を書いて帰ってきた記憶がある。何を願ったかは覚えていないが、たぶん、昇進できますように！　とかそんなことだったんじゃないだろうか。

「じゃあ、ここで祈ったことも伏見稲荷大社に届いているっていうことになるんですね」

「そういうことになるな。稲荷の語源は、稲が生《な》る。つまり五穀豊穣、とくに稲作を守る神様なんだ。時代があとになって全国に分祀されていくにつれ、他にもいろんな願いを叶《かな》えるようになったみたいだけどさ」

そう言うと阿久津は村山に向き直る。村山は社に近づくのが怖いのか、鳥居のあたりに立って唇を嚙《か》んでじっとうつむいていた。

「村山さん。あなたはただ、ここで祈っただけだ。それ以上のことは何もしてない。だから、そんなに気に病まないでください。もし仮に祟りというものが実際にあったとしても、俺には稲荷の神様たちが大事な種籾を奪い取った奴らに対して自ら罰を与えようとしただけなんじゃないかって思えるんです」

阿久津の口調は、村山を励まそうとするように普段よりいくぶん柔らかい。

亜寿沙は村山の方をちらと横目で窺《うかが》いつつ、阿久津にだけ聞こえるように小声で疑問を口にする。

「もし祟りだとしたら、残りの侵入窃盗犯たちも危ないんでしょうか。ひょっとしてすでに他の人たちのところにも狐が現れてたりとか……」

捜査本部では侵入窃盗犯は全部で四人だったと考えている。残り二人。その二人の氏名も住所も割れているが、現在、手分けして所在を確認中だ。いまのところ自宅周辺では姿を確認できていない。逃亡しているのか、それとも……。

もしかして祟りはもう彼らに降りかかっているんじゃないかという心配が胸に去来する。

「伏見稲荷の神様は狐じゃないんだ。狐はあくまで、神様の使いに過ぎない。伏見稲荷には宇迦之御魂大神《うかのみたまのおおかみ》という女神をはじめとして五柱の神様が祀《まつ》られているから、狐はそのどれかの神使として現れてるんじゃないかとは思うが」

阿久津は近くにあった白狐の陶器の置物に手を伸ばすと、うっすらとかぶった埃《ほこり》をはらうように優しく撫《な》でた。

「稲荷信仰は、中世以降に仏教が伝来すると荼吉尼天《だきにてん》信仰とも結びついていく。荼吉尼天はインドではダーキニーと呼ばれる夜叉《やしゃ》だったから、その苛烈《かれつ》な性質がいまも稲荷信仰には息づいているんだ。だから今回みたいに稲作を害するような蛮行には苛烈な祟りをみまうのもわからないでもないがな」

そう言われても、亜寿沙はいまいち納得できない。今は中世でも、近世でもない。

罪を犯した人は人間の世界のルールで裁いて償わせるべきだと思うのだ。もし祟りが本当にあるとしたら、捜査はすっかり神様たちの後手に回っている。

「……祟りでこれ以上殺されてしまう前に、なんとしても早く彼らを捕まえて犯罪の全貌《ぜんぼう》をあばかないとですよね。でも、稲作と夜叉って、不思議な組み合わせですね」

稲作の神様というと温和な印象を受ける。それがなぜ、夜叉である荼吉尼天と結びついたのか亜寿沙には不思議だった。

「そうおかしなことでもないさ。火事に疫病、飢饉《ききん》、水不足に台風や河川氾濫《はんらん》による水害……災害の多いこの国で稲作を守り続けるのって並大抵の努力じゃ済まなかっただろうからな。米は弥生《やよい》の時代から現代まで、そしてこれからも、この国の人たちの命を支える文字通りの命綱だ。それを守り続けてきた神様だから。ただ温厚なだけでは済まされなかったんだろうよ」

「そっか。そうですよね……」

米は命綱。それを守り育《はぐく》むことが、長らく人々を守り、国を守ることと等しかった。五穀豊穣を司《つかさど》る稲荷の神様たちは、ずっと最前線で人々の食を守り続けてきたのだろう。そう思うと、さっきまで無闇に怖いと感じていた気持ちが薄れて、代わりに頼もしさすら覚える。

研究者たちの長年の努力で作り上げられたという『きせき』という種籾《たねもみ》の価値と、

それを盗まれた村山たちの悔しさ、祟りを起こすほどに憤る神様たちの強い想いにも自分はまだまだ鈍感だったなと思い直す。

そのとき、亜寿沙の背後から大きな声が聞こえてきた。

「あ、あのっ」

振り向くと村山が亜寿沙たちのすぐ後ろにきていた。そして、ぺこりと社にお辞儀をすると、亜寿沙たちをしっかりと見つめる。

「種籾を守りたかったのは僕たちも同じです！　どうか、犯人たちを捕まえてください。それと種籾を取り戻してください！」

そう言って、村山は高い背を折って亜寿沙たちに深く頭を下げた。

阿久津は小さく笑みを返す。

「ああ、俺たちも最善を尽くすよ。神様にやられる前に人間の手で捕まえて、人間の世界のルールで罪を償わせる。これ以上神様の手を煩わせないためにもな」

阿久津の言葉に、村山は顔を上げるとほっと表情を緩める。亜寿沙が初めて見る、村山の笑顔だった。

そのころ、高石刑事をはじめとする強行三係の刑事たち数人が大阪・岸和田《きしわだ》にあるビジネスホテルへと来ていた。侵入窃盗事件の容疑者の一人である上倉《かみくら》という男がそこに潜伏しているとの情報を摑《つか》んだのだ。

だが、駆け付けた高石たちがみつけたのはベッドの上で苦悶《くもん》の表情を浮かべて息絶えている上倉の姿だった。備え付けのナイトウェアに身を包んだ上倉の全身には、いたるところに獣に嚙まれたような嚙み痕《あと》がついていた。司法解剖の結果、死因は心不全だったが、嚙み痕は死の直前につけられたものだったことがわかる。歯並びや大きさから大型のイヌのようなものが嚙んだ痕だと判明したが、不思議なことに唾液《だえき》の類《たぐい》は一切みつからずDNA検査はできなかったという。

＊　＊　＊

種籾侵入窃盗事件の容疑がかかっている四人のうち三人が変死したとあって、捜査本部の会議でもかなり焦りが漂うようになっていた。捜査員は拡充され、一日も早い容疑者確保に動き出す。

亜寿沙たちも毎日容疑者の捜査に駆り出されていたが、阿久津は祟《たた》りの線でも捜査を進めたいようだった。そこで風見に許可をとったうえで、捜査の合間を見て阿久津と亜寿沙の二人で伏見稲荷大社を訪れることにした。

伏見稲荷大社に何かあてがあるわけではない。単なる徒労に終わる可能性もあったが、村山の話が本当だとすると、もしかしたら何か手がかりが見つかるんじゃないかという気持ちもあった。怪異にあいやすいという阿久津の性質があれば、もしかしたら窃盗犯たちを襲う狐と接触できるんじゃないかと密《ひそ》かに期待もしていた。

伏見稲荷大社に行く予定を入れてあった日の朝。職場で阿久津と合流してから向かうことになっていたので、亜寿沙はいつもどおりの通勤時間にいつもどおり自宅最寄りの阪急西院駅で電車を待っていた。

地下にある西院駅から電車にのって烏丸《からすま》駅まで行き、そこから市営地下鉄に乗り換えると、京都府警察本部の最寄り駅である丸太町《まるたまち》駅につく。それが亜寿沙の通勤経路だ。毎日通っている場所なので、何も考えずとも足が勝手に動いて行く。

バスでも通えないことはなかったが、四条通は渋滞していることも多いため、亜寿沙は所要時間に遅れが出ることの少ない電車通勤の方が好きだった。

電車を待つ間ホームに並んでスマホを見ていたが、視界の端に何かふらふらと動いているものが目につく。顔を上げて向かいのホームに目をやると、おぼつかない足取りで歩く人影を見つけた。グレーの半袖《はんそで》パーカーを着て、ブラックジーンズを穿《は》いている。若い男のようだったが、何かを喚《わめ》きながら歩いていた。ホームの端から転げ落ちてしまいそうで、亜寿沙は気になって目が離せない。

（こんな早朝に酔っぱらい？　それにしても危ないな……）

向かいのホームにも通勤客がたくさん並んでいたが、彷徨《さまよ》うようにふらつきながら歩く男を見て見ぬふりしているのか、近寄ろうとする者もいなかった。

亜寿沙は一瞬迷ったもののやっぱり黙って見過ごすことができず、階段へ向かって走り出す。早くしないと向かいのホームにも電車が来てしまう。男が接触でもしたら大変だ。

亜寿沙は階段を上って改札前を通り、反対側のホームへ続く階段を駆け降りる。反対側のホームへ下りると遠くにあの男の背中が見えた。

男はホームの奥の方へふらふらと頼りない足取りで左右に身体を大きく揺らしながら歩いている。

「すみません、すみません、もうしません」

男はそんなことをしきりに喚いていた。何に謝っているのかは不明だが、取り乱しているのは確かだった。亜寿沙は男の前に回り込むと、すぐさま彼に声をかける。

「大丈夫ですか？」

「狐が……」

「え？」

狐という言葉に驚き、そして男の顔を見て亜寿沙はもう一度驚いた。

見覚えがある顔だったのだ。少しタレ目だがシャープな顔立ち。薄茶色でぼさぼさの髪の下にはシルバーのフープピアスが二つずつ付いた耳がのぞいている。間違えるはずがない。毎日見ている顔だ。

種籾侵入窃盗事件の容疑者の最後の一人。釜井《かまい》隆二《りゅうじ》だった。

「もしかして、釜井さんですか？」

名前を呼ぶと、男はのっそりと顔を上げた。びっしょり汗の浮かぶ顔に髪が張り付いている。亜寿沙が捜査本部で目にした写真に比べるとげっそりと頰がこけてはいたが、間違いなく釜井だ。

「……誰、あんた……」

「私は警察のものです。あなたを探していました」

亜寿沙は警察手帳を取り出して見せる。釜井はちらっと手帳を目にするが、すぐにぐしゃぐしゃと両手で髪を搔《か》きむしるとそのまま頭を抱えてその場に蹲《うずくま》った。

「狐が……狐が来るんや……どこいっても、追いかけてくる。もう、あかん。俺もだめや……」

釜井は何度も狐と口にしていた。すぐにあたりに視線を巡らせてみるものの、狐らしきものはどこにも見当たらない。だが、見えない狐がすぐ近くで取り囲んでいるような錯覚を覚えて亜寿沙まで恐ろしくなってくる。

亜寿沙は軽く頭を振って怖いイメージを拭《ぬぐ》い去ると、ホームに膝《ひざ》をつき彼の耳に顔を寄せて大きな声ではっきりと言った。

「釜井さん！　あなたを保護したいんです！　どうか私と一緒にきてください！　警察本部にいけば、私の上司がきっと何とかしてくれるはずだから！」

釜井に声が届いたのかわからないが、しばらくして彼は小さく頷《うなず》いたように見えた。

亜寿沙はトートバッグからスマホを取り出すと、電話をかける。相手はもちろん、阿久津だ。数回コールするとすぐに阿久津が出た。相変わらずの寝ぼけたような声に、亜寿沙はなんだか懐かしさを覚える。

「阿久津さん。西院駅の梅田《うめだ》方面行のホームで釜井をみつけました。ずっとうわ言のようなことを言い続けていますが、このまま警察本部まで連れて行きます」

『……え。え、釜井!?　釜井隆二か！　待って、一人では危険だ！　駅員に協力を仰いで保護してもらうんだ。俺もすぐにそっちに行くから』

スマホ越しに焦ったような阿久津の声が返ってくる。

「わかりました。じゃあ、駅員室で待たせてもらいます」

そのとき、ホームに小豆《あずき》色の車体をした電車が滑り込むように入ってきた。

電車はホームに止まると一斉にドアが開く。その途端、それまで蹲っていた釜井が、

「うわあああああ、狐や！　ここにも狐がおる！」

そう言って飛び起きると突然駆け出し、開いた電車のドアに飛び込んだ。

「あ、ちょっと待って！」

亜寿沙はスマホを手にしたまま、釜井を追いかけた。亜寿沙が電車内に飛び込んだすぐあとに扉は閉まる。警察本部がある駅とは反対方向へ向かう電車だが、乗ってしまったものは仕方がない。釜井を探すと、彼は隣の車両の座席の上で膝を抱えて丸くなっていた。ガタンと、電車が走り出す。

亜寿沙は彼のそばまでいくと、隣に腰を下ろした。

「釜井さん。大丈夫ですよ。次の駅で電車を降りましょう。すぐに迎えが来て、安全なところに連れて行ってもらえますから」

そう言って亜寿沙は釜井を慰めようとする。

釜井は祈るように両手を組んで額にあて、ぶつぶつと何かをしきりに呟《つぶや》いていた。耳を澄ますと、どうやら般若心経《はんにゃしんぎょう》のようだ。

電車は地下を走っているため、両側にある大きな窓ガラスは一面黒一色となっている。隣駅で降りようと思っていた亜寿沙だったが、ふいに違和感を覚えた。

（あれ……？）

車両を見回すと、亜寿沙と釜井の二人以外、乗客の姿が見あたらない。

亜寿沙たちのいる車両だけではない。前の車両を見ても、後ろの車両を見ても人の姿がないのだ。

亜寿沙たちは大阪梅田方面行の電車に乗ったはずだ。朝の通勤ラッシュの時間帯なのに、こんなに空《す》いていることなんてありえない。

心臓が、ばくばくと大きく鼓動を打ち始めていた。

おかしい。あきらかにおかしい。いつから周りに人がいなかった？

思い返してみると、釜井の姿を最初に向かいのホームでみつけたときには釜井の周りにも沢山の通勤客が電車を待っていたのを覚えている。しかし、亜寿沙が反対側のホームへ行ったあたりから釜井以外の人の姿を見た記憶がない。それに電車が入ってきたときも乗ったあとも、案内アナウンスを聞いた覚えもなかった。

釜井のことばかりに気を取られていて、いままで異変に気づいていなかったのだ。

（そ、そうだ。阿久津さんに通話が繋《つな》がって……）

スマホをみると、さっきまでつながっていた通話は切れていた。しかも圏外になっている。いままで通勤で地下鉄を使っていて圏外になったことなんて一度もなかったのに。

（これってもしかして、怪異の中に入り込んでしまったんじゃ……）

よく観察すると、この電車自体も何かがおかしい。次の駅までこんなに時間がかかるはずがないのだ。駅に止まることもなく、電車はずっと同じ速度で走り続けていた。

よく見ると窓の外に何か見えた。

亜寿沙は窓に顔を近づけて食い入るように外を眺める。見えたものは、青白い満月だった。しらない間に電車は地下から地上へと出ていたようだ。しかもなぜか夜になっている。上空にぽっかりと浮かんだ月は冷たさを感じるような仄《ほの》かな光で外の景色を照らしていた。

民家らしきものは何も見えない。窓の外には一面、青々とした稲が生い茂る水田が広がっている。一体ここはどこなのだろう。この電車はどこに向かっているのだろう。電車の中なのに、広い田んぼの中にぽつんと置き去りにされたような寂しさがじわりと胸を覆う。

いや、人の姿が見えないと言っても、先頭に行けば運転手はいるはずだ。まさか無人で走っているわけがない。

「ちょっと、他の車両を見てきます」

釜井にそう声をかけて先頭車両へ向かおうとした亜寿沙だったが、その腕を釜井が摑《つか》んで引き留める。

「い、行かんといて！　俺を置いていかんといて！」

いまにも泣きそうな顔で釜井が必死に訴えるので、亜寿沙は諦《あきら》めて再び釜井の横に腰を下ろす。釜井も異常な空間に入り込んでしまったことに気づいているのだろう。見てわかるほどに身体が小刻みに震えていた。

「わかりました。行きません。大丈夫ですよ。すぐ戻れますから」

そう釜井に言ったものの、どうしていいのか亜寿沙自身にも見当がつかない。

特異捜査係に配属になってからというもの、怪異の中に入り込むことは何度か経験している。しかし、いままではいつも阿久津と一緒だった。だから、怪異に恐れおののきながらも、心のどこかで彼に頼れることに安心していた。

でもいまは亜寿沙と釜井の二人だけなのだ。しかも、釜井は種籾《たねもみ》侵入窃盗事件の容疑者で、お稲荷さんからの祟《たた》りに怯《おび》える身だ。亜寿沙は釜井を襲う怪異に巻き込まれてしまったのだろう。いつそこの窓や向こうの車両から狐が顔を出して襲ってくるんじゃないかと、それを考えると怖かった。

(ううん。怖がってる場合じゃない。阿久津さんとの会話の最中に怪異に巻き込まれたから、きっと阿久津さんはこの事態に気づいて助けに来てくれるはず。それまで、私が釜井さんを守らなきゃ)

そう自分の心を奮い立たせた。ゴトンゴトンと低い音を響かせながら、電車は走り続けている。無理やり深呼吸を重ねると、少し心も落ち着いてきた。

さっきまで丸くなって怯えていた釜井も、少し平常心を取り戻してきたのか丸くなるのをやめて普通に座席に座り、窓の外をぼんやりと眺めている。

そんな彼の様子を眺めていた亜寿沙は、彼が何か赤いものを右手に握りこんでいることに気づいた。

「手に何を持ってるんですか？」

亜寿沙が尋ねると、釜井は一瞬きょとんとしたあと、「ああ、これ？」と手のひらを開いてみせてくれた。その瞬間、ふわりと馴染《なじ》みのある香りが広がる。これは線香などによく使われる白檀《びゃくだん》の香りだ。釜井の右手のひらには、赤いお守りがのっていた。

「これ、うちが代々檀家《だんか》をしてるお寺で買ったお守りやねん。これ握ってると、夜、ベッドにや死んだばあちゃんが守ってくれる気ぃして。……ここんとこずっと、なんか入るたびに周りを白い狐が歩き回るんや。それでいよいよ俺の番かと思って怖なって、ずっとあちこちの漫画喫茶とかカプセルホテルなんかを転々としてたんや」

ポツリポツリと釜井は事情を話してくれた。やはり彼の許《もと》にも狐が現れていたようだ。亜寿沙が彼を見つけたとき、まるで何かに追い立てられていたようだった。もしかしてあのとき狐たちは彼を電車に飛び込ませようとしていたのではないだろうか。我妻がトラックに飛び込んだ情景を思いうかべてゾッと背筋が凍りそうになり、亜寿沙は思わずお守りごと彼の手を握っていた。

「釜井さん。どうにかして一緒にここから脱出しましょう。私の上司は、こういう怪異にとても詳しい人なんです。だから、きっとどうにかしてくれるはずです。そのためにも、あなたをここから連れ出して警察で保護したいんです。だから、約束してくれませんか。ここから抜け出せたら、自首して、あなたが種籾侵入窃盗事件や容疑者たちの死亡事件について知っていることをすべて警察で話すって」

釜井は亜寿沙の目を見ると、こくこくと小刻みに何度も頷《うなず》いた。

「全部、話す。知ってること、全部話す。俺、金に困ってて、それで簡単に大金が手に入るって言われてこの仕事に交ぜてもろたんや。種籾は、この仕事頼んできた元締めみたいなやつに渡した。なんでも、海外でめちゃめちゃ高く売れるんやって言うてた。そやからもう海外に持ち出されてしもたかもしれん。でも、助けてくれるんなら何でもする！　知ってることはなんでも話す！　おとり捜査でも何でも協力する！　だから、助けてください。……もう嫌や。ほんまに、こんなわけわからんものに追いかけられるんはこりごりなんや」

釜井ははっきりとそう約束してくれた。亜寿沙がほっと頬を緩ませたとき、ガタンと一際大きな音を立てて電車が止まった。

車窓から外をみると、どうやらどこかの駅に止まったようだった。

アナウンスなどは何もない。電車のドアが開いたあとは、どれだけ待っても電車が出発する気配はなかった。

もしかすると、この電車は亜寿沙たちをここに連れてくるためのものだったのかもしれない。これが罠《わな》なのか、それとも逃げ出すチャンスなのか、亜寿沙には判断がつかなかった。

ただ、ここにいても何も進展はしない。ただいたずらに時間が経つばかりだ。

亜寿沙はごくりと生唾《なまつば》を飲み込むと座席から立ち上がり、釜井の腕を摑んで引いた。

「いってみましょうか」

「う、うん」

二人は駅に降り立った。暗い夜の闇に覆われていたが、空に浮かんだ月の仄かな光があたりの景色を浮かび上がらせている。

駅の周りには一面青々とした水田がひろがっていた。駅は水田の中にぽつんと建っている。屋根もなく、古いベンチが置かれているだけの昭和感溢《あふ》れる古びたホーム。その真ん中あたりに電柱が一本立っていた。電柱には、裸電球に笠《かさ》をかぶせただけの簡素な照明が一つだけあり、タマが切れかけているのかぱちっぱちっと明滅していた。

電球の下には改札がある。自動改札ではなく、昔ながらの駅員が切符を切るスタイルの改札だ。しかし、駅員の姿はどこにも見えない。無人駅のようだった。

亜寿沙と釜井の二人は改札から駅の外へ出た。駅前のロータリーなどというものもなく、水田の間に一本の畦道《あぜみち》が通るだけ。他に道らしきものはなかった。

まだ穂をつけていない青い稲は亜寿沙の腰ほどの高さがあった。畦道の先に明かりが見える。目を凝らすと民家の明かりのようだった。

「あそこに行ってみましょう。もし人がいれば助けてもらえるかも」

もっともこんな怪異の真《ま》っ只中《ただなか》にいる者が普通の人間だとは思えなかったが、それでもほかに助かる術《すべ》も思いつかず、亜寿沙は畦道を歩き始める。後には釜井がおそるおそるといった様子でついてきた。

畦道の草を踏んで歩いて行く。一歩踏み出すたびに、青臭い香りが辺りに広がった。風もなく静かな夜だった。まるで稲の海を泳いでいると錯覚しそうになるほど、周りは青々とした稲に囲まれている。その水田に真っ直ぐ通る一本の畦道を、ひたすら歩く。

しばらく歩いて亜寿沙はおかしなことに気づいた。もう駅を離れて十分以上歩いたはずだ。現に、後ろを振り返ると駅舎はすでに輪郭が夜の闇に溶けてほとんど見えなくなっている。それなのに、目指した民家がちっとも近づいてこないのだ。

「ど、どうしよう。やっぱおかしいって、ここ」

後ろをついてくる釜井が怯えた声を出す。

「う、うん……」

それでもここまで来たら前に進むしかない。どれだけ歩いても民家は近づいてこない。距離感がおかしい。駅もすっかり見えなくなり、どれだけ歩いたのか分からなくなりはじめたころ。

畦道の両側に続く水田の方から、ざっ、ざっという地を蹴《け》るような音が聞こえてきた。稲の間からは白いものが見え隠れしはじめ、ぴょんぴょんと飛び跳ねるようにして亜寿沙たちと並ぶようについてくる。

（犬？　ううん、違う。これは……）

釜井も気づいたのだろう。ひきつけを起こしたような悲鳴が聞こえてきた。

「ひ、ひぃぃぃぃぃぃぃ、き、狐やあああああ」

腰が抜けたようにぺたんと畦道に座り込んで、釜井は恐怖のあまり耐え切れず泣きわめき始めた。

亜寿沙も足を止めて釜井をかばうように前に立つと、注意深く辺りを見渡す。

いつの間にか、狐たちに完全に囲まれていた。白狐たちは亜寿沙たちの周りを円を描くようにトントントンと身軽にジャンプしながら回り始める。

（一、二、三……ううん、十四以上いる）

（何、この狐……これ、狐？）

よく見たら動物園で見たことがある通常の狐とは少し様子が違っていた。

艶《つや》やかな白い毛並みに、長い手足。目は赤く、線を引いたように細い。まるで、陶器でできた狐の置物がそのまま大きくなったような姿をしている。

大きさも普通の狐より一回りも二回りも大きい。大型犬くらいの大きさがあった。

白狐たちは赤い切れ目のような口に二十センチほどの長細いものを咥《くわ》えていた。それが、跳びはねるたびに月光を鈍く反射させるのだ。よく見ると、それは短剣だった。狐たちの細く弓なりに歪《ゆが》んだ瞳《ひとみ》からは、強い敵意が滲《にじ》み出ていた。いや、殺意というべきか。

狐たちの狙いは釜井だろう。しかし、釜井とともに行動する亜寿沙を見逃してくれそうな気配もなかった。

あの短剣は見せしめなんかじゃない。狐たちの輪は少しずつ狭くなっている。この輪が閉じたら……。

身の危険を感じて、亜寿沙はキッと狐たちを睨《にら》みつけた。

怖いのは亜寿沙だって同じだ。今にも恐怖で双眸《そうぼう》に涙が滲みそうになる。

(でも、私は刑事だから。刑事だから。刑事なんだから!)

頭の中で何度も同じ言葉を繰り返した。恐怖を叩《たた》きだすように。

釜井を守らなきゃ、その気持ちでいっぱいだった。

(ここに阿久津さんがいてくれたら)

思わずそんな情けないことを考えるが、亜寿沙は頭を軽く振って阿久津にすがりたくなる気持ちを振り払った。

(ううん。ここに阿久津さんはいない。私がなんとかしなきゃ、釜井さんもろともや

られてしまう。どうしたらいい。阿久津さんだったら、こういうときどうするの）

脳裏に阿久津の顔が思い浮かんだ。あの人はどんな状況でも、いつだって冷静で飄々《ひょうひょう》としていた。怪異や幽霊相手のときだって、まるで人に対するように接していたのではなかったか。

（人に対するように……そうよね。怪異だから、神様だからって何なのよ。神様には神様の事情があるかもしれないけど、人間にだって人間の事情ってものがあるんだから！）

亜寿沙は胸いっぱいに空気を吸い込むと、声を張り上げた。

「稲荷の神様！　お話があります!!」

思いのほか、凛《りん》とした大きな声が出た。

「どうか話を聞いてください!!」

もう一度叫ぶと、今度は狐たちが反応を示した。少しずつ輪をせばめながら亜寿沙たちの周りをトントンと跳びはねていた狐たちがぴたりと動くのを止めたのだ。狐たちは亜寿沙たちの方に顔を向けてその場に座る。畦道を塞《ふさ》ぐように、前にも後ろにも狐が座って、じっと細い目で亜寿沙たちを見ていた。

その口には短剣が咥えられたままだ。いつでもお前たちを殺《や》れるんだから、おかしな真似をするんじゃないぞと脅されているようだった。

それでも亜寿沙はひるまず、腹に力を入れてはっきりと声を出す。

「種籾《たねもみ》を盗んだ窃盗犯たちに祟《たた》って殺してもそれですべて終わるわけじゃありません。まだ他に容疑者がいるかもしれないし、もっと大きな組織が介在している可能性だってあります。種籾だってここにはありません。だから彼から少しでも情報を聞き出してすべての関係者を一網打尽にし、種籾を取り戻したいんです！」

亜寿沙は必死に訴えた。狐たちは、値踏みするように亜寿沙を見つめたままだ。そのまま亜寿沙は続ける。

「種籾を盗み出して暴利をむさぼろうとする奴らに憤っているのは神様たちだけじゃありません。あの種籾を作り出した研究員の村山さんやセンターの人たちだって同じです。私だって、あの種籾がどんなに大切なものか、この事件を担当してみてよくわかりました。稲を守ることがどんなに大切で大変なことかってことも。だから、どうか裁きを人の手にゆだねていただけませんか！　釜井さんを人間の世界に戻して生かして、人の方法で罪を償わせてもらえないでしょうか！」

起死回生の方法なんて何も浮かばない。ただ、自分の想いを狐たちに伝えたかった。聞いてほしかった。知ってほしかった。自分たちの想いは決して稲荷の神様と違うものではない。ただ、やり方が違うのだ。

神様の力が及ぶのがどれほどの範囲なのかはわからない。でも人間なら、たとえ種籾が海外に持ち出されていたとしても、海を渡ってどこまでも追いつめて取り返してこられる。そのためにも、いまは窃盗犯の最後の生き残りである釜井の持つ情報が何より大切なのだ。こんなところで殺されてはたまらない。

いっきに叫んではぁはぁと荒く息を弾ませる亜寿沙だったが、狐たちは静かに亜寿沙たちを見つめていた。やがて、畦道《あぜみち》を塞ぐように座っていた狐がゆっくりした動作で口に咥えていた短剣を地面に置くと、顔を上げてニタリと口が裂けたような笑みを浮かべる。

『ソレナラ、ソノ男ヲ連レテ行クガヨイ。タダシ、ドレガ本物カオマエニワカルカ？』

狐が喋《しゃべ》った。他の狐たちもケタケタと薄気味悪い声で嗤《わら》いだす。

亜寿沙は言われた言葉の意味が分からず、後ろを振り返った。すると、それまで亜寿沙の足元に蹲《うずくま》ってすすり泣いていた釜井の姿がどこにもない。

「え？　釜井さん⁉」

慌てて周囲を見渡す。畦道を塞ぐ一頭を残して、さっきまで周りを取り囲んでいた狐たちの姿も消えていた。

代わりにザワザワと水田に生いしげる青い稲が動いている。

「か、釜井さん……？」

恐怖のあまり水田に逃げ込んだ釜井がそこにいるのだと思って、亜寿沙はおそるおそる声をかける。ザワザワと答えるように音を立てて稲が揺れた。

「釜井さん！　隠れてないで、出てきてください！」

その声を合図とするかのように、水田のあちらこちらからのっそりと音の正体が姿を現す。稲の間から起き上がったのは釜井などではなかった。

その異様な姿を見て、亜寿沙の身体は固まった。瞬《まばた》きすらできなかった。

目の前に現れたのは、骨だけの人間だった。まだところどころに血肉がへばりついた骸骨《がいこつ》が、ゆっくりと稲をかき分けて亜寿沙に迫ってくる。

「……いや、いや……」

恐怖で息が荒い。ハッハッと浅い呼吸を肩で繰り返しながら、亜寿沙は一歩後ろにさがった。しかし、骸骨は亜寿沙を囲むように次から次へと周囲の水田から姿を現し、手を伸ばして亜寿沙に迫ってきた。十体は優に超える数が亜寿沙にすがりついてくる。

『サガセ、サガセ。コノ中ニアノ男ハオル。男ハドコダ』

なおも狐は愉《たの》しそうに言う。

しかし亜寿沙にはもう、釜井を探す余裕なんて完全になくなっていた。

足や手で振り払えば骸骨は簡単に引きはがせたが、引きはがしても引きはがしても次々と寄ってくる。亜寿沙の腕や身体を掴《つか》んで、落ちくぼんだ空虚な目ですがりついてくる。骸骨たちはカタカタと奥歯を鳴らし、微《かす》かな声で訴えてきた。

「助けてくれ」「死にそうだ」「腹減った」「一口でいい」「なにか食べさせてくれ」と。骸骨に抱き着かれ、顔を触られ、亜寿沙の精神はギリギリのところまできていた。

（だめ、パニックになっちゃだめ……！）

すんでのところでわずかに残った理性がそう訴える。いまパニックになってしまえば、取り返しがつかないことになる。

だが思いっきり髪を後ろに引っ張られた瞬間、叫びだしそうになって亜寿沙は思わず両手で自分の口を押さえた。すると、手のひらからふわりと懐かしい香りが鼻腔《びこう》に広がった。

（これは、お線香の香り……？）

そういえば、釜井は出会ったときからずっとお守りを握りしめていた。あのお守りについていた香りだ。たしか神社ではなくお寺で買ったものだと言っていたか。だから、お寺で焚《た》かれていた線香の香りが移ったのだろう。釜井のお守りごと手を握った際に亜寿沙の手のひらにも匂いがついたようだ。

（……この匂い。そうだ。これなら探せる）

手のひらの匂いを力いっぱい吸い込んだ。しっかりと香りを記憶に刻み付けると、亜寿沙は無意識ににっと小さく笑みを浮かべた。

「私の嗅覚《きゆうかく》過敏をなめないでよね」

そう言うと、目の前で亜寿沙に縋《すが》り付いていた骸骨の腕を握り、その手のひらを自分の鼻に近づけた。乾いた土のような香りがした。

（違う、これじゃない）

すぐに掴んでいた腕を放すと、別の骸骨の腕を掴んで引き寄せ臭いを嗅《か》ぐ。

（これも違う。ううん、あのお守りの香りはこんなことしなくても匂うくらい強烈なもの）

亜寿沙は次々と縋り付いてくる骸骨たちを掻《か》き分け、その間を進んで行った。何体いるのかわからない。十や二十ではきかない。三十体はいるだろう。

骸骨一体一体の力は弱く、縋り付いてきてもすぐに引きはがせる。

亜寿沙は自らの鼻に意識を集中させて、目指す香りを探しながら次々と迫りくる骸骨たちを掻き分けて進んで行った。

そして、ついに記憶したものと寸分たがわない香りを漂わせている骸骨を見つける。

「あった！　この香り！」

亜寿沙がその骸骨の手首を強く握ったまま高くあげる。

『アーターリー！』

次の瞬間、他の骸骨たちが弾《はじ》かれたように順々に飛び上がると、くるんと一回転して地面に降り立つときには白狐の姿に変わっていた。

狐たちの動きに合わせて、まるで暗幕を引き開けたかのように夜の景色から雲一つない昼の景色へと移り変わる。青かった水田の稲は、重い稲穂をつけた黄金色へと変わっていた。

亜寿沙が手首を掴んだ骸骨も、釜井の姿に戻っている。わけがわからずきょろきょろと辺りを見回す釜井をみて、亜寿沙はほっと胸をなでおろす。張りつめていたものが崩れそうになって、涙が滲《にじ》みそうになるのを洟《はな》をすすって誤魔化した。

さわさわと黄金色の稲穂を揺らして、さわやかな風が渡ってくる。空は青く高く、どこまでも澄んでいた。

＊　＊　＊

通勤途中に亜寿沙からの電話を受けた阿久津は、突然通話が切れてしまったスマホを手に焦っていた。

すぐに何度かかけ直すが、電波の届かない場所にあるというアナウンスが流れるのみ。数分待ってみたが、亜寿沙から再びかかってくる気配はない。メッセンジャーアプリにすぐに連絡をくれと書いたコメントにも既読がつかない。

亜寿沙は電話で『釜井を見つけた』と言っていた。警察本部に彼をつれてくるとも言っていた。だがその直後、ぶつりと電話が途切れてしまったのだ。電話が切れる寸前、亜寿沙の声のあとに男の声で『狐や！　ここにも狐がおる！』と聞こえたことがずっと心の中にひっかかって焦りを強くしていた。

あれはおそらく亜寿沙が見つけたという釜井の声だろう。

釜井のところにも稲荷の祟《たた》りは手を伸ばしてきているのだろうか。だとしたら、一緒にいる亜寿沙はどうなる？　釜井のことも気になるが、それよりなにより亜寿沙の安否を一刻も早く確認したかった。

阿久津はすぐさま職場に電話をかける。捜査一課の課長席だ。数回コールしたあと、「はい」と応《こた》えたのは若い声だった。すぐに風見だとわかる。課長はまだ出勤していないようだ。

「風見か？　今日は早いな」

『あれ？　聖司《せいじ》か？……どうした』

風見の声が一段下がる。このわずかな会話だけで、非常事態だということが伝わったらしい。相変わらず話の早いやつだなと小さく苦笑をこぼすが、すぐに表情を引き締めた。

「さっき岩槻から電話があった。最寄りの西院駅で釜井をみかけたようだ」

息を呑《の》む気配が伝わってくる。阿久津は話を続けた。

「駅員に協力してもらって俺たちがいくまで釜井と駅で待つよう指示を出したが、様子がおかしいんだ。突然電話が切れたあと、まったく連絡がつかなくなった」

『……わかった。すぐに人を西院駅にやる。お前はどうする？』

「そっちに顔出してる時間がおしい。直接駅に向かう」

『了解』

通話を切ると、阿久津はすぐさま大通りに出てタクシーを拾うと西院駅へと向かった。道は比較的空《す》いていたためタクシーはスムーズに走り、十分ほどで現地へと到着するもののそれでももどかしさが募る。

駅で待ってくれているならいい。しかし、どうしてもチリチリと燻《いぶ》されるような嫌な予感がおさまらない。

阿久津はタクシーを降りると、階段を駆け降りて改札脇から駅員室にいる駅員へ声をかける。駅員に岩槻という女性の刑事が来たかどうか尋ねたが、若い駅員は怪訝《けげん》そうに眉《まゆ》を顰《ひそ》め、そんな刑事は見ていないという。

ホームにも行ってみたが、どこにも亜寿沙の姿は見当たらなかった。二ホームだけしかない小さな駅だ。隠れるような場所もありはしない。

（どこ行ったんだ、岩槻……！）

まるで神隠しにあったかのように、忽然《こつぜん》と亜寿沙は姿を消してしまった。ホームにはまだ多くの通勤客たちが行きかっている。こんなところで人が消えてしまうなんてことありえるだろうか。阿久津はベンチに座り込むと、手に握ったままだったスマホを、額にあてて目をつぶる。

(どうか、無事でいてくれ。どうか……!)

神にでも祈りたいところだが、彼女を隠したのはおそらく神自身だ。

(どこにいった。何が考えられる。てんぱってる場合じゃない。冷静になるんだ)

手にあるスマホを見た。通話時刻は記録が残っている。その時間には間違いなく亜寿沙はここにいたはずなのだ。顔をあげると、ホームの端に監視カメラがついているのが見えた。向かいのホームにも同じものが見える。

阿久津は立ち上がると、階段を駆け上って駅員室へと戻った。そこで警察手帳を見せ、事情を話して監視カメラ映像を確認させてもらうことにする。追っている事件の容疑者が今朝がたここから電車にのったかもしれないと言えば、若い駅員は快く監視カメラ映像を見ることを許してくれた。

録画してあった映像を巻き戻す。見たい時間帯はわかっていたので、すぐに目当ての映像は見つかった。この駅にある監視カメラのうち、阿久津が気になったのは改札を映したものと、二つのホームを映したものの計三つの映像だ。

阿久津に電話がかかってくる五分前。亜寿沙が改札に交通系ICカードをかざして通り過ぎるのが映っていた。それから、京都河原町《かわらまち》方面行のホームに下りて電車を待つ姿が確認できる。通勤時間帯とはいえ京都河原町方面行はさほど混んではいないので、列の一番前でスマホを見ながら電車を待っているところがはっきりと映っていた。

そのあと、亜寿沙は何かに気づいたかのようにスマホから顔をあげた。向かいのホームをじっと観察するような仕草をしたあと、なぜか電車を待つ列を離れて階段の方へと駆けていく。向かいのホームには、阿久津が見た限り何の異変も感じられなかった。こちらは大阪梅田方面へ行く通勤客が多くいたが、みな整然と並んで電車を待っているだけだ。

そして、亜寿沙は階段へと駆けていく後ろ姿を最後に、監視カメラには映らなくなっていた。あの様子だと向かいのホームに走って行ったように見えたが、五分以上待っても向かいのホームへと階段を下りてくる姿は見えなかった。

亜寿沙が電話で言っていた釜井らしき男の姿も、監視カメラには一切映っていない。

（どういうことだ、これ……。階段を上ったあたりで、岩槻は神隠しにあったってことなのか）

そこに、パトカーのサイレンが聞こえてくる。風見がよこした刑事たちが駅に着いたようだ。阿久津は駅員に礼を言ってから外に出る。ちょうどパトカーから出てきた強行三係長の徳永に手早く状況を伝えた。監視カメラに亜寿沙が映っていたこと、亜寿沙との電話の内容、連絡がとれなくなったときの状況を簡潔に伝えると、阿久津はすぐにその場を立ち去ろうとする。

「おい！　どこ行くんや！」

徳永に荒い口調でそう問われて、阿久津は足を止めるとふりかえった。

「ここに岩槻がいたっていう痕跡《こんせき》はさっきお伝えしたとおりです。徳永さんには通常の捜査をお願いします」

徳永は苦虫を噛《か》み潰《つぶ》したように顔を顰める。

「お前は通常じゃないあてがあるっちゅうんか」

「一応」

「俺はなぁ！　お前みたいなやつが大っ嫌いなんや。頭でっかちで現場を知らん。そのくせ妙なことばっかして現場を掻《か》き乱す」

忌々《いまいま》しそうに容赦なく徳永は言葉を叩《たた》きつけてくる。どれも本当のことなので阿久津には反論の余地もなく静かに聞いていた。徳永はなおも忌々しそうに吐き出す。

「だがな。お前がようわからんが実績を積み上げてきたんはたしかや。神隠しやら祟りなんちゅうおかしな事件にはお前みたいなおかしな奴じゃなきゃ摑《つか》めん何かがあるんかもしれん」

そう嘆息すると、パトカーの無線機を手に取った。

「行ってこい。課長と管理官には俺から報告しとく」

「ありがとうございます。俺も徳永さんの実績は買ってるんですよ。現場の経験値じゃどうやったってかないっこない」

「青二才がうるせぇわ」

徳永がむすっと言い放つのに、阿久津は苦笑して小さく頭を下げるとその場をあとにする。西院駅での捜査や聞き込みは、徳永に任せておけば大丈夫だ。

阿久津は再び西院駅のホームへ戻ると、そこから京都河原町行の電車に乗った。電車を乗り継いで向かったところはJR奈良線の稲荷駅だ。

駅を出るとすぐに大きな赤い鳥居が目に入る。伏見稲荷大社の参道が目の前に続いていた。

本来なら今日ここに亜寿沙と二人で来る予定だったのに、いつもメモ帳片手についてくる亜寿沙の姿はここにはない。それがなんだか無性に寂しく想えた。

阿久津は鳥居の前で足を止める。参道のさきに伏見稲荷大社の立派な内拝殿があり、奥には稲荷山がそびえている。その山自体からいまは強い圧のようなものを肌で感じるが、阿久津は構わず参道を進みだす。亜寿沙を連れ去ったのは稲荷の神の誰かで間違いない。だとすると、この山のどこかにいる可能性が高いのだ。

境内は、修学旅行生や参拝客でにぎわっていた。

阿久津は内拝殿で拝むと、その左手にある階段を一歩一歩上っていく。

その先に有名な千本鳥居があり、奥社を過ぎると道は急な階段ばかりとなって本格的に稲荷山を登る形になる。そこからずっと頂上まで、赤いトンネルのように鳥居は続いていた。

（神使である狐をつかって釜井を狙い、それを見つけた岩槻まで一緒に攫《さら》ったのはおそらくここに祀《まつ》られている五柱のどれかの神様だろう。とりあえず、それぞれが祀られている拝殿にいってみるか。そこで何かわかればいいんだが……）

阿久津は、赤い鳥居の連なる階段を歩いて行く。参拝客の脇を早足で通り抜けながら鳥居の外の森にも視線を巡らせて、亜寿沙の姿はないか、せめて彼女に繋《つな》がる情報はないかと注意深く調べていく。

しかし、亜寿沙は一体どうして攫われたのだろうか。たまたま狐たちに襲われそうになっていた釜井の近くにいたせいで巻き込まれたのか。それとも、村山と稲荷神社に行ったときにすでに目をつけられていたのだろうか。

釜井の姿は監視カメラには映っていなかった。ホームには沢山の通勤客が電車を待っていたが、大阪梅田行のホームに何かをみつけたような反応をしていたのは亜寿沙だけだったのだ。

もし彼女だけが怪異の真っただ中にいた釜井を見つけることができたのだとしたら、

もしかして亜寿沙が阿久津とともにたびたび怪異に遭遇してきたせいで、彼女自身も怪異を感じやすい体質になってしまっていたのではないか。

（だとしたら、俺のせいだ。俺がもっと、気を付けてればこんなことには……）

そんな後悔ばかりが頭に浮かんでくる。だがいまさらそんな後悔をしたところで、亜寿沙は帰ってこない。さっきから何度も彼女に電話をかけているが、ずっと『電波の届かない場所にある』というアナウンスが流れるばかりだ。

「くそっ」

阿久津は通話を切ると、階段を上る足を早める。

しかし、そこで阿久津はふとあることに気づいた。

常人には息せききらないと上れないような急な階段が続いているが、阿久津は数段ずつとばしながらかなりの早足で上っている。

そろそろ鳥居が途切れて、三ツ辻《みつじ》あたりに出ないとおかしいのに目の前には延々と鳥居と階段が続いていた。

そういえば、さっきまで頻繁に行きかっていた他の参拝客の姿もまったく見えない。

（俺も、何かの怪異に取り込まれたか……？）

どこがその境目だったのかまったく気づかなかったほど自然に怪異の中に入り込んでいた。稲荷山の怪異。もしかしてこのどこかに亜寿沙がいるんじゃないかと思うものの、なぜか鳥居の外へ抜け出せない。

鳥居の隙間から向こうの景色が見えているのに、手を伸ばしても近寄ってもその分だけ目の前の景色が遠ざかる。完全に、延々と続く千本鳥居の中に閉じ込められていた。

（抜けられそうにないな）

とりあえず行ける場所は前か後ろかしかないようだ。阿久津は再び階段を上り始める。ところがしばらく上ったところで、阿久津は右手で頭を押さえて再び足を止めた。

（頭が割れるように痛い……）

ワンワンと声が鳴り響いてくる。いや、声なら四六時中聞こえてはいた。

コロセ……コロセ……コロセ……

クイタイ、ヒトガクイタイ……

コロセ……コロシテシマエ……コロシテクッテシマエ……

そんな声にも、いつもなら無視できるくらいには慣れてしまっていた。

それなのに、その声がドンドン大きくなって頭の中にワンワンと反響してくる。

その声に圧《お》されるように頭がぼんやりして思考がうまく働かない。

「うるさい……うるさい、だまれっ！」
阿久津は叫ぶが、頭の中にせせら嗤《わら》う声が広がるだけだった。
どんどん自分の思考が侵食されていくようだ。気を抜くと声と同じことを考えそうになる。自分の中に巣くう鬼・一口。ソレが阿久津の精神を食らって身体を乗っ取ろうとしているのを感じて阿久津は戦慄《せんりつ》した。意識を手放したら終わりだ。

ナゼアラガウ……
ナゼコバム……
コロセ、コロセ、コロシテシマエ……
オマエヲアナドッタヤツラヲ、コロシテシマエ
オマエヲミステタヤツラヲ、コロシテシマエ
ゼンブコロシテクッテシマエ

甘美な声で、労《いた》わるかのようにささやきかけてくる。

カワッタオマエヲ、ミナガステタダロウ
シッポフッテタヤツラモ、テノヒラヲカエシタジャナイカ

ニンゲンナンテ、ソンナモンダ
クワレテトウゼンノ、イキモノダ
オマエハモウ、クルシマナクテイイ

「ちがう、ちがう、ちがう！」

もうろうとする意識の中で、阿久津は首を横に振る。

確かに自分から去っていった人は沢山いた。でも、そうじゃない人もいた。こんな体質になった後に自分を認めてくれた人もいたじゃないか。脳裏に浮かんだのは、風見や亜寿沙の姿だった。

(そうだ。こんなことしてる場合じゃない。岩槻をみつけないと)

彼女もこうやって自分と同じようにどこかに閉じ込められているんじゃないか。そう思うと居てもたってもいられなくなって、唇を強く噛《か》む。その痛みで一瞬、朦朧《もうろう》としつつあった意識が覚めた。

そのとき、後ろからコツッコツッという小さな音が響いてきた。音は少しずつこちらに近づいてくる。こちらへ上ってくる、あれは足音だ。

だが、こんな閉じられた怪異の結界の中で近づいてくる者が、ただの人であるはずがない。

そもそも阿久津の中にいる鬼の一口に、こんな神聖な場所で結界をつくる力があるとも考えられない。一口の力が大きくなっているのは、おそらく結界内にいることでの二次的なものだろう。だとしたら、近づいてくるのは阿久津をここに閉じ込めた張本人にちがいない。

「くっ……」

阿久津は歯を食いしばって、下から近づいてくる足音から逃れるように階段を一段一段上り始めた。頭の中では、鬼の嗤い声が響いている。

ナニヲニゲル、アレハテキゾ

ワレヲオマエゴト、メッセントスルテキゾ

ワレヲウケイレロ、サスレバ……

「うるさいっ」

身体が思うように動かなかった。のろのろと足を一歩ずつ動かすので精いっぱい。それでも肩で息をしながらも無理やり身体を動かし上っていくがすぐに蹲《うずくま》ってしまう。

鳥居が、いまにも圧し掛かってきそうに思えた。

（そうだ。鳥居の赤は、昔から血の色であり生命の色を表すものだ。一口の意識が増

長してきたのはそのせいか）

足音はどんどん近づいてくる。

コッッ　コッッ　コッッ

（鳥居自体にも、神の領域と人間の世界とを分ける結界としての意味もある。ここは神の領域。千本鳥居は、鬼を閉じ込める鳥かごとしては最適だろうな）

はじめに鳥居をくぐったときから罠《わな》に入り込んでいたのだ。神域に入り込んだ鬼を閉じ込めるための罠に。

だとすれば、下から上ってくる者の正体もある程度予想がついた。かつて亜寿沙に言った言葉が思い起こされる。稲を守る神は、それゆえに苛烈《かれつ》な性質を持つ、と。

後ろを振り向くと、ほんの三メートルほど下のカーブを曲がったところから足音の主が姿を現したところだった。古代の衣装を思わせる白くゆったりとした衣。その下にさらに鮮烈な赤色の衣を重ねており、階段を上るごとに足元で赤くひらめく。腰まである長く艶《つや》やかな黒髪。腕にかけた羽衣が重力などないかのように漂っていた。その優美な衣から伸びた白く細い右手で長剣を下段に構えている。

その者の顔は、鳥居の隙間から差し込む陽光に邪魔されて見えなかった。だが、この稲荷山にいる女神というと、思い当たるところは一つしかない。

（宇迦之御魂大神《うかのみたまのおおかみ》）

阿久津は女神から逃れようと階段に手をついてなんとか身体を動かそうとするが、女神に自身の姿を見られた今、射すくめられたように身体が動かなかった。

宇迦之御魂大神が、神域に入ってきた阿久津を鬼として調伏《ちょうぶく》しようと姿を現したのは明らかだ。

すぐ真後ろまで宇迦之御魂大神は迫っていた。逃げる余地は、どこにもない。もしここで一口とともに調伏されてしまえば、永遠に鬼と分離できなくなりそのまま一緒に封じられてしまう。

（そんなの嫌だ……。死んだって嫌だ）

阿久津は必死で腕を動かして、ズボンのポケットに手を突っ込む。指がポケットの中の小瓶に触れた。ずっとお守り代わりにポケットに入れていた、即効性の毒の入った小瓶だ。それをぎゅっと摑《つか》んだ瞬間、脳裏に浮かんだのは亜寿沙のことだった。なんでもない日常の姿、仕事中に考え事をしているときの、きゅっと眉間《みけん》にしわを寄せている亜寿沙の顔が思い浮かぶ。

阿久津が鬼に精神を侵食されたとき、いつも正気に戻させてくれたのは彼女だった。人間の世界に辛《かろ》うじてつなぎとめていてくれたのは、お前のいる世界はこっちだと腕を引っぱってくれていたのは、彼女だった。

助けているようで、助けられているのはいつも自分だった。

彼女の存在が、自分が思っていたよりもずっと大きなものだったことに今さらながら気づかされる。

(ごめん、君が大変なときに助けにいけなくて……)

心の中で彼女に謝ると、ポケットから小瓶を摑んだ手を引き出そうとした。

そのとき、小瓶と一緒にぽろりと何かが出てくる。カツンと音を立てて階段におちたのは、連続放火事件の被害者だった中村八重子から貰《もら》った鍾馗の像だ。

それを目にとめたとき、阿久津の頭が誰かにぐいっと押さえつけられる。

阿久津は握りこむように大きな手で頭を押さえつけられて、それ以上顔をあげることができなかった。すぐ目の前に足が見える。大きく太い男の足だ。皮を縫い合わせた古い長靴を履いた足が、古代中国の深衣のような広い裾《すそ》の衣から伸びている。

足の大きさからしてかなりの大男のようだったが、いつの間にそんな大男が音もなく目の前に現れたのか。

男の出現に戸惑っているのは阿久津だけではないようで、後ろから追って来ていた宇迦之御魂大神の足音もピタリと止まっていた。様子をうかがっているのかもしれない。

なにがなんだかわけがわからないでいる阿久津の中に、地の底から響くような野太い声が聞こえてきた。

『そうのそ、おにのそを鬼のしをおにずしをめずしてめずやてめろやてうろやかうろかうか』

遠くなったり近くなったり、わんわんと同じ声が幾重にもずれて重なるような不思議な声だった。何を言っているのかいまいち聞き取れない。ただわずかに『鬼』という単語が聞き取れたような気がした。

しゃがみ込んでこちらを覗《のぞ》きこむ男の、長く豊富な顎鬚《あごひげ》が見える。にやりと口角をあげた大きな口元。それ以上は、頭をがっちり押さえ込まれて見えない。

『そのそおにのそを鬼のしずをおにめしずをてめしずやてめろやてうろやかうろかうか』

男はもう一度、先ほどと同じような言葉を繰り返す。

（鎮める？　こいつ、鎮めるって言ったか？　鬼を……？）

稲荷山の神によって閉じられた結界の中で自由に動けるこの男が人でないことは明らかだが、じゃあ一体、こいつは誰だ。

阿久津の警戒が伝わったのか、男はポンポンと自身の太ももの辺りを叩《たた》いた。

その仕草の意味を数秒考えて、阿久津はハッとする。男が叩いたのはちょうどズボンのポケットのあたり。阿久津のポケットに、さっきまで入っていたのは。

「お前……鍾馗か？」

男は否定することなく、ただ口元がにんまりと笑った。どうやらこちらの言葉は通じるらしい。

阿久津は必死に思い出す。鍾馗とはどういう存在だったか。たしか、科挙を受けたものの合格できず、宮中で自殺した男のはずだ。それを不憫《ふびん》に思った高祖皇帝が手厚く祀《まつ》ったことに恩義を感じ、唐の玄宗皇帝の夢に現れ、熱病で苦しめていた鬼たちを退治した。それで後世では鬼や魔を祓《はら》う者として神格化されるようになった道教の神だ。それなら、鬼を鎮めるというのはあながち聞き間違いではないかもしれない。

ふいに阿久津の頭を押さえ付けていた重みが消える。鍾馗がゆっくりと立ち上がるのが気配でわかった。鍾馗は凜《りん》とした声で話しかけてくる。

『かんかりんかとりんしとりてしとたてしみたてにみたつにみくつにすくつなすくらなすばらなばらばそばのそみのそのみのうのみちうのにちうすにちくすにうくすおうくにおうをにおをにさおをえさおてえさやてえろやてろうやうろうちかち、えか、誓えるか？』

誓えるか？　その言葉だけやけに耳に近く、明瞭《めいりょう》に聞こえた。

いまはとにかく身体の中で暴れる鬼を抑えたい。鍾馗が何を望んでいるのか、何を誓うのかいまいち理解できなかったが、ただこの窮地を脱したかった。その一心で阿久津は叫んでいた。

「誓う！」

顔を上げるが、鍾馗の顔はぼやけて見えない。しかし、髭《ひげ》に覆われた口元が愉快そうに笑っていた。鍾馗は右手に持っていた幅広の剣を振り上げる。

剣が容赦なく阿久津に向かって振り下ろされた。

(斬られる⁉)

咄嗟《とっさ》に腕で顔をかばい目を閉じたが、何も衝撃はこなかった。目を開けると、いままで目の前を塞《ふさ》ぐように立っていた鍾馗の姿が消えている。

ざわざわとした人の声が耳を掠《かす》めた。張りつめていた鳥居の中に、日常の音が戻ってきたのだ。急速に鳥居から感じていた圧が消えていく。

結界が解かれようとしていた。それと同時に、後ろに迫ってきていた宇迦之御魂大神の足音が遠ざかっていく。宇迦之御魂大神なら稲荷の狐に神隠しにあわされた亜寿沙の行方を知っているはずだ。

「待ってくれ！」

阿久津は勢いよく立ち上がると、宇迦之御魂大神を追った。

さっきまで身動きできなかった身体が、嘘のように軽く動く。ワンワンと煩《うるさ》かった鬼の声も今はまったく聞こえない。

階段を下りていく宇迦之御魂大神の背中に迫ると、彼女の着物の裾を摑んで引き留めた。宇迦之御魂大神は振り向かないで、足だけ止めた。こんなことをして怒っているか、それとも別の何かを思っているのか。阿久津にはわからなかった。畏《おそ》れ多いことをしていると思う。それでも、やらないわけにはいかなかった。

「岩槻の！　岩槻亜寿沙の居所を教えてください！　あいつは貴方《あなた》がたに罰されるようなことはなにもしてない！　どうか、返してください！」

必死だった。こんな冒瀆《ぼうとく》的なことをして罰があたるかもしれないが、それでも構わないと思った。亜寿沙が無事に帰ってこられるのなら。

数秒の間があって、ちりんという鈴の音とともに阿久津の頭の中に女性の声が響いた。

『うらやましげなるものかな』

え？　と思った瞬間、阿久津の手からするりと宇迦之御魂大神の着物がすり抜けた。再度摑もうと手を伸ばすが、手は空を切る。宇迦之御魂大神の姿は霧が晴れるようにすうっと消えてしまい、階段の下からは参拝客たちが上ってくるのが見えた。

完全に結界が解かれて、もとの稲荷山に戻っていた。

（うらやましげ？　なんだ、それ。誰がうらやましいっていうんだ……）

さっぱりわからない。階段に座り込んで考えていると、怪訝《けげん》そうな顔をしながら参拝客たちが隣をのぼっていく。

（全然わからない。結局、岩槻の居場所もわからずじまいか……）

そんなことを考えていると、ぽんと誰かに肩を叩かれた。

顔を上げると、よく見知った顔が心配げにこちらを覗きこんでいる。風見だ。

「あ、あれ？　なんで、お前……」

状況がつかめずにいると、風見は表情を緩めて大きく嘆息した。

「お前を探しにきたんだよ。岩槻さんに続いて、聖司まで消えたんじゃないかと俺がどんだけ心配したことか」

そういえばここに来る前に、メッセージアプリで風見に『伏見稲荷に行く』とメッセージを残してあったことを思い出す。

聞くと、なんでも阿久津は丸一日、音信不通になっていたのだそうだ。

体感的には稲荷山を登り始めて一時間も経っていないというのに、実際は一日が過ぎ去っていたらしい。阿久津もまた神隠しにあっていたことになるのだろう。

「でもお前、こんなとこ来ていいのか？」

勤務時間中に管理官が庁舎の外で部下を探しているなんて考えられないことだったので率直に尋ねる。

「むりやり年休を使った。ほとんど使ってなかったしさ。プライベートな時間にしてしまえば、あれこれ言われる筋合いはないだろ？」

ことなげに風見はそう言うと、阿久津に手を差し出してくる。その手を握り返すと、風見にぐいっと引かれて立ち上がる。

「そうだ。鍾馗の像は……」

階段に落としたはずだと見回すが、それらしきものはみつからない。ふとズボンのポケットに触れると、戻した覚えもないのにポケットの中に鍾馗の像が収まっていた。あの小瓶も一緒に。

鍾馗が阿久津の中の鬼を抑え込んでくれているのだろうか。あんなにうるさく頭の中に聞こえていた鬼の声も、いまは消えて静かになっている。こんな凪《なぎ》のような静けさは久しぶりだ。身体の不調も消えていた。かわりに何かを誓わされたようだったが、鍾馗との会話を思い出してみても、やっぱりよくわからなかった。それがどうにも薄気味悪い。

「あとは岩槻さんを見つけないとな。聖司はここに岩槻さん失踪《しっそう》の手がかりがあると思ったから来たんだろ？　何か手がかりはみつかった？」

風見に聞かれるも、阿久津はゆるゆると首を横に振る。

「そうだったんだが、いまのところはまだ何も……」

肩を落とす阿久津の背中を、風見はぽんっと元気づけるように叩いた。

「聖司の勘はきっと間違ってないさ。お前はいままでも、どんなに困難に思える事件だって正解に繫《つな》がる手がかりをひっぱりだしてきたからな。手分けして探してみよう」

「ああ」

そうして、阿久津と風見は手分けして亜寿沙を探すことにした。四ッ辻《よつじ》という、道が四方向に分かれた場所に出る。四つに分かれたうちの二つが頂上に上る道だ。

「俺はこっちの急な方を行くから。風見はそっちの道から頼む」

「わかった」

それぞれ分かれて道を進む。注意深くあたりに目を配り、稲荷山の要所要所にある拝殿にくるたびに隅々まで見て回った。

しかし、何も見つからない。とうとう、頂上の『一ノ峰《いちのみね》』で二人は再び出会う。

お互い顔を見ただけで、なにも進捗《しんちょく》がないことが窺《うかが》えた。

「もっと道を外れたところも探してみた方がいいんだろうな」

「そうだな。道から外れたところは危険だから俺が……」

言いかけたところで阿久津はふと口を閉じた。

宇迦之御魂大神に亜寿沙の居所を教えてくれと頼んだとき、何と言っていたか。やっぱりあれはたんなる捨て台詞《ぜりふ》ではなく、何かのヒントだったんじゃないのか。

「なぁ、風見。『うらやましげなるもの』ってなんだろうな」

「うらやましげなるもの？　古語？　どういうこと？」

と、風見も顎《あご》に手を当てて首をかしげる。

「すまん。関係なかったかも。忘れてくれ」

阿久津はそう言うが、風見はなおも考え込んでいた。

「……なんかどっかで聞いたことあるんだよな。なんだったっけ。うらやましげなるもの、うらやましげなるもの……」

そして、一の社の拝殿を見上げて、「あ」と短い声をあげた。

「思い出した。清少納言《せいしょうなごん》の『枕草子《まくらのそうし》』だ。その中に、たしか『うらやましげなるもの』で始まる章段があった気がする」

すぐに阿久津はスマホで検索する。すると、有名な『枕草子』だけあって、すぐにヒットするものが見つかった。『何が羨《うらや》ましいか』について書かれた章段だ。その中に、清少納言が稲荷山を上ったときの一節があり、阿久津と風見は思わず顔を見合わせた。

平安時代を生きた女流作家、清少納言もこの稲荷山に参拝のため上りにきたことがあったのだ。彼女は二月の明け方から上り始めたが朝の十時くらいにはへたばってしまって途中で休んでいると、四十代の地味な中年女性が「私は七回お参りするんです。

今日はもう三回お参りしたんで、あと四回ですね。昼の二時には家に帰ります」と道行く人と話したあと坂を下って行ったのを見て、あの人に代わりたい、うらやましいと思ったという話だ。

その清少納言がへたばって休んでいたという場所が、

「『中の御社《みやしろ》』ってことは今の中社。『二ノ峰』のことか」

阿久津は言うが早いか走り出した。

「え？　それってどこ？」

慌てて風見もついてくる。

「この下！　下ったとこ！」

「え、でもさっき僕、念入りに調べたけど」

「わからん。だけど、あの言葉が宇迦之御魂大神からのヒントだったとしたら、何かの手がかりがあるかもしれない。もう一度行ってみよう」

急いで二人で石段を駆け降りた。『二ノ峰』につくと、阿久津は拝殿に手を合わせる。

「どうか、岩槻亜寿沙を返してください。お願いします」

風見もそれに倣った。

そのあと拝殿の周りを二人で左右に分かれて調べていく。伏見稲荷大社は民間信仰とも密接に結びつく信仰の場だ。拝殿の周りは二重、三重に石塚が作られており、大小様々な大きさの鳥居が奉納されている。さながら迷路のようだ。

阿久津が石塚群のはずれにある大木に目をやったときのことだ。その根元にもたれかかるようにして二人の人間の姿があることに気がついて目を見開く。遠目に見てもわかる。一人は見知らぬ男。もう一人は亜寿沙だった。

「風見！　こっちだ！」

阿久津の声に、風見もすぐにそばへとやってくる。風見は「さっき調べたときはいなかったのに⁉」と目を丸くしていた。

阿久津は大木の根元へ近づく。根元にもたれた二人はピクリとも動かない。

生きているのかどうかもわからない。

呼吸が浅くなるのを感じた。二人のそばに片膝《かたひざ》をついて、阿久津は亜寿沙の首元にそっと手をのばす。手が震えているのが自分でもわかった。

（どうか……）

祈るような気持ちで亜寿沙の首元に指で触れたときだった。

ぱちりと、亜寿沙が目を開けたのだ。そして、不思議そうに目の前の阿久津を見つめる。

「あ、あれ？　阿久津さん？　なんでここに？　あれ？　私、水田のど真ん中にいたのに」

亜寿沙は、自分がどこにいるのかわからないようだった。隣にもたれる男の手首を、あとがつくほどしっかりと握っている。その男の方も、のろのろと起き上がった。男も無事のようだ。亜寿沙は、男の手首をひいて阿久津に差し出そうとする。

「そうだ！　阿久津さん！　この人、釜井さんです！　侵入窃盗事件のこと、全部話してくれるって」

そこまで聞くのが限界だった。阿久津は自分の中に溢《あふ》れそうになる感情を抑え切れず、亜寿沙の首に両腕を回すと彼女を抱きしめた。

「……よかった。戻ってきてくれた。ほんとに、よかった……」

それ以上言葉にならない。ただ、彼女が生きてここにいてくれることが何より嬉《うれ》しかった。

亜寿沙は一瞬驚いたようだったが、ふわりと笑った気配がした。そして、そっと阿久津の背中に手を回すと優しく抱きしめ返した。

「戻ってきますよ。だって、私は阿久津さんの部下じゃないですか」

抱きしめ合う二人の隣では、釜井が嬉しそうにバンザイしていた。

「やったぁ‼　人がいるところに出られたぁ！　俺たち助かったんや！」

手放しに喜ぶ釜井へ、風見が釘《くぎ》を刺す。

「君は、釜井隆二さんですね。僕は警察本部の風見です。いま、こちらに令状を取り寄せますので大人しくしててくれますよね？」

有無を言わさぬ笑顔で言う風見に、釜井はしゅんとなった。

「は、はい……わかってます」

そのとき、亜寿沙が「ひゃっ⁉」とかなんとか声にならない声を出して、阿久津から慌てて離れる。

「風見管理官まで、いらしてたんですか⁉」

「うん。さっきからずっといたけど、見えてなさそうだなとは思ってた」

苦笑まじりに風見は返す。まだどぎまぎしている亜寿沙の頭を阿久津はぽんと撫《な》でると、ゆっくりと立ち上がった。

「さあ、帰るか。俺たちの職場に」

「はいっ」

亜寿沙も元気に応《こた》える。

「そうだな。これからやらなきゃいけない仕事が山盛りだしね」

と、風見。どの顔にも、事件が一段落したことへの安堵《あんど》の表情がうかんでいた。

その後、警察本部の取調室で釜井は知っているすべてを告白した。

彼の全面的な協力のもと、関西国際空港から広州《こうしゅう》へと向かう国際線飛行機で種籾《たねもみ》を密輸しようとしていた人間をフライト寸前で確保し、種籾を無事に取り戻すことができた。

また、その背後で暗躍する、種苗法で保護されている種籾や種苗を違法に国外に持ち出して高値で売ろうとする国際犯罪組織の解明も進められている。

収監された釜井の前には、もう二度と稲荷の狐が現れることはなかったという。彼は人間世界の法に従ってこれから罪を償っていくことだろう。

＊　＊　＊

秋も深まったある日のこと。村山が重そうなリュックを背負って亜寿沙たちを訪ねてきた。

「今回のこと、ほんまに感謝してるんです。僕だけやのうて、センターのみんなも。それで、これを是非みなさんに食べていただきたくて持ってきたんです」

村山がリュックからとりだしたのは、精米したての新米だった。

「これ、今年実験水田で取れた『きせき』の新米です。めちゃめちゃ美味《うま》いんですよ」

そう言って笑う村山の顔にはもう怯《おび》えの影は微塵《みじん》も残ってはいなかった。

早速、警察本部にある食堂の調理員さんたちに頼んで新米を炊いてもらう。

それを人の少なくなった昼下がりの食堂で亜寿沙はおにぎりにしていった。ラップを手に取って粗塩を振りまいたら、おひつからしゃもじでご飯をとって握っては大皿に置いて行く。

もらった新米を全部おにぎりにするとなるとかなりの手間だが、刑事は体育会系の人が多いのでどれだけ作ってもぺろっと食べてしまうだろう。

(でも一人で握るにはちょっと量が多かったかな。誰かに手伝ってもらおうかなぁ)

手伝ってくれそうな人ってだれかいたっけなんて考えていたちょうどそのとき、隣でぎぃと椅子を引く音がした。隣の席に誰かが座る気配を感じてそちらに目をやると、阿久津がラップを手に取ったところだった。

「あ、阿久津さん。いいんですか?」

「別に。二人でやった方が早いだろう。風見も来たがったが、それは適当に断っておいた」

それは断っておいてもらってありがたかった。どこの世界に、ヒラ刑事と一緒におにぎりを握る管理官がいるのか。本人はまったく気にしなそうだが、周りの目が痛いのでぜひともやめてほしかった。

阿久津は手際よくおにぎりを作っていく。というか、亜寿沙よりも格段に形のいいおにぎりを量産してすらいる。どうやったらあんなに綺麗《きれい》な三角になるんだろう。

（ま、まけないもんね）

亜寿沙も負けじとおにぎりを作っていった。そうして二人で黙々と作業をしていたら、阿久津が言いにくそうな口調で切り出してきた。

「風見に、岩槻の異動を頼んでおいた」

「え？」

唐突に言われた言葉の意味が呑《の》み込めず、亜寿沙は聞き返す。

「異動って……私が、ですか？」

なにかまずいことでもしでかしただろうか。先日、釜井とともに駅から消えてしまったときは、強行三係をはじめとして沢山の刑事たちに探してもらっていたと聞いた。もしかして、そのせいだろうか。

嫌な動悸《どうき》を感じながら阿久津の言葉を待っていると、阿久津は不思議そうに亜寿沙を見る。

「特異捜査係じゃなくて、もっと普通の捜査の係に異動したそうだったから。捜査一課の別の係に移してもらえるように俺から具申しようかと思ったんだ」

また見事な三角おにぎりをこしらえると、阿久津は大皿に置く。

たしかに、亜寿沙も四月に特異捜査係に配属になったときは、すぐにでも別の係へ異動したいと強く希望していた。それを阿久津本人に伝えたことはなかったはずなのだが、彼は察してくれていたようだ。

「岩槻は優秀な刑事になるよ。いや、いまも優秀だけどさ。もっと経験積んでけばどんどん成長できると思う」

阿久津に褒められて嬉しくないはずがないのに、なんだろう。なんだか、胸の中がとっても苦しい。

「徳永さんとこの強行三係とかいいんじゃないかな。ちょこちょこ顔出させてもらってたから、知り合いもできただろ」

阿久津は亜寿沙の成長のことを真摯《しんし》に考えてくれている。そのことは素直に嬉しい。

嬉しいはず、なのに。

ぎゅっと握ったおにぎりが手の中で潰《つぶ》れた。潰れたおにぎりを握りこんだまま、阿久津の言葉を遮るように立ち上がって声をあげていた。

「いまの係じゃ、経験は積めませんか!?」

「……え?」

きょとんと阿久津は驚いたように目を見張る。亜寿沙はさらに声を強くした。

「阿久津さんの許《もと》じゃ、成長できませんか!? 私、そんな風には思えません!!」

ちらほらと食堂に残っていた人たちの視線がこちらに集まってくるのを感じて、恥ずかしくなった亜寿沙はストンと椅子に腰を下ろす。今度は声のトーンを落として、阿久津にだけ聞こえるようにぼそぼそと伝える。

「まだまだ阿久津さんから学びたいことは沢山あります。他の係にいけなんて言わないでください」

いつからだろう。他の係に行きたいなんて、まったく考えなくなっていた。怪異に巻き込まれるのは怖いことも多いけれど、そこから捜査につなげるなんて絶対にできない経験だ。

どれだけ拒んだっていつかは異動しなきゃならないし、阿久津だっていつまで同じ部署にいるかわからない。だから、せめて一緒にいられる間は彼から目を離したくないなと今は思う。

「そうか。じゃあ、これからまたよろしく、だな」

ふっと阿久津が笑ったのに、亜寿沙もつられて笑顔になる。

「はい。よろしくおねがいしますっ」

「ところで、そのおにぎり握り直そうか？」

「へ？　あ、こ、これは私が責任をもって食べますから」

手の中にある握りかけのおにぎりは、すっかり無残に潰れている。それを阿久津は「ちょっと貸して」と言ってひょいっと亜寿沙の手から取り上げると、きゅっきゅっと綺麗に握り直してくれた。

「はい、どうぞ」

戻ってきたおにぎりは、見事な三角形になっていた。相変わらず、妙なところで優秀さを発揮する人だ。

「あったかいうちに先に食べちゃいなよ。俺も一個もらおう」

「じゃ、じゃあいただきます！」

口に含んだおにぎりをもぐもぐと食べて、自然と二人で顔を見合わせる。

もっちりとして豊かな甘みが口の中に広がった。こんなに美味《おい》しいおにぎりを食べたのは生まれて初めてだ。これが、大変な思いをして守ったお米の味。そう思うと、美味しさもひとしおだった。

参考文献

『京都・異界をたずねて』蔵田敏明　写真・角野康夫　淡交社
『鬼と異形の民俗学　漂泊する異類異形の正体』監修・飯倉義之　ウェッジ
『鍾馗さんを探せ!!　京都の屋根のちいさな守り神』小沢正樹　淡交社
『イチから知りたい日本の神さま②　稲荷大神　お稲荷さんの起源と信仰のすべて』監修・中村陽　戎光祥出版

本書は書き下ろしです。
この作品はフィクションです。実在の人物、団体等とは一切関係ありません。

憧《あこが》れの刑事部《けいじぶ》に配属《はいぞく》されたら、上司《じようし》が鬼《おに》に憑《つ》かれてました

京《きよう》の夏《なつ》の呪《のろ》い

飛野《とびの》 猶《ゆう》

令和5年 3月25日 初版発行

発行者●山下直久

発行●株式会社KADOKAWA
〒102-8177 東京都千代田区富士見2-13-3
電話 0570-002-301(ナビダイヤル)

角川文庫 23586

印刷所●株式会社暁印刷
製本所●本間製本株式会社

表紙画●和田三造

●お問い合わせ
https://www.kadokawa.co.jp/ (「お問い合わせ」へお進みください)
※内容によっては、お答えできない場合があります。
※サポートは日本国内のみとさせていただきます。
※Japanese text only

ISBN 978-4-04-113435-1 C0193

◇◇◇

角川文庫発刊に際して

角川源義

第二次世界大戦の敗北は、軍事力の敗北であった以上に、私たちの若い文化力の敗退であった。私たちの文化が戦争に対して如何に無力であり、単なるあだ花に過ぎなかったかを、私たちは身を以て体験し痛感した。西洋近代文化の摂取にとって、明治以後八十年の歳月は決して短かすぎたとは言えない。にもかかわらず、近代文化の伝統を確立し、自由な批判と柔軟な良識に富む文化層として自らを形成することに私たちは失敗して来た。そしてこれは、各層への文化の普及滲透を任務とする出版人の責任でもあった。

一九四五年以来、私たちは再び振出しに戻り、第一歩から踏み出すことを余儀なくされた。これは大きな不幸ではあるが、反面、これまでの混沌・未熟・歪曲の中にあった我が国の文化に秩序と確たる基礎を齎らすためには絶好の機会でもある。角川書店は、このような祖国の文化的危機にあたり、微力をも顧みず再建の礎石たるべき抱負と決意とをもって出発したが、ここに創立以来の念願を果すべく角川文庫を発刊する。これまで刊行されたあらゆる全集叢書文庫類の長所と短所とを検討し、古今東西の不朽の典籍を、良心的編集のもとに、廉価に、そして書架にふさわしい美本として、多くのひとびとに提供しようとする。しかし私たちは徒らに百科全書的な知識のジレッタントを作ることを目的とせず、あくまで祖国の文化に秩序と再建への道を示し、この文庫を角川書店の栄ある事業として、今後永久に継続発展せしめ、学芸と教養との殿堂として大成せんことを期したい。多くの読書子の愛情ある忠言と支持とによって、この希望と抱負とを完遂せしめられんことを願う。

一九四九年五月三日